U0542848

搜山記 2

胭脂老庙

猎衣扬◎著

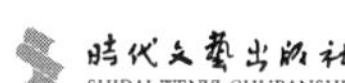
时代文艺出版社
SHIDAI WENYI CHUBANSHE

图书在版编目（CIP）数据

胭脂老庙 / 猎衣扬著. -- 长春 : 时代文艺出版社, 2024.3

(搜山记 ; 2)

ISBN 978-7-5387-7356-9

Ⅰ. ①胭… Ⅱ. ①猎… Ⅲ. ①长篇小说－中国－当代 Ⅳ. ①I247.5

中国国家版本馆CIP数据核字(2023)第236357号

搜山记.2 胭脂老庙

SOU SHAN JI ER YANZHI LAOMIAO

猎衣扬 著

出 品 人：吴 刚

选题策划：杨 迪

责任编辑：李贺来

装帧设计：任 奕

排版制作：隋淑凤

出版发行：时代文艺出版社

地 址：长春市福祉大路5788号 龙腾国际大厦A座15层 （130118）

电 话：0431-81629751（总编办） 0431-81629758（发行部）

官方微博：weibo.com/tlapress

开 本：710mm × 1000mm 1/16

字 数：300千字

印 张：26

印 刷：长春市华远印务有限公司

版 次：2024年3月第1版

印 次：2024年3月第1次印刷

定 价：56.80元

目 录

001 第一章 冷月松涛千山雪 野店荒村五更寒
022 第二章 敦江水寒三千尺 湘西秘闻老河神
042 第三章 破迷雾郭听设伏 了恩仇凶顽显身
060 第四章 郭听薄幸盗金蝉 金钩再现指迷踪
080 第五章 胡言乱语吴老獭 打家劫舍李蒜头
104 第六章 碧波潭下红墙影 地转天旋醉小烧
121 第七章 北风冬捕大雪夜 冰湖乌鳢霍拉盆
141 第八章 借刀杀人海东青 梦中惊起老人罴
163 第九章 插翅难飞淍塄套 毛腿蜘蛛人骨药
184 第十章 雪夜平猴抬花轿 狡黠多诈野狐笑
202 第十一章 探秘辛女真碑刻 胡仙姑秘境洞开
217 第十二章 迷雾氤氲起洞壑 光影障目映蜃楼

236 第十三章 天旋地转罗盘阵 石龛守山胡仙姑

254 第十四章 一代奇人答刺挞 腐骨穿肠种菌箱

271 第十五章 苦草交横藏水怪 白骨堆叠遇钩沉

290 第十六章 投叉探海定风波 建木通天现峥嵘

307 第十七章 二度受创孙偃白 三堂会审吴老獭

322 第十八章 肃慎秘境连环套 内外勾连无间道

349 第十九章 老庙洞府十八拐 山河地理定龙门

368 第二十章 守门骷髅郎氏祖 九幽之主氐人族

391 第二十一章 探金脉剖祟取肝 解秘题寻路出山

第一章

冷月松涛千山雪　野店荒村五更寒

大兴安岭山脉，古称大鲜卑山。北起黑龙江省漠河市北部黑龙江畔，南至内蒙古自治区赤峰市北部西拉木伦河上游谷地。

“兴安”二字取自满语，意为“极寒之处”。

据科考显示，新生代早期，大兴安岭隆起带和区域断裂带稳步上升，受长期侵蚀和剥蚀，出现“兴安期夷平面”。“喜马拉雅运动”使本区出现新褶皱、大断裂，火山喷发激烈，出现黑龙江、呼玛河、多布库尔河、甘河、盘古河等多处断裂带。

其中就包括我们本次的目的地“胭脂沟”。

“老郭！太他娘的冷了！我尿个尿，差点儿冻上！”郎大脑袋提着裤子拉开车门，一屁股坐进来，一不小心压到老三的尾巴，老三发出一声闷吼，伸出前爪，“啪”的一下扇了郎大脑袋一个嘴巴子。

郎大脑袋哈哈一笑，抽了抽鼻子，搂着老三的狗头，大声喊道：

“三哥！三哥！对不住，您息怒。”

“汪——汪——”老三白了郎大脑袋一眼，用前爪拍拍他的羽绒服口袋。

从长春北上的这一路，老三和郎大脑袋混得最熟，也不知是犯了什么毛病，竟然被郎大脑袋教会了抽烟。

任谁也不敢想，一条狗竟然会迷上抽烟。尽管我一直担心香烟会影响老三的嗅觉，但孙偃白却不以为意，再加上郎大脑袋的推波助澜，现在的老三，俨然是一名老烟枪。

“得！三哥，我给您点上。”郎大脑袋熟练地掏出一根黄金叶，用打火机一点，叼着过滤嘴嘬两口，塞进老三的嘴里，老三咬住烟，深吸一口，从嘴角吐出烟圈，美得狗眼眯成一道缝儿。

我把着方向盘，从倒视镜里看着缩在后排的一人一狗，无奈地摇摇头。坐在副驾驶的孙偃白从怀里掏出小酒壶，呷了一口白酒。

“喝点儿吗？暖暖身子！”

我一皱眉头，摆手答道：“别介！喝车不开酒，开酒不喝车！”

孙偃白笑了笑，自顾自地小口慢饮：

“想什么呢？一句话也不说。”

我伸手点了点车载导航的屏幕，指着卫星地图上标注的终点——胭脂沟（东经 122° 05' 至 122° 34'，北纬 53° 15' 至 53° 22'）：

“此地位于大兴安岭地区漠河市西林吉镇西北四十三公里处，本为额尔木河的一条支流，全长约十四公里，因盛产黄金又称老金沟。截至目前，这条沟已经被淘了一百多年，金量已不多，如今主要是发展旅游产业。该地归属金沟林场，一眼望不到边的老林子北高南低，原始森林茫茫无际，咱们只有三人一犬，想找照片中的那间老庙，堪比大海捞针。如今这时节，大雪封山、游客罕至。山脚下的游客小镇空空荡荡，咱们连个打听道儿的地方都找不到。”

孙偃白从随身的挎包里翻找一阵，掏出一个硕大的日记本，从中翻开，指着白纸上画着的一个大篆“巫”字，笑着问道：

“考考你，这个字念什么？”

我歪头瞥了一眼，笑着答道：“‘巫’啊！老巫婆的‘巫’！”

“怎么解？”

“‘巫’字，上面一横代表天，下面一横代表地，中间长袖作舞的俩人为巫。巫，祝也，以舞降神者，传闻能沟通天地。”

“说得不错，但还缺少一些关键性的东西。”

“什么东西？”

“巫字中间那一竖，做何解？”

“这一竖……我确实不知。”我思索一阵，摇了摇头，孙偃白正要开口接话，坐在后座的郎大脑袋探身过来，用手指在掌心边写画边说道：

“这还不简单？多大点儿事啊？至于这么困惑吗？你们看啊，这上下两横代表天和地，中间俩人在跳舞，对吧，跳舞就跳舞，为什么在中间有一竖呢？其实啊，这一竖代表的一种辅助舞蹈动作的器械。”

“器械？什么器械？”孙偃白面露不解。

“钢管！”

“钢管？”

“对！这俩小人跳的是双人钢管舞，你看这个动作，学名叫作埃及大回旋……”

“去你大爷的！”我右手向后一甩，把他伸过来的大脸扇回去。

“埃及……什么回旋？”孙偃白一脸懵懂。

我老脸一红，没敢接话。

“你脸怎么红了？”孙偃白看向我。

“红了吗?”

“红了!”

“车里不透气，憋的。”

“那个什么舞，你看过?”

“没！没……没看过，从来没看过。”我故意歪过头去，假装看倒视镜。

“哦！下次有机会，咱们一起去看吧。”

我还没来得及开口，郎大脑袋又凑过来，大声喊道：

“好啊！我请客……老郭你瞪我干什么？瞅你那个龌龊的眼神，别以为我不知道你脑子里想的是什么。呸！下作！孙会计，不瞒你说，这钢管舞绝对是一门艺术，一种文化，不体验一把，绝对后悔!”

“闭上你那个臭嘴!”我赶紧喝住郎大脑袋，生怕他将孙偃白带坏。

“你凶他干吗啊？是我想去。”孙偃白出言为郎大脑袋撑腰。

“好了好了，咱们言归正传，这一竖到底代表什么?”我赶紧将话题拽回，孙偃白瞪我一眼，从包里掏出一本老旧的线装书，翻查数页，指着一幅插图说道：

“《山海经·海外南经》有载：‘窫窳龙首，居弱水中，在狌狌知人名之西，其状如龙首，食人。有木，其状如牛，引之有皮，若缨黄蛇。其叶如罗，其实如栾，其木若蓲，其名曰建木。’”

“建木？一棵树!”

“没错，就是这棵树。古老传说，盘古开天地，天与地分，人虽居其中，但有三条天梯，可达上苍。一是不周山，二是肇山，三是建木。传闻建木乃是沟通天地人的桥梁，上通九天，下至九幽，《淮南子·墬形训》曰：‘建木在都广，众帝所自上下。日中无景，呼而无响，盖天地之中也。’在古代神话中，伏羲正是通过建木往来于天地之间。”

我点上一根烟，思索一阵，缓缓说道：

“我们家世代都是做猎人的，我爹说过，搜山探海第一诫，就是不信怪力乱神。这建木说到底就是一棵树，所谓‘上通九天，下至九幽’不过是个形容词。树能长多高，主要取决于水分和营养的传递距离以及光合作用，植物从根部吸收水分并将其运输至顶部。而地球引力的存在阻碍着水分在树木内部的顺畅运输，特别是将水分运输至树木的顶端。同时，二氧化碳密度比空气密度大，随着树木高度的递增，二氧化碳浓度急剧降低，树顶的光合作用受到限制，导致树木无法继续生长。据我所知，目前世界上最高的树是一棵生长在美国加州的北美红杉，但也不过 112.7 米，约等于一栋三十层的居民楼……”

突然，我好像想起了什么。

“吪——”我一脚急刹车，老三和郎大脑袋在惯性的带动下撞到我的座椅靠背上。

“老郭，你发什么神经！”

“树！那棵树！”我自言自语地喊了一声，从上衣兜里掏出那张从鱼皮衣里找到的照片。那照片里的场景是一座庙门，只不过这庙门不是开在地上，而是开在一棵大栗子树上。从照片上看这大树足有 50 多米的粗细，在离地 3 米处，有一大洞，平地上有碎石垒成的台阶直通洞口，在洞口内有两扇朱红色大门，其上各有一兽头铜环。

“孙会计，古书里讲的建木长什么样？”

“其状如牛，引之有皮，若缨黄蛇。其叶如罗，其实如栾，其木若蓲……”

“牛？不对！树再怎么长，也长不成牛的样子。这个字用得不对，也许是近音字——杻。杻是一种生长在低洼阴暗处的树。《尔雅·释木》上解释‘杻’为‘檍’。而《草木疏》上说：‘檍木，枝叶可爱，二月花白，子似杏。’而栗子树，虽因地处南北而花期不等，但花色却是白色，结出的果实也和杏差不多。后面说的‘引之有皮，若缨黄蛇’应该是讲的它树皮可以搓成绳索，栗子树的纤维韧性很大，炮制得法，应该不难实现。‘其叶如罗，其实如栾’，罗者，网也。栗子树枝繁叶茂，形容树冠如网，倒也贴切。蓲者，刺槐也，以木质坚硬著称，这一点和栗子树也是匹配的。栾树的果实叫蒴果，近球形，顶端扁平，大小和栗子差不多。难道说……传说中的建木就是一棵巨大的栗子树？”

孙偃白摇下车窗，散了散烟味儿，看着窗外的风雪，眯着眼说道：

“华夏文字，多出象形，大篆为夏朝伯益所创。伯益因协助大禹治水有功，故受舜赐姓嬴。帝舜禅位于大禹后，伯益辅佐大禹总理朝政。大禹辞世后，伯益继续辅佐启，直到夏启六年时，因病身故。巫这个篆字出现的场景，伯益一定是亲眼见过的。而在涂山氏的记载中，也有过建木和巫，只不过从树上走下来的不是众帝，而是罪和罚。”

“啥？罪……和罚，走下来……两个字？字还能长腿不成？”

“不是字！而是这两个字代表的东西。”

“什么东西？”

“不知道。涂山氏对罪和罚只有八个字的注释——暴虐之罪、灭族之罚。”

“到底是什么，能到灭族的程度？罪和罚又是怎么克敌的?”我有些困惑，换了好几个思考的角度，也想不出答案。

郎大脑袋挠挠头，嘬着牙花子说道：

“灭族？难道是……原子弹?”

“滚蛋!”我狠狠地骂了一句。

风雪渐急，天地间一片苍茫，山路难行，轮胎止不住地打滑，好几次陷进雪坑。

“老郭，别走了，马上天黑了，大雪开夜路太危险了。咱找个地方扎帐篷吧!”

“扎个屁！前不着村后不着店，附近都是老林子，晚上零下四十多度……”

“有了！有了!”郎大脑袋挥舞着手机一阵怪叫。

“有什么啦?”

“有一民宿，前面左拐，再走中间岔路。”

“民宿？现在不是旅游的季节，怕是早就歇业了吧。”

“没歇业，没歇业！我在线订个房试试……成功了！走走走!”郎大脑袋趴在我耳朵后头指路，不到三十分钟，前方路口猛地映出一片橘黄色的灯火，一座贴板仿木外立面的二层小楼出现在风雪之中。

那小楼的烟囱冒着烟，门头挂着一方“二嫂农家院”的牌匾。窗子里亮着灯，玻璃上贴着两排不干胶艺术字——“散养柴鸡炖榛蘑，活鱼乱炖是特色”。我心下一喜，一打方向盘，将车开进院子。

车门一开，老三迫不及待地蹿出去，在院子里转了一圈。我伸了个懒腰，挎上随身的布包，走到小楼前，轻轻推开小楼的大门。

门内甚是宽敞，不见半个客人，只有柜台后头坐着一个裹着棉袄的老婆婆。那老婆婆年约六旬，缩在壁炉边上打毛衣。听见门响，缓缓回过身来，扶着桌角站起身，放下手里的毛活儿。

“这么大的雪，还有人来这山沟里？”

“老板，咱这儿有吃的吗？”

“有！排骨炖干蘑成不？都是绿色食品。”

“成！您上菜吧，得多长时间？我们饿得厉害。”

“我老伴儿去山下进货，店里里外就我一个人，稍微多等一会儿，半个小时，一准儿好。”

“呀！狗不能进屋！”

“您通融通融。”我递上一张百元大钞。老婆婆对着光，验一下真假，随后将钞票折好，揣在兜里，不再言语。

我们三人一犬找个靠壁炉近的位置，脱下棉衣，烤着火，搓着手。

不多时，后院厨房飘来葱姜爆锅的香气。半小时后，老婆婆捧着一只大铁锅走过来，将铁锅放在桌上，一掀盖子，浓厚的肉香瞬间散逸开来。

我拿起一只空碗，给老三挑出一些肉，用凉水浸泡一阵，洗去一些盐分和油花，放到地上。老三晃晃脖子，挑了一块最大最肥的排骨，扔到地上，抽了抽鼻子，闻了两口，歪着脑袋不知在想些什么。

我饿得小腿直哆嗦，顾不上老三，抓起筷子就往锅里捞去，就在我的筷子刚伸进汤汁里的瞬间，孙偃白猛地出脚，在桌子底下踢了我一下。我刚要说话，猛然瞧见郎大脑袋借着挠头打掩护，冲我一阵挤眉弄眼。

“老板，汤干了，给兑点儿热水呗！”孙偃白朝柜台招招手。老婆婆应了一声，拎起炉子上的铁壶，走了过来。

孙偃白的眼睛越眯越小，在老婆婆距离我们桌边不足三步的时候，孙偃白右手成掌，一拍桌角，震起一只瓷碗，甩手一扇，直奔老婆婆面门。老婆婆神情一肃，仰头后倒起脚，脚尖向上挑。

“啪——”瓷碗在半空中碎开。

“呼——”老婆婆一扬手，将装满开水的铁壶扔过来。孙偃白掀起桌子当盾，顶住铁壶和热水，抓起一张板凳就往前冲。老婆婆回手一捞捡起柜台上的毛活儿，左右一抽，拽出两根寒光四射的毛衣针。

“我嘞个去，黑店啊！”我解下腰间的皮带攥在手里，和孙偃白一左一右地围上去。

老婆婆皱着眉头，皮笑肉不笑地说道：

“果然不简单，一照面就瞧出来了？”

郎大脑袋举着一个啤酒瓶，大声骂道：

“你用的这款深色粉底调暗了不少肤色，是Kanebo（佳丽宝）的樱花系列吧！五千多一小瓶，这味儿我太熟了，一个开农家院的老太太能用得起这个？再说了，你这色没遮好，耳后露了一片，有色差啊！”

“哟，脑袋，你还懂化妆品？”我眼前一亮，不由得对他刮目相看。

“那你看看，素颜和妆后要是分不出来，我怎么好意思叫‘妇女之友’呢！”郎大脑袋一拍胸口很是得意。

“你们俩，别扯了，这人是个练家子。”孙偃白没有回头，两眼死死地盯着老婆婆的肩膀。我爹说过，武人行止坐卧与常人不同，这些细微之处的差距，寻常眼光不可见，但个中高手却能彼此察觉。

老婆婆叹了口气，指着蹲坐在地上的老三，笑着说道：

“几位无须紧张，老婆子一不杀人，二不越货，只要这条狗。”

“一条老狗而已，不值钱的。”

“非也，狗是狗，犬是犬，更何况，它还是万中无一的……千寻犬！”

老婆婆此言一出，我和孙偃白对视一眼，心知来者不善，连忙一人攻左，一人攻右，同时出手。

老婆婆临危不惧，双手一垂，背在身后，看着我微微一笑，嘴唇一抖，吐出一个字：“倒！”

话音未落，我眼前骤然一黑，和孙偃白同时头重脚轻地倒在地上，与此同时，我似乎听到了老三的狂吠和郎大脑袋的尖叫，还有一阵刺耳的……蝉鸣！

不知过去多久，我浑身打个寒战，猛地睁开眼，一低头便瞧见自己的手脚被拇指粗的麻绳捆得结结实实，在我边上还躺着孙偃白和郎大脑袋，他俩醒得比我要早，此刻正瞪着眼睛看着我。

“脑袋，我刚才是晕过去了吗？”

“老郭，不像是晕过去，你都打呼噜了。”

我白了郎大脑袋一眼，转头问孙偃白：

“这是哪儿啊？”

“不知道，看着像是个库房！”

“我就记得……”

“咣当——”屋门被人从外面推开，一个婀娜高挑的女人背着光走了进来。

“你是……”

“怎么？卸了妆就不认得了？”那女人拉过一把椅子坐在我的面前。我抬起头向上看去，只见她鼻梁上的花镜微微反光，遮住她那双细长的眉眼。她鼻梁英挺，肤色白皙，如果不是因为脸上的皱纹和头顶的白发，丝毫瞧不出她的年岁。我满脑子都是一句话——美人在骨不在皮，岁月从不败美人。

孙偃白见我的眼神一动不动，一歪脑袋，用力地撞在我的后背上。我疼出一头冷汗，龇牙咧嘴地喊道：

“你干吗？”

郎大脑袋缩在墙脚，不阴不阳地笑道：

“老郭，你那俩眼珠子都要砸脚面上了！”

“我……我没……我只是觉得，她……她很眼熟，我好像在哪儿……在哪儿见过！”

“在哪里，在哪里见过你，你的笑容这样熟悉，我一时想不起，啊——在梦里……”郎大脑袋扯着嗓子哼了一段《甜蜜蜜》。那女人一皱眉，站起身，揪住郎大脑袋的领子，左右开弓，一连扇了他六个大嘴巴。

突然，我脑中灵光一闪，疾声大呼：

“你是夏……夏……”

“哟，想不到，还有人记得我！”

“夏什么？”郎大脑袋腮帮子肿得老高。

“夏忆！你是夏忆！《昆虫志》的主编！我小时候买过很多期《昆虫志》，杂志上有你的照片！后来……后来《昆虫志》搞有奖问答，我还给杂志社写过信……我……”

郎大脑袋趴在地上叫苦不迭，咧着嘴喊道：

“老郭啊，多少年的老黄历了，还扯那些没用的臭氧层子干啥啊？人家现在不干主编了，改行劫道了。”

“没错，我是夏忆。本来我只想要你的千寻犬，但是现在，我改主意了，你先给我解释一下，这张照片，是哪儿来的？”夏忆蹲下身，从怀里掏出一张照片。

那照片正是我们从鱼皮衣中找到的。我两眼看着郎大脑袋，飞速地转了两圈眼珠儿，大脑袋会意，知道此事不能实言相告，想都不想就张口胡诌：

“这个啊，不是照片，是个明信片，我这人爱旅游，走到哪儿都好买个纪念品……这个树……树上这个庙……是……”

眼见大脑袋要编不下去，我赶紧补上一句：“民族特色一日游，地方风俗！”

“对！地方风俗！”

夏忆一皱眉，揪住郎大脑袋，抬手又是四个大嘴巴。

“啪啪啪啪——”

“你在骗我！”

“我没骗你……”

“照片背后的诗是怎么回事？”

“诗……诗……那就是首诗呗，为啥会有这诗呢，因为我们哥俩儿在这里曾邂逅一场美丽的爱情，爱情它……它就容易触发文学灵感……”

“啪啪啪啪——”夏忆又扇了大脑袋四个大嘴巴。

郎大脑袋泪如泉涌，抽着鼻涕：

“谎是俩人撒的，您别可着我一个人抽啊！”

“脑袋！你说什么呢？”我在地上蠕动数下，蜷起腿踹了他一脚。

“老郭啊！不是哥们儿不仗义，实在是脸皮薄，禁不住打啊！”

“够了！”夏忆一脚踹翻郎大脑袋，坐回椅子上，用指尖轻轻地抚摸照片背面的文字，俯下身，按着我的肩膀，一字一句地问：

“在照片背面写字的人……是不是……姓郭？”

此言一出，我霎时间汗透衣裳。这字迹出自我爸之手，她怎么会认得？然而，我还没来得及诡辩，她已从我的表情中得到答案。

“郭听……是你什么人？”

话既然已经说到这个分儿上，再遮遮掩掩怕是也没什么意思了。我一梗脖子，心里暗道一句：“也罢，豁出去了！”

“我问你话呢？郭听是你什么人？”

“郭听，是我爸！”

“你爸？”一瞬间，夏忆的神情阴了又晴，晴了又阴，阴阴晴晴，悲悲喜喜，默然半晌，她长叹一口气，幽幽笑道：

“他的儿子……都这般大了，而我却……”

“你认识我爸？”

“何止是认识，他……你叫什么？”

“我叫郭冕。”

"你长得和你爸一点儿也不像。"

"我……儿子都随妈!"我尴尬地抽动着嘴角。

"你是来找你爸的吗?"

"是。"

"你们……能不能带上我?"

我看了看孙偃白，孙偃白摇了摇头，我一咬后槽牙:

"我们还不知您是敌是友。"

夏忆伸出右手，解开我领下的两粒扣子，手指一挑，拽出了我脖子上挂着的石镞吊坠。

"按辈分论，你得叫我一声阿姨。"

我还没等答话，一旁的郎大脑袋鼓着肿胀的腮帮子抢着说:

"只要您放了我，别说阿姨，叫您奶奶都成。"

夏忆缓缓靠在椅背上，手扶额头，微闭双眼:

"郭听……郭听……多么骄傲的一个人啊，三十年前……"

三十年前，湘西凤凰县，古洞苗寨。

苗寨，即苗族的人居住的村寨。苗族历史悠久，奉蚩尤为祖。其部落最早在长江中下游从事农业稻作，号称"九黎"，后经五次大迁徙，由黄河流域至湘（湖南）、至黔（贵州）、至滇（云南）。湘西州境，地处云贵高原东北侧与鄂西山地西南端之接合部，有酉水、沅水、澧水、武水等多条水系贯穿交错，苗寨林立。

由于此处地势复杂，山河交错，许多偏居深山老林的苗寨在二十世纪八九十年代尚未通电、通路，仍旧保持着古老原始的民风。

苗族，素有“放蛊”之俗，掌握“蛊术”的“虫师”在村寨里有着至高无上的地位，可以轻易决定人的生死。

农历七月，将至立秋，古洞苗寨的全体老少都在做准备，迎接赶秋节。

唯有一个叫阿盼的姑娘孤身一人坐在溪边发呆。

夜凉似水，月明如灯。

阿盼略显苍白的脸上写满忧愁。她脱下草鞋，轻轻挽起裤脚，露出一双洁白如玉的小腿。

“哗啦——哗啦——”

阿盼将双脚插入小溪，清凌的流水犹如一条锦缎，静悄悄地掠过她的脚踝。阿盼仰起下巴望着夜空，心里念着父亲曾经给她哼唱过的一首小诗，喃喃自语：

“一，二，三，四，五，八，六，两……月亮出来亮堂堂，小桥流水一汪汪。”溪水中，一条蛇在石缝中缓缓地探出脑袋。

这是一条成年的水赤链游蛇，俗称水游蛇、水蛇，无毒。这条蛇全长约一米，头卵圆形，吻钝圆，背灰褐，腹橙红，自颈至尾有黑色横斑。它顺着溪水游动，缓缓向阿盼的脚边靠近。

突然，寂静的深夜中响起一阵响亮的蝉鸣，高亢刺耳。那水蛇蓦地一惊，逃遁如飞，头也不回地钻入草苇深处。

阿盼捂着耳朵，甩了甩脑袋，从腰间解下一个小竹篓，伸手一捞，从里面捉出一只金黄色的鸣蝉，放在手心连吹数口暖气，那鸣蝉才渐渐安静下来。

此时，一片阴云遮住月光，秋雨季节阴晴不定，一场骤雨转眼将至。阿盼赶紧将蝉放回竹篓，穿好草鞋，将竹篓护在怀里，沿着溪水向北小跑，未行多远，豆大的雨点便劈头盖脸地砸下。

“吱吱——吱吱——”竹篓里的蝉拼命地鸣叫，阿盼连吹十几口暖气都不能让它停下。

正慌乱之际，一柄大伞从她身后缓缓遮上来。阿盼吓了一跳，蓦然回首，风雨之中，一个身形高瘦、目若朗星的男子正嘴角挂着笑，默不作声地站在她的身后。

那男子单手脱下外衣，披在阿盼的肩上，扶了扶自己鼻梁上的眼镜，自言自语道：

“夜深雨骤，小孩子不该乱跑。”

阿盼看着他，心里没由来一慌，愣了许久，才憋出一句：

“我才不是小孩子！”

此言一出，男子不禁一愣：“你会讲汉话？”

“当然！我阿爸是老师，他教我的。”

“你叫什么名字？”

“你叫什么名字？我们这里不欢迎外人！”

“我？我叫郭昕。你呢？”

“我……我叫阿盼。”

大雨越下越大，在天地间立起一面水幕。

“前面有个山洞！”阿盼撒腿便跑，郭昕紧跟其后，为她撑伞。

十几分钟后，半山腰的一间岩洞里燃起一堆篝火。阿盼坐在阴影里，定定地看着给火堆添柴的郭昕。

“坐过来吧，当心受寒。”郭昕向阿盼招了招手。阿盼小心翼翼地挪过来，坐在郭听的对面。

火苗跳动不止，暖意烘满山洞，阿盼怀里的蝉鸣渐渐停止。

郭听摸摸上衣，从兜里掏出一块奶糖，递给阿盼。

“给你的。”

“什么？”

“奶糖，补充体力。正宗的俄国货，不好买的哦！”郭听撕开锡纸，掰下一小块儿塞进自己嘴里，故作夸张地嚼了两口，示意无毒。

阿盼渐渐放下戒心，也掰下一小块儿放进嘴里。

“怎么样？”

“嗯……甜的。”

“小姑娘，我跟你打听个事，这附近有没有一座苗寨？”

“苗寨……你要去哪个寨子，附近寨子很多的！”阿盼自幼生长于乡野，心思单纯，对陌生人知无不言。

“我要去……古洞苗寨。”

“古洞？”

阿盼停止咀嚼，抬眼问道：“你去古洞做什么？”

“我要寻一只虫子。”

“什么虫子？”

“碧眼金蝉！”

“碧眼金蝉？”

“对。我要去一处险地办一桩要事，需要一位善嗅的伙伴。按照祖训，我应该找一条千寻犬随行，奈何我走遍大江南北，也没能找到。苦恼之下，我遍阅古籍，找到关于碧眼金蝉的记载。书中说苗人善御虫蛊，可医可毒，湘西境内有一支族裔，世代驯养金蝉，金蝉中寿命最长的雄蝉为十七年蝉，其双眼碧绿，嗅觉无双，能察觉方圆十五丈内一切活物，并鸣声示警。此番我到湘西寻访，就是为了寻它。对了，你应该就出自古洞苗寨吧？”

阿盼撇了撇嘴，将吃了一半的奶糖包好，塞回到郭听的手里。

“我不吃你的东西！”

“这又是为什么？”

“你要骗我的蝉儿！”阿盼狠狠地瞪了郭听一眼，背过身去。

郭听抚掌大笑：“你怀里的蝉，我一听便知不够年头，嗅探的范围极其有限，不值我一骗，你大可放心！”

“外乡人，碧眼金蝉，万中无一，是我们古洞苗寨的宝贝，岂能交给你？你骗也好，偷也罢，趁早死了这条心！”

郭听闻言，缓缓摇了摇头，大笑不止。

“你笑什么？”阿盼站起身，气得小脸通红。

“我郭听闯荡南北，平生做事最不屑坑蒙拐骗，区区一只蝉儿……”

“吹牛皮，不要脸！”阿盼一跺脚，打断郭听的话。

郭听用脚尖儿踢了踢柴火，拉着阿盼，让她坐下，将奶糖塞还给她。阿盼几次挣扎，却又耐不住奶糖香甜的滋味，终究是接了过来。

“小姑娘，此事我不与你说，你带我去见你家大人。”

“我……我家没有大人。”

“你刚刚不还说，你爹是寨里的老师。”

“他……应该是……死了。”阿盼神色一黯，眼圈通红。

“对不起，我无意提起你的伤心事……那你妈妈……”

“也不在了，我妈去了敦江……再也没回来。我是寨子里的阿公带大的，阿公是寨子里的大虫师，你要找的碧眼金蝉就在阿公那儿；只不过，他不会给你的。我也不会帮你求情，而且就算我帮你求情，也没有用。他是个胆小自私的人，他对河神怕到了骨子里，我恨他……”

“河什么？河神？”

“没什么……”阿盼面上略过一丝惊恐，显然是想起什么可怕的事情。

郭听抬手指着洞外的大雨，轻声说道：

“这雨一时半会儿怕是停不了，长夜漫漫，你不妨给我说说原委。实话告诉你，我是个猎人！”

“猎人？”

“对！猎人，而且是非常专业的那种。我家祖上搜山探海，猎杀凶兽无数，专克怪力乱神。”

阿盼听了郭听的话，踌躇很久才下定决心。她轻轻转过身，解开领口的扣子，慢慢地顺着肩头拉下上衣。

“小姑娘，你这是……”郭听下意识地闭上眼，转开身子。

阿盼没有答话，只是继续解着衣衫。她雪白的左背上，有五道爪痕，起于肩终于腰，长约一尺。那爪痕虽然年深日久，但依旧狰狞可怖。从疤痕周边的肌肤颜色可以判断，当时这一抓，必是皮肉翻卷。

“你转过来。”

“别呀！我这个人在生活作风方面，自我要求还是很高的。”郭听脸色微红，盯着自己的脚尖，嘴上虽满不在乎，但额头上已冒出一层冷汗。

“想什么呢？你不是问河神的事儿吗，你先看看我背上的伤!”

“伤?”郭听双眼一睁，转过身来。

“你这是……”

“河神留下的。”

郭听眼睛一眯，向前挪了几步，一边定睛细看，一边暗自思忖：

“爪分五趾，指甲是直圆锥状，微有倒钩，五道抓痕近乎平行，说明这东西的爪子是平伸而非蜷缩的，凡动物扑抓，掌爪大多内收，此物有五趾却不内蜷，可以大概率说明它并非陆生动物入水（如老虎），而是鱼、两栖动物或是爬行动物……五趾张开是为了便于划水，鱼多鳍，两栖类爪子往往是吸盘或者是蹼……那就只有可能是爬行类。”

郭听盯着阿盼的后背定定出神，阿盼脸红得火烧一般：

“你……可以了吗?”

“爬行类……北魏郦道元《水经注》中说：‘海怪鱼鳖，鼋鼍鲜鳄，珍怪异物，千种万类，不可胜记。’”郭听全副身心都用在研判爪痕上，根本没听到阿盼细弱蚊蝇的声音。

“你……看完了吗?”阿盼的声音略大了一些。

郭听看得出神，蹲下身伸出手指想去触碰阿盼后背上的疤痕，下意识地答了一句：“还没。”

与此同时，郭听的指尖已经碰到阿盼的肩膀。

“啪——”阿盼猛地回头，一个大嘴巴扇在郭听的脸上，随后飞快地裹好衣服。

郭听捂着脸，捡起被扇飞的眼镜，不住地道歉：

“对不住！对不住！我这个人……”

阿盼将手里的奶糖糖纸揉成一团，砸向郭听，转身就往洞外跑，郭听赶紧上前拉住她：

“雨水太大，山路漆黑，躲躲再走也不迟，我……我无意……”

“你还说！”

“我不说！我不说了！你说！”郭听戴上眼镜，一脸真挚地看向阿盼。他的眼神清朗夺目，阿盼和她对视一眼，便觉得头晕目眩，心跳加速。

“你还看！”阿盼凶了一声。郭听赶紧闭上眼，高举双手，退到一旁。

“我不看，也不说，你坐下慢慢讲。”

“讲什么！没得讲！”阿盼虽然嘴上嚷得凶，但还是坐回到了火堆旁。

“就讲……河神！”

第二章

敦江水寒三千尺　湘西秘闻老河神

十年前，湘西，古洞苗寨。

黄昏时分，夕阳穿过窗棂，投进屋内。一个两鬓斑白的中年男子正坐在地上，修理着一把竹椅。他穿着一件破旧的白色衬衫，嘴角绷紧，布满老茧的两手灵活而有力。

他是寨里唯一的老师，姚致晖。

村里罕有人识字，姚致晖是方圆百里唯一出去闯荡过的苗人，但“致晖”二字“又文又拗”，故而村人都叫他老姚。

老姚身后蹲着一个白胖的小姑娘，今年十岁，脑袋上的头发枯黄细软，扎着辫子，略显苍白的脸上还挂着鼻涕。她捧着肉嘟嘟的脸蛋儿，奶声奶气地问：

“阿爸，你这是在干什么啊?”

老姚抹了抹头上的汗，笑着摸了摸小姑娘的头：

“阿盼，村里学堂的桌椅太旧了，今天有个娃娃一坐上去，啪！摔了个屁墩儿!”

“哈哈哈哈哈！”阿盼大笑。

“阿盼乖，明年你也该上学了。”

“阿盼不想上学堂，寨里的阿公说上学堂没用。”

“胡说！”老姚猛地起身，吓了阿盼一跳。

“阿爸——”

老姚弯下腰，将阿盼抱起，语重心长地说道：

“不要听阿公的，阿公年纪大了，他没有接触过外面的世界。你要记住阿爸说的话，读书是能改变命运的，咱们寨子里的孩子一定要走出这片大山，去看看外面更广阔的天地。”

“外面……”

阿盼扭头看向窗外，东边和南边百米外就是绵延的群山，山势陡峭，丝毫不输那“黄鹤之飞尚不得过，猿猱欲度愁攀缘”的蜀道，想走出去不知要何年何月，西边和北边有一条波涛汹涌、横亘绵延的大河——敦江。

寨里的老人不止一次地告诫过后生，敦江水深三千尺，专淹不信命的蠢后生。

老姚从闺女的眼中看到了一个孩子对未来的迷茫。他深吸一口气，将阿盼举过头顶，让阿盼坐在他的肩膀上，他走到院子里踮起脚：

“阿盼，怎么样，是不是看得更远一些了？”

“嗯！”

“阿爸希望，寨里所有的孩子都能走出这片天地，去到更广阔的世界，阿爸的肩膀就是娃儿们的梯子……阿盼！看那儿，阿爸要在江边修一座浮桥，只要浮桥一通，娃娃们就能走出去。”

“咣当——”一声脆响从老姚身后传来。老姚闻声回头，看见正是自己的婆娘辛娅不小心打翻了水碗。

“阿妈!”阿盼伸出了小手。

辛娅接过阿盼，将她放到地上，拍了拍她的脑袋:“去玩儿吧!”

阿盼蹦蹦跳跳地跑出院子，去追逐啄米的小鸡。

辛娅使劲攥住老姚的手，她手指冰凉，嗓音微微颤抖:“你又去修桥了?”

老姚抿着嘴，不敢去看辛娅的眼睛，含含糊糊地应了一声：

“嗯。”

“我不是说过……我说过好多次了！不要去！不要去！敦江边的多麻寨，不是咱们能招惹的。你修浮桥的事，已经惹了人家的不满，我听咱们寨里的阿公说，多麻寨的头人来过，多麻寨的人说……”

“说什么?”

“说……多麻寨世代供奉居于敦江中的河神，你在江上修浮桥……已经触怒河神，不拆桥桩……河神就要出来吃人……他们已经去江边了。”

“胡说！朗朗乾坤，哪来的鬼神?”

“你小点儿声！小点儿声！别被人听见!”辛娅手忙脚乱地掩住老姚的嘴。

“怕什么？你们究竟在怕什么？哦！我知道了，你们怕的是什么狗屁河神！你们怕，我可不怕！我老姚做事正大光明，从不信这些鬼话。我这就去江边守着，谁敢拆我的桥，我就和他拼命!”

老姚挣脱辛娅，在墙边抄起一把铁锹，头也不回地往外跑。辛娅急得直掉眼泪，嘱咐阿盼不要乱走，随后便出了门，去找寨里的阿公。

敦江边，山雨欲来。

三更天，多麻寨的人到了，几十个举着火把的青壮，围住老姚的草棚。老姚攥着铁锹，守着身后的桥桩，和对方僵持。

多麻寨的人越聚越多，带头的是多麻寨的头人康吉，在康吉身后站着一个身裹黑袍、枯瘦如柴的老头儿。此人唤作粟嘎，是多麻苗寨的大虫师。

湘西苗人擅“放蛊”，流派众多，各寨不一，有医蛊也有毒蛊。古洞苗寨所养的碧眼金蝉，乃趋吉避凶之物，既不能医也不能毒，在“放蛊”流派中属于旁支末流；再加上古洞苗寨人丁单薄，田地稀少，少有青壮，使得古洞苗寨在与其他寨子的摩擦中，屡屡处于下风。而多麻苗寨人口鼎盛，号称方圆百里第一大寨。其寨子扼守敦江渡口，此处河段为整条敦江水流最为和缓的一段，多麻苗寨“靠水吃水”，专做“渡船”买卖，全寨一千多户，养着四百艘大小货船，附近十七个寨子的鸡鸭猪牛、果蔬米粮、针头线脑等货物均由多麻苗寨统一收购卖到外面，再从外面采购各寨所需分批售卖。多麻苗寨低买高卖，里外一倒手，便能赚到三成的利。而且，多麻苗寨只“渡货”，不载人，附近村寨接触不到外人，只能按多麻苗寨的定价卖出买入。各寨虽然“苦多麻久矣”，但又惧怕多麻苗寨的有钱有势。

五年前，各寨曾经联合起来，和多麻正面冲突过一次，冲突的结果就是多麻苗寨允许其他寨子的人用自备的船只在多麻苗寨的渡口过江。然而，除多麻苗寨的船外，任何船只一下水，行至江心都会被水里某种东西掀翻，人死货沉。多麻苗寨的人说，这敦江里住着他们世代供奉的河神，除了多麻苗寨的人，谁入水，谁就得死！

自此后，无人敢涉江。

多麻苗寨本以为自己可以高枕无忧，偏偏在这当口上，出了个老姚！老姚年轻时，便是个不安分的“问题少年”，他本名叫“贡晖”，他父亲是个酒鬼，打跑他的母亲后，每逢喝醉必打他。十五岁时，贡晖为摆脱他的酒鬼父亲，钻入大山，所有人都以为他已死在山里，然而贡晖却凭着惊人的毅力活了下来。他在山里游荡三个月，遇到了地质勘探队的队员。勘探队的队员将他带走，送他上学，给他起了新名字“姚致晖”。

老姚长大后，孤身一人顺着大山走了两个月，回到寨子。此时他那酒鬼父亲已经死去多年，老姚立志要让寨里的孩子“换个活法”。

他要办学堂！

他要修浮桥！

桩桩件件都戳到多麻苗寨的痛处。

“把他的桥桩子给我劈了！”康吉一声令下，四五个手持斧头的汉子冲上来。老姚一声大喊，血贯瞳仁，抄起铁锹左右乱抡，如疯似魔，周围人见状，纷纷躲开。

“啊——啊——”老姚背靠桥桩，像一头发狂的野兽。

康吉分开人群，走上前来，指着老姚骂道：

“你在这儿修桥，惊扰我族供奉的河神，你不怕死吗！”

“怕死我就不来这儿了。”老姚咬着牙，死死地盯着康吉。

“上！”康吉一声令下，十几个大汉围上来，各持刀斧缓缓逼近。

“慢着！慢着！”

突然，河边传来一阵密集的脚步，辛娅搀扶着古洞苗寨的阿公宗帊深一脚浅一脚地蹚过半人多高的草地小跑过来，跟在他们身后的还有四十多个寨子里的老少。

“宗帊阿公，你也来和我作对吗?”康吉搓搓手上的扳指，似笑非笑地看着宗帊阿公。

“我……我……没没……没……不敢。”宗帊阿公眼神闪烁，佝偻着身子，低下了头。

“阿公——”老姚看着宗帊阿公。

“你……你把桥桩……拆了吧!”宗帊阿公伸手抓住老姚的手腕，五指握紧，指甲深深地陷进老姚的皮肉中。

“阿公！拆了桥，寨里的孩子怎么办？让娃们在大山里窝一辈子吗？!”

“都是命，都是命，娃生在这山沟子里，是命啊！人就是人，心气儿再高，也……也拗不过河神啊……”宗帊阿公望着敦江水，昏黄的眼眶里满是浊泪。

“狗屁的河神！娃娃们的命，握在娃娃们自己手里。”

“真的！真的！是真的！真的有河神，当年你不在，你……你不知道，咱们寨里不少后生和你一样，他们……他们硬要撑船过江，他们就……就死在我的眼前……我忘不了，一辈子都忘不了……听阿公的劝，把桥桩拆了吧!”

辛娅也赶忙上前，一边抢老姚手里的锹，一边轻声劝慰：

“拆了吧……听阿公的劝，咱们斗不过河神。”

老姚是个热血性子，越劝越恼。他一手挣开辛娅，一手推开阿公，大踏步地走到康吉的面前。

“这江里……有河神?”

“当然!”康吉微微一笑。

“那你把它叫出来，让我见见。”

“河神出水，可是要人命的。”

“你当我是吓大的吗?你若不敢让它见我，便是骗人!”老姚伸手揪住了康吉的领口，多麻寨的人要上来厮打，却被康吉摆手止住。

“你敢不敢和我打个赌?”康吉伸出右手，点了点老姚的胸口。

“怎么赌?”

“我说江里有河神，你说江里没河神。这里有十几条小船，现在的江水水流甚是平和，你选一条船，若能从这里平安无事地划到对岸，再划回来，便算是我说谎，欺骗了大家。到时候，桥随你修，我概不干涉。但是，若是你没能划回来，被河神抓了去……”

“生死有命，与你无干!”老姚抢先一喝，打断康吉的话。

“好汉子!”康吉一挑大拇指，喝了一声彩。

老姚扔掉铁锹，跳上一只小船，解开缆绳，就要入水。辛娅蹚着水跑过来，抓住缆绳，扒住小船的船头。

“别去!别去!”

老姚蹲下身，摸了摸辛娅的头发，从她的脖子上摘下一块玉，挂到自己的脖子上。

“辛娅，你的玉，会带给我好运。”

“不!不!别去……别去……你不能有事!”辛娅抓着老姚，就是不放手。

老姚叹了口气，在辛娅耳边轻声说道："阿盼的胃病，需要到外面的医院长期治疗，不能再拖了！她比同龄的孩子瘦那么多，你看不到吗？她的身体不可能去东边走上两个月的山路，过江是她唯一的出路，为了阿盼，也为了寨子里所有的娃娃，你让我试一试……"

老姚轻轻地掰开辛娅的手，一撑船桨，缓缓地漂向江水深处。敦江水面被大风吹皱，碧波油油，远处青山倒影映在脚下，一片墨绿。老姚是划船的老手，他赤着双脚坐在船尾，手臂打直，利用整个身体的力量，上半身下压船桨，然后再起身，使船桨在水面上下均匀地画圈，推动船身移动。

不到半个小时，老姚已划到江心，岸边的火把星星点点，辛娅站在一块半人高的石头上，朝着老姚不停地挥手。然而，老姚万万不曾想到，在水下的阴暗处，一双血红色的眼睛已然锁定了他。

"呼——"江风渐歇，大雾渐起，老姚的身影变得模糊。

岸边，宗帕阿公的怀里骤然响起一阵刺耳的蝉鸣，既高亢嘹亮，又凄厉惊惧。宗帕阿公瞬间变了脸色，冷汗浸透了他的脊梁。

"回来！回来！快让他回来！"宗帕阿公指着江面大喊。

辛娅闻言，急得六神无主，摘下头巾，一边挥舞一边大叫："回来！回来！"

古洞苗寨的人也在宗帕阿公的指挥下，晃动火把，齐声高喊：

"危险！快回来！"

江面上，老姚的小船突然停了下来。老姚使劲地划桨，却仍旧分毫不动。岸边的蝉鸣飘到江面，老姚没由来地一阵心烦。他趴在船边，向水下看去，想找出缘由。

一只密布细小鳞片的爪子搭上老姚背后的船舷，这只爪子五趾分张，趾尖纤细。

“嗒嗒嗒——”爪子轻轻敲敲船帮！

老姚闻声回头，爪子迅速隐没到水中。

“谁！”老姚左手抄起一只船桨，右手拧亮随身的手电，扭头向刚刚传来响动的左侧船帮看去。

“嗒嗒嗒——”右侧船帮传来敲击声。

老姚一回头，仿佛看到什么东西缩回到了水里。

“装神弄鬼！”老姚啐了一口唾沫，从船舱里捧出一团渔网，扭腰张臂，往水里一撒，渔网迎风张开，罩住一片水域。

“哗啦——”网底传来一股下坠的力道，应该是套住了什么东西。老姚一咬牙，快速收网，向上拖拽。

不多时，网底出水，内有大鱼一尾，黑鳍大嘴，狰狞可怖，落在舱底不住地乱跳，敲得船帮咚咚乱响。

老姚用草绳串起鱼嘴，拎起鱼身，冲着岸边大喊：

“哪有什么河神？一尾大鱼罢了！”

“后面！后面！后面——”辛娅一边大喊，一边脱下外衣，想要跳进水里，四五个小伙子拽住了她。

“吱吱——吱吱——”宗粑阿公怀里的蝉鸣不仅没有停歇，反而一声高过一声，甚至盖过辛娅等人的呼喊。

老姚看着岸边的情形，有些不解，刚要低头拾起船桨，无意中一瞥，赫然瞧见船尾处不知何时爬上来一团赤红的东西。他伸手扇了扇浓雾，定睛看去，依稀可以分辨出那好像是一个干瘪老妪的背影，背弓如虾，头上顶着一顶金翅帽盔，外罩一身大红官袍，湖绸材质，圆领宽袖，上用五彩金丝线绣着一只摇头晃脑的狮子，宝气奢溢，官袍垂落水中，裹着一条粗大的尾巴在水下左摇右摆。

“你……你……是什么东西?”老姚手心一片冰凉，抄起船桨，向那东西的后背砸去。

“扑通——”那东西两爪一撑，凌空跃起，向下坠落，瞬间砸翻小船，老姚滚落水中，手电筒一闪而灭，水上再无光亮。

“啊——”浓雾之中传来老姚凄厉的惨叫，辛娅眼前一黑晕了过去，宗吧阿公怀里的蝉鸣声一瞬间达到顶峰。

不多时，水面晕开一片血红，翻滚的江面渐渐安静下来，只剩一只孤零零的小船在浓雾中打转儿。

“吱吱——吱吱——吱——”宗吧阿公怀里的蝉鸣声减弱，慢慢恢复沉寂。

宗吧阿公满脸是泪，强撑着站直腰，对身边的几个小伙子叹道：

“它……它已经走了……带着辛娅，咱们……咱们回去吧。”

多麻苗寨的人围成一圈，将古洞苗寨的人挡住。宗吧阿公抹了一把泪，缓缓转过头，看向远处的康吉。康吉咧嘴一笑，轻轻地摆了摆手，让手下人让出一条路。

宗吧阿公朝着康吉点点头，带着寨子里的族人渐行渐远，消失在夜色之中。

古洞苗寨，辛娅已经三天没有说过话了。

她将自己关在家里，不与任何人接触，除了吃饭喝水，她就在厨房内忙碌，用文火烘炒木屑，阿盼被她关在卧室，任凭如何哭闹也不搭理。

辛娅的阿爸在世时是寨子里炸山采石的石匠，辛娅从小耳濡目染，对配置土炸药颇有经验。

民间土炸药，配方大多源自孙思邈的《丹经内伏硫黄法》：“硫黄一两，硝石一两。硇砂半两。右三味为末，甘锅坯成汁。泻入槽中，成伏矣。”另外也有《武经总要》中的火球火药方：“晋州硫黄十四两，窝黄七两，焰硝二斤半，麻茹一两，干漆一两，砒黄一两，定粉一两，竹茹一两，黄丹一两，黄蜡半两，清油一分，桐油半两，松脂一十四两，浓油一分。”

总之，只要将硝、硫、木炭三者的比例控制在 16 ∶ 2 ∶ 3 这个范围内，就能制成品质不等的土炸药。

苗族女子大多痴情，老姚出了事，辛娅不愿独活，但在死前，她要为丈夫报仇。

人要是连死都不怕，还会怕什么河神吗？

四天后，辛娅的土炸药配得差不多了。她将炸药填装在一节节竹筒内，预留引线在外，趁着阿盼熟睡，悄悄出门，摸黑前往敦江边。

“阿妈！”五更天，阿盼骤然惊醒，她找遍家里的每一个角落，都没有找到辛娅，她走到窗前，看到一点灯火沿着小路向敦江边移动。

“阿妈……阿妈……”阿盼抱起家里的大黑猫，跌跌撞撞地追过去。

敦江岸边，长长的野草，高过阿盼头顶，遮住她的视线。她抱着家里的黑猫，不住地呼喊着辛娅，走了没多久，便开始胃痛，疼得冷汗直流，剧烈喘息，胸闷乏力……阿盼大口地喘着粗气，身子一蜷，倒在草甸子里。

风吹草甸，半人高的草秆子左右摆动，水面上震耳欲聋的爆响传来，缩在地上的阿盼几次想要爬起身，却又提不起力气，她知道，自己阿妈此刻就在水上，她能听到阿妈的喊叫和哭泣。

十几分钟后，水面上万籁俱寂，连风都渐渐停下来。

身侧十几步远，大片草秆儿倒伏，似乎是有什么东西在移动。

阿盼手脚并用，扒着泥土迎过去，只见草丛深处，有一抹红色。阿盼伸出小手，探着脑袋一看，只见前方不远处，有一红袍人背对阿盼，席地而坐，红袍底下有一长长的尾巴左右摆动，在红袍人的怀里抱着一个一动不动的女人，赫然正是辛娅。

“阿妈……”阿盼不由自主地叫了一声。

“喈——”那红袍人发出一声似笑非笑的嘶嘶声，慢慢扭转头颅，黑暗之中，阿盼看不清他的脸，只看到一条细如蛇、红似火的长条舌头。

“啊！”阿盼吓了一跳，抱着怀里已经吓得瑟瑟发抖的黑猫，捂着脸往后爬。那红袍人随后追来，隔着草丛抓了阿盼一把。阿盼肩头一抖，后背火烧一般剧痛，半边身子一沉，滚下一道泥沟；刚要起身，一只冰凉的小手捂住她的嘴，一个稚嫩却又冷静的童声在她耳边喝道：

“小妹妹，别出声。”

阿盼又急又惧，下意识地张开嘴，狠狠地咬下去，那只小手疼得一哆嗦，但仍旧牢牢地捂住阿盼的嘴。阿盼咬了一阵，渐渐平静下来。她缓缓扭过头去，借着朦朦胧胧的月光，看到捂住她嘴的人的样子。

那是一个比她大不了几岁的男孩儿，一身藏青色的苗族短褂，右耳朵上挂着一只黄铜的耳环，面色微黑，浓眉大眼。

“唰——唰——唰——”草丛里传来一阵细碎的响动，定是那红袍人在四处搜索。突然，男孩儿快如闪电地伸出另一只手，又准又狠地揪住阿盼怀里黑猫的后颈，使劲一甩胳膊，将黑猫扔向北面。黑猫飞出十几米，刚一落地，就被一道血红色的身影按住，发出一声尖厉的惨叫……

“嘘——”男孩儿捂住阿盼的眼，示意她万万不能哭出声来。

此时，江水之上传来一阵悠扬的笛声，一个干瘪枯瘦的黑袍老人踩着一只竹筏横渡敦江。在那黑袍老人上岸的一瞬间，那道血红色的身影“扑通”一声跳进江水，消失无踪。

小男孩儿喘了一口气，松开小手，用袖口擦了擦阿盼眼角的泪水。

“我叫察奈，多麻寨未来的头人……”

阿盼虽小，但也从寨里人的只言片语中得知，自己的阿爸已经死了，而且和多麻寨有关。

“让开！我要去找阿妈！”阿盼使劲地想推开察奈，却因体弱未能奏效。

“你阿妈触怒了河神，已经死了！”察奈从后面抱住阿盼，阻拦住她的脚步。

“你胡说！你胡说！”阿盼急红了眼睛，两条小腿不住地乱蹬。

“唉！”察奈叹了口气，一掌劈在阿盼的后颈，将她打晕过去。

一只枯瘦的大手无声无息地伸过来，想要扼住阿盼的喉咙，却被察奈“啪嗒”一声捉住手腕。

“师父，别杀她。”察奈将阿盼平放在地上，缓缓转过身，看向那渡江而来的黑袍老人。

这个黑袍老人正是多麻苗寨的大虫师粟嘎！

“为什么？”

“没有为什么。”

“察奈，见过河神的人都得死，这是我们多麻寨的规矩。”

“规矩是人定的，可以立，就可以破。”

“谁来破？”

“我来破。”

“为什么要破？”

“我是未来的头人，自然是为多麻寨考虑。这个女孩儿我见过，她是老姚的女儿。老姚在古洞寨边上搭了三间土房，教小孩子读书，无论是哪个寨子的都可以来听，我去听过很多次，他……讲了很多非常好的道理，他是个好人，我们不该害他，更不该害他的女儿。”

“好人？哼！他是我们多麻寨的敌人。”

“老姚讲过一个故事，叫作‘大禹治水’。相传上古时期，黄河泛滥，禹的父亲鲧因为用封堵的方式治水而失败，被舜所杀；而禹用疏导的方式治水，结果获得了成功。师父！时代变了，山里人对山外世界的渴望，就如同奔涌的洪水，早已不是河神所能堵塞的。老姚不会是一个人，而是一群人。死了一个老姚，还会有下一个出现，我们多麻寨想要发展壮大，不能仅靠地利去盘剥其他寨子，而是要先一步去接洽外面的世界，天大地大，才好作为……”

“糊涂！我看你是被那姓姚的蛊惑了精神！”粟嘎拨开察奈的手，将阿盼拎了起来。

“师父！别杀她！”

“凭什么？”

“就凭我是多麻寨未来的头人。”

“只要是外人，见过河神都要死！”

察奈摘下了耳环，掰开阿盼的手，塞进了她的手心。

“师父，这耳环是阿爸给我的，我现在给她，等她长大了，我也长大了，我就娶她，她将来也是我们多麻寨的人，这不算坏了规矩吧。”

粟嘎的脸色阴了又晴，晴了又阴，过了许久，他薄薄的嘴唇里吐出五个字：

“你好自为之。”

言罢，粟嘎一拂袍袖，消失在黑暗尽头。

察奈蹲下身，掏出随身的药粉，裹好阿盼后背的伤，将她背在身后，慢慢悠悠地向古洞苗寨走去。

翌日清晨，阿盼在宗帕阿公的家里醒来。

“阿妈……”阿盼瞬间回忆起昨天晚上发生的事，推开门就往外闯，守在门外的宗帕阿公抱住了她。

“阿盼乖……哪儿也不要去，以后就留在阿公家里，阿公教你养虫。”

“我不要养虫，我要阿妈！”

“你阿妈已经入土了。”

“不！你骗人！你骗人！你去多麻寨，你去多麻寨，你打他们，打他们，报仇！报仇！”阿盼攥紧拳头，狠命地敲打着宗帕阿公的肩头。

宗帕阿公坐倒在地，一言不发。

彼时，阿盼年岁尚小，对“报仇”二字，既无概念也无能力，只有一份委屈和一份悲切。没了父母，阿盼就在宗帊阿公家长大。那个穿大红袍的“河神”不止一次地出现在她的梦里，让她又怕又恨。每次惊醒，她都会走到镜子前，褪下外衣，呆呆地望着背后的伤疤，一坐便是一整夜。

日子一天天过去，阿盼渐渐长大，宗帊手把手地教会了阿盼养虫，想将她培养成一位寨子里最出色的虫师。然而，古洞苗寨的蛊术，善医不善毒，哪怕最厉害的碧眼金蝉也没什么攻击性。

阿盼很焦虑，也很无助。

忽有一天，宗帊阿公病重，将阿盼唤到床前，往她的手心里塞了一只黄铜耳环：

“十年前，是他把你送回来的，我见到他了……我们寨子的年轻人没一个及得上他。别看他年岁小，但已显峥嵘，多麻当兴，我们古洞……难挡其锋。他说了……他日后做了头人，绝不欺压弱小，定要化解各寨之间的恩怨。他要你嫁去多麻，这件事，我应下了，今年的赶秋节，他就会继任头人，这一天也将是他……迎……迎亲。”

“阿公！你这算是卖了我吗？”阿盼不禁怒火中烧。

“古洞弱小……多麻有河神庇佑，我们争不过人家，打不过人家，又能怎样……”

“阿公！卑躬屈膝是换不来尊严的！”

“阿盼，你不懂，这不是卑躬屈膝，而且尊严……也从不属于弱者……”宗帊阿公老眼泛泪。

“你怕河神，我不怕。”

“傻孩子，那是河神啊……这些年，除了咱们寨子，周边少说有十几个寨子都去过敦江挑战河神，多少强壮的年轻人啊，都……埋骨在江底。他们是女娃的情郎，是母亲的儿子，是亲人的父兄……可惜了，可惜……可惜他们到死也不知道河神的真面目是什么。”

“阿公，十年了，你还是这样怯懦！”

“不是阿公怯懦，孩子，要想知道秘密，唯一的途径就是靠近秘密。要想战胜多麻寨，先要除掉他们供奉的河神，若想除掉河神，你必须知道河神的真面目是什么……眼下，是我们唯一的机会。你嫁给他们的头人，嫁进多麻，相信用不了多久，你就能打探出……河神的秘密。”

“阿公……我——”

“我什么？你不想报仇吗？”

“我想！可我不想嫁给那个察奈……我们就没有别的方法吗？”

“孩子，很多事，没得选。这是你唯一的路！”

“阿公，我心里很乱。”阿盼甩开宗杷阿公的手，头也不回地跑出寨子，独自一人坐在山谷里的小溪旁发呆。

直到夜雨忽至，撑着雨伞的郭听从林中飘然而至……

篝火跳动不息，红彤彤的暖意笼罩着整座山洞，阿盼完成了她的讲述，郭听仍旧陷在故事中，久久不能自拔。

雨声渐歇，阿盼长吸一口气，缓缓站起身：

“外乡人，我要走了”

“你去哪儿？”

“当然是回寨子。”

“回寨子?”

“三天后就是赶秋节，阿公要把我送去多麻寨，给他们的新头人做新娘子。”

“你既然不想嫁，为何还要回去?”

“我不回去，还能去哪儿?”阿盼努力挤出一抹苦笑。

“笑话！天大地大，何处不能容身?”

“天大地大？过不去敦江，我的头上，就只有巴掌大的一块天，早也是死，晚也是死，早点儿去找我阿妈，也是极好的。”

话到此处，阿盼鼻子一酸，险些落下泪来。

“今天不知是怎么了，和你说了这么多……不怕你告密，我已经准备好竹筒火药，赶秋节那天，我点着火药，跳到江里，和那个河神同归于尽。”

郭听挠了挠头，满脸惊恐地看着阿盼。阿盼被郭听直勾勾的眼神吓住了，小声问道：

“怎么？被我的勇气惊到了吗?”

“我是被你的愚蠢惊到了。小姑娘，你以身炸河神的想法非常大胆，我也很佩服你同归于尽的想法；但是你有没有计算过，敦江的河水有多深？流速是多少？你身上火药的爆炸力有多大？有效范围有多广、引燃时间有多长，以及河神的出现节点是什么时候……”

“我……”阿盼脸一红，有些语塞。

“你看看，你看看，都打算拼命了，还不动脑子。”

“不用你管！”阿盼恼羞成怒，推开郭听，向山洞外面跑。

郭听一个箭步冲上去，拉住她的手，阿盼挣了一下，却没挣脱。

"你……你做什么?"

"小姑娘，你吃了我的奶糖，便是我的朋友了。朋友有难，郭某断然不能坐视不理，你若信我，就不要再做你那同归于尽的打算。区区一个装神弄鬼的河神，郭某替你除了便是。"

"你吹什么牛皮!"阿盼被郭听拉住，进不得，退不得，一抬眼，又对上郭听那双清朗的瞳孔，一副身心霎时间僵住，脚步再也无法挪动。

"我这人从不打诳语，咱们击掌为约，三日内，郭某必除河神，倘若不成……"

"不成怎的?"阿盼追问。

"倘若不成，我便带你撒腿开溜，远离此地，再不回来。你放心，这几个月我在这大山中兜兜转转，已将山路烂熟于心，些许蛇虫鼠蚁、豺狼虎豹，根本不值一哂。"

"你又在吹牛!"

"好好好！这样吧，若是三日内我弄不死那河神，我便自己绑了你的竹筒火药，跳河去炸它，你看如何?"

"我……我的事，怎好让你送死?"

"你怎知此事一定不成？万一要是成了，你又怎的?"

"我……你若真杀了那河神，便是替我报仇的大恩人，我……"阿盼闭着眼，抿起嘴，刚要说话，郭听抢先笑道：

"若是成了，你就带我去见你的宗粑阿公，借我碧眼金蝉一用。"

话音未落，阿盼心里猛地一沉，既觉得松了一口气，又隐隐约约带上几分失望，这情绪说不清道不明，让阿盼恍惚间似得又似失。

“如何?”

“好——”阿盼点点头。

“一言为定!”郭听抓着阿盼的手，和自己轻轻一击掌。

趁着这工夫，阿盼飞速地抽回自己的手，捂着咚咚乱跳的胸口，转身就跑。郭听愣了一下，哈哈大笑，拉开架势，围着篝火边跳边唱，词不达意，荒腔走板，全不在调：

“哐令叮哐令叮哐，哐令叮哐令叮哐，踏破铁鞋无觅处，得来全不费工夫。得此碧眼金蝉，我好比关公得赤兔啊，躬身施礼把话言，蒙丞相待我情义厚，今日赐某赤兔马，千里寻兄不费难，倘若我弟兄从此得相见，不忘丞相恩如山，深施一礼跨雕鞍，良骥千里名不虚传……”

第三章

破迷雾郭听设伏　了恩仇凶顽显身

郭听这一别后，就再也没有出现。阿盼在寨里坐立难安，既信他，又不信他。她不知为什么，自从见了郭听之后，满脑子都是他的身影，她怀疑自己是病了，得了很严重的病，食不知味，寝不安眠。

“就算他是个骗子，我也想再见他一面。”午夜时分，阿盼躺在床上半梦半醒，脑子里没由来地蹦出这么一个念头。

相传远古时，苗族先祖曾派一男一女去东方取回谷种，在苗地种植，使苗人有五谷食用。这一男一女，被苗人尊为秋公秋婆。每年立秋日到来前，水田、旱地作物均已黄熟，苗人为感念先人恩德，特设赶秋节。

赶秋节，又称秋社节、交秋节，是湘西苗人的传统大节，既是为了庆祝丰收，也是为了在各寨之间进行娱乐、互市，以及青年男女交往、说婚、迎亲等活动。

节日当天，敦江边上，各寨苗人齐聚，各着盛装，载歌载舞，山歌对唱。吹唢呐，上刀梯，舞狮子，打花鼓，打猴儿鼓，荡八人秋，热闹异常。

今天是多麻寨新头人察奈继任和娶亲的大典。

十年的光阴，已将察奈打磨成一个果敢英挺的青年。

此时，他正赤着上身，手持梭镖，与一头发疯的水牯牛角力。

这是苗人的传统习俗，唤作“椎牛”。在多麻苗寨，头人须以勇武称雄。新头人若想继任，必经此一战。

察奈精赤着臂膀，脊背上的汗珠伴随着闪转腾挪砸落尘土之中。

水牯牛，就是公水牛。因其皮厚且汗腺不发达，须时常浸水散热而得名。与察奈对阵的这只水牯牛，体格粗壮，四蹄粗大，皮毛灰黑，头额狭长，向后方弯曲的大角形如弯月，体长约三米，肩高近两米，双目通红，头低背拱，追着察奈来回冲撞。察奈身手灵活，形似猿猱，每每于千钧一发之际闪开牛角，并用手中的梭镖在水牯牛身上留下一道不浅不深的伤口。没过多久，水牯牛的身上便布满了长长短短的血痕，鲜血和疼痛深深地刺激着水牯牛的神经，它的冲撞一次比一次有力，速度也越来越快。

“唰——”水牯牛又一次冲向察奈。察奈闪身向左，避开牛角，就在牛头越过察奈后背的一瞬间，水牯牛的左前蹄一顿，两条后腿一弯，硬生生地止住去势，脖颈一弯，四蹄蹬地，从折角方向斜顶察奈后腰。这一记“回马枪”又快又准，察奈心里一惊，来不及变换步伐，两膝微蹲，脚尖点地，原地一个空翻，头下脚上地跳起一人高，牛头牛角贴着他的头发冲了过去。察奈在半空中吸了一口气，两腿分开下落，一坐一夹，骑在水牯牛的背上，将右手的梭镖咬在嘴里，空出手来，抓住水牯牛的牛角。

水牯牛察觉背上有人，甩头狂奔一百多米后，前蹄急刹，后蹄扬起向半空蹬踢，想要借着惯性将察奈甩下去。察奈两腿死死地夹住牛颈，身子伏底趴在牛背上。水牯牛一甩不成，脖子一晃，就地打滚。（水牛与黄牛不同，水牛喜欢在泥潭里打滚，既能散热，又能防止昆虫叮咬，还能在泥浆干硬脱落时带走部分寄生虫。）察奈觑准时机，在水牯牛四蹄朝天的瞬间跃下牛背，一梭镖扎进水牯牛的咽喉。梭镖形如矛头，长不及肘，修如柳叶，生铁铸打，锋利异常，可刺可投。

水牛皮虽厚，却也不过八毫米左右。成年男子手持梭镖，远投可穿竹，近捅可没入木桩。区区一层牛皮，根本不在话下。

水牯牛咽喉遭重创，血流如注，狂性大发，借着翻滚的惯性起身，踩踏察奈。察奈贴住水牯牛颈后的位置跟着它横向移动。牛这种动物，前后移动有力，左右移动笨拙。牛的脖子短粗，颈后这个位置，角顶不到，蹄踢不到，堪称攻击死角，察奈觑准机会，扳住牛颈，再次蹿上牛背。

这一次，水牯牛挣扎的力道显然弱了很多。随着咽喉处鲜血越流越多，水牯牛渐渐脱力，没过多久便前蹄一软，跪倒在地上。察奈浑身是血，骑在牛背上喘息一阵，双手高举，放声大吼。围在周边的苗人也高举双手，与之应和。

椎牛得胜，察奈正式成为多麻寨的新头人。

在同伴的簇拥下，察奈换上一件苍青色的对襟上衣，头包帕子，肩披红绸，直奔古洞寨迎亲。

双喜临门，察奈神采飞扬。

从多麻寨到古洞寨的山路上，站满了人。

察奈在十几个年轻同伴的陪同下一路向南，每过一路口，便有一群古洞寨的姑娘伸出竹竿拦路，与察奈一行人对歌。走一段，对一次，反复数次，才到古洞。

古洞寨前，察奈随行的小伙子们个个摩拳擦掌，做好了战斗的准备。依苗族婚俗，新郎到寨，须行抢亲之举。此时古洞寨的姑娘们早已将阿盼藏在某间不为外人知的竹楼里，并布好罗网，各持竹棍、软棒等候，待到新郎登门，便伏兵齐出，持棍棒乱打。小伙子们须簇拥着新郎，一边挨打不能还手，一边机警地搜寻新娘；当发现新娘的踪影后，便齐心合力，避开姑娘们的追打，将新娘抢走。

此时，阿盼就坐在宗杷阿公的床边。今天是古洞寨的喜日，久病的宗杷阿公脸上也浮现出一抹罕见的红。

“阿盼……到了多麻，不要忘记古洞……不要忘记仇恨……”阿公攥着阿盼的手，意味深长地看着她。

阿盼望着窗外，仿佛外面的一切热闹都与她无关，她的眼神空洞而沉寂。

“他说过，他会来的，他骗我……”阿盼喃喃自语。

“你说什么?”阿公没有听清阿盼的话。

“没什么，不重要了。”阿盼低下头。

“重要！重要！阿盼！你对咱们古洞寨至关重要!”

“阿公，我大不了一死，和那河神同归于尽!”

“糊涂！糊涂！咳咳咳……咳咳……”宗杷阿公激动之下，喘息不止，仿佛要将五脏都咳出来。

“阿公……”

“傻孩子，你不该犯这种糊涂啊！附近的寨子，多少好猎手都没杀得了河神，凭你一个体弱的女娃，如何能成事？到了……多麻，你万万不可流露出丝毫的敌意。你要温婉，你要谦恭，你……你要隐忍，哪怕受了委屈，也要吞下去、咽下去。你要用一切手段，锁住察奈的心，勾住他的魂儿……让他为你痴迷，让他爱上你……直至他交代出河神的秘密。”

“可我……”

“可你什么？”

“可我根本不爱他。”

“这不重要！我不管你是自欺欺人，还是逢场作戏，总之……就算是装，你也要装出来爱慕他的样子，你懂不懂？”

“我……”

“懂不懂？”

“懂……”阿盼眼角泛起泪花，不知为什么，满脑子都是郭昕的影子。

宗帊阿公察觉到阿盼的犹疑，他一把抓住她的肩头：

“阿盼！你告诉阿公，你……可是有喜欢的情郎了？”

“我……我没有……”

“你看着我！看着我！”

“我……”阿盼眼神闪烁，四处躲闪。

见此情形，宗帊阿公心里一沉，急吼吼地问道：

“是谁？是谁？咳咳咳……咳咳……”

宗帊阿公剧咳间，怀内的碧眼金蝉陡然发出一阵撕心裂肺的蝉鸣：

“吱吱——吱——吱——”

宗杷阿公瞪圆了眼，无比警觉地爬起身，从枕头底下拽出一把匕首，硬撑着精神将阿盼护在身后，拉着她躲在衣柜背面。

竹楼的窗纸上缓缓浮现出一个青年男子的剪影。

戴眼镜，背纸伞，肩背瘦削。

“是他！”阿盼的胸口猛地一震，心脏怦怦直跳。

未见其人，只瞧着影子，她便知来人定是郭听。

“当当当——”郭听敲了敲窗棂，轻声问道：

“阿盼姑娘，你可在吗？”

“我在——”阿盼红着脸，下意识地应了一声。

“吱呀——”窗户被人轻轻推开，郭听两肘拄着窗台，笑着说道：

“你们这儿太热闹，乱哄哄哪儿都是人，想要见你，可真是不好找。”

“什么人！”宗杷阿公一声大吼，从衣柜后面站出来。

郭听咧嘴一笑，一扶眼镜，双手一拱：

“不知有长者在，郭某失礼了。”

阿盼怯生生地从宗杷阿公身后探出头来，轻声言道：

“阿公，他是我……我的朋友。”

“朋友？”宗杷阿公一皱眉，瞧着满脸通红的阿盼，心里暗暗叫苦，“阿盼啊阿盼，纵然是傻子也能看出这小子就是你的情郎啊。”

“气煞我也！”宗杷阿公一声大叫，甩手将匕首掷出，直插郭听咽喉。郭听伸手一拂，指尖一弹，将匕首弹偏半寸，同时五指外张，翻腕一捞，将匕首稳稳当当地托在掌中。

“咦？纵使郭某来得匆忙，未带礼物，您也不该刀兵相见啊！”

瞧见郭听这一手功夫，宗帊阿公心里一急，扯开衣柜，从里面抓起一杆土猎枪，阿盼唯恐郭听受伤，一个箭步冲到窗前，背对郭听，面对宗帊阿公，大声喊道：

“阿公，您莫伤他！”

郭听在阿盼身后探出脑袋，凑在阿盼嘴边轻声细语：

“你这阿公，脾气暴得厉害，和我老爹一个模样。”

“你别说话了……你来做什么？”

“做什么？哇，小姑娘，想不到你年纪轻轻，记性如此不好。你托我办的事你都忘了？”

“你……”

“你什么你？郭某幸不辱命！”郭听眉毛一挑，神采飞扬。

“你杀了河神？”

“还差一点儿，万事俱备，只欠东风。”

“什么……风？”

“今日午时三刻，敦江之畔，有一场好戏。”

“戏？”

“这戏有个名目，唤作‘破迷雾郭听设伏，了恩仇凶顽授首’。你要不要来？”

“要！”

“快走快走，莫要误时！”郭听伸手揽住阿盼的腰，一提气，将她抱过窗台。宗帊阿公举枪要打，郭听甩手一挥，匕首飞出，贴着宗帊阿公的鬓角，削断一缕白发，“哆”的一声钉在衣柜大门上。

“老人家，你我往日无怨近日无仇，初次见面，你为何刀扎枪打，非要害我性命？念你岁数大，我再放你一回，倘若再与我纠缠，休怪我心狠手辣！”

郭听年少气盛，多年来以打猎为生，杀伤猛兽无数，此时眼中凶光毕露，纵是宗帕阿公久经历练，也不由得打了一个寒战，还未及平复心跳，郭听便已带着阿盼不知所终。

寨门外，多麻的小伙子们正簇拥着察奈和古洞的姑娘们打闹，两伙人你进我退，你打我追。郭听拉着头戴银冠、项挂银圈、身穿银衣、手佩银镯的阿盼一路小跑，分开人群。混乱中，不知谁喊了一句：

“新娘在这儿呢！”

这一喊不要紧，两伙人全停下手，齐刷刷地看过来。

阿盼吓得魂不附体，想跑入树影下，却早已来不及。

察奈止住人群，走了过来，看着郭听，用汉话问道：

“看你模样，是外乡人。”

郭听松开阿盼，两只手当胸抱拳，朝着察奈施了个礼：

“在下郭听，幸会！”

“她，是我的新娘。”察奈指了指阿盼，眼神格外凌厉。

“我知道，我是阿盼姑娘的朋友。”

“朋友？”

“对！朋友！”

“既然是朋友，不妨喝杯酒。”

“酒我就不喝了，阿盼说过，她不想嫁。”郭听笑着摆摆手，云淡风轻。

“不想嫁?”察奈扫视一圈，看着阿盼，幽幽说道，“你可知道我是谁? 我是多麻的头人!”

“你就是天王老子也没用。”郭听一声嗤笑。

“外乡人，我不想和你争斗，你要知道……在这片大山里，多麻的话，没有人敢忤逆。”察奈一招手，随从的青壮顷刻间便从四周寻来木棍、刀斧。

“这儿的事，我有所耳闻。你的倚仗不过就是敦江里的一个畜生，郭爷我这便报销了它，够胆的，跟上来吧!”郭听神色一凛，陡然发难，足尖一挑，从身旁挑起一根竹竿握在手中，以竹当枪，左扫右扎，顷刻间崩飞两名敌手，拉起阿盼向西南方向冲去。

“追!”察奈怒不可遏，接过一把劈柴的长柄斧，带着人从后追来。

郭听一边跑，一边抽动鼻翼。

“没错了，马粪味儿越来愈浓，你们寨子的马棚就在这儿吧。”

“嗯。”

“骑过马吗?”

“没……没……”阿盼跑得上气不接下气，根本说不出来话。

“没骑过也不用怕，骑马好玩儿极了。”郭听一声大笑，竹竿回身一拨，戳倒一片花架，绕过小巷钻进马棚，左右分辨一阵，指着一匹黑马大笑，“就是它了!”

郭听抱起阿盼，半跪在地，让她踩着自己的膝盖跨上马背。

与此同时，察奈带着的追兵也已经杀到。

“抓着缰绳，弯腰低头，把眼睛闭上!”

“啊?”阿盼小脸儿煞白。

“闭眼!”话音未落，郭听一鞭子抽在马屁股上，马儿吃痛，扬蹄便跑。

“啊——”马上的阿盼吓得尖叫不止。郭听飞起一脚，踢飞一只木水桶，砸倒一个敌手，顺手一捞抓起竹竿，两腿快成一条线，追着马跑。

古洞寨里多巷道，纵横交错，宽窄不一，马儿虽然吃痛，但却跑不快，只能无头苍蝇一般左右乱撞。郭听倒提竹竿，踩着墙头跃上屋顶。苗族大多居于山区，山高坡陡，阴湿多雾。若修建砖屋，易受地气影响，有碍起居；故多修土台，土台下以长木柱支撑，楼体以木、竹、土、茅为主要材料，分两至三层，屋顶铺盖青瓦，平顺严密，大方整齐，曰“吊脚楼”，亦称“吊楼”。

郭听跃至楼顶，横持竹竿，时而横扫，时而戳刺，将追兵尽数挑落；低头一看，阿盼伏在马上，已近寨门，连忙踩着屋脊在竹楼间纵跳尾随。

察奈指挥着手下不断向高处爬，拖住郭听，自己则绕小路，穿堂过院，拦在阿盼的马前，斜刺里冲出，去捞缰绳，手刚到半路，半空中一支竹竿抽来，“啪”的一下敲在他的手腕上，顷刻间敲出一道瘀青，不用问，正是郭听到了。

“找死!”察奈牙缝里迸出一口杀气，抡着斧头来砍郭听。郭听的竹竿长，左拨右晃，察奈无法近身，纠缠之间，阿盼的马已经又蹿出几十步远。

“围起来!”大批人马赶到，绕着圈围住郭听。郭听一皱眉，竹竿虚挑察奈右眼，察奈退了半步，郭听的竹竿在空中画了一个半圆，挑下小楼外晾的一片床单，裹在竹竿上，回头一甩，床单迎风铺展，好似一面大旗。郭听将这杆“大旗”舞得风雨不透，虎虎生风，身形在“旗面”之下忽隐忽现。

“一起上——”察奈一声吼，所有人不管不顾地扑了上去，包围圈骤然缩小，人挤人地向“大旗”砸去。

“扑通——扑通——”十几条大汉以身作盾将“大旗”压在身下，低头一看，那“旗面”之下并无半个身影。

“在那儿呢!”人群中有人高喊。众人闻声看去，只见郭听不知何时已经爬到一座葡萄架的顶上，反手摘下一串紫葡萄，用牙咬下数颗，吧嗒吧嗒嘴，吐了葡萄皮，一挑拇指，冲着察奈大喊：

“甜!”

“啊——”察奈一声吼，斧头横挥，将葡萄架砍倒。郭听凌空一纵，又上了楼顶，眼瞧阿盼连人带马已到了寨门，于是乎吹着口哨回头一笑：

“告辞！不送!”

“呼——”郭听凌空跃起，以竹竿作撑杆，跃出数丈，从半空中下落，又准又稳地落在马背上，左手拦住阿盼的腰，右手捞起缰绳，向上一提，快马人立而起，仰天嘶鸣。

阿盼又羞又怕，不敢睁眼，手捂着脸，脑子一片空白。

“驾!”郭听腿夹马腹，打马直奔敦江。

快马如飞，劲风扑面。阿盼透过指缝偷眼一看，只见两侧风景闪电一般后退，马儿四蹄扬起，马背起伏不定，如险流行舟，激得她心跳加速，呼吸急促。

“怎么样？阿盼姑娘，骑马好不好玩儿？”长风吹来，郭听衣发猎猎作响。

“嗯。”阿盼重重地点了点头，心里暗道：“我便是就这样死了，也是极好的。”

十几里山路，转眼便至，郭听滚鞍下马，将阿盼抱了下来，拉着她走到一截半人高的树桩前，右手自怀间一抹，拽出一根三寸长的铁钉，“哆”的一声将其插进树桩横截面正中，先指了指身后波涛翻涌的敦江，再指了指铁钉在阳光下的影子。

“阿盼姑娘，午时三刻，必兴风雨！”

“可现在明明是晴天……”

“风云难测，晴阴不定，福祸更迭，否极泰来。你好好坐着，我去会会那河神。”

阿盼拉着郭听的胳膊，眼中满是忧虑。郭听扶着阿盼坐在树桩边上，张开左手在阿盼面前晃了晃，示意左手空无一物，随后又张开右手在阿盼面前晃了晃，示意右手空无一物，随后两手相合，慢慢递到阿盼的身前。

“吹口气！”

“什么？”

“吹！”

阿盼嘟起嘴在郭听手背上轻轻吹了一口，郭听两手一摊，掌心处赫然出现一块奶糖。

“呀！”阿盼眼前一亮。

郭听将奶糖塞进阿盼的掌心，取下背后的纸伞，撑开来，罩在阿盼的头顶，神情一肃：

“好好在这儿待着，我去去就回，你尽管放心就好。”

郭听言罢，转身便走，行至江边，从兜里掏出一支烟，点着火叼在嘴上。

“呼——”郭听吐了一口烟，烟气在风中飘飘荡荡，顺时针打了一个旋儿，向西面飘去。

“哟！这东风来得甚是及时啊！这几日暴晒，蒸发量不小，空气中水分含量很大，我这烟都潮了。今儿早上，此处流域边上的山地，迎风坡有小云团隆起，正午时分必有大雨。”

就在郭听暗自思量之际，上风处已有宝塔状墨云隆起，顷刻间铺天盖地，笼罩四野。

“呸——”郭听一口吐掉烟屁股，伸手在腰后一抽，拽出一根手臂长短的青铜鱼竿，上下拉长至一米五六左右，顺时针一拧，将卡扣锁死，右手食指一挑，鱼竿顶端飞出一只金黄色的鱼钩，挂在鱼线上左右摇摆。

“探海搜山神臂弩，玉魁钩沉逐日弓。狩家祖先传下来的宝贝，大多散落失踪，眼下虽没有探海，但起码有钩沉在手，足够了！足够了！”

郭听左手在后，右手在前，攥住鱼竿内旋，鱼线在空中顺时针荡起，牵动鱼钩斜飞而出。随着郭听手臂一甩，鱼钩在空中画出一道金黄色的弧线，向岸边齐腰高的乱草中飞去，一头扎进草丛深处。

“来！”郭听一声冷喝，扭腰抽手，回拉鱼竿，一截枯黄霉烂的松树墩从草丛内飞出，直奔郭听身前。待其临近身前五尺左右，郭听右臂高举鱼竿，一撩风衣下摆，腾身一跃，一个回旋踢踹在树墩上。腐朽的松树墩应声而碎，木屑横飞，一只腥臭腐烂的猫尸从半空中掉落。郭听左手轻扯衣袖，掩住口鼻，右手一抖，鱼钩仿佛长了眼睛，自左向右横飞，勾住猫尸后颈。郭听单脚点地，跃上第一截废弃的桥桩，纵身向前一跃，两脚一前一后，稳稳地站在江水之上。

敦江上原本有废弃的桥桩，共计七截，乃是老姚当年为修桥所立，年深日久，已然腐朽。老姚死后，因惧怕河神，无人敢入水拆除，多麻寨为了以此示警立威，故意将桥桩保留。郭听此前为方便自己在江上行动，特将各桥桩以钢丝捆绑连接。钢丝又细又亮，隐于无形，人在远处看，便如御风而行。

郭听轻轻捻动鱼竿，鱼钩上挂着的猫尸立即随着郭听的手劲儿，缓缓下落，沉入漆黑的江水，水面泛起一道道涟漪。

这猫尸是郭听精心炮制的“腐肉”，特地密封于枯树内“沤发”。当时郭听通过阿盼身上的爪痕，还有目睹的细如蛇、红似火的长条舌头，以及当日姚致晖死时，众人目睹的那只搭在船上“无毛有鳞”的爪子，初步判定这所谓的“河神”当是出自爬行类，爬行类有六目：喙头、龟鳖、蚓蜥、蜥蜴、蛇、鳄。

蛇无爪，鳄为短舌，喙头目下唯一现生种为喙头蜥（又名楔齿蜥），体长仅五百至八百毫米，与“河神”体形不符；而蚓蜥体形更小，且生活于土壤、沙质之中；龟鳖目也称为龟，其移动速度普遍较慢，与阿盼所述中行动迅捷、性情阴狠的“河神”明显不符。

所以郭听断定，这“河神”多半出自“蜥蜴目”。蜥蜴目下大型生物大多食腐，故而郭听寻得一只猫尸，以家传《狩经》“腐饵”篇中秘法炮制，诱引其上钩。

大雨滂沱，水汽蒸腾，江面慢慢升起一层浓雾，岸边的阿盼渐渐看不清郭听的面目，只能瞧见他清瘦的身影笔直地站在风雨中，宛若一支枪杆；宽大的风衣迎风抖动，像极了一面大旗。

“哗啦——哗哗——”桥桩下的水底传来一阵几不可闻的水声，一抹暗红自水底上浮，左右摇曳，向猫尸处游动，就在那红影即将触碰到猫尸的一瞬间，大雨中骤然传来一阵笛声，尖厉刺耳。那红影浑身一抖，停在猫尸前方三米远，不再向前。郭听眯起眼，看向雨幕尽头的竹林深处，皱起眉头轻轻扯动鱼竿。水中的猫尸微微颤抖，引得那红影继续向前游动。偏巧此时那笛声又拔了一个高音儿，此时不仅是水中的红影浑身一抖，郭听也被这刺耳的乐声激得浑身起鸡皮疙瘩。

“真是聒噪!”郭听将鱼竿抱在怀中，用肘尖儿夹在腋下，空出双手，自身后解下一个布袋，拽开抽绳，取出一只黄铜唢呐，舔了舔嘴唇，笑着说道：

“咱俩比比，看谁声音大!”

言罢，郭听深吸一口气，一鼓腮帮子吹响唢呐。唢呐音量大、音色亮，中、低音区音色豪放刚劲，高音区清亮干脆，穿透力、感染力极强。郭听先吹一段《葬花吟》，又吹一段《大出殡》，唢呐撕心裂肺的“哀号”，完全盖住了笛子的“清唱”，甚至一度带动笛声，使其荒腔走板，乱了音调。

水下的红影在两种乐器的曲声中渐渐陷入迷惘，进也不是，退也不是，左也不是，右也不是。随着猫尸的腐臭味逐渐在水中扩散，那红影再也忍不住诱惑，“哗啦”一声从水中跃出，张开大嘴一口咬住猫尸的脖颈。

大雨滂沱，雨幕如珠帘，隐约见一身影：佝偻如老妪，头顶金翅帽盔，身披绯色明代官袍，袖长过手；前胸和后背分别饰有方形织绣，虽经水泡，仍依稀可辨其图样乃是“三品武职狮子补”。随着这身影出水高度的变化，一条修长灵活、侧扁如带的尾巴从官服下面垂了下来，“啪”的一声，抽在水上，激起偌大一片水花。

郭听扯动鱼竿，鱼线瞬间绷直，拽动那身影在空中扭转，就在这一瞬间，郭听看清了它的样貌！

头窄吻长，鼻孔在近吻处，黑质而金章，遍身细鳞。大风鼓荡，衣袍乱飞，隐约可见它的尾背鳞片高高突起，形成两列嵴，衣袖中两只前爪分五指，指甲尖利异常。

一瞬间，《狩经》中一幅手绘的图样和眼前的怪物合二为一。

所谓河神，不过是一只水蛤蚧！

水蛤蚧，别称五爪金龙，多生于热带和亚热带的红树林、沼泽、山区的溪流附近，善潜水游泳，亦能攀附矮树；以小型哺乳动物、两栖类、爬行类、鱼类、蛙类和腐尸为食，性情凶猛好斗，平均体长可达两米，尾长约占五分之三；少有异种，体长可达两米五至两米七。眼前这只在半空中撕咬猫尸的水蛤蚧，目测在两米三左右，肥壮异常，两只昏黄的瞳孔死死盯着郭听。

郭听扭转腰背，横甩鱼竿，将其倒拖身后。此时恰巧水蛤蚧腾空的力道减弱，在空中画了一个弧线，骤然入水。郭听回身跃起，在桥桩上奔跑，扯动水中撕咬猫尸不放的水蛤蚧向西面奔去。水蛤蚧在水中游动速度极快，势大力沉，郭听与之角力，每当处于下风之时，便从上衣兜里摸出三五块飞鹅卵石，从胸部位置向斜甩出，以“打水漂”的手法弹射浮在浅水下的水蛤蚧。郭听手法极为精妙，每发必中水蛤蚧鼻、眼。水蛤蚧凶性大发，渐渐由郭听拖拽，变成主动追咬。郭听借助此前捆扎妥当的钢丝来回纵跃，转眼便落在岸边，一拽鱼竿，只觉手上一轻，原来鱼钩上挂着的猫尸不知何时，已被水蛤蚧撕碎，只剩半边猫头还挂在上面。

“哗啦——”水蛤蚧甩着尾巴跃出水面。郭听旋转鱼竿，扯着鱼钩上的猫头，在身前旋转一周，使了个流星锤的身法，一脚踢在猫头上。猫头脱钩飞出，又准又狠地砸在水蛤蚧的脸上，水蛤蚧应声而落。水蛤蚧脑袋上系着的金翅帽盔被这一下砸扁半边，挂在脖子上好不滑稽。郭听一声大笑，拔足飞奔，水蛤蚧从后追来。岸边乱草及胸，郭听三转两转，跑到一棵矮树边上，腾身跃起，向上攀爬，水蛤蚧拨开乱草，冲到树下，猛然止住身形。原来那乱草之中，被郭听提早布下碎石阵。指甲大小的碎石，底部陷入软泥，尖头向上，平铺偌大一片，只留中间一条窄路。水蛤蚧腹部较背部更柔软，爬行时腹部贴近地面，尖利的石子使其非常不适，只得下意识地按照郭听指定的路线移动。而矮树下方乱草内，郭听早已按照《狩经》中的“陷”字篇，设好了陷阱：

“取木两根，高五尺，谓之楔。两楔相距三尺，捶之入地。另取三尺木，谓之杆。杆有两头，一头系吊索，绳之以遇力收紧之结，另取树藤浸油后揉之，首尾相扣，谓之曰环。系环与两楔之上，插杆于其中，顺转缠紧。另取一矮木，插入两楔正前方，上刻凹槽，卡杆于其内，此谓之机。吊索撑圆，四周以乱草遮蔽，事可成尔。”

正当时，水蛤蚧顺着郭听“规划”的线路蹿至陷阱之前。它骤然止住身形，吐出猩红分叉的舌头左右试探。郭听藏身于矮树枝叶之后，自小腿处抽出一只匕首，从袖内翻出一只毛茸茸的小鸡，将其合在双手内，对天默默祷祝一番，一捏鸡脖子，匕首轻轻一划，鸡血流淌，顺着树干滴下。

舌头是水蛤蚧的嗅觉器官，分叉的舌头像蛇吐信子一样不断地收集空气中的气味分子，其在岸上的嗅探距离可以达到一公里。郭听距离水蛤蚧不过七八米。水蛤蚧一直牢牢锁定着郭听的位置，只是畏惧于郭听身上那种猎人独有的压迫感，一直不敢上前发动进攻；然而在鸡血喷涌的一瞬间，水蛤蚧再也忍受不了诱惑和刺激，猛地向矮树冲去，其头颈在不知不觉中已经扎进了隐藏在乱草中的吊索里，并顺势穿过“楔”，撞到了楔后方的“机”，“机”瞬间倒地，卡在“机”上的“杆”在“环”的回弹之力带动下，瞬间上扬，扯动“杆”头的“绳结”，绳结瞬间抽紧，死死地捆住水蛤蚧的脖颈，将其“拴”在原地。

第四章

郭听薄幸盗金蝉　金钩再现指迷踪

水蛤蚧被困，虽左冲右突，原地乱滚，但仍旧无法撼动深插入地的两只木楔，反使绳结越抽越紧。正焦躁之际，乱草之中，笛声又起，水蛤蚧闻声定下心神，不再胡乱挣扎，两只前爪抬起，扒住木楔，张嘴咬住绳结。水蛤蚧属巨蜥，密生棱齿，牙体尖锐而弯曲，便于撕扯啃咬。郭听布置陷阱时间仓促，所有绳索的材质不过是寻常树藤，根本抵不住水蛤蚧的撕咬，眼看就要断开。

郭听从矮树上一跃而下，指着乱草深处大骂：

“好贼，休走，郭爷先办了你!”

言罢，拨开乱草，横扫鱼竿，鱼钩画出一道金色的弧线，钻入乱草深处。

“出来!”郭听一声断喝，鱼钩回旋，带回一片黑色的麻布。郭听右手双指如剑，在空中一夹，将麻布夹在指缝间，拇指轻轻一捻，指肚间染上一抹鲜红。刚才这一下，显然已伤到对手。

“唰唰唰——唰——”草从北面，草秆乱晃，一路倒伏，一袭黑衣闪过。郭听鱼竿前刺，使一招“拨草寻蛇”，寻声扎去。

“哆！”鱼竿前端发出一声闷响，显然是刺到了硬物。

风吹草倒，草丛深处，赫然立着一个披着黑布大氅的稻草人。

“不好！”郭听来不及思索，伏身前趴。电光石火间，耳后风响，一个赤着上身的精瘦老叟腰插玉笛，手持竹杖，横扫郭听后颈。郭听一个前滚翻，巧妙避过，来不及回头，半跪在地，仰头向后，双手持鱼竿，使一招“犀牛望月”，直刺老叟咽喉。老叟止住追击的步伐，将竹杖横在身前，左手持，右手拔，自竹杖内拔出一柄细长的铁剑，刃如秋水。

郭听顺势起身，将鱼竿垂在身侧，看着老叟笑道：

“我认得你，你是多麻苗寨的大虫师，粟嘎。”

“外乡人，你我无冤无仇，你为何来我们这穷乡僻壤搅浑水，可是欺我寨里无好汉吗？”

“驯养凶物，装神弄鬼，欺世害人，你也算好汉？”

就在此时，水蛤蚧扯断了树藤，甩了甩脑袋，缓缓爬到粟嘎的身边。粟嘎弯下腰，给水蛤蚧整理一下大红官袍，扶正金翅帽盔。水蛤蚧两只前爪斜搭在粟嘎的肩膀上，人立而起，盯着郭听吐着信子。

“去！”粟嘎伸手一指，水蛤蚧猛地向郭听冲来。郭听疾步后退，水蛤蚧贴地而扑，瞄准郭听膝盖连抓带咬。郭听本想以鱼竿支应，奈何粟嘎的长剑也同步刺来，郭听顾上难顾下、顾下难顾上，上下两难，只能暂时用脚跟刮踢地上的碎石泥水，稍稍阻挡水蛤蚧的来势；再以鱼竿当作长刀，使一招缠头裹脑，格开粟嘎的长剑。粟嘎年老体衰，比不得郭听少壮，鱼竿是钝器，劈砸有力，长剑是利器，擅刺撩不擅磕碰。郭听奋力格挡，震得粟嘎虎口生疼，攻势稍缓。郭听觑准机会，又退三步，拉开距离，一甩鱼竿，黄金鱼钩穿过雨幕乱草，直逼水蛤蚧右眼。粟嘎挥剑横削，想割断鱼线。就在剑刃贴近鱼线的一瞬间，郭听手腕弹抖，扭腰旋身，鱼钩仿佛长了眼睛一般，绕过粟嘎的手腕，斜飞向下，勾住粟嘎的脚踝。鱼钩锋利异常，毫无阻碍地刺穿他右脚跟腱处的皮肉。郭听奋力一扯，粟嘎剧痛栽倒。郭听攥紧鱼竿，发力狂奔，粟嘎仰面朝天，被郭听拖拽在泥水中飞速后移。

“啊——”粟嘎忍住剧痛，左手抱住身侧半只烂树桩，定住身形，右手挥剑，来砍鱼线。郭听鱼竿一甩，鱼钩脱出粟嘎皮肉，避开剑锋。

粟嘎脚踝流血不止，滚在泥水中，用剑割下一截裤管，迅速包扎伤口。郭听趁机抢攻，粟嘎指挥水蛤蚧迎上。郭听且战且退，伸手自怀中一捞，掏出一只茶杯大小的铸铁秤砣，抛在半空，扬起鱼钩掠过，鱼钩横飞，恰好勾住那秤砣顶部的铁环。鱼线、鱼钩、秤砣三合一，彻底变成一柄货真价实的流星锤。郭听稳住呼吸，手脚并用，以身体为支点，不断击发秤砣，砸击水蛤蚧。手打、肘打、肩打、颈打、腰打、背打、腋打、腿打、膝打、脚打，生铁铸打的秤砣带着呼呼的风声，绕着郭听上下翻飞，好似生了眼睛一般，在郭听的运转下如臂使指，例无虚发。水蛤蚧数次进攻，都被铁秤砣打退，头、爪、吻、尾多处受创，先前那股凶劲儿荡然无存。

“砰——”郭听使了个“浪子蹴鞠”的招法，起脚直踢，秤砣带着风声，准确无误地砸在水蛤蚧的吻上，小半排尖牙齐根而断。水蛤蚧遭重创，头尾交叠，身体缩成一个圈，不住地后退。郭听缓缓逼近，忽觉脚下有异，低头一看，正是鞋尖踩到了水蛤蚧被砸掉的牙齿，在暴雨冲刷下，那几颗碎裂的牙齿上覆盖着一层橘红色半透明质地的菌斑，郭听摸了摸眼前的雨水，幽幽说道：

“唾液有毒!”

“好眼力!”粟嘎裹好伤口，爬起身，甩了甩手心的雨水，攥紧剑柄。

“尽管水蛤蚧食腐，口腔内细菌滋生，被咬上一口，不及时处理，高概率要感染，轻则高烧重则致命。但细菌不是毒液，上劲儿没有那么快，无法立即毙命，就算水蛤蚧再厉害，也不至于让姚致晖这么一个精壮的活人一点儿反抗的机会都没有。见到这颗牙，我心中的疑惑总算是解除了，看这牙菌斑的成色，你应该对这只水蛤蚧做过特殊处理吧？是药饲？还是选种?”

“药饲。”粟嘎早已做好搏命的准备，丝毫不予遮掩。

“何种药?”

“不可说!”

“不说我也知道，无非是将鸡冠石、钾石盐岩煅烧后，配伍调和草木灰之属。鸡冠石含三氧化二砷、钾石盐岩，此二物一旦入血，可迅速致人四肢麻木、神经晕眩、呼吸阻滞、心脏骤停。你那药饵的妙处全在调和比例，使其毒性如蛇属一般，入敌之血液致命，入己之胃肠无碍。我家祖上的笔记中曾有记载：‘古时南方水泽之地，曾有巫邪之属，药饲水蛤蚧啃咬处决反叛的奴隶，先伤其命，再噬其身，以此立威。’只不过我家先祖对这药饲的配方比例未做详尽记述，你这人罪大恶极，今日难逃报应，不如顺手做件好事，让我在祖上的笔记内补上此处缺失，可好?”

“做梦!”粟嘎怒不可遏，左手抓起一把稀泥，扬向郭听，遮蔽其视线，手臂横挥长剑，削砍郭听咽喉。郭听先进后退，弯腰低头，剑锋贴着他的后颈掠过，剑上寒气，激得他脑后汗毛倒竖。粟嘎一剑削空，尚未变招，只见那铁秤砣，宛如一条毒蛇，在郭听低头的一瞬间，从后颈自下而上飞来。

苏秦背剑！流星锤中的杀招!

“不好!”粟嘎退得快、铁秤砣飞得更快。

“咚——咔嚓——”铁秤砣准确无误地击中粟嘎右侧锁骨，锁骨应声而碎，粟嘎手中长剑，“当啷”一声落在地上。粟嘎忍痛前扑拾剑，郭听飞起一脚，踢中剑柄，长剑贴地飞出，钉入树桩。

粟嘎顺势一个前滚翻，从腰后抽出玉笛，放在嘴边，鼓起一吹，发出一串刺耳的笛声。缩在泥里的水蛤蚧瞳孔一红，惧色全无，再次扑来。郭听惧怕它口中剧毒，回身便跑。水蛤蚧从后追上，粟嘎强提一口气，爬起身来，攥着笛子跟着水蛤蚧小跑。

突然，粟嘎发现前方乱草中，有一根干枯的芦苇，在一片碧绿中分外刺眼。

“有诈!”粟嘎止住脚步，正要吹笛示警。

郭听此时刚好卖了一个破绽，脚底下一个踉跄，险些栽倒。水蛤蚧不知是计，猛然前蹿。郭听单手撑地，稳住身形，腾身跃起，向左侧跳出三四米远。水蛤蚧蹿在半空，无法借力调整方向，恰好奔着那根干枯的芦苇所在之处飞去，一落地，地面瞬间塌陷出一片深坑。

水蛤蚧宛如泥牛入海，再无踪迹。

粟嘎跑到坑边，只见这大坑直径约五米，深三米，坑周插满了削尖的竹子，尖头向斜向下，与地面约呈四十五度角，在坑围形成一个“漏斗形”，上面覆盖的伪装草团、砂土已随着水蛤蚧一同“漏”进坑内。坑底的水蛤蚧，几次想要向上攀爬，但都被削尖的竹子逼退，一身大红的官袍被竹子勾住，扯成了碎布。这一陷阱就地取材，充分利用竹“锋”的角度，让猎物下去容易上来难。粟嘎看在眼里，急在心里，将玉笛插在腰后，弯腰拔起一束一人高的青草，单手攥紧，用膝盖夹住，拧束成绳，趴在洞口，用尚能移动的另一只手肘，击断两根竹子，将“草绳”坠下。水蛤蚧咬住草绳，粟嘎向上一提，水蛤蚧借力向上，将脑袋从竹子的缝隙中探了出来。粟嘎跪在坑边，一只手将草绳缠在腰里，另一只手又去掰竹子，冷不防铁秤砣再次从半空中飞来，直接砸在他的左腿前侧迎面骨上。粟嘎小腿折断，跪倒在地。咬着草绳的水蛤蚧正要下落，郭听一脚踩住它的脖子，将它的头卡在竹子中间，弯下腰端详一阵，用鱼竿一拨，将它头上的金翅帽盔打落在地，伸手一拽，自它头后颈上，拽下一只红枣大小的镂空金属球笼。球笼连体铸有一空心长针，球笼内有一蓝翅虫。郭听右手摘下鱼钩上的秤砣，收在怀中，一甩鱼竿，鱼线划过雨幕，鱼钩轻轻一撩，飞至粟嘎身后，悄无声息地摘下玉笛，轻飘飘地荡回郭听手中。

“呼——”郭听对着玉笛吹一口气，球笼内的蓝翅虫猛地一颤，发出一阵振翅鸣叫。

郭听细看那玉笛，只见那笛子的笛膜，既非苇膜、竹膜，也非阿胶、白芨，而是某种淡蓝色的昆虫翅膀，光下依稀可见纹路。再比对球笼内的蓝翅小虫，郭听可以确定，这笛膜所用材质，便是这种昆虫的翅膀。

"原来如此，同声相应，同气相求。玉笛之声与昆虫振翅，同频呼应，借此指令水蛤蚧的行为。厉害！厉害！你这个大虫师的名头不虚！不虚！你这法子当真是精妙，我一定要补到笔记里，好生记述一番。"

"我跟你拼了！"粟嘎双眼几欲喷出火来，奈何断了一臂一腿，几次挣扎，都没能爬起身来，正当时，一只温热有力的大手从他身后伸来，将他搀起。

察奈到了！

与察奈一起的，还有多麻寨的百十口青壮，各持刀斧，死死地盯着郭听。

与此同时，郭听身后也涌上一群人马，只不过都是些老幼，带头的是宗杷阿公。浑身湿漉漉的阿盼小跑着过来，将纸伞撑在郭听头顶。郭听扭过头来，见阿盼肩头淋湿好大一片，赶紧将伞向她移了移，随即单手折断玉笛，将断笛扔到粟嘎的脚下，手腕一甩，操纵鱼钩，钩住陷阱上挂着的大红官袍，掂着鱼竿，挑着官袍，走到察奈面前，昂起下巴，一言不发地看着他。

察奈抬起头，目光穿过雨幕，看向郭听，郭听那骄傲、不屑、蔑视的眼神深深刺痛着他的自尊。

粟嘎不敢抬头去看察奈，只是不住地嘟囔道："多麻完了，多麻完了，此后各寨，对多麻无惧而有恨，数十年威慑，一朝散尽，我……我对不起你的阿爸……我对不起你的阿爸……"

察奈的阿爸叫康吉，是多麻苗寨的上任头人。

"师父，错不在你……我就知道，早晚会有这么一天。"

“不！是师父的错，你……一定要把河神的官袍夺回来……传给寨子里的下一任虫师……重振河神声威，答应我！答应我！”粟嘎猛地摇了摇头，推开察奈，弯腰捡起半截断裂的玉笛，插进自己的小腹。

“师父！师父！”察奈猛地跪倒，抱住已然气绝的粟嘎。

“可惜了，那方子……对了，这件官袍我没收了，做个纪念。”郭听笑了笑，将大红官袍系在自己的腰间。

察奈忍住啜泣，将粟嘎的尸身交给身边的随从，从腰间拔出短刀，缓缓迎上郭听。

宗杷阿公振臂一呼，高声喝道：“各寨苦多麻久矣！”

此话一出，群起响应，察奈攥紧手里的短刀，狞声喝道：

“现在离开的，多麻既往不咎！”

多麻虽然没了河神，但积威犹在，再加上察奈身后站着一百名各持刀斧的青壮，宗杷阿公不敢正面冲突，而他带来的老幼们已经开始恐慌，瞧见察奈缓步逼近，个个两股颤颤。

察奈手指阿盼，轻声说道：“阿盼，到我的身边来！”

阿盼十指攥紧郭听的衣袖，看着察奈不断摇头。

郭听轻轻拍了拍阿盼的肩膀，看着察奈笑道：

“她不想和你走。”

“她必须跟我走！”察奈的口气不容置疑。

“凭什么？”

“她是我的！”

“阿盼是人，不是物件，天大地大，她想去哪儿、不想去哪儿，没有人可以强迫，她是她自己的，不是任何人的。”

察奈缓缓解开刀柄上的布条，将刀柄和持刀的手捆扎在一起，看着阿盼问道：

“这个外乡人，可是你的情郎吗?”

阿盼看了看察奈，又看了看身后的宗帊阿公，又抬起头看了看郭听，随即重重地点了点头。

郭听吓了一跳，刚要说话，阿盼已经冲到伞外，站到察奈身前，摘下耳垂上的黄铜耳环，丢到察奈的脚前，红着眼喊道：

“你们害了我阿爸阿妈，我恨你，我不要做你的新娘。”

言罢，阿盼自腰间抽出一把小刀，双手攥紧，发狠前冲，直扑察奈。察奈愣在原地，还未来得及反应，阿盼已冲到身前半步。就在此时，察奈身后的护卫拔出刀，前移半步，挥刀来挡。

“唰——”黄金鱼钩自半空飞来，勾住阿盼的腰带，向后一扯，阿盼整个人倒飞而出，稳稳地落在郭听的怀里。郭听叹了一口气，将纸伞塞进阿盼的手里：

“打架毕竟是男人的事。”

瞧见郭听揽着阿盼，察奈“醋火中烧”，一个虎扑撞上来。郭听轻推阿盼，侧身闪过，横行数步，将争斗引向一边，倒提鱼竿，笑骂道：

“你们一起上吧。”

察奈喝住寨中青壮：“外乡人，一对一，好汉子的决斗。你赢了，她跟你走，我赢了，她跟我走。”

郭听点点头，指了指陷阱里的水蛤蚧：

“这又怎么说？阿盼死去的爹娘可是两笔人命债，还没有勾销呢!”

“你赢了，我抵命；我赢了，你给我师父抵命！外乡人，你敢吗?”

“有何不敢。”

“好!”察奈一声大喊，双手持刀，竖劈郭听额头。郭听侧身闪过，抡起鱼竿横抽察奈咽喉。察奈弯腰闪过，就地翻滚，砍削郭听双腿。郭听凌空跃起，在半空中挥动鱼竿，“啪”的一声抽在察奈后脊上，察奈后背顿时一片瘀紫。

“嘶——”察奈抽了两口冷气，定下心神，横刀当胸，绕着郭听转圈。郭听冷眼一瞥，骤然以鱼竿作剑，斜刺而出。察奈外挥刀格开鱼竿，大踏步撞进郭听内怀，斜下劈刀，斩向郭听的咽喉。郭听不退反进，前迎半步，用肩膀扛住察奈持刀手臂的肘关节。察奈的刀架在郭听耳后，砍了个空，刚要抽手，郭听手持鱼竿，掌根处露出一寸短把，自外侧内旋，用短把别住察奈肘关节，向上一挑，使了个擒拿的手法，将他胳膊锁住，向下一拉，拉脱了察奈关节，卸下他的手中刀，飞起一脚，踹在察奈的下巴上，将察奈踹出去半米远。察奈整张脸跌进泥水里，口鼻溢满泥土。

“啊——”察奈发出一声虎吼，翻身跃起，单手抱住郭听，肩膀一顶，将郭听顶起。郭听两脚离地，左手顺着察奈的脖颈下探，捏住他头额后面大筋两旁与耳垂平行处的风池穴，发力一捏，察奈不受控制地眼前一黑，手脚一软，抱摔的力度被卸去一半。郭听一个顶膝撞在察奈胸口，随即旋身侧踹，将他踹倒，右手一捞，自后向前，别住察奈的脖颈。

“打架不能靠蛮力，你输了!”郭听拍拍鼻青脸肿的察奈。

“救头人!”多麻的人瞧见察奈吃瘪，发了一声喊，一百多青壮抡着刀斧迎了上来。宗帕阿公抓着拐杖，站上一块土丘，高声喊道:

“多麻的头人已败，雪耻翻身，就在今日!”

这一句话，彻底唤醒各寨多年来对多麻的仇恨宿怨，几百口子人各持锄头、木棍、短刀，和多麻的人扭打在一起，叫喊声、哭嚎声、在乱草滩中回荡不止。

眼看场面越发难以控制，郭听眼疾手快，放倒两个对手，拉起愣在原地的阿盼，一头扎进乱草，撒腿就跑。

“阿公他……”阿盼慌了神，不断回头。

“你阿公身手好得很，才不用你担心。”

“你这是要带我……我……我们去哪儿?”阿盼猛地停住脚步，拉住郭听。

郭听回过头，看向立在雨中的阿盼：风雨甚急，吹打着她单薄的衣裳，她眼角处有水花不断闪动，分不清是雨水还是泪滴。

“我……没有地方可去了。”阿盼低下头，不远处的乱草中，各寨人马厮打正酣。

“你若不嫌弃，不妨跟我走。”郭听抬眼看向阿盼。

阿盼不敢抬头，两只手捏住衣角，不住地捻动。郭听轻轻牵起阿盼的手，将她揽在怀里，吹了一声口哨。不远处，一匹枣红色的高头大马顺着河滩跑来。郭听先将阿盼扶上马，自己牵着缰绳，将要跃上马背之际，阿盼突然抬起眼来，看着郭听说道：

“我跟你走，但我只最后问一次，问过这次后，我此生便跟定了你，绝不再问……你，带我去哪儿?”

“小舟从此逝，江海寄余生。”郭听一声朗笑，跃上马背，将阿盼揽在怀中，打马急奔。马蹄蹚过一片片水洼，向着乌云尽处冲去，不远处，阳光穿过云层，为天边镶嵌一抹金黄。

阿盼坐在马上，双手捂着脸，歪着脑袋，双眼从指缝间向外瞧，她只觉得，此前的生命中，从未有一日如今时这般快乐。

“咕嘟嘟——咕嘟嘟——”炉子上的水开了，夏忆停止讲述，窗外大雪纷飞，厚厚的冰花爬上玻璃窗。夏忆的眼眶微红，转过身去，拧开随身的玫红色保温杯，拎起火炉上的铁壶，给自己冲泡一壶花茶，馥郁的香气在屋内散开。她轻轻呷一口茶，默默坐到窗边，眼睛看向远方，花茶的水蒸气滚滚上溢，遮住她半边侧脸。

郎大脑袋活动一下僵直的脖颈，凑到我耳边小声嘀咕：

“想不到这位老阿……不，资深美女，三十年前，和你们家老爷子还有这么一段……等等！三十年前你多大？”

“七岁！”我咳了咳嗓子，脸上有些挂不住。

“哎呀呀呀！”郎大脑袋不住地咂嘴，惹得我心里很是恼火。

这个时候，夏忆转了过来。她左手端着保温杯，右手轻轻一张，一只筷子长的蜈蚣钻出了她的袖口，落在地上，顺着我的脚、腿、腰、胳膊，爬到我的脖子上，在咽喉处停下：

“孩子，我问你个问题，你要好好答我。”

我此刻大气也不敢喘一口，整张脸憋得通红，眼睛不住地往下瞟，浑身僵直，如同一块铁板。

“你不说话，我就当你答应了，我问你，我和你的妈妈，谁更好看？”夏忆蹲下身来，撩起脸颊边上的白发，让我仔细看清她的眉眼。

我咬紧了牙，双眼死死地看着她，郎大脑袋见我神色不对，赶紧在边上打圆场：

“自然是您好看，我和老郭是发小，他妈妈我是见过的，就算加上感情分，和您也差着距离呢。您……您先把虫子收了，我要是没看错，这玩意儿八成是有毒吧。您听我给您论一论，您是郭家老爷子的……红颜知己，按着辈分，就是郭冕的小妈，我和郭冕是异父异母的亲兄弟，我也得叫您一声妈！一家人不说两家话，这母子之间哪有解不开的怨？……您说是吧，小妈！”

“闭嘴！”我用屁股作支点，一个鲤鱼打挺，用捆住的双脚蹬了郎大脑袋一个“狗吃屎”。郎大脑袋滚在地上，大声回骂：

“老郭，收收你那个狗脾气，跟咱妈好好说话。”

“放你的屁，妈是能乱认的吗？！”我顾不得脖子上的蜈蚣，继续在地上乱蹭，追着去踹郎大脑袋。

夏忆一皱眉头，单手揪住我的领口：

“我再问最后一遍，我和你的妈妈，谁更好看？”

我想也不想，张口便答：

“自然是我妈好看，你和她相比一个天上、一个地下，你就是一个丑八怪！”

“你找死！”夏忆右手一抬，那蜈蚣顺着喉咙向上爬，顺着下巴爬上脸颊，半个身子钻进我的鼻孔。

我又急又气，嘴上却仍旧叫骂不休：

“你就是没我的妈妈好看，有种你就弄死我！”

夏忆的脸色红了又青，青了又红，沉默很久，缓缓松开我的领口，右手打个响指，将那只蜈蚣召回手中，随即自言自语道：

“我若真杀了他的儿子，见面时他必定恨我，也许今生今世……他都不会再理我。”此话一出，两行眼泪滑过腮边。

突然，夏忆闭紧双眼，迅速从怀里掏出手帕抹干眼泪，跑到窗边借用玻璃当镜子，掏出好些“瓶瓶罐罐”的护肤品，在脸上细细涂抹，随即捧着脸回过头，蹲在孙偃白的身前，两眼定定地看着她，轻声问道：

“小姑娘，我的皮肤有没有皴裂？”

孙偃白被她痴痴的样子吓得一愣，下意识地摇摇头。

“那就好，那就好……”夏忆展颜一笑，双眼看向我，眼神中渐渐又泛起了光。

“眉眼虽然像，但他要比你更消瘦些，也更挺拔……他笑起来，两片薄薄的嘴唇总是抿成一条线……”

我瞧着夏忆的样子，突然没了怒意，踌躇半晌，我小心翼翼地问道：

“后来呢，你……知不知道我爸去了哪儿？”

夏忆闻言，黛眉轻蹙，摇头叹道：“‘小舟从此逝，江海寄余生。’我一生中最快乐的日子，就是跟他在一起度过的。我们从寨子里出来后，五年间走遍大江南北。他带我去了上海的大医院，治好了我自小落下的胃病，他还送给了我一张绣满文字的纱巾，他说那纱巾是他在河神身上穿着的大红官袍里发现的，我仔细一看，那纱衣上绣着的文字正是多麻苗寨秘传的虫术。彼时，我一副身心全在他身上，哪有兴致钻研什么虫术？把玩两天，便将纱巾压在箱子底下。我本以为，我的后半生将和他生死不离。可是忽有一晚，他带我去了一家西式的餐厅，烛光、红酒、鲜花……他还给我起了一个汉名叫夏忆，我以为他是为了和我结婚……我好开心，那天我喝了一杯一杯……很快就喝醉了……我以为那个晚上他会……”

“好家伙！”郎大脑袋眼睛都直了，瞳孔里一片火热，一边嘬着口水一边追问，“然后呢！然后呢！”

夏忆不以为忤，徐徐说道：“等我再醒来，他已不知去了哪里，和他一同失踪的，还有我刚刚养至成年的碧眼金蝉！”

“什么？蜡烛、红酒、西餐、鲜花，就为偷一只虫子？会不会，您当时醉了，错过了一些……关键的……细节？”郎大脑袋在地上疯狂蠕动，凑到夏忆脚边，唯恐错过某些“电视台不让播”的桥段。

“真的没有，而且你不要用偷这个字，我的心都是他的，何况一只小小的金蝉。我只是不知道，他为什么只带走金蝉，却不肯带走我。”夏忆忽地闭上眼，不愿让泪水滑落。

“那……后来呢？”郎大脑袋追问。

“后来……我既怕他躲着我，又怕他遇到难处，找不到我，我就去一家杂志社应聘了一个外勤编辑的职位。当时所有人都觉得这个工作苦，终年在野外游荡，故而我很轻松就得到了这份工作，用夏忆这个名字一边学习摄影、一边四处拍照，想着他如果能看到这本《昆虫志》，便能看到我署名的照片，他就能联系到我。就这样，我借着工作的便利四处寻他。去年，我得到消息，郭听曾在二十五年前，到过大兴安岭。于是，我在这里盘下一家民宿，一边找一边等，人没找到，却等来了你们，在你们进屋的一瞬间，我就见到了这只郭听跟我讲过的千寻犬。他说过，要进这大兴安岭的秘境，没有它随行，事倍功半！”

“于是，你就给我们下药，想抢我们的狗？”

“本来是要劫财越货，却不想遇到故人之子。”夏忆一声苦笑，抽出一把匕首，割断我们身上的绳子，我和郎大脑袋齐齐看向孙偃白，用眼神询问是否要动手，孙偃白摇摇头，示意我们少安毋躁。

夏忆看着孙偃白，张口问道：“你，才是主事人吧，我想跟你谈笔交易。”

孙偃白不谙世事，郎大脑袋唯恐她被夏忆“带到沟里”，连忙左手拦在孙偃白身前，右手揽住我的肩膀，向前一挤，站在夏忆身前。

“这位老板，我得跟您说道说道，我们仨不是一般的草台班子，而是有正规手续的土木建筑公司。这位姑娘虽然年轻貌美、气质高冷，但仅仅是公司的会计。这位郭总，才是公司的经理，当然，作为公司的副总，我也可以陪您聊。”

夏忆收起匕首，轻声笑道：“谁是主事，我不在意，我有你们需要的线索，你们有我需要的千寻犬。郭听说过，这狗认主，我会养虫，却不会驯狗，咱们兵合一处、将打一家。如何？”

“我们凭什么信你？仅凭你讲的一个故事吗？”

“信不信由你，咱们大路朝天，各走一边，看在他的面上，我不为难你。只不过这大兴安岭雪海茫茫，没有我这条线索，你们不知还要找上多久……不过，为表诚意，我给你看样东西。”

夏忆解开棉服外衣，右手从胸前的内侧口袋里掏出一个信封，拆开封口，向下一抖，一枚金黄色的鱼钩落在她的左手手心。

“这个东西你认识吧？”

“钩沉。”我一眼就认出这枚鱼钩，从我记事起，这东西就和我爸形影不离，后来随着我开始识字，能阅读《狩经》的时候，我便知道这是狩家先祖传下的宝物“探海搜山神臂弩，玉魁钩沉逐日弓”之一。

我冲着孙偃白点点头，孙偃白回答夏忆道：“成交！”

十五分钟后，大厅内，翻倒的桌椅被重新摆好，实木拼板的桌面上摆着两个便携式丁烷气炉，上面各架着一个小陶锅，郎大脑袋撸起袖子，毛手毛脚地摆弄着“五花肉火锅”。

我和孙偃白坐得笔直，两手放在膝盖上，攥紧拳头，眼神若有若无地瞥向坐在对面的夏忆，小心防备。夏忆戴着老花镜，镜片之后，眼睑低垂，两只手慢悠悠地打着毛线。

“孙会计！你放松点儿！老郭，别咬着牙了，腮帮子都鼓起来了，咱妈要想下药，根本防不住。”

我被他这一句“咱妈”激起一身的鸡皮疙瘩，轻轻一挠就刷啦啦掉满一地。

“这哪儿跟哪儿啊？就叫上妈了！打哪儿论的啊？”

“打你们家老爷子那儿论啊。”郎大脑袋说得云淡风轻。

我刚要张口辩驳，孙偃白在桌下用脚尖踢了踢我，示意我不要引发言语冲突。我扭过脸去，眼睛看着郎大脑袋做饭，尽量不去想眼前这个叫夏忆的女人，以及她口中所说的那些她和我爸曾经的种种。

郎大脑袋见我脸色不善，不再多言，专心做饭。

炉子上的陶锅刚热，五花肉已洗净切片。。

“吱啦——”郎大脑袋将五花肉中的纯肥肉单独剔出少许入锅。肥肉接触滚烫的锅底，被小火慢慢炒出油脂，先加入干辣椒、大蒜、生姜，炒香，再将剩余的猪肉倒入，煸炒之后加入开水，待到锅底滚开，先下肉，再下白菜、胡萝卜、粉条。

不一会儿，肉香滚滚而出，郎大脑袋将其中一锅端到夏忆面前，另一锅放到我们手边。

夏忆知道我们此时还不信任她，也不多说什么，放下毛活儿，拿起汤勺，舀一口汤，微微点点头。我们仨对望一下，郎大脑袋给孙偃白盛一碗，又给老三捞一碗，随后我们哥儿俩抡起筷子，开始狼吞虎咽。

酒足饭饱，长桌两端，我坐一端，夏忆坐另一端。她依旧在打毛衣，我抱臂当胸，死死地盯着她。

孙偃白饭后有练武站桩的习惯，雷打不动。老三窝在门后，用后爪不断地搔耳朵。郎大脑袋在擦桌子，一边擦一边观望。

屋子里静极了，没有一丝声响。

就在此时，夏忆打破沉默，她放下手里的毛活儿，看着我的眼睛，淡淡地说道：

“小伙子，你就这么一直盯着我吗？就算你从昼盯到夜，从早盯到晚，能替你妈妈把我从这个世界上盯消失吗？”

此言一出，我顿时一愣，嗫嚅一下嘴唇，想说些什么，又一时间不知怎么措辞。夏忆叹了口气：

“你是要继续置气，还是先干正事？”

“我……”

夏忆不再理我，转身从柜台后面拿出一台平板电脑，解锁屏幕后，调出一张照片。

照片里是一个留着络腮胡子的干瘦老头，肤色“酱油棕”，皱纹爬满额头，眼角低垂，一脸苦相，两腮通红，一看便是资深“酒蒙子”。照片的背景是一家酒店的后厨，洗手池里堆着刮了鳞的大鱼，墙上布满飞溅的鱼血。老头身上围着满是污渍的围裙，左手持一刮鳞刀，垂在身侧，右手指尖夹着半根儿卷烟，指着一个学徒，似乎在呵斥些什么。看着照片拍摄的角度和光线，应该是偷拍。

“这谁啊?”郎大脑袋指着照片问。

“吴老獭，当地冬捕的好手，二十五年前，他和你爸曾一起进入胭脂沟，但最后，只有他一个人回来。回来之后，他绝口不提当年的经历，这二十五年一直藏身在距此七十公里的古莲河镇，经营一家柴锅炖鱼小饭馆。吴老獭的儿子叫吴长山，游手好闲，嗜爱摸牌打麻将，欠了账，就偷他爸的钱，上个月被吴老獭在饭店柜台后头抓了个现行，挨了一顿好打。吴长山气不过，趁夜回家，把家里值钱的东西卷个精光，能卖的都卖了，这枚黄金鱼钩被吴长山拿到金店卖了八千块钱。老板本想给它熔掉，再加些材料，打一副镯子，却发现怎么加热也熔不掉。老板以为是收了假货，四处找吴长山要钱。吴长山偷了家里的钱，怕被吴老獭捉住暴打，带着四五个牌友，租了两辆车顺着漠北公路往北开，找个度假民宿，开好房间，继续滥赌。金店老板不知从哪里打听到消息，一路追来。”

“然后呢?”郎大脑袋追问。

“你是不是傻，还能有什么然后，那鱼钩就在她手里，那家度假民宿就是眼下咱们所在的这家!”我瞪了郎大脑袋一眼。

“老郭，还是你聪明。”

夏忆喝一口水，继续说道:“也许是老天见我可怜，苦苦寻人多年，那日金店老板在饭厅和吴长山撕扯，我一眼就看到他手里的那枚鱼钩!”

“然后呢？您……就杀人越货？”郎大脑袋瞪圆了眼。

“你当我是什么，剪径的土匪吗？我花了些钱，把鱼钩买下来，息事宁人。”

“只有这些吗？”

“当然不是，我还在吴长山的身上放了一只蜜蜂。”

“蜜蜂？”

“对！准确来说，叫远东黑蜂，也叫东北黑蜂。冬天是虫师最讨厌的季节，在低温下能使用的昆虫很少，远东黑蜂是为数不多的选择。这种黑蜂原产自乌苏里江东岸，越冬能力强，性格凶暴，嗅觉灵敏。我在吴长山身上藏了一只，屋檐下的蜂巢里的黑蜂会从后尾随，每两公里跟着一只蜂，将这些蜂所在的点连成一条线，线的一端在我手上，另一端在吴长山身上。吴长山就像一只风筝，二百公里内，无论他走到哪儿，我都找得到他。”

“那还等什么，咱们动身吧！”郎大脑袋拍桌而起，刚要迈腿，突然发现我和孙偃白原地没动。

“二位？怎么茬儿？”

我看了看孙偃白，孙偃白点了点头。我拎起随身的背包，牵着老三，故意不看夏忆，抢先一步出了屋子。夏忆也不恼火，慢慢取下挂在衣架上的毛呢披肩，拎着保温杯跟着我往外走。

一路上，我没有开车，生着闷气坐在皮卡的后排，和孙偃白、老三窝在一起。郎大脑袋开车，夏忆坐在副驾指路，她将车窗开了一条小小的缝隙，不时就会有一只五六厘米大小、通体黑色、胸部带深棕色绒毛的蜜蜂从窗户钻进来，飞入她的袖口。

第五章

胡言乱语吴老獭　打家劫舍李蒜头

大兴安岭山区雪厚，皮卡车在路上不断颠簸。一阵困意涌上，我眼皮渐沉，不知何时睡了过去。待到我醒来的时候，皮卡车已停在一片树林里。前方不远处有一片积雪覆盖的草甸，草甸后头是一片货场，货场围栏上挂着“收山货”三个大字。眼下大雪封山，货场空空荡荡，只有东边三间瓦房亮着昏黄的光，瓦房门边立着一块牌匾——老味柴锅炖鱼。

瓦房外是一圈砖垒的院墙，院墙正中是两扇对开的栅栏门，门上挂着锁，锁头下面有一块木牌，歪歪扭扭地写着四个大字：旺店出兑。

“嗡嗡嗡——”一只黑蜂落在夏忆的手心。

“这是最后一只蜂，吴长山就在里面。”

“老郭，怎么办？咱是直接上门，还是……”

“直接上门吧，这不写着嘛，旺店出兑，咱就上去敲门，自称是来兑店的买主，进去后咱们小心谨慎，见机行事。不过，为防对方有诈，咱们得留个人在外接应，可别遇上黑店，一股脑儿全折在里面。”我说这话时，若有若无地瞟了一眼夏忆。夏忆面沉如水，波澜不惊。

“那谁留在外面？”

“自然是孙会计，还有老三。”我拍拍孙偃白的吉他盒子，吉他盒子里放着的是孙偃白的古剑“惊鸿”。孙偃白是个利落人，单手将吉他盒子背在肩膀上，带着老三，很快便消失在松林深处，自顾自地寻找最佳的隐藏位置。

我和郎大脑袋并肩走在前面，夏忆走在后头，三个人从林子里大模大样地向瓦房走去，还没走到院前，瓦房里陡然传出一声凄厉的惨叫：

“啊——嗷啊——”

我小腿一哆嗦，拉着郎大脑袋就地一滚，缩在一片雪坡背后。夏忆依旧迈着不紧不慢的步子往前走，郎大脑袋伸手去抓夏忆的羽绒服下摆：

“快！快！快趴下！”

突然，瓦房栅栏门里跳出两只看门狗，还没来得及叫，就被夏忆放出的两只尾针抹了药的黑蜂放翻。

我们俩从雪坡后矮着身子蹿出来，拦住夏忆：

“你在干什么？入室抢劫吗？低调一点儿不懂吗？”

夏忆一脸诧异，上上下下地打量我。

“你看什么？”

“你这脾气，跟你爸一点儿也不像。你爸一身是胆，而你……好像一只老鼠……都说虎父无犬子，如此看来，这话失之偏颇。”

“你……骂谁是……”我瞪圆了眼，就要上前理论，郎大脑袋一把拽住我，向左前方一指，只见瓦房的窗户上缓缓浮现出一个身影，那身影左手持着一把滴血的菜刀，右手提着一条铁链，肩膀上顶着的不是人头，而是一颗长着竖直耳朵的兔子脑袋。

“这……”郎大脑袋吓出一身冷汗，夏忆也倒吸一口冷气。

我瞧着夏忆的神色，把心一横，低声说道：

“怎么，害怕了？怕了就原地别动，看郭爷单枪匹马，上前探上一探。”

言罢，我伏低身子，咽了一口唾沫，咬紧后槽牙，刚要迈步，却被郎大脑袋伸手拽住胳膊：

“老郭……我……”

“好兄弟！够义气，我就知道你不会让我一人涉险。”

“不是，我的意思是，我们要不要叫上孙会计，万一有个什么妖魔鬼怪，她老人家还能一剑劈过去……”

“嘘——”我赶紧堵住他的嘴，不让他继续说话。

“嘘什么嘘？”

“闭嘴！夏忆就站咱们背后，万万不能弱了气势，走，咱俩一起去。”

“我就不去了……”

“不去不行，走！你快点儿！”我连拖带拽，硬拉着郎大脑袋来到院墙下面，两手搭在墙上，背部弓起。郎大脑袋踩着我的肩膀爬上墙头，伸下一条腿，我跃起捞住，借力上蹿。两个人扒在墙头上，屁股掉转方向，面对墙面，抠着砖头，缓缓落地，顾不上扑身上的雪，贴着墙根、柴火垛，溜到窗台下面。

窗户后面拉着蓝色棉布窗帘，窗帘上是那“怪物”的投影。窗帘没有拉严，中间留有一道半指宽的缝隙。我捶了捶胸口，深深呼气，稳住心跳，伸长脖子，透过缝隙向屋内看去。

屋内西侧是肉案，东侧是菜案，南侧是火灶，看格局摆设，应当是间厨房。一个浑身颤抖的年轻人被铁链子绑住双腿，两只手上缠着胶带，嘴里咬着毛巾，背朝上，脸朝下，趴在满是鱼鳞、鱼血的肉案上。从侧面依稀可见，他应该就是夏忆提到的吴长山。

“呜呜——呜——”吴长山抬起脑袋，不住地蹬踹。

肉案边，站着一个小矮个儿，身披军绿色劳保棉衣，头上戴着一顶奇奇怪怪的帽子。那帽子通身一体，乃是以一只棕红色獭兔的整皮制成，甚者连兔耳朵都有保留，形如一只獭兔头前尾后，趴在头上。

“呼——”我松了一口气，蹲了下来。

“老郭？那是个什么……怪物？”郎大脑袋捂着两眼，又好奇又不敢看。

“狗屁的怪物，那是个帽子。”我伸出两手，在头上比画了一个兔耳朵的手势。

“好家伙，吓爷爷一跳，走，干他！”

“先看看情况。”我按住躁动的郎大脑袋，再度起身，向屋内看去。

“嚓——”打火机发出一声脆响，头戴獭兔帽子的身影，缓缓转过来。

留络腮胡子，肤色“酱油棕”，眼角低垂，一脸苦相，两腮通红。

他就是吴老獭。

吴老獭给自己点上一根烟，搬过浸满油污的木板凳，坐在肉案边上，将手里提着的菜刀“哆”的一声砍在肉案上，伸手拽下吴长山嘴里的毛巾。

“爸！爸！你饶了我！饶了我吧！我不敢了！”

“长山，你妈死得早，爹一直对你有亏欠，平日里，你吃也好、喝也好、赌也好，我都睁一只眼闭一只眼，但是，你千不该、万不该……不该偷那个东西，那个东西……它……”

吴老獭越说越气，抄起一瓶白酒，拧开盖子，猛灌一大口，瞪着昏黄的眼，按住吴长山脖领子，低声说道：

“那东西在哪儿?”

“什么东西？我就拿了两张存折，三条项链，一块手表，一件貂皮大衣……”

“不对！还有！还有!”吴老獭死死掐着吴长山的脖子，吴长山又憋气，又恐惧，鼻涕眼泪混成一片：

“没了，没了……爸，我就拿了这些，没别的了……”

“不对！不对!”

“对！对了爸，我……我还偷拿了一个鱼钩，一个鱼钩，我……我以为是金的，但那是个假的，不是金的，它不值钱的!”

“就是它！就是它，你把它弄到哪儿去了!”

“爸，我……咳咳……咳喘不上气……我……”

“说！快说!”吴老獭松开手，揪住吴长山的头发。

“我卖给一个金店老板，然后……”

“然后呢!”

“金店老板说是假的，他找我闹，一个开民宿的女的，买走了。”

“哪个民宿？”

“金沟边上，二嫂农家院。”

吴老獭从墙上摘下一个抄菜单的本子，撕下一页纸，用铅笔歪歪扭扭地写下“二嫂农家院”五个字，塞进袖筒，在肉案边上挑了一把剔骨尖刀揣进怀里。

“爸！爸！您把我解开吧……”

“小畜生，东西要能追回来，还则罢了，追不回来，老子卸你一条腿！”吴老獭将嘴里的烟头吐在地上，用鞋尖碾灭，抬脚向外走。

我赶紧蹲下身，示意郎大脑袋转移。

“往哪儿去啊？”郎大脑袋张着嘴，用口型问我。

我伸手一指柴火垛，撒腿就跑，没跑几步，扭头一看，夏忆已经直挺挺地站在栅栏门外。郎大脑袋朝她连连挥手，让她躲起来，夏忆拽了拽披肩，指了指栅栏门上的锁栓，示意郎大脑袋，让他从里面拉开。

郎大脑袋指着瓦房，两只手举在脑袋顶上，比画一个“兔子耳朵”，又将两根手指头在自己的手肘上做“跑步”状。

夏忆被郎大脑袋比画得好不耐烦，抬起右脚“当”的一声踹在栅栏门上。

“谁！”屋内传来一声断喝。

郎大脑袋吓得尿都快呲出来了，两脚一打滑，滚倒在地。我伸手一抓，揪住他衣领，将他拖到柴火垛后面。

“吱呀——”瓦房大门缓缓推开，吴老獭一手攥着手电筒，一手探进怀里，攥住剔骨刀的刀柄。

“谁？谁在门外?”吴老獭举起手电，晃了晃夏忆。

夏忆微微侧身，避过手电筒的光。

“我这店打烊了。从这往北走三公里，有旅店，有饭馆。”

“你叫吴老獭?”

“对，你是……”

“这东西，你可认识?”夏忆右手一抖，指尖出现那枚金色的鱼钩。

“这是……我祖传的宝贝!”吴老獭眼前一亮。

“祖传?”

“对！你是二嫂农家院的老板吧，这东西你多少钱买的，我出三倍的价买回来。”

“你可见过郭听?”夏忆问话，单刀直入，毫不遮掩。

吴老獭眼神闪烁了一下，斩钉截铁地答道：“不认识。”

“你撒谎，你不认得郭听，这东西怎么会在你手上?”

“我说不认得，便是不认得。你赶紧滚，再不滚，老子劈了你!”吴老獭话里带着情绪，举起剔骨的尖刀向栅栏走去。没走出几步，吴老獭猛地一低头，在院内的雪地上发现两串弯弯曲曲的脚印，从院墙根延伸到窗户底下，最终消失在柴火垛后面。

“谁!”吴老獭扭身看向柴火垛，我眼疾手快，抽起一块劈好的木头扔向吴老獭。吴老獭刚刚伸手拨开，郎大脑袋已趁机蹿到他的脚旁，双手抱他膝盖，肩膀顶他裤裆，将猝不及防的吴老獭摔倒在地。吴老獭举刀下劈郎大脑袋后背，刀在半途，已被我伸手架住，借着吴老獭倒地的力向右一掰，右腿上扫，跨过吴老獭持刀的右臂，将他的右臂夹在我的双腿之间，用力一扭一坐，吴老獭手腕受创，剔骨刀脱手。

我趁势一坐，骑着他的脖子，用屁股坐住他的半边脸。

吴老獭也是个狠角色，张开大嘴，露出两排白到发亮的“烤瓷牙”一口咬在我的屁股上，我虽穿着棉裤，但还是疼得不能自已。

“啊——”我猛地站起身，捂着屁股乱揉。吴老獭上身脱困，两臂下搂，圈住郎大脑袋的脖子猛然发力，郎大脑袋呼吸受阻，脸憋得通红，情急之下也张开大嘴，一口咬在吴老獭的大腿内侧，吴老獭疼得嗓音都变了调：

“唉哟我——”吴老獭又痛又急，松开一只手，揪住郎大脑袋的头发。我一手捂着一屁股，一手从后向前夹住吴老獭的脖子。吴老獭低头一口，咬住我的手腕。我的另一只手顾不得揉屁股，赶紧腾出来，从上往下抠住吴老獭的鼻孔，使劲地向上扒。

郎大脑袋被压在吴老獭胯下，腮帮子紧咬，龇着牙大喊：

“老郭，弄死他!”

我一边用手指抠吴老獭的鼻孔，一边要用掌根压他的眼窝儿，嘴里不断放狠话：

“老东西，你咬我一块肉，我废你一只眼。”

吴老獭红着眼，死不松口，正僵持间，我耳边突然响起一阵蜂鸣，吴老獭翻了一个白眼，软塌塌地栽在地上。我和郎大脑袋赶紧爬起身，一个疯狂搓头皮，一个使劲抖手腕。

“把门闩给我拉开。”夏忆一伸手，一只黑蜂钻进她的袖口。郎大脑袋小跑了两步，拉开栅栏门的门闩。夏忆仍旧迈着她那慵懒而优雅的步子，看看吴老獭，又看看郎大脑袋，最后将目光停留在我的身上，用既厌恶又嘲讽的语气轻声叹道：

“你自己说，你和疯狗有什么区别？”

“我……”

“你爸的脸，被你丢尽了。”

我从地上爬起身，拍拍身上的雪，拽拽衣角，抹平被扯皱的领口，站在原地，想犟嘴，却又说不出话。

“把他拖进来。”夏忆指了指人事不省的吴老獭，自己先一步走进屋内。

我和郎大脑袋对视了一眼，四处望了望，确定周围没有别人，他抬胳膊我抬腿，喊了一声“一二三”，抬死猪一般将吴老獭抬进屋内。

屋内，趴在肉案上的吴长山，发现他刚出门的老爹被抬了回来，吓得紧紧闭上眼，扭过头去一言不发。夏忆走上前，轻轻敲着吴长山的后脑勺：

“怎么，不认识了？前不久我们见过。”

“没……没见过。”吴长山拼命摇头。

“怎么没见过，你带了朋友，来我的店里打牌……”

“没见过，没见过，我谁都没见过，道上的规矩我懂……我懂。”吴长山扬起脖子，“咚”的一下向桌面上撞去，将自己撞昏过去。

夏忆没有继续和吴长山叙旧，而是从灶台上拿起一个不锈钢盆，转身从水池里舀一盆凉水，“哗啦”一声兜头浇在吴老獭的脸上。

“谁！”吴老獭被凉水一激，猛地从地上坐起来，瞪圆了眼，愣了三五秒，大脑才回过神来。

“儿子！你怎么了？”吴老獭看向吴长山。

夏忆笑了笑，伸手探了探吴长山的鼻息，对吴老獭说道：“别担心，就是晕了，一会儿就好。”

吴老獭看了看我和郎大脑袋，伸手就去摸案板上的菜刀。郎大脑袋吓了一跳，抄起手边的板凳就要上去砸他。夏忆一抬手，制止郎大脑袋。吴老獭抄刀在手，后背靠墙，大声吼道：

“你们是什么人？”

夏忆右手捻动鱼钩，轻轻说道：

“我想请你，给我讲讲，这个东西你是从哪儿得来的？”

“凭什么？”吴老獭攥紧手里的菜刀，显然是做好了拼命的打算。

“你怕疼吗？”夏忆问道。

“你当老子是吓大的吗，老子山里来水里去，什么没见过？脑袋掉了碗大一个疤，死都不怕，怕什么疼？”

“疼和死是两码事。”夏忆右手举起，在半空打一个响指。吴老獭的帽子突然疯狂扭动，一大片蚂蚁从帽子里涌出来，顺着吴老獭的脖子往下钻。

“啊——啊——”吴老獭发出一阵瘆人的惨叫，扔了菜刀，在地上疯狂扭动，把身上的棉衣、大氅、毛衣、裤子、靴子脱得一件不剩，只剩一件背心、一条短裤。

“扑通——”吴老獭倒在地上，左右翻滚，摘下头上的獭兔帽子使劲抽打自己，想将身上的蚂蚁掸走；却不料那蚂蚁个头儿虽不大，但每咬上一口的痛感都令他头皮麻木，浑身抽搐。

我在桌上取下一只玻璃碗，扣住一只爬到我脚边的蚂蚁，蹲下身细细观察，只见这种蚂蚁体长只有三四毫米，体色红黑，尾部有一根毒刺。

“这什么东西?”郎大脑袋也凑过来。

“别挡光。”我轻轻拨开他的头。

“我瞧瞧，不就一蚂蚁嘛，搞这么神秘。”

“这叫子弹蚁，蚁科，色木工蚁属，节肢动物门，以小型蛙类为食，其尾刺有剧毒，被叮咬后，带着灼烧的痛感如同中弹，故而叫子弹蚁。”

“中弹？咱也没中过弹，那是个啥滋味?”

“瞧见边上那堆烤鱼的铁扦子了吗？烧红了，扎你小肚子里，疯狂搅动，抽出来，在伤口上撒上一把辣椒面!”

“嚯！我听着都冒汗，那这么多蚂蚁一起啃咬，吴老獭现在是不是跟被加特林突突一个感觉。”

“什么林?”

“加特林，‘哒哒哒’冒蓝火那种。”

“滚蛋!”我推开郎大脑袋，专心观察这只子弹蚁。

“老郭，你寻思什么呢?”

“我在想，这种子弹蚁主要分布在亚马孙雨林，那里的气候和咱们现在所处的大兴安岭地区可以说是天差地别。她是怎么把这些蚂蚁带到这里，并驱使驾驭的呢?”

夏忆听闻此言，淡淡一笑:“这是虫师的秘密，恕不外泄。”

我悻悻地掀开玻璃碗，放走那只蚂蚁，瞧着它一路冲向吴老獭，瞄准他的脚踝狠狠蛰下去。

“啊哟——”吴老獭左手抱住脚踝，右手撑起上身，匍匐前进到水槽边上，忍着冷跳进去，拧开水龙头，任凭冰凉的自来水从头到脚冲刷着自己，子弹蚁畏惧冷水，纷纷散开，绕着水槽边围成一个圈儿，等待夏忆的指令。

吴老獭浑身又痛又冷，泡在水槽子里一边惨叫一边打哆嗦，嘴唇泛白，脸色透青。

“想好了吗？是疼死，还是冻死？”夏忆拧开保温杯，吹了吹杯口散溢出的热气。

五分钟后，厨房正中，吴老獭身披大花被，坐着小马扎，手捧一碗热汤，双眼通红，用倔强而委屈的眼神时不时偷瞟夏忆。

“说说吧，你知道我想听什么。”夏忆呷一口热水。

“说来话长，这事的始末，怕是要从民国时期讲起。”

“细细地讲，我有的是耐心。”

民国时期，匪患成灾，东北尤甚。

东北方言，称土匪为“绺子”“杆子”“胡子”等。

大兴安岭地区，号称“大绺子三百六，小绺子赛牛毛”。许多大土匪开山立柜（占山插旗），招揽人马上山挂柱（结拜入伙），仗着心狠手辣，啸聚山林，打家劫舍，烧杀抢掠。他们或“砸响窑”，纠结几百号人马，兵合一处，将打一家，洗劫乡镇大户、地方豪绅之类有势力的人家；或“绑肉票”，挑殷实大户，绑人勒索，三天剁耳朵，五天剁舌头，十天剁脑袋；或“掸边子”，占据交通要道，劫掠过往客商；或“打歪子”，藏身水路，扮作渔民、艄公，杀人越货，兼做些“起货”的买卖，贩运烟土，运送赃物。

在胭脂沟左近，额木尔河马头咀一带，有一伙土匪，旗号“鱼绺子”。总揽把子（大当家）原名李蒜头，江湖人称“鱼皮二爷”，手下两员大将，一是大炮头（带兵先锋）六指吴，二是总粮台（后勤账房）小花鞋，三人在当地活动多年，靠着心狠手辣站稳脚跟，纠集三四十号人马，渐成气候。

与其他绺子不同，鱼皮二爷方圆五百里独一份，专干“挖点儿”的营生，所谓“挖点儿”，便是敲诈：先给乡绅地主下帖子，写上金额条件，交纳日期，如若逾期不纳，便杀人灭门等等。通常来讲，只有规模达到千人以上的“大绺子”才有“挖点儿”的分量。鱼皮二爷手下人马不足半百，按理来说，就算下了帖子，那些有家有业的地主老财，也没人会买他的账。可这鱼皮二爷的帖子在整个胭脂沟地区，堪比阎罗王勾魂的催命符，就连小东沟坐拥千余人马的大土匪“侯司令”都自愧不如。只因江湖传言，鱼皮二爷得了妖狐传下的邪法秘术，身着一件鱼皮衣，能缩身成寸，来无影去无踪。初时有乡绅大户“不信邪”，接了鱼皮二爷的帖子后，花费重金购置枪炮，聘请护院，修砌炮楼高墙，封闭城门，直接放出狠话，要和鱼皮二爷“碰一碰”。转眼到了鱼皮二爷帖子上写的收钱之日，乡绅带着护院，提着枪，架着炮，眼都不眨地在炮楼上巡视。然而鱼皮二爷并未出现在炮楼之外，而是在午夜时分，直接出现在乡绅的深宅大院之中，从“背后”扎了乡绅一刀，待到炮楼上的护院瞧见乡绅家中火起，带着人马回救的时候，鱼皮二爷竟然又神秘地消失，只留下一地的尸体和被洗劫一空的金库。乡绅挖地三尺，想找到鱼皮二爷的踪迹，可大宅的门、墙、屋顶均无撬动的痕迹，鱼皮二爷仿佛凭空出现，又凭空消失，只在后墙发现的一只皮球大小的狗洞边上，发现了一排纽扣大小的蘸着血的鞋印。

此后，鱼皮二爷声名大噪。

借着势头，鱼皮二爷又以相同的手法连犯数件大案，一时间凶名无二，不过几年时间，已发展为方圆百十里最大的绺子。

直到有一年，后山屯的财主刘满仓在腊月初八的晚上，收到一张署有鱼皮二爷落款的帖子：

正告后山屯财主刘：寒冬腊月，风雪无情，时运不济，人马断粮，特请刘爷发善接济大黄（十两重的金条）十五根、烟土四十包、银圆五百块。另闻刘爷有一女，貌美肤白，烦请于十日后，一起送往东山山神庙。逾期不见人货，某便登门自取——胭脂沟绿林大柜、乘龙快婿鱼皮二爷敬上。

自打刘满仓在自家大门上见到这张用匕首固定的帖子后，便再没合过眼。鱼皮二爷的“邪乎”劲儿，他是早有耳闻的，纵是生八个胆子，刘满仓也不敢和鱼皮二爷硬拼。若说金条、银圆、烟土，舍了便舍了，权当破财免灾；可刘满仓年近五旬，只得这么一个闺女，闺女是他的命根子，无论如何，他都不可能把闺女往贼窝里送。

于是乎，刘满仓把心一横，散出家财，招兵买马，想和鱼皮二爷拼个你死我活。老话讲得好，重赏之下必有勇夫，白山黑水间，最不缺的就是血勇孔武之辈。刘满仓在乡里贴出告示，重金招募“炮手”（会打枪的“雇佣兵”），尽管刘满仓银钱给得高出市面好几倍，但“鱼皮二爷”的名头实在是太响，胭脂沟附近没人敢触他霉头。刘满仓招了七天人，只招来几个快要饿死的乞丐，进了门甩开腮帮子就是吃，莫说开枪射击，便是刀枪棍棒、拳脚摔跤等都一概不通。

刘满仓一股火蹿上脑子，两眼一黑，晕过去三天两宿。待他捂着肿得高高的腮帮子醒来时，前厅台阶下，正站着一个年轻道士，十六七的年纪，头顶扎着髻，一身八卦衣，浓眉大眼，薄唇瘦脸，手持紫金铃，腰悬一短剑。听见刘满仓脚步，小道士掸掸衣衫，从怀里掏出一张告示，指着告示底下的落款，上前行礼，张口便问：

“恁（您）可是刘财主？贫道真虚子，自龙虎山而来。”

“什么子？哪儿虚？肾？”

“真虚子，是真，不是肾。”

“哪儿来的？”

“龙虎山。”

“既是龙虎山的道士，为何满嘴的河南口音。”

“这……贫道云游四海，走的地方多了，口音多多少少有些串味儿。”

“吃吧！喝吧！吃饱喝足就走吧，我就当死前做善事了……”刘满仓想到伤心处，泪水扑簌簌地往下流。

“贫道不是来骗吃喝的，而是前来扶危济困的。绺子鱼皮二爷仗着妖法害人，贫道专擅降妖捉鬼，此番揭榜，正好助你捉住这个信球货。”小道士拍拍胸口，咧嘴一笑，露出一口白牙。

“你？不过是个半大孩子，休在这里寻我开心，滚滚滚！”刘满仓没有耐心，伸手去推小道士。小道士呵呵一笑，两腿一分，刘满仓这一推，竟没让他移动分毫，刘满仓又吸一口气，拿肩膀顶住小道士的胸口，发力又一推，小道士仍旧纹丝不动。

“来人！”刘满仓一声大喊，七八个家丁从院子里涌过来，有的抱腿、有的抱腰、有的拽胳膊，有的扳脖子，推搡半天，小道士双脚稳如泰山，硬是不动分毫。

“当心了。”小道士一声断喝，两臂一掀，在场众人无不跌倒。

刘满仓顾不得从地上爬起来，原地翻滚，抱住小道士的大腿，涕泪横流：

“肾虚子仙长，算日子那鱼皮二爷今晚就要来索命，您千万救我啊——”

“真虚子，是真，不是肾。”小道士将刘满仓扶起，指着门外的二层小楼说道，“今晚，我要在那高处设法坛一座，清单在此，你好好准备；另外，今晚你府上，各门各户须门窗紧闭，无论听见任何响动、瞧见任何光影，一不得出门，二不得应声，待到天光见亮，才可出来。”

“好好好！都依仙长，只是不知您还需要些什么兵器，我吩咐人备下。”

“那鱼皮二爷用的乃是妖法，寻常兵器岂能伤他？我自有仙家妙法，用不上你的家伙。”

“仙长说的是，是我糊涂了，要是能早些遇上仙长，我也不至于花上几百块大洋的冤枉钱，买那些个洋枪洋炮。”

“有洋枪？”小道士眼前一亮。

“有！有！”

“拿上来。”

“你刚刚不是说，那鱼皮二爷用的乃是妖法，寻常兵器……”

“你懂什么？道法伤其神，洋枪毙其身，二者缺一不可！”

“仙长说得有理。”刘满仓点头如捣蒜，招呼下人抬出两只长条木箱，掀开盖子，剥开油纸，露出十几杆长短不一的洋枪。小道士取过几杆掂在手里，试试斤两，虚瞄两下，选定两把“鸡腿儿撸子”贴身藏好。（鸡腿儿撸子：即1925年日本产南部十四式手枪。该手枪枪管纤细，枪身与握把粗壮，因其将枪管抓在手里，活像拿着一只煮熟的鸡腿儿，故得此名。）

“既然有枪，总不能浪费，今晚所有家丁护院各司其岗，一不点灯，二不举火，就蹲在黑影里，听我号令，向火光处射击。”小道士选定几个胆大机灵的家丁，编制队次，简单验看他们使枪的架势，迅速分配好岗位和任务。

夜半，乌云遮月。刘满仓一家按着小道士的指示，关紧门窗，熄灭宅子里所有的灯光，缩在屋内。

小道士蹲在小二楼的房顶上，怀中抱着一只小狗，那狗通体乌黑，浑身无半根杂毛。冷风吹过，那小狗竖起脖子，迎着风抽动鼻翼，朝着东南方向轻吠两声。小道士扔掉拂尘，脱去道袍，露出一身贴身短打蜈蚣扣、薄底快靴夜行服。

“唰——”小道士拔出腰间的短剑，反握柄，将剑身贴在右肘后，左手抱起小狗，踩着屋脊向东南方跑去。

刘财主这处住宅，三进的院子，深门高墙，两墙折角处上设岗哨一座，东南方乃是大宅米仓。旧时大户人家，为防米仓失火，多将其建于井、池之边，以便及时扑救火情。三更天，米仓后，水井口的青石砖上突然出现五根手指，一个浑身鱼鳞纹、窄肩长臂的人影扒着井沿儿，钻出井口。他四处张望一下，将右手捂住嘴唇，发出一声老猫叫。

叫声未绝，井内传来一阵窸窸窣窣的响动，十几个身披鱼鳞纹的身影一个接一个地从井内爬出来。他们站在地上，三三两两甩动身上的水，各自解下手腕上系着的绳索和头上缠裹的黑布，从背上解下油纸包，取出里面裹着的刀、枪。

突然，其中有一个人停下来，将蒙脸的黑布向上一掀，露出鼻尖儿，轻轻抽动一下鼻翼。

“这什么味儿啊？”

此言一出，众人纷纷开始抽着鼻子乱嗅。

“是火油！”有鼻子尖的抢先说出答案。

“哪儿来的？”

“井里！井口、井栏……井水里都是这个味儿，怎么回事？”

就在此时，黑暗中，一道人影闪过。

“谁！”

“呼——”半空中有一道亮光飞来，井边众人纷纷闪避。那重物落在井沿儿上，“咣当”一声碎开，赫然是一盏亮着火的煤油灯。

“不好！”

喊声未落，煤油灯内的火苗落在地上，引燃偌大一片火油，火焰腾空而起，见风就涨，甚至连井中也燃起大火。井里钻出这十几号人身上浸满火油，眼看着火苗蹿了上来，纷纷滚倒。小道士在屋顶现出身形，大喝了一声：“贼人妖法已破，打啊！”

墙上岗亭里的家丁听见号令，举起长枪短炮，向着火光处乱射，虽然准头差，但密集如雨。

“砰砰砰——”井口瞬间躺倒一片，有手脚麻利的，脱去身上的

“鱼鳞纹”，露出一身黑衣，钻进花园的假山之中。小道士用短剑跳起地上的“鱼鳞纹”，借着火光细细端详一阵，满脸狰狞：“果然是咱家的鱼皮衣，狗贼，你的死期到了！”

言罢，小道士将怀中小狗放在一边，挺剑追入花园。花园内假山参差，松影斑驳，积雪没过脚踝。黑暗中，小道士与敌短兵相接，狭小空间内对方带的长刀、长枪皆不中用。小道士仗着身法灵活，手中短剑轻灵锋利，连杀五人。

“呼——”小道士缩在假山背面，右手撕下一截布条，裹紧大腿上的刀伤。

鱼皮二爷缩在一棵松树后头，哑着嗓子叫道：

“你我有何冤仇，非要赶尽杀绝吗？刘财主多少大洋雇的你，我出三倍！”

“屁！这根本不是钱的事！”

“那是什么事？”

“李蒜头，你个王八犊子！你还没听出我的声音吗？”小道士猛地换上一口浓重的东北口音。

“你……你这声音确实耳熟。”鱼皮二爷有些恍惚。

“你可还记得胭脂沟的郎大、郎二兄弟吗？”

“你……你是郎大的儿子……郎小乙？哎呀！你都长这么大了，大水冲了龙王庙，一家人不认一家人，我可是你的亲堂姐夫啊！”

“闭上你的狗嘴吧！事到如今，还想骗我？我去过老庙，地上的青砖，一看就是被人撬动过，我重新挖开了！我二叔和我姐的尸骨，就埋在门槛下面！肉都烂了，两个人头骨的后脑处全都是凹陷的，尸骨穿着的衣服上还染着血呢！李蒜头啊李蒜头，当年你快冻死在老林子里的时候，是我爹和我二叔把你捡回来的，给你一口热饭，二叔见你模样周正，我姐稀罕你，就把你招成上门女婿，可你呢？你就是这么报答他们的？就是养条狗，还知道给主人摇摇尾巴！你倒好，直接害了他们性命！”小道士越说越气，脱下一只靴子，向右扔出，鱼皮二爷吓了一跳，抬手一枪，向靴子落地处射击，却不想小道士身子向左一晃，绕过假山，扑倒松树后头，后背贴着雪地滑行，瞬间到了鱼皮二爷的脚边，手中短剑一刺，扎穿鱼皮二爷的小腿。鱼皮二爷发出一声惨叫，刚要将枪口扭转，小道士左手拍地，使了个“乌龙绞柱”，双腿逆时针缠住鱼皮二爷持枪手臂，向下反卷。鱼皮二爷关节被扭，手枪落地。小道士右脚下跪，压住鱼皮二爷肩膀，正握短剑，抵在鱼皮二爷的后腰处。

“啊——”鱼皮二爷嗓音都变了调儿。

“疼吗？！你还知道疼吗？！你杀我二叔、杀我姐的时候，他们疼不疼？！这一刀，还要不了你的命，一刀毙命太便宜你了，我得多捅上几刀，最好是千刀万剐，方解我心头之恨。”

“误会……误会……小乙，这都是误会！”

“哪儿来的误会，说！你是怎么去的古庙？”

“是……你姐带我去的。那年闹匪灾，匪过如篦啊，方圆百里，哪有几家活人啊？你们郎家怕断了后人，你爹带你南下去了河南，我和你二叔、你姐留在这片冰天雪地里。”

“说点儿我不知道的！”

“土匪……躲土匪……我们去秘境里的古庙躲土匪……”

“放屁！郎家有祖训，不得带外人入古庙。”

“你姐心疼我，不肯把我一个人扔在外面，你二叔拗不过自己的倔闺女，只能破例把我……把我也带进去。那地方太诡异了，必须穿着鱼皮衣，我问你姐为什么，她说她也不清楚，只知道祖上传下来的一句话——仙儿不吃鱼。”

“后来呢！”

“后来……后来土匪走了，你二叔要砍我手、挖我的眼！”

“还不说实话?”小道士稍一用力，剑锋刺穿鱼皮二爷的棉袄，入肉半寸，鲜血流出，染透鱼皮二爷贴身的棉坎肩。

“我……我偷了庙里一个烛台，金子……金子做的。一个烛台，不至于……砍……砍手挖眼吧。”鱼皮二爷痛得直打哆嗦。

“我看你的手和眼，可都是好好的！”

“他砍，我躲，你姐拦，三个人打成一团，不知怎么着，我……不知什么时候捞起了供桌上一条冻得邦硬的猪后腿，我……我一失手……我一下打在你姐的后脑勺上。你姐没了声儿，躺在地上抽搐。你大伯疯了，抱住我的腰不松手，我……我就轻轻一敲他的头……他就……他就断气了……”

“然后你就把他们埋在庙门门槛下面，然后做了土匪。”

“不不，不！我也不想做土匪，可我就好抽上这么一口烟土……那庙里虽然好多金物件儿，但卖来卖去，没几年就没得卖了，我迫不得已，只得落草为寇。”

“好一个迫不得已，我且问你，附近乡民都说你身怀邪术，能缩小身形，飞天遁地，是怎么回事?”

“我手下有个绺子，祖上是挖坟掘墓的土爬子，最擅挖洞打穴，我们踩好点子，在目标左近三五里内寻个破庙、野坟打掩护，春、夏时分掘土，将出口定在目标院墙内，趁着气候暖和，土壤松软，抢先挖好洞穴，确保直抵那些地主大院的菜窖、枯井，甚至是水井的侧壁；然后于秋冬时节下帖，若是对方识相，交纳钱财还则罢了，若是不交钱，我们便……”

“便怎样？”

“便……自己去取！取完钱财，便在那人家里寻个老鼠洞、狗洞，用我手上这戒指，印上几个酒盅大小的脚印儿装神弄鬼。平日里我还买通一些乞丐，让他们走街串巷，宣扬我会缩身遁地的邪法……其实都是唬人的！这不……被你给识破了吗？”

“老子随身带着千寻犬，在这院子里随便一转，便发现了井底有人，我一猜便知道有人在井道侧面打洞，所以才提前在井水中灌入火油，设下埋伏。你们好大的胆子，就不怕官兵吗？”

“官兵都是些胆小鬼，我手下兵强马壮，快枪几十条，官兵遇见我们，就像老鼠见了猫。”

“说！你们这些年，祸害了多人家？”

“一年也就两三家，我们就四十几个弟兄，同时挖不了许多条地道……”

“我且问你，这古庙的秘密，你手下的人全知道了？”小道士手腕用劲儿，剑锋又插深半寸；随即扭动剑柄，剑刃在鱼皮二爷身体里微微转动，疼得鱼皮二爷浑身抽搐，面色惨白。

“没有！没有！没有人知道……没人知道古庙和秘境的秘密，我手下都是虎狼之辈，我发迹的奥妙岂能告诉他们……”

“你装神弄鬼，就不怕手下人造反吗？”

“只要跟着我能抢到钱，他们巴结我还来不及。造我的反，他们吃什么？喝什么？小乙，你问的我全说了，你二叔和你姐的事，就是个误会，人死不能复生，我出五十根小黄鱼，你放我一马。”

“当了绺子后，你可回过古庙？”

“我每年清明回一次！”

“回去做什么？”

“给你姐……烧纸。”

“你还记着我姐？”

“当然，我们夫妻一场，我也是一时失手，她是真心对我好，我也不知道怎么会闹成这个样子。”鱼皮二爷说着说着，竟掉下两滴眼泪。

“你自己回去的？可曾带着手下？”

“不不不，我自己回去的，我谁也没带。”

“也没人跟踪你吗？”

“没有……绝对没有！”

“你确定？”

“你应该知道，去那地方，要过涸塄套，没有神鹰引路，谁也过不去。涸塄套一望无际，一片雪白，跟踪的人无处遁藏。”

“好好好，如此甚好！”小道士连连叫好，一剑捅下，给鱼皮二爷从后到前扎了一个对穿。

鱼皮二爷猛地张大嘴，鲜血顺着牙龈往外淌，瞪着一双死鱼一般的眼睛，直挺挺地向地上扑倒。小道士伸手摸摸鱼皮二爷的颈下，确定他的脉搏不再跳动。

“呼——”小道士长出一口气，扶着膝盖，缓缓站起身。

“砰——”平地一声枪响。

小道士心口一痛，低头一看，自己的胸膛已经中了一枪。不远处，墙角闪过一道身影，那身影穿着一身鱼皮衣，一个助跑蹿到墙头，向上一跃，双手扒住墙头……小道士隐隐看见，此人十指不全，左手缺了无名指、小指，右手缺了大拇指和小指，两只手加起来，一共有六个指头。

小道士看了看身影蹿出的地方，猜到他刚才就躲在左近；只不过小道士恨火冲天，全部的注意力都在鱼皮二爷身上，根本无暇顾及其他。

“不好，也不知他听到多少秘密，我得灭……灭他的口。”小道士用短剑当拐杖，踉踉跄跄地往前追，还没走到墙角，就因失血过多，没了气力，靠着墙，歪歪扭扭地软了下来。

他越来越冷，越来越困，直到沉沉睡去，再也没有醒来。

第六章

碧波潭下红墙影　地转天旋醉小烧

随着吴老獭断断续续的讲述，小道士的故事就此画上句号。当听到小道士本姓“郎”的时候，我们所有人都将目光投向郎大脑袋。郎大脑袋琢磨一阵，追问吴老獭：

“你故事里，姓的那个郎，是哪个郎？”

“还能有那个郎，不就是炊饼武大郎那个郎吗？”

“那不对！”

“哪儿不对？”

“我家祖上姓的是……打虎武二郎的那个郎！”

“那不是一个郎吗！”我一拍大腿。

郎大脑袋正襟危坐，义正词严地摆摆手：

“字虽是一个字，但性质不一样。”

我懒得理他，心中暗自梳理一遍故事中的逻辑，我有八成把握断定，那小道士便是郎大脑袋的祖辈，而胭脂沟里那座神秘的古庙，便是由郎家人世代守护的秘境。这就是为什么二十五年前，我爸会带上郎大脑袋他爸，一同前往大兴安岭的缘由。

就在此时，不知什么时候进屋的孙偃白眼前一亮，继续问道：

“故事最后，那个偷听到鱼皮二爷的秘密，翻墙逃走的土匪，是谁?”

“那是我的爷爷，本名吴有才，上山落草，拜在鱼皮二爷手下，当了炮头，因少年时嗜赌如命，推牌九出千，被人砍断四根指头，故而人都唤他六指吴。”

郎大脑袋闻言，看着趴在肉案上昏迷不醒的吴长山，一声嗤笑：

“还真是‘龙生龙，凤生凤，老鼠的儿子会打洞’，你这败家儿子好赌的毛病，竟然还是祖传的!”

这话戳到吴老獭的痛处，他咬咬牙，本想要争辩几句，却又无话可说，只能一声长叹，眼睛一阵干涩，扑簌簌掉下两行浊泪。我见状赶紧出言，打断他的情绪：

“十年树木百年树人，孩子的教育问题不是一朝一夕能解决的，你先别急着忧伤，二十五年前的事，你还没交代清楚呢!”

郎大脑袋一把抢下吴老獭喝到一半的热水，梗着脖子喊道：

“还是郭经理机灵，你个老东西，跟谁哭天抹泪呢，险些被你把气氛带偏。二十五年前的事，快点儿讲，坦白从宽，抗拒从严，稍有隐瞒，我……那加特林蚂蚁呢?”郎大脑袋走到夏忆身边，毛手毛脚地去翻夏忆的外衣兜。夏忆一甩手，“啪”的一声，抽在他手背上。郎大脑袋一缩手，悻悻地闪到一边。

吴老獭偷眼瞟向夏忆，没有出声，低头刚喝了一口热水，再抬起头的时候，密密麻麻的子弹蚁已经爬满夏忆的肩头，只待夏忆一声令下，便会冲过来蜇咬。夏忆微笑地望着他，吴老獭浑身汗毛倒竖，赶紧答话：

“鱼皮二爷早年入赘郎家，以冬捕为生。我爷爷六指吴，是鱼皮二爷的亲信，虽没见过那秘境地图，但却学到冬捕和制作鱼皮衣的手艺。鱼皮二爷死后，我爷爷金盆洗手，再也没有漏过海（底细），在这古莲河畔捕鱼为生，一直传到我这一代。二十五年前，有两个男的来到胭脂沟附近，寻找古法鞣制的鱼皮衣，经人介绍，找到了我，要买鱼皮衣；又掏出一万块钱，请我带路，并称回来之后，再给我一万块。二十五年前的两万块，足够买一辆夏利小轿车了。”

“那两个人什么模样？”

“模样我记不清了，只记得他们其中一人，身上有一只传呼机大小的蝉，叫起来好像汽车喇叭一样响！”

“是他！就是他！”夏忆瞳孔一缩，红了眼眶，身上的子弹蚁不受控制，发疯一样满地乱爬。

“啊——啊——”吴老獭被蚂蚁咬怕了，赶紧两手一撑，爬上桌子，缩成一团。

夏忆深吸一口气，稳住心神，止住蚂蚁，走到吴老獭身前：

“后来呢？你们去哪儿了！”

“我带着他们进胭脂沟！在大雪里兜兜转转好几天，他们好像已经找到入口，却不想让我知道。他们让我先回去，三天后再来接他们，于是我先一步离开。三天后，我赶到约好的地点，却不见他们二人。我虽然知道那庙的诡异，但心里惦记着……那一万块钱，我……顺着他们的脚印，找到一处山洞，我钻进山洞……我看到……”

“你看到那座古庙了？”

“没有！我看到了，却也没看到。”

“你个老小子不好好唠嗑，跟我在这儿拽哲学？”郎大脑袋抄起一根擀面杖，去敲吴老獭的手指头。吴老獭两手一缩，抱在胸口，活像一只受惊的老鼠。

“那庙不在阳世，而在阴间，能看到，却进不去！就算是看，也只能在月上中天后的下半夜看；一旦天明鸡叫，那庙便会瞬间消失，仿佛从未在世间出现。”

“怎么说？”孙偃白拉住郎大脑袋，让吴老獭继续说下去。

“那洞的深处，是一汪潭水，碧绿碧绿的，就像是……一块翡翠。趴在潭边往下看，有一棵树，很高很大，树上有一个大洞，洞口两扇朱红色大门，其上各有一兽头铜环，门边有一副对联，字数太多，写的是什么，我记不清了。从这洞门向上看，大树的枝叶深处，有一座庙，红墙、黄瓦，石台阶隐隐若现。当时，我虽觉着诡异，但心里既惦记着那一万块钱，又按捺不住好奇。于是我脱了衣服，一个猛子扎了进去。”

“隆冬腊月，你就这么下水了？糊弄傻子呢！”郎大脑袋猛地一敲桌面，吴老獭打了一个激灵，连忙解释：

“我年轻时也是附近的冬泳好手，这点儿小事不在话下。”

“继续说。”

“我下了水，一路奔着庙门的方向潜泳，足足潜了半个小时，直到脚尖蹬踢到潭底的淤泥。我瞪大双眼，向前望去，只见前方茫茫一片，并不见一砖一瓦。我向后一看，那大树和古庙竟在我身后，我活动一下手脚，掉转方向，再次向那庙门游去，可那庙宇竟在我眼前再次消失。我猛然回身，那大树和古庙竟再度出现在我身后。此时，我的脚尖一痛，踢到水底的一块硬物，我吐出一串气泡，使身体再次下沉，定睛一看，我脚尖踢到的，乃是一块大石头，石头上刻着两排大字：万仙滩头休举步，碧波尽处早回身。我心里一惊，只觉周遭阴冷异常，担心这笔钱有命挣没命花，于是打定主意，踩水上浮；可人心就是这么奇怪，越是告诉自己别回头，我就越想回头看看。终于，我忍不住躁动，稍稍歪了一下脖子，向后看去，我看见……”

“你看见了什么？”

“我看见了两位仙家……”

“仙家？仙家姓什么？”郎大脑袋问。

东北所称仙家，不离胡（狐狸）、黄（黄鼠狼）、白（刺猬）、柳（蛇）、灰（老鼠），本地人问话，谈起仙家，不能问“是什么”，而要问“姓什么”。

“黄！仙家姓黄！黄仙儿！”

“两位仙家，从石台阶上往庙门走……”

“等等！”我打断吴老獭的话。

“你用的这个词是不是不妥啊，人是走，你说的黄仙儿应该是叫……爬。”

“不，就是走！两位仙家是走过去的。”

“怎么个走法儿？”孙偃白问道。

吴老獭言辞匮乏，怕形容不清楚，自己一扶桌角，跳到地上，缩脖、弯腰、蹲身、弓背、外八字、罗圈腿，在地上走了一圈，站直身体，在自己肋下比画出一个高度：

“大概有这么高！”

我和郎大脑袋是干工程的，眼睛就是“尺”，对视一眼，异口同声地说道：“这是一米二啊！”

众所周知，黄鼠狼学名黄鼬，是哺乳纲、鼬科的小型食肉动物。体长28—40厘米，尾长12—25厘米。就算用尾巴尖“扎”在地上算“身高”，最大不过65厘米，和吴老獭形容的高度，还差一半呢。更何况据吴老獭所述，那仙家是后腿直立，尾巴不算高度。姑且将那仙家归入鼬科，算上一条约占身长50%的尾巴，这仙家怕是足有一米八的大个儿。

我越想越迷糊，脑子疯狂转动，在我有限的狩猎知识里，寻找适合的物种匹配。郎大脑袋见我陷入沉思，赶紧将我推醒，在我耳边小声说道：

“老郭，这老小子满嘴跑火车，还不知他说得是真是假，你先别急着动用你那有限的脑容量，当心烧了你那脆弱的CPU。先让这孙子接着往下说。”

“嘿！有道理！”我猛然醒悟，催着吴老獭继续讲下面的故事。

吴老獭朝我伸伸手，我顿时会意，将剩下的半盒烟和打火机全扔给他。吴老獭抽出一根烟，撅折过滤嘴，塞在嘴里，擦着火机点着烟，深深地吸一口，眯起眼，皱着眉，徐徐说道：

“二位仙家奔着大门而去，像是在闲遛弯儿。突然，仙家猛然回头，与我目光相接，其中一位仙家，‘噌’的一下蹿了过来，转眼便到我的身前。”

“等等！你不是说那古庙不在阳世，而在阴间吗？”我出声打断。

“是啊！我等凡夫俗子不可往来，不代表仙家没有神通啊！那仙家转眼就到了我的身前，霎时我手脚一阵冰凉，低头一看，水下有十几具白骨站了起来，伸手来抓我的脚，冷水顺着我的口鼻疯狂灌入，我用力挣扎，很快我便没了知觉，眼前天昏地暗……”

“后来呢？你不是没死吗？你别告诉我，是那位仙家救了你！”郎大脑袋皱着眉，用擀面杖戳了戳吴老獭的胸口。

“这位兄弟好神算，正是仙家搭救啊！我一睁眼，人已经躺在山洞洞口了，时间刚好天光渐亮，而我胸口上正摆着这枚金色的鱼钩，我想定是那仙家用此物击退潭底想要抓我做替死鬼的白骨骷髅啊！此后，我再次趴在潭水边向内看，那庙早已不见踪影。”

“放你妈的屁！你敢消遣我！”我怒火攻心，掐住吴老獭的脖子，将他按在墙上。

“老弟，我句句属实，何来消遣一说啊？”

“这钩子，是我爸的！你再跟我鬼扯！”

“可我真的没见着别人啊。”

“你可再见过那两个许你一万块尾款的人？”

“没有啊！再也没见过，二十五年过去了，这钱还没着落呢！”吴老獭突然摆出一副死猪不怕开水烫的无赖相。

郎大脑袋狐假虎威，小跑到夏忆身后，在夏忆肩膀边上煽风点火：

“这老小子没一句实话，不是聊哲学，就是讲聊斋，您老人家千万别心软，用这些蚂蚁小宝贝儿，再给他‘嗒嗒嗒’来一梭子。您甭心疼他，他不怕疼，您再帮他回忆回忆刚才的加特林是个什么滋味。”

夏忆被郎大脑袋说动，轻轻捻动手指，成群的子弹蚁从夏忆的肩膀爬到地上，顺着吴老獭的脚面往上爬。吴老獭吓得魂不附体，牙关紧咬，嘴巴抿成一条线，哼哼唧唧地挤出一句话：

“咬死我吧！咬死我，也就这些了，真没别的可交代了。”

突然，夏忆一摆手，撤回了蚂蚁，郎大脑袋蒙了，赶紧问道：

“怎么茬儿？您真信他了？”

“在疼和死之间，他分得很清楚。咱们再怎么让他疼，也不可能要他的命，但是有些事，他说出来，就没命了，对不对？”

此言一出，吴老獭瞬间一愣，这片刻的神情流露，已经验证夏忆的猜想。孙偃白眉头一皱，抡起背上的铜铸吉他盒，带着风声，“轰”的一下砸在墙上，三行红砖厚的夯土墙，瞬间开了一个大洞。吴老獭就地一滚，闪到一旁。孙偃白一脚蹬住他的胸口，将他抵在墙上，再次举起吉他盒子，虚瞄一下吴老獭头部的高度：

“你还有什么要说的吗？”

“没……没了……”吴老獭舔了舔嘴唇，双目紧闭。孙偃白双眼一眯，将吉他盒子缓缓举起。孙偃白这人常年生活在山林之中，不在社会上走动，虽说是个女的，但是满脑子丛林法则，做事从来不讲后果。

“下辈子，希望你做个诚实的人。”孙偃白幽幽一叹，双手下挥，我赶紧从地上爬起，一个“狗扑”抱住孙偃白的胳膊：

“孙会计，别砸！”

“你觉得我不敢？”

“不不不，我的意思是……这面墙是承重墙，砸塌了，咱也跟着受罪。您先歇着，这事儿交给我来处理。”我一边说着话，一边给郎大脑袋打眼色。郎大脑袋会意，从旁搬来一把椅子，连拉带拽地将孙偃白扶到椅子上坐好，又是捶腿，又是倒水。

我弯下腰，将吴老獭扶起来，从随身的背包里取出那件鱼皮衣，铺在桌子上。

“吴老獭，这件衣服你认得吗？”

“认得！认得！这衣服是我做的。”

“你确定？”

“当然，所有的鱼皮衣都是纯手工制作，这拼缝处的针脚是我独家手艺，旁人模仿不来。”

“这衣服是你什么时候制作的？”

“二十五年前！我做了两件，卖给了那两个还欠我一万块钱的外乡人。”

“我想让你再带我们去一趟那个胭脂沟里的山洞，你敢吗？要多少钱，你说个数。”

“不是钱的事儿，那个鬼地方，我再也不去了……”吴老獭说着说着，突然开始流鼻血。他吓了一跳，伸手去抹，却越抹越多。吴老獭冲到水龙头边，用凉水疯狂冲洗，却怎么也止不住，鲜血淌满他的前胸。

“啊！啊！救我，我怎么了！我要去医院，我要去医院。”瘦弱的吴老獭顾不上穿衣穿鞋，撒腿就往外跑。

夏忆不急不缓地从上衣兜里掏出一片青翠的树叶，拧燃煤气灶，将树叶放在火苗上点燃。一阵莫名的香气散开，吴老獭的鼻血瞬间止住。

“你儿子自己把自己撞昏了，咱们谈的毕竟是机密事，我给他的鼻孔里放了一种虫子，让他酣睡不醒。至于你之所以会流鼻血，是因为……我在你身上放了另一种虫子！”

“我就知道是你！”吴老獭扭过身来，抄起一把菜刀，指向夏忆。孙偃白不慌不忙，用手指轻轻敲了敲身旁的吉他盒子。吴老獭适才见识过孙偃白的“怪力”，借他八百个胆子，也不敢和我们动手。

“你可以去医院试试，如果能治我的虫，我便自废双手。”

“扑通——”吴老獭跪倒在地，不住地磕头。

“各位大爷，烦请高抬贵手，放了我吧。”

“这是一种蜱虫，现在就在你的耳道深处，目前已经休眠，一个月内不致命，但过了一个月，或者受了惊吓，它就会醒来，一直往里钻，钻透鼓膜，进入你的脑子，它会进食，也会产卵……”

“别说了！别说了！”

“你想怎么样？你们弄死我！弄死我吧！”吴老獭情绪已在崩溃边缘，冲着夏忆歇斯底里地大喊大叫。

“带我们进胭脂沟，找到那个山洞，我会给你一根香，点燃后放在耳边，那虫子自会追着香味出来。”

“你……”

“你不要自己的命，难道也不想想你儿子吗？你要是没命了，谁来照顾他？你要是想好了，就打这个订餐电话。你儿子的昏睡症好解，嗅一口胡椒面，打个喷嚏就好，只不过他怕是有点儿轻微脑震荡，最好去拍个CT。”夏忆从兜里掏出一张印着“二嫂农家院”的广告小卡片。

言罢，夏忆带头往屋外走。我和郎大脑袋略一思考，带着孙偃白从后跟上。就在我们即将走出院门的一刻，吴老獭追了出来：

“等等！”

“你想好了？”走在队尾的郎大脑袋迎上吴老獭。

“我可以带你们去，但是……当年那两个人说过，去那地方，需要鱼皮衣，我手里只有一件，你们一共四个人，虽然自带了一件，但还需要三件鱼皮衣。”

“你有路子能搞到？”

“搞不到，但是我会做。”

“做一件鱼皮，少说两个月。”

“我有家传秘法，一周足矣。只不过……”

“不过什么？”

“没有合适的大鱼！”

“天寒地冻，江河湖泊全都封上厚厚的冰，去哪儿找大鱼？等等！我明白了，你的意思是……冬捕？”

“对！但是我一个人干不了，我要准备一些东西，明天这个时候，你们来这里找我，我带你们去古莲河，看能不能捕到七星蛇头。”

“这七星蛇头，又是个什么……”郎大脑袋打算刨根问底，夏忆咳了一声嗓子，郎大脑袋瞬间住嘴。

“好，明日此时，不见不散。”夏忆微微一笑，转身远去。

我们仨愣在原地，刚想再说些什么，吴老獭已经转身回到屋内。

“走吧，别在这儿晾着了，怪冷的。”郎大脑袋一摊手，左手揽住我，右手去拉孙偃白。孙偃白盯着吴老獭的房门，面沉如水。

“好嘛，孙会计气没消，还惦记着要扒他房子呢？”

我赶紧走到孙偃白身前，小声劝道：

“办事不能急，得稳扎稳打，这爷儿俩耳朵里趴着虫子呢，谅他们也不敢搞什么幺蛾子。咱这儿忙活一晚上了，找个地方吃口热的，喝点儿高度小烧，怎么样？”

孙偃白听闻“高度小烧”四个字，神色略有缓和。我和郎大脑袋，顺势规劝，好说歹说，将她劝上车，在手机上选定一家“烤肉馆子”，火速前往。夏忆喜欢安静，不喜欢热闹，我恰好不愿与她同桌，于是乎将车停在路口，送她独自下车返回“二嫂农家院”，郎大脑袋和她约定明天在吴老獭家会面。

送走夏忆后，我们三人一犬直扑目的地，要了个单间儿，点了两条羊腿、六盘酸菜猪五花。郎大脑袋将其中一条不加盐的羊腿送到车里，给老三“开开荤”，随后便回到单间儿，摆弄炭盆。随着烤盘的炭火渐渐升温，我们身上的寒气也慢慢消退。郎大脑袋以“喝车不开酒，开酒不喝车”为由，果断谢绝孙偃白“喝一杯”的邀请，孙偃白端着酒杯将目光投向我，我领教过孙偃白的酒量，虽然心里有些打鼓，但残存的“大男子自尊”仍旧隐隐作祟，没坚持几个回合，就半推半就地满上一杯本地特产——高度小烧。

所谓高度小烧，并非白酒品牌，而是东北农村地区小酒坊土法酿造白酒的总称，酒精度数极高，基本在七十上下，其口味特点可浓缩成四个大字：清洌甘醇。本地早年间有句顺口溜，“人生四大美，夹小包、穿小貂、开捷达、喝小烧”，足见这种小烧酒在当地人民群众心中的重要地位。

喝小烧，不论瓶，而论斤。由于这种酒出自农村小作坊，故而没有华丽的外包装，都是用 HDPE（高密度聚乙烯）材质纯白色方形小口汽油桶盛放，共分 1L、2L、2.5L、4L 四种容量，1L 是 2 斤酒，一斤酒 25 块钱。孙偃白从兜里掏出两张百元大钞，往我手里一拍：

“去买酒，8 斤小烧。”

“8 斤？”

“对，快一点儿。”孙偃白显然已闻到空气中的酒香，情绪上有些焦急。我深知她的酒量和脾气，不敢多做阻拦，连忙招呼服务员进来：

“本地小烧，上一些。”

“哥，上多少？”

“8……8 斤。”

“8 斤？”服务员惊得愣是没说出来话，吭哧半天，憋出一句：

“咱家小烧，度数可高啊。”

“要的就是高度酒。”

“咱们就三位？”服务员还想再劝劝，孙偃白已经皱起眉头，郎大脑袋极有眼色，连忙起身揽住服务员，疾声说道：

“有钱你还不赚？脑子坏了吧？”

服务员把眼一瞪，挣脱郎大脑袋：

“看你们这俩货，贼眉鼠眼，一瞧便不是好东西。是不是想把人家小姑娘灌醉，图谋不轨！小姑娘，你别怕，派出所离这儿不远，咱一个报警电话，就把他俩逮走。”

听闻此言，我是又苦又冤，歪过脸去，想让孙偃白解释两句，可孙偃白只是低头扒饭，应也不应一声，我只好强压怒火，对服务员说道：

“你先上酒，然后就在这门口站着，用你眉毛底下那俩窟窿眼儿好好瞧瞧，一会儿是她把我打出去，还是我把她打出去。”

服务员愣了一下，扭头走出包间，咕哝一句：“瞧瞧就瞧瞧，反正你不像好人。”

突然，孙偃白撩起鬓边的头发，看向了我，嫣然一笑。

一瞬间，我宛如中了孙悟空的定身法，呼吸都被凝固。直到郎大脑袋若有若无地用肘尖儿点了点我的后背，我才缓过神来。

“站着干吗？酒来了！”孙偃白指了指门外，服务员正拎着一个 4L 的塑料桶，将信将疑地向我们走来。

我看看塑料桶，又看看浅笑的孙偃白，心中响起一声虎吼：“拼了！干！”

两个小时后，在服务员惊恐的目光中，孙偃白扛着我走出包间，郎大脑袋紧跟其后，将一个硕大的黑色塑料垃圾袋系在我的脖子上。

烈酒浸泡胃肠，地转天旋，我两眼一闭，进入梦乡。

梦中，我孤身一人站在一片参天蔽日的原始针叶林之中。脚下是一条蜿蜒曲折的小路，我踉踉跄跄地沿着小路跋涉。林子里刚刚下过雨，泥土湿滑，我走得很辛苦。前方不远处，传来一阵清脆的自行车铃声，我顺着声音的来处找寻，拨开乱草，瞧见有一蜂农骑着一辆破旧二八大杠，后座上载着两只蜂箱，一边骑车，一边唱着二人转：“一轮明月照西厢，二八佳人巧梳妆，三请张生来赴宴，四顾无人跳粉墙，五更夫人知道了，六花板拷打莺莺审问红娘啊……”

我在身上摸出半盒香烟，快步追上，叫住他：

“老乡！老乡?”

蜂农闻声，两手一捏闸，单腿支地，停稳二八大杠，背对着我，没有回头。

我跑得气喘吁吁，笑着说道：

“老乡，你这自行车能带人不？我这实在是走不动了。”

蜂农没回头，伸手拍拍车座上的蜂箱：

“我这后座有东西，占着地方呢！”

“不用后座，我坐大梁（二八大杠的“杠”）上就行。”

“梁细，硌屁股！”

“没事儿，我屁股肉厚。”我赔着笑，跑到蜂农身边。他穿着一件军绿色的雨衣，戴着雨帽，树林里光线很暗，我看不清他的脸。

“来，您抽烟。”我笑着上去递烟。

蜂农伸手接过：“呀，你这不是本地烟啊！”

“外地买的，您尝尝。”我伸手要去点烟。

蜂农略微一侧身，笑着问道：“我也跟你打听个事儿。”

“您说。”

“您看我……像不像一个人?”蜂农一边说话，一边摘下头上的雨帽，露出一颗硕大的黄鼠狼脑袋。

东北有传说，黄鼠狼在成仙儿前要找人“讨口封”，问自己像不像人。你若说“像”，它便成了仙儿，日后对你必有一份报答；你若说“不像”，它便成不了仙儿，日后对你必有一份报复。

我们郭家，祖辈上干的都是狩猎行当，最不屑的就是这些怪力乱神。一股邪火蹿上心头，我一把抢下递过去的烟，叼在自己嘴里，一个大嘴巴扇过去，“啪”的一声，将对方扇进泥沟。

“你看我……像不像一个人？”那黄鼠狼也不恼怒，用一只前爪揉了揉脸，再度发问。

“我看你像一件皮大衣！”我向上一撩外衣，抽出腰间的皮带，抡上去就打。黄鼠狼发出一声瘆人的“长叹”，就地一缩，从雨衣里“脱”出去，蹿上一处土坡，指着我叫骂。与此同时，栽倒的蜂箱里传来一阵嗡鸣，成群的马蜂遮天蔽日，向我冲来，狠狠地蜇在我的头脸上。

“啊——”我一声大叫，跳了起来，额头“咚”的一下撞在汽车顶棚上。

“哎呀！”我惨叫一声，蜷成一团。

“醒了？”郎大脑袋扇了我一个嘴巴。

“嗡嗡嗡——”一只蜜蜂从我的后脖领子底下飞出来，飞到皮卡后排，钻进夏忆的袖口。

我揉揉眼睛，四下张望，只见郎大脑袋、孙偃白、夏忆、老三都整整齐齐地坐在车里，车子稳稳地停在吴老獭家小院儿门外。

“我睡了多久？”

“十八个小时。”郎大脑袋瞥了一眼车载时钟。

“劲儿这么大吗？”我自言自语。

“什么劲儿，是酒，还是孙会计的笑？”郎大脑袋不怀好意地揽住我的肩膀。

“滚！”我抬手一巴掌，扇在他的嘴上。

车窗外，是铺着厚厚积雪的土路。一架载满工具、物资的大雪橇停在路边，雪橇前头是两匹套着嚼头的蒙古马。穿着狗皮坎肩的吴老獭，坐在雪橇边上，将一根近二十米长的长杆用长绳拴在雪橇后头，朝我们挥挥手，然后抡起马鞭，“啪”的一下，抽在马屁股上。蒙古马甩甩头，扬起四蹄，拉动雪橇向北而行。

郎大脑袋发动皮卡，从后面缓缓跟上。

第七章

北风冬捕大雪夜　冰湖乌鳢霍拉盆

历经三个小时的车程，我们到达本次冬捕的主战场——霍拉盆河。“霍拉”二字，源自鄂伦春语，意为“水从地底来”。此河发源于大兴安岭山脉东坡，东南流，注入古莲河，其中游右岸有一小湖，状如新月，湖水深约20米，面积约9公顷，水底有一古冰川期巨大透镜冰体。

据吴老獭所述，此湖中有一类大鱼，学名“乌鳢”，本地土称“七星蛇头”。鱼头如蛇，吻短圆钝，细牙巨口，其身如筒，背色深绿，腹色淡白，生有七星状斑纹。

此鱼为底栖肉食凶猛性鱼类，以其他鱼类或同类为食，摄食量大，可吞食其体长一半左右的活物，广泛分布于我国各大淡水水系，其分布在俄罗斯西伯利亚地区水域、我国黑龙江地区水域中的亚种，成年体长可达1.2—1.5米。

《本草纲目》等医书中有载：“鳢首有七星，夜朝北斗，有自然之礼，故谓之鳢。又与蛇通气，色黑，北方之鱼也，故有玄、黑诸名。

其形长体圆，头尾相等，细鳞、色黑，有斑花纹，颇类蝮蛇，形状可憎，南人珍食之。”

吴老獭祖上传下制鱼皮衣之速成法，首选乌鳢皮！

湖面冰封，大雪及膝，伴随着吴老獭的一声招呼，我们跳下车子，跟着他的爬犁在冰雪上跋涉，北风呼啸，卷起混着冰碴儿的冷雪，打在脸上，隐隐作痛。

突然，吴老獭收住脚步，向东南方一指，高声喊道：

“就这一片，清出一片雪，面积小了不行，最少三百平米。”

我们急着要鱼皮衣，只能给吴老獭当苦力。幸好有孙偃白这一身“好力气”，三个人一人一把“推雪板”，不到四十分钟，就推开一大片积雪。说来奇怪，这湖上的冰面大多漆黑如墨，唯有吴老獭圈定的这一片，布满晶莹剔透的圆球形冰团，如同在一口填满水的大锅里，熬煮一堆钙奶汤圆。

“老郭，这是咋回事？”郎大脑袋趴在冰面上，用手电向下照射。

“这叫冰汤圆，是一种非常奇特的地质现象。吴老獭在观风辨水上还是有两把刷子的。”

“啥？风水？感情他还是个半仙儿？”

“脑袋，你没有文化，就不要乱打岔。此地每年 11 月中下旬有寒流来袭，进入西北风盛行的冬季。风自西北来，刮到东南去，寒风吹拂湖面，将刚刚形成的部分冰层自西北推移至东南，坚冰相互挤压，并撞击湖岸，形成碎冰块，在水中翻滚打转儿，吸引细小冰块靠拢，逐渐生长，像滚雪球一样越滚越大，并在相互挤压摩擦中越来越圆，最终形成这一湖的冰汤圆。此事说来简单，但是在大雪覆盖下，仅凭风向推测水文，就能精准定位位置，这个吴老獭是有真本事的。”

“这冰汤圆，和咱要捉的乌鳢有啥关系？”

“科学上没有必然联系，但是民间传说中倒有一番说法。”

“什么说法？”

“故老相传，山川河泽，物老成精，鱼鳖之属，吞吐月光，因为爱月成痴，所以最喜放光的丹珠。此地冰下自然所形成的冰汤圆，在月光照射下，如同千万枚等比例缩小的月亮，没有一条大鱼能拒绝这种诱惑。”

“快一点儿，别聊天，时间不多了，凌晨三点前必须下网！”吴老獭瞧见我和郎大脑袋拄着锹把聊天，团了个雪球就扔了过来。

我将脚边的雪球踢到一边，继续推雪。

郎大脑袋好奇地问我：“凌晨三点又是个什么路子？”

“打开手机，搜索天气预报，凌晨三点，多云转晴。”

“转晴会怎么样？”

“万里无云，月光照下，千万冰汤圆同时亮起，这湖里有了些年头的大鱼全部会像发疯一样地聚到这里！”

“那会有咱们要找的乌鳢吗？”

“只要有鱼，必定是乌鳢，这东西性格极其凶猛，繁殖力强，胃口之大，能吃掉整片水域里其他所有鱼类，甚至是比自己体形小的同类。”我一边说着话，一边加紧干活儿，按着吴老獭的指示，清理湖面上的积雪。

吴老獭从雪橇上抽出四把冰镩子，将其中三把扔到我们脚底下。所谓冰镩子，是东北地区手动凿冰用到的工具，通体精钢，头部开三棱，形如长矛，锋利异常，尾部焊一三角形把手。有道是“工欲善其事，必先利其器”，有这冰镩子在手，凿冰如挖土，一尺厚的冰层一分钟内就可以搞定。

吴老獭背着手，在冰面上溜达，时而伸舌头“舔舔风儿”，时而趴在冰上“听听声儿”，用手指头在雪上简单勾画几笔，随即扑扑身上的雪，用脚尖儿扫平刚才画的图。

“这老小子干吗呢？”郎大脑袋小声问。

“找流向。”

“什么流向。”

“冰下的水流向，他是想……”我话还没说完，吴老獭已经举起手，往自己脚底下一指，用冰镩子在冰上画个圈儿；随即看准方位，向前走了三十步，又画一个圈儿；直到走出我们清理好的冰面范围，开始蹚着积雪画圈儿，循环往复，一共画了十五个圈儿。

“你们在我画圈儿的地方，用冰镩子凿下去，要破冰见水。”

“好。”我应了一声，抡起冰镩子开始往下凿。

我和郎大脑袋是工地出身，干活儿多多少少还掌握一些技巧，可孙偃白一点儿经验没有，全凭一身的蛮力，将冰镩子高高举起，使足劲儿往下扎，没几下就卷了刃口，心疼得吴老獭直嘬牙花子。我赶紧小跑过去，拦住孙偃白，双手帮她扶住冰镩子，一下一下地教她怎么使劲儿，怎么找角度。

郎大脑袋干了没几下，一屁股坐在地上，疾声大呼：

“没天理啊！”

我这头儿和孙偃白刚进入状态，气氛上刚刚有一些“粉红色的浪漫”，就被郎大脑袋打断，心中一股邪火压抑不住，捧起一团雪球，照着郎大脑袋的脸砸过去：

“你在鬼叫什么？”

郎大脑袋抱着脑袋就跑，边跑边叫：

“饱汉不知饿汉饥啊！我哼唧两声都不行吗？”

孙偃白瞧着我俩打闹，抿嘴一笑，掂起手里的冰镩子，疯狂凿冰，冰层在她的大力冲砸下，被迅速刺穿。随着手上进度的加快，孙偃白浑身热气蒸腾，她摘下头上的棉帽子，解开羊绒围脖，一股热气从她头顶笔直而上，如烟似火，冲入寒风。

郎大脑袋不住地咂嘴：“孙会计这阳气，真是旺啊！”

孙偃白越凿越热，索性脱去羽绒服上衣，将袖子系在腰间，解开衬衫领口的扣子，隐隐露出纤细的锁骨，以及若隐若现、莹白如玉的肩膀。

这一刻，我看呆了。

突然，我冷眼一瞥，发现吴老獭也在踮着脚向孙偃白这里张望。我用手肘顶了顶身边的郎大脑袋，指了指吴老獭。郎大脑袋一皱眉头，啐了一口唾沫：

“这老流氓，真不要脸！”

言罢，他扔下冰镩子，抄起推雪板，铲起一大堆雪，小跑到吴老獭背后，对着他的脑袋就泼了下去。吴老獭又惊又怒，使劲扒拉着头脸上的雪：

“你干什么？”

“干什么？你还有脸问，你个老色胚，眼睛往哪儿看呢！那是你能看的吗?”

“他不也在看吗!”吴老獭气得直跺脚，指着我大喊。

“他……那是……那是在欣赏艺术。”

“一个冰窟窿，算个球的艺术啊?”

“啥？你看的是冰窟窿啊!”

“你说的是啥啊?”吴老獭推了郎大脑袋一个趔趄。

“我说的……也是冰窟窿。”郎大脑袋扔下推雪板，扭头就跑，吴老獭抡着马鞭子在后面追。

随着孙偃白最后一镩子落下，所有的冰窟窿俱已凿穿。我赶紧凑上去，给孙偃白披好衣服和围巾。吴老獭顾不上和郎大脑袋置气，抬头看着天色，将东南方向最后一个冰窟窿扩凿一圈，确认其为出网口，又沿着出网口前行五十米，用准备好的干树枝，在冰上点起一堆火把，双手张开，双膝跪倒，朝着东南方向三跪九叩，口中不停地吟唱着一首听不清词的曲子；随后打开雪橇上的一个小布包，拎出一只捆着双脚的活鸡和一只红布封口的酱菜坛子。

撬开坛口的封泥，酒香随风飘来。吴老獭拔出一把小刀割开活鸡的脖颈，将血滴入酒中，将酒沿着冰窟窿倒入水中。

孙偃白抽动一下鼻翼，刚想说话，我连忙止住话头：

“孙会计，这酒喝不得。”

“为什么喝不得?”

“他那酒里是泡了死人骨头的。”

“你怎么知道?”

“寻常冬捕，原理有二：一是水面冰封后，原本自空气中溶解入水的氧气含量减少，使冰下呈现低氧状态，而开凿冰孔后，有氧气溶入水中，使局部氧浓度增高，水中鱼类在缺氧状态下都有趋向于氧气的本能，所以就向冰孔处集中；二是利用部分鱼类的趋光性，开凿冰孔后，用灯光照射，吸引其在附近聚集。吴老獭选择在这片形成了冰汤圆的湖面下网开孔，占全了这两点。但同时，他还有压箱底的东西——酒饵。”

“什么是酒饵?”

“寻常饵料，对鱼类的吸引力有限，无法快速而大规模地聚集水中鱼类。我家那本《狩经》中曾有记载，女真族人以渔猎称绝，其先祖勿吉人曾传有一酒方，唤作‘口嚼酒’。《魏书·勿吉传》载：‘嚼米酝酒，饮能至醉。’乃是选用未婚女子，将玉米嚼碎后取汁液加米粉及水，放入竹筒或陶缸中发酵酿制。因为唾液中的酶会将淀粉分解为葡萄糖，而后再通过酵母将糖转化为酒精。勿吉人在口嚼酒的基础上，混入秘药，使其成为特制的酒饵，混鸡血入水，可以迅速引水中食肉大鱼聚集，而混入的秘药中，最必不可少的一味，就是死人的腿骨!”

“呕!”郎大脑袋听着听着，猛地发出一声干呕。

郎大脑袋呕吐的声音，打断了吴老獭的吟唱。吴老獭满脸厌恶，深吸一口气，加快吟唱的节奏，迅速完成仪式，用雪压灭火把。郎大脑袋压抑不住好奇，用后背挡住吴老獭的视线，拎起地上的酒坛子，轻轻晃了晃。

“咯楞——”坛子底下似乎有一根硬物撞击到坛壁。

吴老獭闻声，猛然回头，双眼凶光吞吐，看向郎大脑袋。我侧身横移半步，挡在郎大脑袋前面。

“放下！”吴老獭右手入怀，似是握紧利刃。

“脑袋！别乱动人家东西。”我装模作样地呵斥一句。

“不就是个包浆的痰盂儿吗？谁稀罕。”郎大脑袋随手将酒坛子扔进雪里。

“你……”吴老獭瞳孔一缩，就要发作。

“哼——”孙偃白口鼻吐气，一个人将爬犁上的绞盘拖过来，两手下捧，向上一提，将脸盆粗细的绞盘轴承托在胸口，左腿一迈呈弓步，肩膀一探，将轴承扛住，双手虎口向上托举，将轴承稳稳立在火堆燃烧后的灰烬处。

孙偃白这一身蛮力，彻底镇住吴老獭，他再有脾气也不敢和她硬碰硬。

“你们俩，上榫卯。”吴老獭狠狠地瞪了郎大脑袋一眼，扭头离去。我和郎大脑袋各持小锤、钳子，将轴承下方的榫卯架子迅速搭建固定好，从爬犁上拖来两根手臂粗细的圆木，十字交叉地穿过绞盘，用麻绳和铁丝缠绕固定，在绞盘四周形成四个推动旋转的“力臂”。

正当时，乌云渐散，月光洒向冰面，将万千冰汤圆“点亮”，整个湖面上宛如亮起无数个灯球。

“拿着！”吴老獭从爬犁上卸下几根“J”字形的铁质焊接工具，扔给我们，这东西名曰“拐钩”。

吴老獭先是指挥我和郎大脑袋将那根二十米左右的长杆，从入网口——也就是西北方向第一口冰窟窿沉下去。这长杆有讲究，唤作“牵杆”；牵杆后拴着的细绳子，名曰“水线”；水线后头连着粗绳，名曰“大绦”；大绦后面拴着的就是捕鱼的渔网。

牵杆被沉入冰窟窿下面的湖水中后，在浮力的作用下，由“竖直”变为“横躺”，顺着水流漂动。

“快！上拐钩！”吴老獭在冰面上跑动，指挥孙偃白在下一个冰窟窿提前做好准备；又将拐钩探入水中，等待牵杆漂到正下方后，用拐钩拨动牵杆前端，使其按照拐钩调整的方向向下一个冰窟窿漂去。

“下一个！你！”吴老獭一指我，我抄起另一只拐钩，在前方冰窟处等候。待到牵杆漂到，我将拐钩探入水中，和孙偃白“两点确定一条直线”，一头一尾钩住牵杆，确保其按照既定的路线行进。

“下一个，你！”吴老獭一指郎大脑袋，郎大脑袋已在更前方冰窟窿处等候。我们三人就这样，循环往复，用拐钩操纵牵杆在冰下穿行，如“穿针引线”一般将渔网铺到冰下。牵杆顺水而行，到达出网口。孙偃白用挂钩将其头部挑起，拖出冰面，将牵杆后面系着的水线、大绦解下，在冰面上拖行至绞盘处，按照吴老獭的指示，将渔网的网绳挂在绞盘上。吴老獭将拉雪橇的两匹蒙古马套在绞盘的力臂上，抡着马鞭抽打，催动两匹蒙古马绕着绞盘“拉磨”。

绞盘旋转，扯动网绳，渔网自入网口进入冰下，徐徐张开，在出网口收紧，缓缓离开冰面。沉重的渔网被水浸湿，与冰面相贴，瞬间凝霜冻结。在绞盘的拉扯下，渔网与冰面摩擦，声音宛如长长的指甲在玻璃上抓挠。

不多时，渔网出水近三分之一。郎大脑袋蹲在渔网边上瞧了半晌，歪着脖子问道：

“吴老獭，你这法子不灵啊，甭说大鱼了，就连一尾小的都没有。”

“那就对了。”吴老獭神秘一笑，继续抡动马鞭，驱赶那两匹蒙古马顺时针转圈儿，拉动绞盘。

“吱吱——吱吱——”皮卡车内陡然传出一阵刺耳的蝉鸣，我回头看去，只见坐在车内的夏忆突然推开车门，向我们疯狂招手。

碧眼金蝉，趋吉避凶，一旦鸣叫，必有危险靠近。

突然，软塌塌“趴在”冰面上的渔网“噔”的一声绷得笔直，蹲在边上的郎大脑袋吓得一个屁股蹲儿坐在冰面上。

“来了！”吴老獭一声怪叫，左手抓住马嚼子，右手疯狂抽打。蒙古马吃痛，使尽全身的气力，疯狂前蹿。刚拉动绞盘旋转半圈儿，其中一匹蒙古马蹄子打滑，两条前腿“扑通”一下，跪在冰面上。另一匹蒙古马吃不住劲儿，绞盘瞬间反向旋转，将两匹蒙古马扯倒在地，吴老獭眼疾手快，一个侧翻，滚到一旁。

此时，绞盘的四根圆木力臂向反方向疯狂转动，如同一只风车，刚刚出水的渔网再度入水，仿佛水下有一只大手在拼命扯动。吴老獭几次想冲上去把马唤起来，都被呼呼作响、疯狂旋转的绞盘阻拦，无法上前。

“快！停住它！停住它！”吴老獭朝着我们挥手。我趴在冰上，贴地翻滚，从力臂下方滚进去，钻到绞盘下面，蹲下身，抬头看，脑门儿正上方就是势大力沉、旋转不停的十字力臂，我咽了口唾沫，内心嘀咕道：

“这可怎么弄？这么大的劲儿，伸手断手，伸腿断腿。”

就在我思量破解办法之时，孙偃白已经冲到眼前，只见她一个仆步，将左腿探到力臂下面，趁着下一根力臂还没到来的时候，瞬间倒换重心，变仆步为马步，迎着转来的力臂，用后背顶靠。飞来的圆木力臂“咚”的一下撞在她的肩背交接处。电光石火间，孙偃白翻身一抱，将力臂抱在怀中，变马步为弓步，脚下猛跺，厚厚的冰面应声裂出数道细缝儿。

“哈!”孙偃白吐气开声，竟生生将那力臂抵住。

“吱呀——”疯狂旋转的转盘，发出一阵令人牙酸的响动，缓缓停住。

“嘶——”我不禁倒吸了一口冷气，脑中回荡着一个声音：

“这是个什么怪物?”

“老郭！别愣着，马！马!”

郎大脑袋的喊叫，将我从胡思乱想中唤醒。我手忙脚乱地拽动嚼头，让两匹倒下的蒙古马重新站起，抽打着它们顺时针跑动，稍稍将绞盘转动的势能止住。

可就在这时，冰下的水面传来一阵震动，仿佛有什么巨物要破冰而出。吴老獭一个前扑趴在冰上，拂开积雪，将脸趴在了冰面上，双手拢在额前，向冰下看去。

月光之下，冰汤圆下面赫然出现了一个纺锤状的阴影，其体积足有一只冲锋舟大小。

吴老獭好像一只受惊的兔子，“腾”的一下跳起来，一言不发，拔腿就往岸边跑。

“你跑什么?”郎大脑袋伸手去抓吴老獭，一把捞住他的棉大衣。吴老獭顺势脱掉大衣，继续狂奔。

“汪汪——汪——”坐在皮卡车里的老三此时也从车窗一跃而出，跑到我身旁，咬住我的衣角，把我往岸上拽。

“大事不好，先走!”我一挥手，郎大脑袋也开始往岸边跑，唯有孙偃白，死死抱着圆木力臂，顶住绞盘不松手。

“孙会计，留得青山在，不愁没柴烧!”我抱住孙偃白，劝她放手。

“雒河里的龙，咱都干掉了，还怕什么?”孙偃白倔劲儿上头，俏脸微红，额头上青筋暴起，抱住力臂，猝然发力，绞盘发出一阵令人牙酸的哀鸣，缓缓转动。

“咔——轰——咔咔——”冰下似乎有什么东西狠狠地撞击冰面，厚厚的坚冰开始出现裂纹。两匹蒙古马精疲力竭，渐渐瘫软。随着冰面上的裂纹越来越多、越来越深，其中一匹蒙古马猛地一挣，扯断缰绳，扬蹄狂奔，消失在冰湖正南方。另一匹蒙古马不堪重负，两条后腿弹琵琶一般乱抖。我抱住马颈，摘下围巾，缠裹住马头，蒙住马的眼睛，尽力降低它的恐惧。

不远处，抱头鼠窜的郎大脑袋发现我和孙偃白还在后头，赶紧收住脚步，迎着风雪大喊:“干吗呢二位?泰坦尼克啊!”

“滚!”我示意他快走。

“别玩儿造型了！一会冰就碎了!”

“滚!”

此时，恰巧吴老獭为躲避冰面裂缝，脚下慢了几步，被眼疾手快的郎大脑袋追上去撞倒。

“你干吗?”

“老瘪犊子，你是不是要坑我们?”郎大脑袋两手一抱，抄住吴老獭的大腿。

“快松手！你个傻狍子！这是鱼王！铁头鱼王！撞冰就碎！再不走

全折进水里，不被淹死、冻死，也得被随水乱漂的冰块挤死!”吴老獭急红了眼，从怀里抄出匕首，就去扎郎大脑袋。

“汪——”老三从郎大脑袋怀里钻出去，张开大嘴，稳准狠地咬住吴老獭持刀的手，疯狂撕扯。吴老獭吃痛，匕首落地，被郎大脑袋捞起，闭眼乱扎，一人一狗滚在地上，拽着吴老獭缠斗：

“今儿我们兄弟但凡有个三长两短，郎爷必定拉你做个垫背！老三别啃他手，咬他裤裆！咬他裤裆!”

吴老獭又怕又急，连哭带喊：“哎哟喂！哎哟喂！这是干啥啊……哎嘿，别咬！别咬！啊！你们听我说……听我说……这湖中鱼王是传说中生活在水底古冰川期巨大透镜冰洞子里的东西。我只是听过，却没见过，更没想过我这酒饵能把它引出来……我家祖先说过，这东西在水里，力比千钧，不是人力所能硬撼的。听我一句劝，快跑吧。”

“非人力……我去！怎么把这茬儿忘了!”郎大脑袋一脚踹开吴老獭，爬起身朝着坐在车里的夏忆大喊：

“车！车！开过来!”

“我……没有钥匙！车钥匙，在你兜里。”夏忆挥了挥披肩，摊着两手。

“哎呀……忘了这茬儿!”郎大脑袋一拍大腿，向皮卡狂奔，同时伸手指向绞盘，对老三喊道，“绳子!”

老三会意，低下头，顶着风，冲到绞盘边，叼起一根网绳就往皮卡方向冲。郎大脑袋爬上皮卡，打着火，一脚油门，将车发动，冲向绞盘，在刹车的同时将方向盘向左打死。皮卡车在惯性的作用下，逆时针横向漂移，稳稳地停在绞盘前头。郎大脑袋踹开车门，跳下车，接过绳子，飞快地打一个绳结，将绳结挂在拖车钩上。

工程队最早成立的时候，招不到拉砂石料的司机，郎大脑袋是第一个考下A证驾照的。这些年他沉迷酒色，身体日益空虚，若非此时大显身手，我竟然忘了他还有这一门绝活儿。

随着郎大脑袋一脚油门踩下，绞盘被缓缓拖动，水中那股大力猛挣了几下，但终究抵不过皮卡车的拖拽。我和孙偃白的压力渐渐减轻，郎大脑袋单手扶方向盘，另一只手扛着车窗，对吴老獭喊道：

“什么非人力所能硬撼，那是你们家祖宗没见过这个！知道这是什么吗？直列六缸，3.0T涡轮增压！漫说什么狗屁鱼王，便是头河马，老子也能给它拽出来！”

郎大脑袋正得意间，原本拉得笔直的渔网骤然一松，绞盘顺时针转动，快得吓人。

“孙会计，你使劲儿了？”

“没有啊！”孙偃白抬起两手，示意自己没有发力。

“脑袋？你又踩油门了？”

“没有啊！我就刚才踩了几脚，现在是怠速。”

一瞬间，我回过神来，是它冲过来了！

我猛地一撞蒙古马，马蹄在地上滑了一个趔趄，我则借着反作用力，抓住孙偃白，就地一滚，抱住拴在皮卡上的绳子，手脚并用往前爬。

就在蒙古马趔趄的一瞬间，绞盘下面的坚冰自下而上碎开。冰块乱飞，打在身上，疼痛刺骨。冰屑飞雪被大风一吹，犹如“碎玉琼花”。腾起的水花中，一只被渔网罩住、足有煤油桶粗的“蛇头”张开大嘴，腾身而起，一口咬住马头。

那“蛇头”内的牙齿呈细密钉状，上下两排，极为锋利。

一咬、一撕、一甩，蒙古马便已“身首分离”，没来得及发出一声惨叫，便倒在冰上。

“咚！”

“蛇头”砸落在冰上，斜着眼睛看向我们这边，水下的身子一抖，缓缓缩回到刚才撞碎的冰洞中。它的嘴角还淌着温热的马血，嘴角上翘成一股弧度。

“它是在咀嚼还是在微笑？”孙偃白问。

“我也不知道，但肯定不是咀嚼，这不是蛇头，而是一只鱼头，乌鳢鱼的头，这种鱼吃东西只会吞，哪懂得嚼？”

“它长得也太像蛇了。”

“此刻不是纠结它‘姿色’的时候，赶紧离开这片冰面。”

“轰——”脚下的冰面再次传来一声剧震。郎大脑袋不再打趣，脚踩油门，装着防滑胎的皮卡车在冰面上先是发出一阵刺耳的挠胎声，随后便像一支离弦的箭一般，飞速冲向岸边。我和孙偃白抱着绳子，被拖行在冰面上，脚后的冰层不断龟裂、坍塌。孙偃白臂力惊人，一手拽着绳子，一手托着后腰，帮我爬上皮卡后面的货斗。我伸手一捞，拽住她的肩膀，孙偃白借力一跃，腾身而起，就在她即将跳进货斗的一瞬间，大乌鳢再度跃出冰面，在半空中一甩尾巴，狠狠地抽在孙偃白的肩膀上。孙偃白人在半空无处借力，被抽了个结结实实，整个人横着飞出去，重重地砸在冰面上。

“咔嚓——”孙偃白落脚的冰面瞬间开裂，与我们脚下的冰面分开，形成一片孤岛，顺着湖水远漂。

“孙会计！”郎大脑袋在倒视镜里瞧见乌鳢出水，一打方向盘，将车身横过来。车身扯动网绳，将半空中同样无处借力的乌鳢向斜后方拉扯。本想追击撕咬的乌鳢被扯偏方向，没能顺利入水，同样砸在冰上。

这乌鳢一身黏液，光滑如鳝鱼，在冰上蠕动两圈儿，拖着身上罩着的渔网，向冰层断裂处扑腾。我捞起货斗里的探海，拆开上面包裹的棉布，露出冷光森森的九股叉头。我五指一攥，指尖轻轻触碰在叉柄上的那四个夏篆“水波不兴”之上。冷风吹过叉头上的九股锋刃，发出悦耳的“嗡嗡”蜂鸣，既沉浑又清越。

“快卧倒！”我挥了挥手，示意孙偃白不要站在冰上，赶紧趴下身子，增加与冰面的接触面积，避免脚下冰块破碎。

然而，我这一嗓子，被风声一刮，顿时变了音儿，传到孙偃白耳朵里，变成了：“它要跑！”

孙偃白双目圆瞪，双手入水，在水中一捞，抱起一块轮胎大小的冰块，一个助跑，猛然下跺，脚下冰面应声而碎。孙偃白也凭着反作用力腾身而起，此时正逢乌鳢扑腾到水边，刚要扎下水，孙偃白举着大冰块从上而下“咚”的一下就砸在乌鳢的后背上。乌鳢虽然皮糙肉厚，却也架不住这一下猛砸。

“哗啦——”乌鳢遭重击，首尾相扣，形成一个圈儿；随后，猛然外展，用尾巴再度抽击孙偃白。孙偃白发起狠，两手扯住渔网不松手，两条长腿蹬冰，身体向后躺，和冰面形成不足十五度的夹角。

郎大脑袋掉转车头，载着我向孙偃白方向疾驰，其间我几次想要投掷鱼叉，都因为车身晃动而作罢。

“老郭！你扎它啊！”

“车太晃了，再近点儿，我怕失了准头，扎到孙会计。”

我一手将探海擎在肩上，一手扶住皮卡车驾驶室的车顶，两腿开弓步。此时，劲风吹面，将我的棉服和围脖吹起，宛若猎猎飞扬的斗篷，这造型要多拉风就有多拉风。

乌鳢和孙偃白角力，陷入拉锯战，几次挣扎都没能成功入水。乌鳢眼珠滴溜溜一转，扭头就来咬孙偃白。这种鱼能在陆地上滑行，迁移到其他水域寻找食物，甚至可以离水生活三天之久，在冰面上异常灵活。孙偃白虽有一身神力，但手中没有兵器，面对乌鳢的一口密牙，难免捉襟见肘，慌乱中被乌鳢咬住羽绒服下摆。

“呲啦——”乌鳢一甩头，孙偃白羽绒服被扯烂，内里的鹅毛鹅绒漫天乱飞。孙偃白视线受阻，一愣之际，乌鳢已扑到身前。孙偃白下意识举起手肘，挡住头脸。

眼看乌鳢这一口，就要咬住孙偃白的胳膊！

“就是现在！”我意气风发，一声大吼。郎大脑袋被我的喊声吓了一跳，一脚将刹车踩死。惯性之下，我整个人越过车顶，在空中画出一道弧线，头上脚下，扎进数米外的一处雪堆之中，只留两条小腿在外蹬刨。

这一刻，湖面上的空气瞬间安静，不仅是孙偃白和郎大脑袋，就连乌鳢和老三都愣住了。

多亏郎大脑袋这脚刹车踩得好，皮卡先乌鳢一步，停在孙偃白身前。

"咣当——"乌鳢结结实实地撞在前挡风玻璃上。

此时，我已爬出雪堆，顶着一头雪，捞起身旁的探海，埋着头，低着臊得通红的脸，一路小跑冲到乌鳢前面，瞄准乌鳢的大嘴，上去就是一叉。

探海就是探海，霍夫曼大沧龙都捅得进去，更别提这么一条"普普通通"的乌鳢了。

一叉入喉，乌鳢隔着渔网，没挣扎几下，就不再动弹。

郎大脑袋解开安全带，踹开车门，连滚带爬地下了车，掏出手机，就要拍照留念。我赶紧拽住他，疾声说道：

"冰上不安全，把网全都起出来，咱们撤到岸上去。"

"你飞得高，听你的。"

"还不都怪你那一脚刹车，瞎踩什么？"

"还不是你瞎乱喊。"

我和郎大脑袋一边互相抱怨，一边爬上车，用皮卡将大乌鳢向岸上拖，同时沉在水下的渔网也渐渐出水；等到了岸边，略微一清点，才发现这一网中，除了这条大乌鳢，还有近百条一米左右的小乌鳢。我们挑大个儿的选，竟选出了四条可做鱼皮衣的大乌鳢，比预计需要的还多一条，剩下的又扔回到湖里。

吴老獭抱着肩膀，目不转睛地盯着我手中的"探海"，精豆子一样的瞳孔，泛着贪婪的光，

"汪——"趴在车边的老三察觉到了他的"不怀好意"，朝着他猛吠一声。

"瞎瞅什么呢？"郎大脑袋叉着腰，指着吴老獭叫嚷。吴老獭立起

棉衣领子，偏过头去，谁也不搭理。

我从怀里掏出孙偃白适才掉落在雪地上的羊绒围脖，踌躇一阵，鼓起勇气，故作不经意地走到她的身旁。

“那个……刚才……掉地上了……我给你收起来，你现在……是不是冷啊？看你一头汗，应该也不……”我越说越没底气，正想着放弃的时候，孙偃白猛然抬头，微微笑道：

“是有点儿冷！”

“那我给你围上吧。”我不敢看孙偃白的眼睛，双手捧着围脖，往她脖子上挂。

郎大脑袋在一旁偷笑道：“你这是系围脖啊，还是献哈达呀？”

“滚！”我白了郎大脑袋一眼。

“吱吱——吱——”夏忆怀里的碧眼金蝉又开始鸣叫。

我四下瞭望了一下，并无异样，于是心中暗道：“天大地大，孙会计最大，气氛好不容易烘到这里，便是天上掉原子弹，我也不能停。”

我看看孙偃白，笑着说道：“没啥事，可能是天冷，这金蝉冻得有些失灵。”

孙偃白很是开心，故意弯了弯腰。我不仅喜上眉梢，又上前走了一步。然而就在我手里的围脖即将挂到孙偃白颈上的一瞬间，半空中一道黑影掠过，其速度极快，迅如雷霆闪电。

只一眨眼间，我手中的羊绒围脖便消失不见。

“谁！”我一声大喊。

半空中骤然响起一声鹰鸣。

循声看去，云天之下，一只白羽缀褐斑的大鹰正在空中盘旋。一双鹰爪，正抓着那条羊绒围脖。

“找死!”我在孙偃白面前丢了面子，让一只老鹰坏了这“粉红色的氛围”，心中又羞又恼。热血上头，我早已顾不得多想，右手抄起探海，左手一挥，指向半空，口中高喊：

“老三！踪!”

老三闻声，随我一起撒腿就跑，郎大脑袋刚要跟上，被我制止：

“你和孙会计看好车，顾好鱼，我去去就来。”

郎大脑袋明白，此时我一心想在孙偃白面前找回面子，也不多言，大喊一句“小心”，便不再跟来。

第八章

借刀杀人海东青　梦中惊起老人罴

湖岸边是一片密林，林中积雪及膝，树影遮天。

我跟在老三后面狂奔，没跑出五公里，已然腰膝酸软。

然而，每次在我即将跟丢的时候，飞在天上的老鹰都会原地盘旋，似是在等待我一般。我心里起疑，暗道："此中多半有诈。"但奈何心头窝着一股火，总不好空手而归，在孙偃白面前平白折了颜面，于是只能硬着头皮一路跟上。所幸这只老鹰飞得不高，我的目光穿过树影，刚好将它看个真切。

此鹰非凡种，名唤海东青。

《本草纲目·禽部》有载："雕出辽东，最俊者谓之海东青。"

此鹰善袭天鹅，为女真部图腾，号曰"鹰神格格"。

旧时，松花江内产蚌生珠，名曰"东珠"，江畔有天鹅，食蚌之时，会将东珠一同吞入腹内。待到天鹅南飞，女真人便带着海东青于中途"拦路抢劫"。海东青鹰击长空，击杀天鹅，豢鹰人便可剖尸取珠。

“等等！豢鹰人?”我猛地收住脚步，脑子中突然反应过来。

海东青捕兔、捕狐、捕天鹅，从没听说过有“捕围脖”的。

“这鹰一定是有人养的!”

就在此时，原本空无一人的松林中，忽然传来一阵短促的鹰哨声。

“咕咕——咕咕——咕——”

我一个转身，缩在一棵大树后，五指攥拳。老三会意，四腿伏地，钻入雪中，藏好身形。

小时候，我爸给我捉过一只鹰，让我学着熬。那一年我只有六岁，我爸将鹰拴在鹰架上，先“拉膘儿”（给鹰吞麻绳，麻绳会吸走鹰肚子里的肥膘，待其反刍，自会将麻绳吐出，如此反复，不出三天，鹰就会瘦）。在此期间，我爸让我每隔十分钟，就用小棍敲打鹰架，使其无法睡眠，谓之“熬”。

我三天没睡觉，没熬成鹰，却被鹰给熬出了一场大病。我爸骂了我一顿，把鹰放走，只留下一个羊骨头做的半成品鹰哨。鹰哨，是豢鹰人和鹰沟通交流的“指令下达”工具，功能类似“对讲机”。鹰被熬服后，每次给鹰投食时，先用鹰哨吹一次，给鹰建立条件反射，使鹰形成“耳朵”。在此基础上，逐渐“叫远”（拉伸距离），并通过哨声节奏变换，指挥鹰隼完成各种不同的任务。

听哨声，豢鹰人就在我左近。

抬头看，海东青从空中俯冲而下，落在一棵高大的松树枝头，鹰爪缓缓张开，羊绒围脖随风飘荡，挂在那棵大树的树杈上。

那是一棵硕大的红松，树高十几米，胸径约有 1.8 米，树皮灰褐色，纵裂成不规则的长方鳞状块片，枝干平展，圆锥树冠，覆有积雪。

“咕咕——咕——”又一声鹰哨响，枝头的海东青展翅而起。

“汪——”老三嗅到豢鹰人的位置，猛地从雪里蹿出来，向西北方向冲去。

西北方向，直线约有三百米，密林中一道身影闪动。

我和老三一左一右，向前包抄。那身影狂奔十几步，猛地收住身影，两臂上抬。我拽住羽绒服的拉链向下一拉，羽绒服被大风吹开。我借着风势，两臂向后一伸，林中大风瞬间将我的羽绒服“扒”下来。羽绒服向后飞起，我侧身一滚，抱着老三缩在一棵大树墩后。

“嗡——”一声弓弦响。

一支羽箭贯穿我的羽绒服，将其钉在一棵大树上，箭头入木三分，箭尾抖动不止。我一摸左颈，火辣辣地疼，鲜血染红指缝。

“幸亏伤口不深，否则这一下就交待了。”我深呼吸调整心跳，伸手抓一把雪，捂在伤口上，用冷敷的方式，迅速收缩血管，从而达到止血的目的。

我瞄了一眼箭杆，碳纤维材质，长约八十厘米。通常情况下，复合弓采用滑轮加速系统。竹箭箭杆易折断，玻璃纤维箭杆在高空中容易抖动，故而复合弓多用碳纤维箭杆。

一把复合弓，磅数三十至七十不等，覆盖射程五十至二百五十米。

我手中没有远程武器，只有一把探海，拼命一投，最多也就八十米；而且叉的飞行速度，远没有箭快。我扎他一叉，对方最少射我三箭。

老三见我不敢探头冲锋，一双“狗眼”里满是鄙夷。

“汪——”老三吠了一声，跃跃欲试，想要在雪地里蹚出一条路。

我一把没拽住，被它挣脱。

“噌——”老三跑出一个折角，绕过两棵树，贴地走曲线，利用枯草和积雪遮挡，斜着向前冲。对方视线受阻，弓箭无法锁定。

“咕咕——咕咕——”一阵鹰哨响，头顶的海东青如炮弹一般俯冲而下。我奋力一掷，探海脱手，掠过老三后腿，扎在老三颈前三尺的雪地上。由于射程太远，探海尾部拴着的锁链不够长，一投之后，探海无法收回，我两手空空，胆气顿弱。海东青落点被我抢占，仓促间调整飞行轨迹，擦地而过，扇起一蓬积雪。老三趁乱扑咬，却只捞下几根鹰毛。

“退!”我一声断喝，老三不再恋战，一个猛子扎进积雪里，滚到一棵树后。

“嗡——”又一声弓弦响，一支箭杆穿入积雪，我心都提到了嗓子眼儿。

过了半晌，雪面无鲜血渗出。不远处，老三底气十足地吠一声，算是给我报平安。

“朋友！你是哪路英雄？咱们往日无怨，近日无仇……”

“嗖——哆——”一支箭钉在我背后的树干上，打断我套近乎的话。我心下明白，此人定是为取我性命而来，多说无益，赶紧打电话叫支援才是上策。

心念至此，我伸手一摸兜，顿时心里一沉。

手机在羽绒服兜里！

“这可怎么办？再这么耗下去，不被射死，也被冻死。”我搓了搓已经冻得麻木的双手，大脑飞速运动，思考对策。

突然，《狩经》中的一幅插图浮现在我的脑海。眼下这个局面，对方相当于有两双眼睛；特别是头顶上的那只海东青，它那双鹰眼堪称"上帝视角"，我的一切小动作都逃不过它的监视。唯有先搞掉这只鹰，我和老三面对蹲在暗处的豢鹰人，才能实现二对一，届时仰仗老三的嗅觉定位，未必没有胜算。

我缓缓闭上双眼，仔细回忆了一下那页标注有"鹰箱"二字插图的诸多细节；随后从兜里掏出一把折叠瑞士军刀，贴着树干，刷刷几刀，砍下酒盅粗细的树枝若干，横向锯出凹槽，用膝盖一顶，将树干截成手臂长短，总共八根。随后，我解开裤腰带，脱下牛仔裤，用刀刃将裤腿裁成长条，将四根树枝削尖，笔直插在地上，每两根间距约一米，再用四根树枝连接插在地上的四根树枝，连接处用布条捆扎。八根树枝在地上形成一个正方体框架。完成上述工作，足足耗费八分钟时间。豢鹰人见我久久没有动静，几次派海东青飞过我的头顶，但鹰就是鹰，视力好，并不意味着头脑发达，它只能通过在空中飞出"8"字轨迹，传递出"我还在树后"的信息，却无法告诉他的主人我在干什么。

"呼——"我长舒一口气，选取一根最长的树枝，两刀削干净枝杈，一端插在雪中，一端套上布条，反向弯折，打造成一个动力装置；再将布条连成一个直径约一米的绳圈儿，绳圈儿打好遇到外力拉扯便自动抽紧的绳结，绳结中间横插一根手指长短的小棍儿。随后，我顶着刺骨的寒风脱下身上的棉坎肩，用小刀在棉坎肩上戳开一个小洞，将绳结和绳圈儿穿过棉坎肩后展开，将棉坎肩蒙在树枝搭建的鹰箱上，在鹰箱的一条边上，用刀尖儿刻出一个凹槽，将小棍儿卡在凹槽上。

“老三!”我轻呼一声，伸手在地上一捞，团好四个雪球，选准附近四棵松树，依次用雪球砸过去，雪球碎在树干上，形成一个个“标记点”，四个标记点相连，形成一条“S”形路线，路线的终点就在鹰箱的下方。

做完这些工作，我又脱掉上身的毛衣。

此时，我浑身上下，只剩一顶毛线帽、一件保暖秋衣、一条毛裤和一双棉皮靴。冷风一吹，连牙齿都在咯咯作响。

我使劲儿搓搓手，开始往毛衣里面填雪，用两根树枝十字交叠，插进毛衣内，将毛衣撑起。

“拼了!”我犹豫一下，一咬牙摘下头顶的毛线帽，灌满了雪，插在“毛衣雪人”肩膀上；然后圈起拇指和食指，塞在嘴唇里，猛地吹了一声口哨。

口哨声响，我扔出“毛衣雪人”，自己向反方向扑出。落地一瞬，我五指陡张，攥住插在地上的探海，闪身躲在另一棵树后。此时，老三按着我标记的路线从积雪里蹿出来，在枯草、树根中穿行。随着头顶一声鹰鸣，海东青俯冲而下，老三绕着树跑曲线，不在空地跑直线，海东青两次想扑抓，都没找到机会。

“嗖——嗖嗖——”三支箭射中半空中的“毛衣雪人”

“毛衣雪人”落地，身首分离。

老三蹿到鹰箱下面，海东青直线扑到。

“噌——”老三从鹰箱下面跑过去。海东青一扑，扯住鹰箱上的棉坎肩。棉坎肩一动，带动绳结，绳结上的小棍儿从鹰箱上的豁口滑落，插在地面上的树枝迅速反弹，将绳圈儿荡起，套住了海东青的脖子，凌空一扯，绳结收紧，将海东青捆了个结实。此中关窍，说来话长，但机关击发，就在一瞬之间。

“咕咕咕——”密林深处鹰哨乱吹，海东青几次展翅，都被绳索捆住，难以飞起。

这只海东青是豢鹰人的宝贝，无论如何，他也舍不得弃鹰而去。

“唰唰唰——”密林深处，脚步声乱响，豢鹰人双手搭箭拉弓，贴着树影向鹰箱处奔来。我躲在暗处，攥紧探海，听声辨位。

海东青被困，豢鹰人失去“上帝视角”，而我则有千寻犬老三。在密林中，他寻不到我，我却能找到他。

敌明我暗，局势逆转。

豢鹰人在距离鹰箱十五步远的距离停下来，藏身在树影之中，轻轻吹动鹰哨，安抚焦躁的海东青。

我缓缓探身，想要窥探一下对方动向。我的肩膀刚刚一动，豢鹰人便率先发难，手中弓一发三箭，连射不断，压制住我的行动，同时快步向鹰箱靠近，企图解开拴鹰的绳圈儿。

我埋着脑袋，缩在树后，一边听着他的脚步，一边默数：“四、三、二、一!”

“啊——”鹰箱处传来一阵凄厉的惨叫。我和老三闻声而动，一跃而出，自左右两侧包抄合围。

适才我从鹰箱附近离开前，将瑞士军刀刀刃向上，刀把向下埋在土中，上覆薄雪，只要有人靠近鹰箱解绳子，必定中招!

豢鹰人冒死救走自己的海东青，听见我和老三追来，一个翻滚，跳下土沟。我快步跟上。土沟下大雪及腰，光线极差。我身上衣服单薄，既怕冷又怕被暗算，只能强行拦住盯着雪地上一串鲜红脚印亢奋不已的老三，朝着豢鹰人消失的方向狠狠啐上一口唾沫。

过了一会儿，我喘匀气，捡起适才制作的雪人，扒下棉帽毛衣，穿戴回身上，小跑到那棵巨大的红松树下，从地上捞起一捧雪，团了几个雪球，向树上投掷。没扔几下，就砸到挂着羊绒围脖的树枝。羊绒围脖飘飘荡荡，从半空中落下，我捧在手里。我刚刚把它叠好，老三猛地一哆嗦，咬住我的裤脚，扯着我的小腿就往北拽。

“怎么了？”我吓了一跳。

老三原地打转，无比急迫。我对老三的嗅觉，一向深信不疑，见它神色慌张，知道必有大事。正思量间，林子里一声弓弦响，一支箭从黑暗中飞来。

“这孙子还没走！”我一声暗骂，抱头就倒，箭杆划过我的额头，钉在我身后的红松树上。与此同时，我手臂一挥，将探海顺着箭来的方向掷去。

“咔——”探海刺穿一截腐朽的枯木，卡在树桩正中。

一股刺鼻的味道顺风飘来。我抬头一看，只见那箭杆上拴着一只精巧的玻璃瓶，箭头没入树干，玻璃瓶与树干撞击，应声而碎，里面装着的某种不知名的液体流了出来。

其味骚中带腥，浓烈刺鼻！

这是老虎尿！

老虎尿中含有特殊的信息素和激素，多用于标记领地。

“为什么要往这树上泼老虎尿呢？”我一边绕着树走动，借以隐藏身形，一边眯着眼思考这其中的关窍。

突然，我发现，在这棵红松距离地面约八十厘米处，有一个树洞，树洞口挂着许多冰棱子。

“这不会是个熊仓吧?”

所谓熊仓，就是熊冬眠的居所，熊血温热，呼吸滚烫，水汽飘过洞口，遇冷空气凝结，会在洞口处形成门帘状冰凌。

我强忍恐惧，探头向洞内望去，里面黑漆漆的，什么也看不到。我记得我爸说过，旧时辽东有一种猎熊的方法，便是先寻熊仓，迎风烧迷烟。熊类睡得死，再加上迷烟的作用，使其神志愈发昏沉。此时以木杆插入洞中，睡梦中的熊会本能地将木杆拨到一边，但并不会醒来。随着木杆一根一根地插入树洞，熊的身躯便会逐渐被“犬牙交互”的木杆锁住；即便此时醒来，也已动弹不得，只能任人宰割。

在好奇心的驱使下，我寻了一根树枝，伸进洞去轻轻搅弄，发现里面空空荡荡，没碰到什么障碍物。

“咯棱——”树枝好像拨到什么东西。我伸手探入洞中，胡乱一摸，竟从洞里抓出一只动物的头骨。这只头骨头腭尖形，颜面部长，鼻端突出，犬齿及裂齿极为发达，应当是一只灰狼。头骨上布满咬痕，新旧叠加。

这说明这只灰狼丧命于一只巨大的食肉动物，且这只食肉动物异常饥饿，否则不会反复啃咬一只已经没有一丝血肉的头骨。看齿痕，这只巨大的食肉动物，多半是一只饿极了的熊。此刻它不在洞内，应当是今年漫长的冬季使它因饥饿而早早地从冬眠中醒来，它爬出熊仓，开始在冰天雪地中狩猎。

“真的是熊仓!”我一把扔掉灰狼头骨，跟着老三狂奔。

虽然熊的大脑不及人类的三分之一，但嗅觉却比人类强大两千多倍。熊利用敏锐的嗅觉寻找食物和伴侣，追踪狩猎。科学研究表明，一只熊最远可以嗅探到三十公里外的动物尸体，某些熊类的嗅觉甚至远在猎犬之上。

冬天熊的活动范围不会距离熊仓太远，这一玻璃瓶的老虎尿碎在熊仓上，味道传到熊的鼻子里，熊百分之一百会认定："自己的家被老虎偷了。"

此刻，密林之中，必定有一只发狂的熊在朝此处狂奔。

"此地不宜久留！"我心里一声大喊，跑到插着探海的枯树桩子前，用力一拽，将探海拔出；低头一看，叉头处有血迹，应当是刚刚贯穿树桩后，扎到了躲在树后的豢鹰人。

然而，就在我扭头要走时，老三骤然狂吠。

与此同时，一团黑影撞开树丛，拨开积雪，连滚带爬地冲过来。我原地翻滚，绕到树后。

"咔——"碗口粗的树被那黑影瞬间撞断。

"吼——"黑影缓缓扭过头来，抖了抖一身棕褐色的毛。

那黑影头圆耳大，眼小吻短，鼻端裸露，额骨平缓，顶骨极宽，姿态五官似人，直立而起时高约两米。它体形健硕，肩背隆起，腹部干瘪，双眼微红，足垫厚实，前后足具五趾，目测体重在六百公斤上下。

这是一种广泛分布在亚欧大陆、北美地区，生活在针叶林或针阔混交林中的大型食肉动物——人熊，古书上也称其为：罴！

《狩经》中有载："罴有拔树之力，掠牛马而食。遇人则立，目赤而扑。其皮厚膘肥，几无痛觉。纵然弹丸洞胸穿腹，血流肠出，尚能掘泥土，塞松脂裹伤，继而奋力搏杀。此物凶顽，绝难以力胜。”

我这个人最大的优点，就是听人劝。

老祖宗那么大的本事，都弄不过它，更别提我这个“二把刀猎手”了。趁着和人熊还没有正面冲突，我大脑飞速运转，思考着该如何全身而退。

此时，我与人熊中间隔着一棵说粗不粗、说细不细的大树。人熊的视力本就不好，再加上眼皮又厚又重，沉沉地耷拉下来，盖住大半眼珠。我缓缓移动步伐，慢慢绕着树转圈儿。人熊伸着脖子左右摇摆，时不时用前掌扒拉一下眼皮。

荒郊野外，与熊遭遇，仓促之间该如何自救？对这个问题的答案，不同人有不同的解读，总结起来，主要有三：装死、爬树、跳河。对于这个问题，我曾经仔细研究过：综合《狩经》和各类文献，以及我们村上山挖野菜被熊袭击过的田长福的亲身经历，我得出一个结论——这三种方法全是瞎扯淡。

首先，熊是杂食。虽然通常情况下，不吃尸体，但是在饥饿的情况下，它是根本不考虑“食物”的新鲜程度的；而且，人虽然装死躺倒，但身体是温热的，对熊来说，这简直是“天赐的美食”。因此，装死没用。

其次，熊是爬树的高手。爬起树来，远要比人类快得多。靠爬树躲避熊的攻击，无异于自陷绝地。因此，爬树没用。

最后，熊是游泳健将，且耐力远胜人类。特别是在寒带及亚寒带环境下，人类跳水逃生，落入低温水中，过冷的水温会刺激皮肤、肌肉血管迅速收缩，血流减少减慢，无法满足肌肉活动所需，继而引发抽筋。而熊有厚厚的毛皮和脂肪层保护，对低水温几近免疫。因此，跳水没用。

那么，是不是意味着野外遇到熊，就只能坐以待毙呢？

并不是。《狩经》记载：“熊性至蠢，绝类量人蛇。”

清代梁绍壬《两般秋雨庵随笔》卷四中有云：“广东琼州有量人蛇，长六七尺，遇人辄竖起，然后噬之。土人言此蛇于量人时，鸣声曰‘我高’，人亦应声曰‘我高’，蛇即自坠而死。”

在剥离志怪故事的神秘面纱后，仔细思考，其中正好体现一种动物的特性——依靠目标身高，判断是否发动攻击。在这一点上，直立行走的人类具有天然的“高度”优势，人畏野兽三分，野兽畏人七分。

丛林法则下，体形通常决定着捕猎实力。高差超过三十厘米被认定为有较大优势，而超过五十厘米，则被认定为是绝对优势。在野兽的视线中，如果目标身高比自己水平视线低，就是“弱”，如果高于水平视线，就是“强”。（例如：现实生活中，狗总是攻击儿童）而直立行走的成年男子，在野兽眼中，格外高大，通常来讲，野兽都会本能惧怕人类。

我的目光穿过树干，目测人熊的身高，发现其大约高出我二十厘米；于是我借着一转身的工夫，将棉帽子套在探海的叉头上，并将其高高举起，探海加上我的臂长，将我的“身高”瞬间拉高到 3.5 米。人熊抹抹眼皮，斜着眼睛瞥着我，不由自主地抬抬头，仰望叉头上挂着的棉帽子。我趁机侧身横行两步，人熊绕着树跟着我转了半圈，这半圈儿转完，我和人熊的方位已然扭转，我从侧风位换到下风位，借此躲避人熊的嗅探。

“吼——”人熊绕树绕得心烦意乱，发出一声闷吼。

猛兽的低吼，通常代表着试探，这个时候，它越是大声，你越不能沉默以对。

我狠狠跺跺脚，用左手捶打着有些转筋的小腿肚子，猛地发出一声大喊：

“我想你说得对，寂寞……使人憔悴！”

我从小唱歌就跑调，嗓门又粗，声音又大，此刻命悬一线，运气当胸，一声喊出，脖子都憋粗一圈。

不知是这一声太过难听，还是声音足够大，人熊迟疑一下，没有再吼。我见事有转机，一举探海，晃悠着叉头的帽子，手舞足蹈，虚张声势，继续喊道：

“女人！说没人爱多可悲……为你我受冷风吹！何必在乎我……我是谁?”

此时，恰逢天光渐亮，晨曦穿过树影，我眼疾手快，再次绕着树干横移一步。人熊追着我的身影向左一扑，正好迎上日光。它下意识地偏了一下头，我抓住机会，迅速后退，绕到另一棵树的后面，和人熊拉远距离。

“吼——”人熊失去了耐心，用力地拍击树干，树枝上的积雪扑簌簌乱掉。此时山风吹过，探海叉头上的帽子滚落在地。

人熊停顿一下，看看地上的帽子，又看看我，双手扶着树干，再次站起来。

“完了，黔驴技穷！”我暗道一声不好，迅速后退，同时保持与人熊面对。与猛兽缠斗，千万不要回头跑。回头跑会激发猛兽的捕食本能。况且熊追人的时速高达四十公里，人是绝对跑不过熊的。幸好我有老三在身边，它紧紧贴在我的小腿上，指引我身后的地形。每当我的脚将要落在沟沟坎坎时，它都会用身子将我的脚跟撞开。就这样，我一边虚张声势，挥舞手臂，一边三步一绕，五步一跳，借用灵活的身法，在密林间兜圈。人熊身形高大，虽然扑咬迅猛，但体重带来的惯性也大，绕起“S”弯，远比不上我灵活。

熊进我退，在移动中，我的探海始终瞄准人熊的鼻子，那是它最脆弱的地方，机会稍纵即逝，我必须一击即中。

“吼——”人熊一掌拍断一棵碗口粗细的松树，向我直扑。我双手持叉，横肘在前，用手肘挡住咽喉，一边晃动叉头，一边高喊：

“啊——啊——恋爱中的女人才美——”

突然，人熊双掌在地上一捞，将倾倒的树干扒到一旁。树干在雪下横扫，正中我的小腿。我一时不察，被扫倒在地，探海掉落。人熊趁机一扑，将我压在身下。我双手握拳抱头，两肘内合夹紧，护住双眼到胸口这一段要害，在倒地的一瞬间，变“正躺”为侧躺，护住小腹和裆部，双脚疯狂蹬踹，试图阻止人熊靠近。老三不断狂吠，并试图进攻撕咬，但人熊皮糙肉厚，远非老三所能咬伤。

“嗷——”人熊咬住我的裤腰，向后一甩，我整个人瞬间离地，像一只破麻包一般被甩出五步远，重重地落在地上。一口气堵在胸口上不来，险些把我憋死。

“咳——”我猛咳一口，翻身趴倒，将胸腹紧紧地贴在地上；还没来得及往前爬，人熊已从后追到，两只熊掌连扑带拍，向我后背袭来。

我听见耳后风响，匆忙间向左翻身；虽然躲过拍击，但人熊一张嘴，还是咬住我的左臂。人熊的咬合力极强，锋利的牙齿穿透我的小臂肌肉，血流如注，痛入骨髓。我另一只手攥拳，疯狂捶打人熊。人熊浑不在意，埋着头左右乱甩，我就像一只破墩布，被按在地上来回摩擦。

“啊——啊——”我疼得冷汗直流，伸手乱抓，混乱中撅折一截树枝，反手乱挥，向人熊头面戳击。人熊虽然力大，但双眼、鼻子分外脆弱，我的攻击虽未造成实质伤害，却也阻拦了它的撕扯。

“扑通——”人熊甩动脖子，一松嘴，将我丢在地上。我双手扒着雪地，止住滑行的惯性，后背重重地撞在一棵大树上。还没来得及起身，人熊已扑到。我冷眼瞧见左前方半米远，有一根腐朽的烂木头横在雪中，急中生智，一个翻滚闪到烂木头后方，故意踉跄两步，吸引人熊来追。人熊果然上当，掉转身形再度扑到，上身直立，挥掌猛抓。

“咔嚓——”人熊一掌拍在烂木头上，瞬间将腐朽的木头拍穿，熊掌卡在木头里面，拔了两下没拔出来。人熊恼了性子，一挺脖子，将烂木头举起来，朝着我翻滚的方向，拖着木头追咬。林间树密，人熊拖着一根木头跑了没有多远，就卡在密林中。人熊极蠢，不懂得将木头竖起来，只会横拖着木头疯狂地撞击拦路的大树。烂木头和大树相撞，碎屑横飞，声响震天。在人熊的“神力”下，腐朽的烂木头眼看就要断掉。

“老三!”伴随着我一声怒喝，老三叼起我遗落在地的探海飞奔到我手边。我左臂受伤，使不上劲儿，只能用右手抓住探海，瞄准人熊的头面，单臂掷出。此刻我与人熊相距不过八步远，在这个射程内，我的投叉例无虚发。

"嗖——"探海破空而出，冷风掠过气孔发出一阵蜂鸣，锋利的叉头瞬间刺中人熊的鼻梁，留下一道深可见骨的豁口，鲜血涌出，遮住眼睛，染红鬃毛。

"嗷——"人熊遭受剧痛，埋着头后退半步，靠住一棵大树，两只熊掌去抹脸上越淌越多的血。我爬起身，忍着痛去抓探海，双脚蹚过积雪，脚尖突然踢到某种硬物，被绊了一个大马趴。我顺势在雪里一摸，不由得喜出望外，心中高喊：

"祖宗保佑，这是个窝棚架子！"

山中多有养蜂人，携带蜂箱追逐花期。由于采蜜路线相对固定，因此他们多在路线沿途搭简易窝棚歇脚居住。这种窝棚的架子，大多就地取材，用四至八根木头杆子，支起一个棱锥形状，用麻绳固定，外苫防雨布或是塑料布。用时支起居住，闲时拆开捆好，扔在原地。

我伸手在雪下一摸一拽，将一捆木头杆子掀出来，顾不得疼痛入骨的左臂，两手一抱，将一根两米长的木头杆子扛在肩上，向前冲去，冲到人熊身前，向左下方一插，将木头杆子卡在两棵树之间，和人熊的掌上拖着的烂木头形成一个四十五度夹角，卡住它不断挣扎的右前掌。

人熊脑子直，知进不知退，一味使用蛮力挣扎，不但没能挣脱，反而越卡越紧。我一招得手，不敢停下，捞起第二根木杆竖抱而起，绕过两棵大树，将木杆横放斜插，从上到下，卡住人熊的脖子。木杆前端卡在一棵树的左下角，后端卡在一棵树的右下角，力臂交错支互。人熊半边身子被卡住，只能拼命地向另一边撞；可它一不懂杠杆、二不懂几何，越撞卡得越紧。我咬着牙，强提气力，一根接一根地将木杆插进树与树中间，围绕人熊搭建起一个“脚手架”，将它死死地卡在正中。

“吼——吼——”人熊越来越急，情绪渐渐失控，梗着脖子去顶身后的大树，想将大树掀翻；然而随着八根木杆相继成型，人熊的力量在杠杆的作用下，已被均摊到六棵大树上。人熊力量再大，也不可能同时拔起六棵大树。

我松了一口气，坐在地上，先抓一把雪冰敷、清洗伤口，随后撕下棉裤上的布条包扎妥当，拎起探海走到人熊身前。看着这头将我撕咬得伤痕累累的猛兽，我心里又气又怒，本要一叉刺入它的咽喉，结果它的性命；但转念一想，我家祖上早就金盆洗手，不再以狩猎为生，况且此一番争斗，错不在这只人熊。冤有头、债有主，要想报仇雪恨，也应该去找那个豢鹰人算账。

“唉！”我一声长叹，向老三打了一个手势。老三飞奔到我刚才下“鹰箱”的位置，将我埋在地里、刺穿豢鹰人的那柄瑞士军刀刨出来，叼在嘴里，跑回来送到我的手中。

我蹲下身，用瑞士军刀上的小锯子，在三根木杆不同的位置锯出五道豁口。这几个点位是捆住人熊“木架监牢”的力点所在，这五道豁口降低了整体的支互强度，只要人熊再挣扎三十分钟左右，木杆就会断裂。

“撤！”我收起瑞士军刀，招呼老三快走，一扭头发现，我被羽箭钉在树上的那件羽绒服不见了。

“荒山野岭，谁会偷我的羽绒服呢？”我心里隐隐觉得不对，提起探海，向来处飞奔。

老三当真不愧“千寻”二字，硬是在这片树影遮天的原始丛林中，找到一条近路。没跑多久，我就隔着一道土坡，看见我们冬捕的冰湖。

湖畔边，两支人马正在对峙。

一方是孙偃白、郎大脑袋和夏忆。

另一方是吴老獭和他的儿子吴长山。

吴长山脚上受了伤，走起路来一瘸一拐。他双手持着一张弓，弓弦上搭着箭。吴老獭抱着儿子的胳膊，疾声呼道：“长山！谁让你来的，你不要添乱。”

我一瞧吴长山这造型，瞬间反应过来，吴长山就是那个射箭的豢鹰人。嗜赌不等于无能，吴长山虽不务正业，但却能驯鹰架隼，有着一手好箭法。

“惯性思维害死人啊！”我脑中回忆起和吴长山见过的几次面，暗中悔恨早早对他打上“胆小如鼠”“白痴废物”的标签，没有对他早做提防。

“我爸身上的伤，是不是你们打的？你们敢打我爸爸！都给我跪下！”吴长山举起弓箭，对准夏忆。

“射死我，你也活不了。而且我敢保证，你死得绝对比我痛苦。”夏忆满脸云淡风轻，语气间透着慵懒。

“那我就杀了他！”吴长山转而将弓箭对准郎大脑袋。郎大脑袋吓了一跳，赶紧缩到孙偃白身后。孙偃白拍了拍吉他盒子，冷声喝道：

“看你先射死他，还是我先拍烂你的脑袋！”

听见孙偃白要对儿子不利，吴老獭一咬牙，从棉大衣下摆里抽出一把吞拿刀（日本厨师分割大鱼的专用刀，刀长 1.2 米，锋利异常），挡在了儿子身前。

“冤有头债有主，有什么冲我来，和我儿子无关。”

“你们看这是什么!”吴长山伸手从随身的挎包里拽出一件羽绒服。

“这是……老郭的羽绒服!”郎大脑袋惊声呼道。

“儿子？这是怎么回事?”

“爸，你别管，看我怎么收拾他们！你们几个听好了，那个姓郭的已落在我的手里，你们不想让他活命了是吗?”吴长山故意抖抖羽绒服，让孙偃白看清上面的血迹。

“你想怎么样?”孙偃白将吉他盒子扔在雪里。

“我再说一遍，给我爸爸跪下，否则我一个电话拨出去，姓郭的小子就得没命。”

郎大脑袋瞧见羽绒服上的血，已然慌神，手忙脚乱地拉住夏忆的衣摆:“快！快跪！快跪!”

夏忆轻轻一笑:“这与我何干?”

“他……他是他爸爸的儿子啊，他爸爸是你的……”

“他是他和别的女人的孩子，你说我是想他死，还是想他活?”

“你……”郎大脑袋一时语塞。

“我只求进胭脂沟，找郭听，其他人的死活，与我何干?”

“什么他是他的，他又是他的，你们在说什么？我不管你们之间是什么关系，我现在让你们给我爸爸跪下，我数‘一二三’就打电话，电话那头儿，我的人可握着刀呢，想不想我将姓郭的开膛破肚，送下去见阎王？一!”吴长山晃晃手机。

郎大脑袋一把掐住夏忆的脖子，大喊:“别拿我兄弟讲条件，按他说的做。”

夏忆虽站立不动，但一蓬子弹虮已经从她的脖领子、袖口涌了出来，爬得快的已经蹿上郎大脑袋的手背。

“啊——啊——”郎大脑袋被蜇咬得乱蹦。孙偃白脚尖向上一挑，将吉他盒子抄在手里，就要上来帮忙。夏忆双臂一抬，放出一群黑蜂飞向孙偃白，自己飞身向后退去。

“二！”吴长山解锁手机屏幕，按下一串号码。

“三！”吴长山按下拨号键。

“等等！”夏忆猛地一声低喝，全场所有人全部停下来。

“唉——”夏忆发出一声长叹，似是懊恼，又似无奈。

一片寂静中，夏忆膝盖一弯，就要跪倒。

突然，头顶一声鹰鸣，那只海东青猛地出现在我藏身处的上空，边飞边鸣叫，向主人示警。

“谁在那里？”吴长山顿时警觉。

此时此刻，我再也藏不住了，右手从地上团起一个雪球，纵身一跃，翻过山坡，抬手一扔，雪球在空中画出一道弧线，正中吴长山鼻梁。

众人闻声回头，正瞧见上身毛衣、下身棉裤、灰头土脸、一身血污的我向湖边跑来。

“老郭？”郎大脑袋喜出望外。

吴长山眼见骗局败露，举起弓，还没来得及拉满弦，眼眶上已中孙偃白一记重拳。吴长山只觉眼前一黑，仰头倒地。吴老獭双手握住细长的吞拿刀捅刺郎大脑袋后腰。郎大脑袋倒地一滚，钻进皮卡车底。

吴老獭追赶不及，转身去刺夏忆。冷不防郎大脑袋从车底伸出两只手，抓住吴老獭脚踝向后一拉，吴老獭大头朝下，摔了个“狗啃泥”。

“啊呀——”吴老獭鼻梁磕在冰面上，流出两行鼻血，手里攥着吞拿刀，向身后乱扎。郎大脑袋被迫松手，吴老獭趁机起身，刚刚抬起头，一只铜铸的吉他盒子带着风声就抡了过来。吴老獭躲闪不及，下意识双手抱头，硬扛了这一击。

“呼——”吴老獭整个人向后飞出，重重地砸在皮卡车的车门上，铝合金的车门被砸出一个凹坑。

“咳咳——”吴老獭右臂软塌塌地耷拉在身侧，胸口起伏数下，随后一阵猛咳，咳出的鲜血，顺着牙缝往外淌。

孙傴白面沉如水，一手提着人事不醒的吴长山，一手扼住吴老獭的喉咙，将他死死按在车门上，虎口逐渐加力。

我心中暗道：“不好，孙会计怒火上头了。”

于是赶紧加快脚步，三步并作两步，蹿到皮卡车前，想要抓住孙傴白的胳膊，劝她放手；却不料脚下积雪太滑，一脚踩空，整个人向前一趴，跪在地上。在惯性驱动下滑到孙傴白脚下，我两臂一抱，抱住了孙傴白的大腿。

孙傴白瞬间满面羞红，膝盖一提，小腿外蹬，将我踹倒。

“你……你疯了？”

“脚……脚打滑了……”我揉揉胸口，赶紧爬起身，去掰孙傴白的手指头。

“孙会计，别再打了，一会儿出人命了！”

孙傴白见我神情郑重，悻悻地收手，将吴家父子提起来，像扔破麻袋一般丢在地上。

“老郭，你这怎么一身的……那羽绒服上的血……”

“是我的!”我点了点头，一边跟郎大脑袋和孙偃白简单交代一下事情的经过，一边爬到车里，找了几件备用的衣服裤子套上，打开医药箱，翻出云南白药处理伤口。

“脑袋，这事儿也怪我，没看清这对父子的真面目。”

此时，吴长山幽幽转醒，还没来得及和吴老獭交流几句，就被郎大脑袋捆住双手，并用臭袜子堵上了嘴。孙偃白一手一个，将这二人扔进后车斗里，用苫布罩好，将捕上来的大鱼捆在渔网里，抬到爬犁上，用牵引绳将爬犁拴在皮卡的后保险杠上。

我们几个在地上忙得热火朝天，老三蹲在一处雪坡上，双眼望向半空，紧盯着绕着我们盘旋不止的海东青。

“老三！走了!”郎大脑袋招呼一声。

老三看了看我，又看了看空中的海东青，一动不动。

我走过去拍拍老三的脊背:“没事儿，不嫌累就让它跟着吧。”

老三朝空中吠了几声，似是示威，又似警告。我抱起老三爬上后座，孙偃白坐在副驾驶，右手抓着门把手，以免变形受损的车门掉落。夏忆细细地裹好围巾，戴上墨镜，防止刺骨的寒风穿过已破碎的风挡玻璃，将眼角的皮肤吹皴。

郎大脑袋环视一周，见大家都已准备妥当，随即发动车子，将这辆已经四面漏风的皮卡开上山道。

第九章

插翅难飞涸堣套　毛腿蜘蛛人骨药

正午时分，二嫂农家院。

我、郎大脑袋、孙偃白和夏忆围坐一桌，一人一碗热面。老三蹲在门边，龇着森白的牙齿，啃咬着一只猪肘子。

吴老獭、吴长山这对父子被郎大脑袋捆在暖气片上，见我们吃得火热，气得不断跺脚。我递给郎大脑袋一个眼神，郎大脑袋不耐烦地放下面碗，走过去抽出塞在他们嘴里的袜子。

“呕——”吴家父子同时开始呕吐。

郎大脑袋咽下一口面汤，坐在凳子上，将被口水浸湿的袜子抻平，铺在暖气片上。在暖气的烘烤下，一股刺鼻的酸臭味很快在屋里弥散开来。

“呕——”夏忆一声干呕，扔下筷子。

“脑袋！脑袋！把你袜子丢出去！快！”我捂着口鼻，拍着桌子大喊。

“我新买的……干了还得穿呢……”郎大脑袋不情不愿。

“我赔你一双新的！快！”我跳起身来，去推搡郎大脑袋，逼着他将袜子丢到门外，随后打开窗户，让空气快速流通。

经此一闹，食欲荡然无存。所幸众人已饱了八分，于是纷纷放下碗筷，每人搬一个塑料凳子，围着暖气片坐定，抱着肩膀，看向这对儿父子。

开窗通风后，脚臭味渐散，吴家父子慢慢停止呕吐。

“你们，知道这个行为的性质吗？”吴长山晃了晃双手，示意我们解开捆他双手的绳索。

“呀！吓唬我呢？你拿弓箭射我，定你个蓄意杀人不冤枉吧？你还豢养一级保护动物海东青，你的鹰现在就在咱们上空飞着，说是人赃并获，不过分吧？”

“你……”吴长山一时语塞。

就在此时，一直没有说话的吴老獭开了腔：“江湖事江湖了，我们决不报官。”

“哟！你还挺局气！实不相瞒，最坏的就是你！”郎大脑袋上去一巴掌，扇掉吴老獭的帽子。吴老獭也不生气，只是直直地看着我。

“怎么？不服气吗？”

“服！连续两次折在你们手上，不服不行啊！”

“吴老獭，你给我一句实话，那冰湖里的大乌鳢不是个意外吧？”我看向吴老獭的双眼，吴老獭目光有些闪烁，一言不发。

“那林中的人熊，也是同理吧？”

“误会，都是误会，小孩子不懂事。”

“敢作敢当，你真不算个爷们儿。”我皮笑肉不笑地嘲讽道。

“要杀要剐，我吴老獭这一百多斤凭你们折腾，只是……还请饶了我儿子。”

我站起身，在屋内转了一圈，走到锅台边上，给吴家父子各盛一碗汤面，递到他们身前。

“这可是……我们父子的断头饭吗?”

“你放心，没有毒。我还是那句话，只要你带我们进胭脂沟，我保你父子无恙。此外，我再加十万块的劳务费。”言罢，我朝着郎大脑袋伸了伸手，郎大脑袋不情不愿地从随身的背包里掏出五摞现金。

“老郭，公司账上一共就这点儿钱了。”

“嘘……小点儿声。回头我找孙会计再借点儿。”我撕下半张报纸，将现金包好，塞在吴老獭的手里。

“这是五成定钱，你收好。我打听过了，你儿子欠的赌债远比你想象的多。你这几年做生意，赔的远比赚的多，你需要钱。我们不愿伤人害命，但我要是把你儿子交给那些放贷的债主，他们是会砍你儿子的手，还是会剁你儿子的脚，就不是我能决定的了。”

吴老獭捧着面碗，眼珠骨碌碌乱转，过了约有十分钟，他猛地抬起头，对我说道:“成交!”

“爸……”吴长山刚要说话，就被吴老獭用眼神止住。

我让郎大脑袋解开捆着吴家父子双手的绳子，吴老獭先是检查了一下自己儿子的伤要不要紧，随即搓了搓自己瘀紫的手腕。

“十天后，来取鱼皮衣，我只送你们到胭脂沟秘境洞外，决不跟着进去，尾款……”

“洞外结款。”

“一言为定。”吴老獭与我击了一下掌，扶着儿子出了门。

孙偃白望着这对儿父子离去的背影，轻声问我：

“这对父子假假真真，肯定有不可告人的秘密，你真的信他们?”

“不信也没办法，想进胭脂沟，眼下只有这一条线。”

“好好休息吧，你这一身的伤，十天怕是好不利索。”言罢，孙偃白伸了个懒腰，去寻客房补觉。

众人折腾许久，俱已筋疲力尽，我一回身，正瞧见夏忆抱着一床棉被走上楼梯。

“喂……”

在我出声的同时，夏忆也顿住脚步。

我咳了咳嗓子，想对她说声谢，但话到嘴边，却又咽了下去。

夏忆微微侧过身，冷冷说道：

“我姓夏，不姓喂。”

“你……我……当时我看见了，也听见了，吴老獭骗你说已经抓到了我，让你下跪，我以为你不会……但你还是……”

“我是看你爸的面子，相识一场，总不能让他没了后，百年后连个烧纸的人都没有……”

“谢……”

“别谢我，要谢就谢你那个兄弟，为了救你，差点儿没掐死我。”

此话一出，一旁的郎大脑袋瞬间闹个大红脸。只见他膝盖一弯腰一弓，活似大虾米站起来一样，三步并两步凑到夏忆身边，抢过她手里的棉被，赔着笑脸：

“您老人家大人不记小人过，我当时也是急昏了头。多亏您手下留情，否则我现在早就死掉不知道多少个来回。来来来，我给您拎着，您住哪个房间，我给您把床铺一铺，稍后我把洗脚水给您送过去，您泡泡脚，解解乏，实在不行，您扇我两嘴巴，出出气。”

夏忆瞧着郎大脑袋的嘴脸，又是无奈又是恼怒，刚一伸手，郎大脑袋就抱住她的胳膊：

“就知道您不忍心!”郎大脑袋抓着夏忆的手腕，轻轻在自己脸上扇一下。夏忆满脸震惊，估计是没想到在这世上还有这般不要脸的人。

“你……”

“您别老你啊、你啊的这么叫，您叫我脑袋就行。我家和老郭家是世交，我和老郭又是兄弟，他的父母就如同我的亲父母一般。还是那句话，按着辈分，我得叫您一声……小妈！小妈?”

“脑袋!”我实在忍不了了，抄起一个不锈钢盆就来追打。夏忆被郎大脑袋这么一叫，浑身鸡皮疙瘩扑簌簌乱掉，夺过郎大脑袋手里的被子，扭头就走，越走越快。郎大脑袋咧着嘴，追着喊“小妈”。我身上有伤，爬楼梯不灵便，心里一急，瞄着郎大脑袋的背影将不锈钢盆扔了出去。

“当——”不锈钢盆正中郎大脑袋膝盖窝。

郎大脑袋一个踉跄跪在地上，两手顺势在地上一捞，将不锈钢盆抱在怀里。

“小妈，盆来了，您稍等，热水马上到。”

“别叫我小妈!”夏忆猛地一甩房门，将郎大脑袋关在外面。郎大脑袋揉揉被门板拍过的鼻梁，悻悻地转过身，正瞧见我拄着拖布杆，沿着楼梯向他追来。

“你这是干什么？我这不都是为了你吗？”郎大脑袋一脸委屈。

“闭上你那张丢人的嘴！”我把拖布杆当标枪，向郎大脑袋投去。郎大脑袋举着不锈钢盆挡在胸口，拨开拖布杆，撒腿就跑。我追了好一阵，累得气喘吁吁，险些将伤口绷开，最后只能放弃痛打他一顿的想法，瘫在沙发上，沉沉睡过去。

十天后的清早，我们准时出现在吴老獭家门前。

吴老獭将四件制好的鱼皮衣交给我们。我细细地检查过这四件鱼皮衣的成色，对吴老獭的手艺赞叹不已。郎大脑袋揽着吴老獭的肩膀，将他“押”上皮卡。吴长山没有上车，站在院子里目送我们离开。吴老獭坐在车上一言不发，只在林中几个路口伸手指点一下方向。

下午三点，我们到达金沟林场北边的李金镛祠堂。（李金镛，字秋亭，号翼御。1888 年 10 月，李金镛抵达漠河，创办漠河金矿，成立矿务局，并在群山中设了三个金厂：漠河金厂、奇乾河金厂、洛古河金厂。）稍事休息后，我们向西进发，行不出二十里，手机已无法搜索信号，且林密雪深，无法驾车，众人只能各自带好随身背包物资，下车步行。

这段步行穿越的路程，我们早有准备，提前将贴身的衣服换成速干 T 恤，以免棉布吸汗致潮，导致失温。负责采购的郎大脑袋提前准备好墨镜，以防雪盲，甚至给老三都戴上一副“定制款”。我将探海当作登山杖，和吴老獭并排走在队伍最前面，一连走出二十里路。周遭早已不见植被，除去积雪，只剩裸露的山石。

突然，郎大脑袋停下脚步，拂开一处积雪，大声喊道：

“老郭，你来看，这是个啥？”

我走过去，顺着郎大脑袋手指的方向定睛一看，只见在一块巨大的山石右下角、离地一米高的地方，凿有一座古旧的石雕神龛。神龛高八十厘米，形如门楼。龛前立石柱两根，以石雕栏杆围出前廊，中间开敞，透雕花卉图纹。神龛内有一无头石雕像，雕像非人，蹲坐在地，屁股底下坐着尾巴，形似一犬，身着长衣袍，怀抱玉如意。

“老郭，这是个（只）狗吗?”

“不是！虽然这塑像没有头，但是从爪子上可以分辨，这是一只狐狸。虽然狗和狐狸的脚印都是梅花形状，但狗爪宽，狐狸爪窄，所以狐狸的足迹通常呈菱形。”

吴老獭见我们绕着神龛发呆，快行数步走过来，沉声说道：

“这是守山胡仙姑的神龛，附近几个山头多得是。”

“守山胡仙姑？那就是……狐。既然是供奉，怎么不见香火?”

“早就废弃了，现在的年轻人都信网红，谁还信这个?”吴老獭一脸无奈，说不清是嘲讽，还是叹息。

我看着孙偃白，指着无头塑像说道:“孙会计，您老给掌掌眼，这仙姑身上雕着的衣袍，是哪朝哪代的服饰?”

“这是典型的明制袄裙，上身的衣服叫作袄，下身的裙子叫作裙，无头石雕上身的袄为交领大襟，主要流行于明中期以及明后期的南方地区。再看下身的裙，一看便是明制马面裙，乃是用七幅布幅，每三幅半拼成一片裙幅。两片裙幅围合成裙子，两侧打活褶，裙腰两端缝缀系带。”

“也就是说，这林子里的石头神龛，雕琢于明代。”

“虽不能完全确定，但有极大可能。你再看石雕脖颈处的断面，既不整齐，也不平滑。断茬儿处虽经寒暑侵蚀、风吹日晒，但依稀可以看出这石雕的脑袋乃是被人用大锤等钝器砸掉的。”

我和孙僱白正蹲在石雕前钻研，一旁的郎大脑袋满不耐烦：

“二位！二位！咱这趟出来又不是为了干考古，天色将晚，早些赶路吧。”

我心中虽有很多疑惑待解，但眼前还有要事未完，无暇在这些细枝末节上分心，只能止住好奇，带队继续前进。

“当心，前面是陡坡，走‘之’字向上。”我吆喝一声，弯腰捧起一团雪，砸在郎大脑袋脸上，示意他跟紧一些。

爬过陡坡，地势骤降，众人撒开腿就要往坡下跑。我赶紧张开双臂拦在前面：“不要跑，雪深路滑，当心膝关节拉伤，孙会计不要站在风口上，出汗后也不要脱衣摘帽。人大汗之后，腠里不固，风邪易侵，拘束经络，筋脉拘急，气血不通，不通则痛。当心卸甲风。”

“行啊老郭，还懂中医。”

“《狩经》里写的，碰巧记住而已。古时猎人狩猎，非死即伤，岂能不知些医术?”

“说你胖，你还喘上了。”郎大脑袋一边说着，一边从兜里掏出一根红肠，撕开包装啃咬两口。

“封好包装，不要乱扔，当心气味引来野兽，你忘了咱们在雒水河道遇到的老狈吗?”

“知道了，知道了，唠叨得心烦。”

我没有搭理他，继续带队前进，按着吴老獭指点的方向又走出十几里。周边始终是一片白茫茫的大雪地，一眼望不到边。

“这是哪儿?”我回头问吴老獭。

“泅塄套。”

我听郎大脑袋说过，东北话中的“泅塄”二字源于满语，意为“水的波纹”，“套”是指合围的场所，组合起来便是“大雪合围之地”。

从纬度看，此地位于北纬53度，气候寒冷，大气降水以雪、雹、霰等固状为主。从山势看，此地海拔在1500米以上，南北两山夹一沟，为典型的谷地地形，每年的降雪量远高于蒸发量和融化量，第一年的降雪还没有融化完，第二年的雪又再次降落。（大兴安岭大白峰、老秃顶子山、札林库尔山等山均为积雪四季不化）此地终年积雪，年复一年，逐年累积加厚，并在大风吹拂下，形成表层呈“水波涟漪状”的广袤雪原。

“接下来怎么走?”我问吴老獭。

“不知道!”吴老獭摇摇头。

“你说什么?老东西，你是在消遣我们吗?”郎大脑袋眼珠一瞪，一把揪住吴老獭的领子。

“我家祖上说过：泅塄套，迷魂道，人骨药，死鱼鳔，平猴哭，仙姑笑。”

“这是……”

“到了泅塄套，就等于到了秘境门外，如果没有进入胭脂沟秘境的口诀，即便大门已经看到了你，你却仍然看不到大门。”

“二十五年前，你也是按着口诀进去的吗?”

“当然，这口诀乃是我祖上六指吴从鱼皮二爷口中所得，绝无差错。”

“那还等什么？带路吧！”郎大脑袋推了吴老獭一下，但吴老獭仍旧站在原地没动。

“老东西，你腿是埋土里了吗？”“郎大脑袋张嘴就骂，我一闪身，拦在他们二人中间。

“你什么意思？”我笑着问。

“行情涨了，我现在就要尾款。”

“凭什么？”

“再往前走，就要玩儿命了。我得确保在自己死前，给儿子留下钱。”

“你是一点儿信誉也不讲啊，说好到秘境后……”

“没有我，你们走不出这片涸塄套；不但到不了那里，而且还会死在途中。”

“少吹牛，这涸塄套能有多大？有塔克拉玛干沙漠大吗！”郎大脑袋一叉腰，开始和吴老獭抬杠。

“涸塄套方圆多少没人知道，但在这里，只有一片雪白，既没有方向，也没有路。人一旦进去，就会被困死。说真的，现在回头，还来得及。”吴老獭神情郑重，不带一丝作伪。

“没有方向？你骗谁……”郎大脑袋抬眼一看，顿时傻了眼，只见前方的涸塄套，天地一色，雪白一片，不分上下；虽有光照，却找不到日头是在东还是在西。

我脱下手套，向半空中虚捞一把。无数细如银屑的冰晶在我的手掌中融化，寒风吹过，手背上顿时皴出数道细口。

“这是……好大的霰！”

“啥大限？谁的大限？明白了！吴老獭，我兄弟说了，你的大限到了。”郎大脑袋眉毛一拧，又去掐吴老獭的脖子。

“脑袋啊脑袋，你是一点儿文化都没有啊。”我忍不住叹了一口气，赶紧扒开郎大脑袋的手。

“咱从小家里就穷，没有学习深造的条件……”

“你快别狡辩了，这和深造没关系，天气预报你总看过吧？霰是一种极端天气。古人认为，阴气在雨水，凝滞为雪。阳气薄之，不相入，散而为霰。现代科学认为，霰是高空中的水蒸气遇到冷空气凝华成细碎小冰粒，形成的固态降水。细碎的冰粒在下降途中遇到上升的地气，会悬浮于空中，如同浓雾，遮蔽大部分日光。尽管有小部分日光能够穿透霰层，但其在经过圆形或圆锥形的细小冰粒多次折射后，早已无法辨别来向。日月星辰是最人类重要的方向坐标，眼下这般情形，虽然有光，但抬头向上看，却找不到光源……”

“没有光，还可以看风向。”孙偃白及时提醒。

我蹲下身，指着雪层上的波浪状雪丘，轻声说道：

“这地方风向也不稳定，通常来讲，雪丘多呈新月形，前面为缓坡，缓坡为风向的迎风坡。同时，雪丘左右两侧顺着风向延伸出两翼，两翼开展的程度取决于当地主导风的强弱。主导风风速愈强，交角角度愈小。但是此地的雪丘呈网格状，由两组纵横交错的雪丘复合而成，说明此地盛行两组相互垂直的风向；再加上胭脂沟附近地形复杂，沟谷纵横交错、高低起伏多变，单纯靠经纬度位置生搬硬套、推测风向，完全行不通。”

“光和风都不行，还可以看植被。”郎大脑袋一举手，张嘴抢答。

“脑袋，快闭嘴吧。从几十里外开始，我就再没见过一棵植物了！帮不上忙，你就少说点儿话。”

“老郭，你说这话，我就不乐意听了。什么叫帮不上忙，你看这是什么！”郎大脑袋摘下背包，伸手一掏，翻出一架小型无人机。

我眼前一亮，高声叫道：“我的郎副总！你可真他娘的是个人才啊！”

郎大脑袋横着肩膀，仰着脖子走到吴老獭身前。用下巴“看着”吴老獭：

“见过这个吗？知道这是什么吗？什么时代了？还拽什么狗屁口诀？二十五年前有这个东西吗？告诉你，这就叫：泰克闹了鸡！（technology）”

“脑袋，别拽英格力士（English），直接飞一个！”我喜出望外，一边拍手，一边催着郎大脑袋操作无人机。

夏忆听着我们二人蹩脚的英语口音，一阵阵叹气。

三分钟后，郎大脑袋的无人机摇摇晃晃地飞到半空，手机屏幕上出现一片白蒙蒙的实时画面，操作窗口内，方向显示标识一片错乱，东南西北四个箭头“天旋地转”，我们面对的方向时而“正南”，时而“正北”。我们纷纷掏出手机，发现此地没有信号。

“老郭，别担心，这玩意儿没手机信号也能飞。你就说往哪儿飞吧？”

“高点儿走着！”

“妥嘞！”郎大脑袋操纵无人机拉升高度，所有人围在他身边，紧紧盯着手机画面。

“脑袋！飞多高了？”我看了一眼手表，已经过去了十分钟。

“四百米了。”

“怎么还是一片白蒙蒙啊？再高点儿！”

“已经极限了。”

“那就……往前飞一飞。看能不能在地面发现什么标志物。”

“好！”郎大脑袋操纵无人机按我指示的方向飞行，又飞了二十分钟，屏幕上仍旧是一片雪白。

此时，我的心里有些慌，赶紧让郎大脑袋将无人机向我们的来处飞一飞，看看能不能找到回头路。

“没用的。哪个方向是你的来路，在没有参照物的情况下，你能确定吗？”一直没有说话的吴老獭笑了笑。

我脸上虽不服气，但心里却不得不接受吴老獭这句“扎心”的话。我记得我爸曾经说过，每个人的双腿，看似等长，实则不然，都是一条腿长、一条腿短，只不过差距微小，难以察觉。在睁眼走路的时候，人可以根据参照物修正行进路线，确保路线笔直向前。一旦人蒙上眼睛，无法用视线修正，举步之时，长一些的那条腿迈步略大，短一些的那条腿迈步略小。当步幅不一致时，随着距离的延伸，行进的线路会形成一个圆圈。此地天降大霰，不辨东西，和蒙着眼睛本就没什么差别。所以，我想象中的“来路”，绝对不是真正的“来路”。

“吱吱吱——吱吱——”郎大脑袋的手机屏幕一阵闪烁，随即发出一声刺耳的警报。

“怎么了？”

“老郭……无人机飞……飞丢了！”郎大脑袋急得直跺脚。

“怎么会丢呢?”

“离地越高，风力越大，风力超出了无人机承受的范围，被吹跑了。”

“你买这个无人机，能扛几级风?”

“五级。”

“五级够干啥的啊！这个季节，大兴安岭内风力少说也是七到九级啊!”

“你可真是不当家不知柴米贵啊，这一个二手货的价格，都够换你一个肾了。”

“那……那你找孙会计再拨点儿经费啊……”我越说声越小。有道是“一分钱难倒英雄汉”，我一个七尺高的中年男人，一要用钱，就伸手向女人要，实在是难以启齿。

“怎么不说了，大点声儿啊!”郎大脑袋用胳膊肘顶了顶我的后背，一边揶揄，一边拱火。

“滚蛋！什么破玩意儿!”我抢过郎大脑袋手里的遥控器，扔在地上。

“我说……还有别的招儿吗？有的话，就赶紧使出来。没有招儿的话，好好想想我刚才说的话。算了，我再说一遍，行情涨了，我现在就要尾款。”吴老獭冷冷一笑。

“老东西，你这心眼儿是真多啊，大乌鳢、射暗箭、老人熊，你是一个套儿接着一个套儿啊！想着又弄出来一个什么口诀，你……”郎大脑袋隔着我去撕扯吴老獭，我琢磨一阵，看向孙偃白说道：

“给他吧。”

“老郭？你怎么……”

“有孙会计在，他跑不了。”

吴老獭展颜一笑：“你是个明白人。”

孙偃白伸手在包里掏出两只信封，右手一挥，我五指一张，将信封抓在掌心。

十分钟后，吴老獭将信封里的现金轻点完毕，在地上刨好一个雪坑，将信封埋进去，将随身的登山杖插在地上做个标记。

“你怎么确定，你儿子能找到这里来。万一他也迷在这片涸塄套，咋办？”

“不怕！他有鹰，鹰不怕风。”吴老獭指指半空。

“既然如此，你为何不带着他一起来？”郎大脑袋恨恨地问。

“哪有亲爹带着亲儿子出来玩儿命的，我可以死，他必须活！”吴老獭眼眶一红。

我虽没有孩子，却也被吴老獭这份深沉的父爱打动，我走上前轻轻拍拍他的肩膀：

“我们不需要你玩儿命，你将我们带到秘境之后就可以离去，不需要进去。”

“你错了！生死赌局，在秘境之外就已经开始了。算了，不说了，原地扎营，子时集合，一人一口，含在嘴里，别咽也别吐，躺在地上，不要乱动，届时自有分晓。”吴老獭一声长叹，从怀里掏出几支二次利用的葡萄糖口服液小瓶，里面灌装着某种不知名的液体。我将小瓶子凑到鼻子边上闻了闻，嗅到一股浓重的酒气。

“这是什么？”

“人骨药。”

“人骨……不会是你捕乌鳢时，用的那种酒饵吧?”我脑子里猛地想起什么。

“对！鱼吃叫饵，人喝叫药。”

“人骨头泡的东西，我才不喝。”我捂住嘴，强忍干呕。

“人骨药含在嘴里，能抑制呼吸，否则骗不过那东西。”

“那东西？是什么东西?”

“那东西……我也说不好。我要是知道是什么，就不称其为那东西了!”

我手里捧着五支“人骨口服液”，走到郎、孙、夏三人面前，将这个药的效用和配方简单描述了一下。三人一致反对，声称宁死也不会喝这种东西。

“能抑制呼吸的药多的是，不是非要喝这种东西不可吧!”郎大脑袋一脸嫌弃。

“脑袋，这是荒郊野岭，不是市人民医院，我到哪儿给你开药去?大家忍一忍吧。”我再次将手里的人骨药递出去。

“我自幼练武，颇通运气之道，可自行调息闭气，根本不需服药。”孙偃白拒绝我的提议，转身走到一边。

“脑袋……要不你来……”

“我……我……呕……”

“从中医角度看，这酒无非是用阴气压制人体内的阳气，含得久了，势必手脚酸软，我有办法，不用喝这东西。”夏忆突然开口。

“什么办法?”

夏忆平摊手掌，一只烟盒大小、黑质白章的毛腿儿蜘蛛从袖口爬出，停在夏忆的手心儿上。

“让它咬一口，半个时辰内呼吸衰弱，几近停滞。”

我和郎大脑袋对视了一眼，又看了看毛腿儿蜘蛛，心里很是纠结。

“这……咬不死人吧？”郎大脑袋问。

“咬不死。”

“没有什么副作用吧？”郎大脑袋接着问。

“有副作用，你被他咬一口，你就会吐丝了。一身紧身衣，一根儿蜘蛛丝，几十米高的脚手架，想上就上，想下就下，高楼大厦，如履平地，完全不需要安全绳。”我揽着郎大脑袋的肩膀，煞有其事地胡扯。

“老郭，我很认真地在咨询一个非常严肃的健康问题，没心情跟你扯好莱坞大片。”郎大脑袋将我推开，又去追问夏忆。

“要不你还是喝那人骨药去吧！”夏忆手一缩，就要将蜘蛛收回。

“别！别！还是它吧！”郎大脑袋一咬牙，做出决定。

“你呢？”夏忆看向我。

“我……我也选它。对了，你控制好你的碧眼金蝉，让它不要乱叫。”

“好，我会让它暂且休眠。”

我点点头，转身将手里的几支人骨药还给吴老獭。

半个小时后，日光渐弱，天色转暗，白雪铺地，冰霰漫天。

我们原地休息，吃了一些压缩饼干和速食肉干，补充一下体力。距离子时还有很长一段时间，吴老獭借口解手，独自走到一百多米外，蹲在一处雪丘背后。

“老郭，那老小子怕不是又要搞事情?”郎大脑袋对吴老獭一直怀有戒心。

“不怕！老三盯着他呢！”

“那还行，你在这琢磨什么呢?”郎大脑袋凑到我身边，用手电筒去照我用指尖在雪地上写的一行字：

“涸撈套，迷魂道，人骨药，死鱼鳔，平猴哭，仙姑笑。”

前九个字的意思，目前已然清晰。

后九个字的意思，尚未浮出水面。

我用手指作笔，将“平猴”和“仙姑”这四个字圈起来。

“老郭，这俩词儿你想明白了?”

“明白谈不上，平猴二字在书里见过，而这仙姑嘛……神话传说太多了，难以一一细数。”

“啥书？你们家那本《狩经》?”

“没错。《狩经》为历代先祖狩猎笔记，其间夹杂不少志怪见闻，甚至还有先祖的读书心得。”

“读书？你们家祖上不都是打猎的吗？没听说有考状元的啊?”

“晋朝刘欣期撰《交州记》，书云：风山在九真郡，风门在山顶，上常有风。又曰：风母出九德县，风母似猿，见人若惭而屈颈；若打杀之，得风还活。”

“啥意思?”

“上古时代，在交州境内，有一座巨大的空心山，天下的风都从此地生起，故名风山。风山所在的郡名为九真郡，风山的风门位于山顶，时常狂风大作。又有传说称，九德县有一种长得很像猴子的怪兽，叫作风母，见到人就叩头不止，像是犯下了不可饶恕的大罪。据说风母被打杀后，只要有风吹来，它便马上能够复活。”

“这不胡扯吗？还……见到人就叩头不止，这说的不是卖保健品那帮人嘛！见到老头儿、老太太，跪下就喊父亲、母亲。”

“你不懂就别打岔，跟那个没关系。如果只有一个人说，可能是瞎编，但是跨越百年，在不同的书里描述同一件事，则基本可以确定是事实。三国时，东吴丹阳太守万震撰《南州异物记》载：‘风母兽，一名平猴，状如猴，无毛，赤目。若行逢人，便叩头，状如惧罪自乞。人若挝打之，怄然世地，无复气息。小得风吹，须臾能起。’汉代杨孚著《岭南异物志》，书云：‘风狸如猿猴而小，昼日卷伏不能动，夜则腾跃甚疾。好食蜘蛛虫。打杀，以口向风复活，惟破脑不复生矣。以酒浸，愈风疾。’还有明万历年间的《山堂肆考》……”

“打住！打住！别叨叨了，我脑门儿好疼，猴儿我见过，这么另类的，头一次听说。”

“咱们这一路走来，见过的各种稀奇古怪的动物还少吗？”

“说得对，连霍夫曼大沧龙都见着了，再奇怪的动物我都能接受。”

“脑袋，你相信宿命吗？”

“怎么聊起这个了？”

“我觉得，自从进入雒水河道的那一刻开始，冥冥中似乎有一只看不见的大手在将我推入一条既定的路，一条和我家先祖一样，搜山探海、狩猎精怪的路。你说，我们郭家，是不是难逃宿命，我的后人，会不会也……”

“行了，行了，快别玩儿这儿深沉的了。你都快四十了，连个对象都没有，还谈什么后人？要我说，有闲工夫多跟我逛逛夜店，享受一下爱情的滋润才是正事。对了，我这真有两个不错的妹子，皮肤白，腿还长，我给你看看照片吧?”郎大脑袋掏出手机。

“这儿没信号。”

“不怕，照片我都存在本地文件夹。”

“我不看。”我扭过头去，和郎大脑袋拉开距离。

“看一眼吧，就咱们哥俩儿，你还装什么啊!”

“我不看!”

“不骗你，腿特长……都快赶上孙会计了。”郎大脑袋趴在我耳朵边小声说道。

“不可能。”我下意识回了一句。

“有什么不可能的，不信你看。”

“看就看。”我转回身，和郎大脑袋肩并肩，头抵头，聚精会神地看着他手机里的图片。

“全屏！全屏!”

“怎么样?”

“真的很长。”

“看这张，我给你放大一下……”

“哇——”

“这才哪儿到哪儿，先别急着哇哇叫，你看看这个!”

“哇！这个好！这个好!”

我和郎大脑袋很快便沉浸在对一张张美女写真照片的“审美”活

动中，渐渐忘记时间。

突然，我脑后一凉，孙偃白的声音在我身后传来：

“你们两个，鬼鬼祟祟，看什么呢?”

话音未落，孙偃白的右手已经从我脑后伸过来。去抢郎大脑袋手里的手机。郎大脑袋双手一捂，想要将手机夺回来。孙偃白一皱眉，手腕一甩，拇指一挑，不费吹灰之力就拨开郎大脑袋的右手，轻轻一拽，将手机抢在手中。

孙偃白低头一看屏幕，瞬间俏脸通红。

“你们……好不要脸！我……我不理你们……”孙偃白将手机往地下一摔，转身走开。郎大脑袋一个狗扑，将手机接住：

“还好还好，没摔坏，否则这么多姑娘的联系方式再也找不回来了。”

我又急又羞，窘迫得原地打转，跟着孙偃白的脚步，边追边解释：

“我没看……是郎大脑袋非逼着我……我不是那种人……”

“我亲眼看见你……”孙偃白弯腰抄起一大团雪，原地一个“扣篮”，将雪球扣在我的天灵盖上。我满头是雪，直愣愣地戳在原地，刚要追上去继续解释，吴老獭已经慢悠悠地从雪丘后头走出来：

“郭老弟，时辰到了，咱们开始吧?”

“我这十万火急……”

“耽误时辰，可就进不去秘境了。”

“你……好吧。”我叹了一口气，暗暗下定决心，只要一有机会，就和孙偃白好好解释，非把这事儿说清不可。

第十章

雪夜平猴抬花轿　狡黠多诈野狐笑

“你们俩去堆个雪人，要真人大小。”吴老獭指向一处雪丘。

我和郎大脑袋按着他的要求，用手捧雪团成雪球，在地上翻滚，将雪球滚成雪团，将一个又一个雪团摞在一起，形成一个雪柱子，在雪柱的基础上，或“补”或“挖”，使其渐成人形。

“泼水!”吴老獭指指雪人。

我和郎大脑袋掏出随身的行军水壶，灌一些雪，用酒精炉烧开，轮番泼在雪人上，将雪人冻成一座冰雕。

吴老獭看了看我们哥俩儿的作品，微微点头，以示满意；随后解开随身的挎包，从里面掏出一套行头，走到雪人边上，开始装扮。他先给雪人系一长裙，裙子上绣着二十四条飘带，形如孔雀翎羽，而后再给其披上一身彩色刺绣犴皮对襟长袍。那长袍自领口至下摆，钉有八颗大铜钮。长袍左右襟中部，各钉三十个青铜小镜，背悬四小一大青铜镜。袖筒及袍子左右下摆，各佩绣三条花状黑大绒，每一绒条上钉铜铃十颗，肩部挂有彩布制作的两只雄鹰。长袍外套一坎肩，坎肩上嵌着百余颗贝壳，坎肩两侧各垂下九根细皮条，皮条上钩挂着蛇牙、猫爪、鼠尾、牛角、羊蹄等各种“动物零件标本”。

穿完衣服，吴老獭开始给雪人戴帽子。那帽子比衣服更奇特，乃是将一整只鹿头的“天灵盖”掀开，制成帽子顶，再用紫貂皮裁出帽围，与帽顶缝合，鹿角叉上挂着许多用防腐剂炮制的鱼眼珠，很是诡异。吴老獭给雪人戴好帽子，又从包里翻出一只桦木皮雕刻的面具，乱发虬髯秃眉毛，方脸长鼻血盆口，偏偏一双圆眼眼距极窄，活似斗鸡，既可怖又幽默。吴老獭从袖子里摸出一个保温饭盒，掀开盖子，饭盒内满是腥臭乌黑的鱼血，鱼血中浸泡着一堆鱼肠子和一个明黄色的鱼鳔。吴老獭摘下手套，单手将鱼肠子和鱼鳔捏碎，连同鱼血一起，抓拌成泥，攥在手心里，“啪”的一下摔在面具上，而后用手指涂抹均匀。随着腥黑的鱼血渗入木皮，那面具上的人面仿佛骤然有了生命，眼中怒意渐盛，令人不敢逼视。

“这是……魔鬼王耶鲁里大神。”半晌不说话的郎大脑袋突然开口。

“什么鲁里？脑袋，你要是不懂，就不要装大尾巴狼，咱这干正事儿呢。”

“老郭，你这人忒没劲，总是戴着有色眼镜看人。你要问我别的，我未必知道，可这身行头我太熟了。”

“快！展开说说。”

“我是黑龙江人，从小见惯了跳大神。跳大神源自萨满教，旧时在东北大地生活的满、蒙、赫哲、鄂伦春、鄂温克、达斡尔等族均信奉萨满。根据萨满教义：天为上界，雨有雨神，火有火神，风有风神；地为中界，山有山神，河有河神，虎、鹰、鹿等各有其神；地下为下界，魔鬼王耶鲁里就是下界的扛把子。”

“什么扛把子？你《古惑仔》看多了吧？”

“用词虽然不准，但意思就是这么个意思。”

“萨满教义认为：通过跳大神，可以请神上身，实现治病、消灾、祈福、驱邪等一系列愿望。在请神时，有两种请法：一是去上界请，请来正神驱散邪祟；二是去下界请来邪神，以暴制暴，以恶制恶，这耶鲁里大神就属于后者。请什么神，带什么面，打什么鼓，执什么槌。”郎大脑袋话音刚落，吴老獭便从包里掏出一面兽皮鼓、一只梅花鹿小腿骨制成的鼓槌。兽皮鼓纵八十二厘米，横五十厘米，一面包羊皮，中心一铜环，以四皮绳十字形结框上，上部缀铜钱八枚。

“你们都过来，闭气，躺下！”吴老獭左手执鼓，右手执槌，用脚尖在雪人前面的地上画一个圈儿。

“你这是要干什么？”我忍不住发问。

“哪那么多问题？想去秘境就按我说的做，误了时辰，出了差错，莫要怪我。快！快！”吴老獭连声催促。

我们几人交流了一下眼神，按照吴老獭的指示在圈儿内躺好。孙偃白自行闭气，夏忆放出毛腿儿蜘蛛，我和郎大脑袋还没看清它是怎么爬过来的，就已经被咬了一口。一阵眩晕过后，我的呼吸逐渐减弱，手脚虽无法动弹，但基本的视觉、嗅觉和听觉都在。我转动眼珠，看见郎大脑袋、夏忆跟我是一样的情况。

老三被我早早地放出去，让它远远地跟着，作为一只千寻犬，只要我们在风中，它就能准确地嗅探到我们的位置。

“咳咳——”吴老獭清清嗓子，开始敲打兽皮鼓。随着鼓点越来越密，他开始放声哼唱，曲调像极郎大脑袋经常唱的二人转，但音调远比二人转高亢，且节奏繁密，时不时夹杂一些满语和蒙古语。更诡异的是，每唱完四个八拍，吴老獭就开始浑身颤抖，原地绕圈，双手舞动配合两脚踏地，转满八圈，继续哼唱：

“日落西山哪，黑了天。脚踩大地哪，头顶天。左手拿起文王鼓，右手攥紧赶将鞭。老仙家呀，你要来了我知道，不要吵来不要闹，威风有啊杀气多，威风杀气少带着。有好吃，有好喝，小花容、小金童已经备着，架云走旋风旋，来去不用一袋烟……”

吴老獭原地“唱跳”十几分钟，四周仍旧没有什么动静。我躺得心烦意乱，刚想活动一下僵直的身子，眼睛无意间向左边一瞟，正瞧见远处影影绰绰有一队人影走来，我眯起眼睛定睛一看，一身冷汗瞬间浸透我的后脊梁。

风雪中，十几道一米高下的人影摆成一字长队，四个身影扛着一顶大红花轿，在大雪地上深一脚浅一脚地行进，随之而来的是漫天的哭声。

吴老獭瞧见那顶大红花轿，闪身躲到雪人后面，一口吞下人骨药，含在口中，将兽皮鼓和鼓槌插到雪人的“手里”，顺势躺在我的身旁。

长队越走越近，我越看越真切，那近一米高下的人影，并非是“人”影，而是某种直立行走的猴子。这种猴子，面部裸露无毛，黑脸颊，额略突，眉骨高，眼窝深，五官轮廓分明，眼距极窄，不足半指，活似一对“斗鸡眼”，头顶生有向四周辐射的旋毛，浑身毛发呈棕红色，四肢基本等长，尾巴短小，虽然体态像极日本猕猴，但胸厚肩宽，远胜日本猕猴，其叫声尖细，绝类婴儿啼哭。

观察许久，我可以断定，这种猴子应该就是《交州记》《南州异物记》等书中记载的风母平猴。

转眼间，这队平猴已走到我们身前五步，在吴老獭画好的圈儿外停住脚步，齐刷刷地站成一排，仰头去看“穿衣戴帽”的雪人，为首的平猴抽动鼻翼，嗅了嗅雪人面具上的腥臭味，浑身一激灵，“扑通”一下跪倒。其他平猴见状，也纷纷伏地，磕头如捣蒜，一双前爪缩在胸前，不断作揖。

大约过去十分钟，这些平猴缓缓起身，绕着我们转圈儿，时不时跳过来，趴在我们脸上又是闻，又是摸。孙偃白有些恼怒，手指缓缓摸向腰后。此番出行，携带青铜的吉他盒子多有不便，孙偃白将长剑惊鸿缠在棉布之中，剑刃在上，剑柄在下，背在身后。我眼瞧孙偃白的手指缓缓向剑柄挪去，知道她这一出手，必是一式提撩剑，眼前这十几只猴子，不到五分钟，就能被她杀个干干净净。我右手五指向下，缓缓插入雪中，屈指一弹，弹起指甲盖大小的一个雪团，雪团飞到孙偃白脸颊上，骤然融化。孙偃白微微睁眼看向我，我眼珠左右横移，示意她不要乱动，孙偃白五指从剑柄上缩回，缓缓放在地上。

就在此时，四只平猴将那顶花轿抬过来，放在我们身前。花轿一落地，我缓缓将眼皮睁开一条缝，略一打量，发现那花轿骨架是钢管焊接的铸铁框架，外壳全部都是铁皮焊接的围挡，长二百厘米，宽二百厘米，高二百七十五厘米，四方四角，用木头搭了个宝塔出檐顶，做工粗糙至极。

“这他娘的是哪儿找的工人，手艺糙得令人发指，难道说……是这些猴子自己焊的？”

就在我胡思乱想的时候，四只平猴已经抬起夏忆，掀开花轿“细钢丝穿塑料片”制作的“软屏夹幔”，将她平放在花轿内，随后又去抬郎大脑袋、孙偃白、吴老獭，最后是我。

不一会儿，我们五个人在花轿内被摞成了两层。一只平猴装模作样地轻点一下数目，放下轿帘。

随后，花轿被四只平猴稳稳抬起，向前移动。姑且不算这铸铁所焊花轿的自重，单说我们四个大活人，配上这一身装备，少说也有三百公斤。四只不足一米高的平猴，竟可将其轻轻松松抬起，如同肩扛一桶饮用水一般，迅速向前行进。这平猴的气力当真恐怖。

“老郭，你往左挪挪，你坐我脸上了。”朗大脑袋突然伸出手，抠在我的大腿内侧，将我向左扒，我大腿根儿一痛，差点儿叫出声。

“你轻点儿!”我伸手去抠郎大脑袋的手指头，微微向左挪了挪身子，无意中踩到孙偃白的手指头。孙偃白手腕一翻，托住我的脚跟，向左一折，我半边身子瞬间扭转，整个人压在吴老獭的后背上。吴老獭体格干瘦，被我这一百八十多斤的身子一压，差点儿背过气去，嘴里含着的那口人骨药“噗”的一口喷出去。多亏夏忆及时伸手，用手肘挡住脸，否则这一口混合着唾液的药酒就得全喷在夏忆脸上。

“咚——”花轿骤然落地，四周静得吓人，一只毛茸茸的大手，抓住轿帘。

吴老獭眼疾手快，将另一瓶人骨药倒进嘴里，两眼一闭，歪头装死。我们几人也赶紧定住身形，不再乱动。

“哗啦——”轿帘被掀开，一只平猴伸着毛茸茸的大脸探身进来，警觉地扫视花轿内部，伸手在夏忆眼前晃了晃，嗅了嗅孙偃白，伸手摸了摸郎大脑袋的头发，用力一揪，抓下一把，郎大脑袋疼得额头上都见了汗，但仍旧闭目不动。

平猴挠挠头，似乎对刚才花轿内的异动不得其解。此时，花轿外，又一只平猴探身钻进来，嗅了一嗅。两只平猴对望一眼，同时缩回去，将轿帘再度遮好。

“嘶嘶——”郎大脑袋双手抱头，从兜里拽出一把电工螺丝刀，就要冲出去拼命，我赶紧伸手抱住他的腰，郎大脑袋不敢出声，张着大嘴，和我对口型：

“我必须弄死它。”

“兄弟，不至于！不至于！”

“老郭你是了解我的，头型就是我的命，它都快给我揪成地中海了！”

“小不忍则乱大谋，忍一忍！忍一忍！”

“铃铃铃……铃铃铃……”

一阵悦耳的铜铃声在寂静的雪夜里分外刺耳。我按住郎大脑袋，伸手将花轿的窗帘挑开一条缝，向外看去，发现铜铃声源自队尾的一只平猴，它的背上正背着那座“穿衣戴帽”的雪人。两个平猴一左一右跟在两侧，弯腰驼背赔着笑，“伺候”得很是殷勤。

我揉着生疼的太阳穴苦思冥想，无论如何也猜不透这里面的缘由，本想去问吴老獭，但这老东西一副高僧入定的模样，头不抬，眼不睁，好似见惯大风大浪，对眼下的场景见怪不怪。我虽心里好奇，想上前问一问，但又恐被他小觑，弱了气势，只好放下花轿窗帘，正襟危坐，假装胸有成竹，勇敢无畏。

我手腕上的机械表显示，时间过去整一个小时。

花轿突然落地，我将花轿的窗帘再次掀开一角，发现外面乃是一片挺拔如枪的松林，月光映下，森然可怖。原来我们不知何时，已经离开了白雪皑皑的涸塄套。

我偷眼看向吴老獭，只见他假装去摸胡子上挂着的霜，实则是偷偷将嘴里的那口酒吐在袖子里。当了多年的包工头，我和郎大脑袋历经酒局无数，谁是真喝，谁是假喝，谁在使诈，一目了然。我虽看破，却并未说破，只是悄悄递给孙偃白一个眼色，让她做好准备，同时看向夏忆，指了指自己和郎大脑袋，夏忆会意，慢慢张开嘴，一只通体血红的蜈蚣从她的舌底爬出，落在轿子内，先咬了郎大脑袋一口，又咬了我一口。不到二十秒，我们身上原本的乏力、胸闷、虚弱感一扫而空。

突然，轿子的门被掀开，一阵冷风吹入，依稀带着淡淡的甜味儿，原本聚拢在四周的平猴一瞬间全部消失。吴老獭猛地一撞夏忆，将她推进孙偃白的怀里，用右手捂住脸，低着头冲出花轿，狠命地向南跑。孙偃白此前早有准备，在接住夏忆的瞬间，抓住剑柄，横向一扫，剑刃虽隔着厚厚的麻布，仍旧准确无误地扫在吴老獭的肩膀上。吴老獭应声而到，扑出花轿，忍着痛爬起身，继续发力狂奔。

我和郎大脑袋同时起身去追，在轿门处撞了个“头碰头”！

“啊呀！”我俩同时捂住脑袋哀嚎。

趁着这个工夫，吴老獭已经消失在松林深处。我们一前一后跳出轿子追上去，孙偃白和夏忆从后跟上。兜过三五个转弯，孙偃白收住脚步：

“这松林有古怪，当心迷路。”

我一把拽住郎大脑袋，向四周看去，只见这片松林疏密有致，暗合某种规律，半似人工，半似天成。正思量间，松林深处骤然亮起一点亮光，似是某种摩托车灯照在地上。正疑惑间，自松林深处走出一男一女，男的推着摩托，女的斜坐在摩托车后座，摩托亮着灯，照在地上亮出一个昏黄的圆圈。

我后退半步，缩在孙偃白身后，小声说道："荒山野岭，恐是歹人。"

孙偃白闻言，手腕一抖，剑刃割碎棉布，横于身前，月光映下，惊鸿剑冷光四射。

对面一男一女刚从松林内走出，猛一抬头，便瞧见手持"管制刀具"、一脸杀气的孙偃白。男的吓出一声尖叫，双手高举，摩托车瞬间横倒，将车后座的女人摔了一个屁股蹲儿。

"哎呀——"女的没看清情况，刚要骂街，就被男的用手捂住嘴，按着她的肩膀跪在地上。

"饶命！现金在衣兜，手机在裤兜。"男的体如筛糠，趴在地上不敢抬头。我走上前，上下打量这对男女。

男的三十岁出头，戴着一副高度近视镜，女的一头长发，看面目不过二十上下。

"你们是什么人？"我对这二人始终保持着高度警觉。

"她是景区工作人员，我……我是她对象……"男人已被吓哭。

"景区？什么景区？"

"漠河市富克山……富克山雪松林。"

"什么？富克山！"我一头雾水，脑中飞快回忆胭脂沟左近的地形。

“不对不对！富克山在胭脂沟正南九十八公里处，而我们此行是自金沟林场北边的李金镛祠堂向西进发，就算到涸塄套之后开始迷路，被十几只平猴抬着走了一个小时也不至于跑出去这么远。平猴毕竟是动物，不是跑车、高铁，一个小时时间绝对不可能移动近一百公里。”

“老郭，你嘟囔什么呢？”郎大脑袋问。

“没什么？”我示意郎大脑袋先别说话。

“几位，月初没发工资，就这些……”男的双手掏兜，将一沓面额不等的钞票放在地上，双手合十，朝我拜了拜。我走上去，将男人扶起，轻声说道：

“兄弟，半夜三更，就你们两个？”

“半夜三更？这都早上六点钟了，再过一个小时，景区就开门了。”男的被问蒙了，低着头不知如何回答。

我拉起袖子，看了看手上的腕表，指针显示，此刻刚好早晨六点。

“这……不对啊，刚才落轿的时候，明明是两点，怎么……变成早晨六点呢？难道是我记错了？那群平猴拉着我们跑了四五个钟头？对了！花轿!”我左手抓住男人手腕，拉着他往松林深处跑，男人吓得腿都软了，哆哆嗦嗦地告饶。

然而，我凭着记忆在松林里走了好几圈，也没找到刚才来时坐的那顶花轿。

“真是见了鬼了!”我使劲拍打着自己的脑门。

孙偃白拉着女人赶了过来，对我说道：

“她说她认得路。”

“荒山野岭，你认得路？”我将信将疑。

“这哪里是荒山野岭，这……这就是个森林公园，这条路直着走，就是售……售票处。”

我顺着她手指的方向，眯着眼看过去，在黑暗之中似乎看到一个小亭子。

“售票处怎么没有灯？”郎大脑袋问。

“还没到营业时间呢，我们从后门抄近路过来的。”

“你们不怕黑吗？”我继续追问。

“黑……黑才好搞对象嘛。”男人的目光躲躲闪闪，从牙缝里挤出这么一句话。

话到这里，我心中疑虑顿消，赶紧让孙偃白收起长剑，将这一男一女扶起，一边道歉一边解释：

“我们是到山里穷游的背包客，走迷了路，多亏遇见二位，不然险些困死在这天寒地冻的深山老林里。”

这一男一女见我们说得有鼻子有眼，渐渐放松了警惕，听说我们这一路走来吃的都是压缩饼干，一口热乎的还没吃上，赶紧从包里掏出两个保温饭盒，打开盒盖，将热腾腾的红烧排骨、油焖大虾递了过来。

我们在山里冻饿半宿，哪里经受得了这种诱惑，假意客气两个来回，便接过饭盒。

“脑袋！快，给老弟、老妹表示表示。”

“好嘞！”郎大脑袋从兜里掏出二百块钱，就往男人手里塞。我一手端着饭盒，一手捻起一块热腾腾的排骨，递到嘴边，眼瞧着排骨上挂着的油汤不断滴下，下意识地就伸舌头去舔。

就在此时，一阵犬吠声自远处传来，听声音正是老三。

“老三？”我回顾四周，并不见老三的身影。

男人向我问道：“怎么了？”

“你们看到我的狗了吗？”我向男人问道。

“什么狗，没瞧见。”

“哦，难道是我听错了？”我脑子有些晕，自言自语一句。

“快吃吧，一会儿凉了。”女人很是热情。

我点点头，将排骨递到嘴边，排骨上挂着的油汤滴滴答答，释放出一种独有的香甜，我咽下一口唾沫，张开嘴，伸出舌头。

“汪汪汪——”老三的吠声越发急躁。

“你们听见老三在叫了吗？”我回头问向郎、孙、夏三人，三人均是一脸茫然，郎大脑袋走过来摸摸我的额头：

“老郭，你咋了？冻感冒了？怎么幻听了？”

“可能是紧张过度。”

“快吃吧，一会儿凉了。”郎大脑袋也劝了一句。

“不对！”我脑子“嗡”的一声。

郎大脑袋和我从小长到大，他从来都是玩儿了命地和我抢东西吃，几时学得这般谦让？

心念至此，我冷眼一睨，只见那一男一女满头冷汗，一双眉眼贼兮兮地乱瞟。

“你脸怎么红了？”我一把抓住男人的手腕。

“热……热！”

“零下30度，你还会热？！”

“不是热，是虚……虚的，虚汗……你快吃吧，一会儿凉了。”

“汪汪汪——汪——”老三开始狂吠。

我将心一横，猛地一个箭步蹿上去，左手扼住男人的咽喉，右手攥住饭盒，狞声喝道：

“既然你虚，先来一口补补吧！”

男人被扼住咽喉，拼命扭动，郎大脑袋和孙偃白也扑上来，抱住我的胳膊拉架。我看看郎大脑袋，又看看孙偃白，咬着牙笑道：

“你不是孙偃白？”

“你……你在说什么？”孙偃白面色一沉。

“我认识的孙偃白，有疯牛惊象之力，岂会拉不开我一条胳膊？”

此话一出口，孙偃白和郎大脑袋突然消失，被我掐住喉咙的男人咧嘴一笑，脖子向右一歪，他身后的女人将嘴一张，露出一排细密的尖牙，一口咬在我的手腕上。我忍不住痛，松开手，向后退开半步。

一痛之后，我脑中晕沉沉的感觉瞬间消失，眼前一片清明。

“汪汪汪——”老三的吠叫就在身侧。我扭头一看，老三浑身的毛都奓了起来，死死盯着我的正前方。我顺着老三的目光望去，正瞧见那顶铁皮花轿，花轿周边布满脚印，脚印一圈绕一圈，形成一个同心圆。

郎大脑袋、孙偃白、夏忆三人正双手按在花轿上，个个伸长脖子，吐出舌头，想要去舔那花轿的四壁。

那花轿的四壁是铁皮打造，长期处于室外零下 40 度的低温下。金属的导热系数极高，温热的舌头在接触金属的一瞬间，舌头上的热量就会被传递到金属上去，舌头表层的唾液就会瞬间结冰，将舌头和金属冻在一起。郎大脑袋说过，东北有很多调皮的小孩儿，用舌头去舔室外的铁栏杆，想试试是不是甜的，最终的结果就是舌头被粘住，只能靠大人浇温水解冻。

我赶紧冲上去，左手揽住夏忆，右手揽住孙偃白，将她们向后拖拽，同时飞起一脚，从侧面踹在郎大脑袋的胯骨轴上。

“扑通——”我们四人同时倒地，纷纷从梦魇中惊醒。

“汪汪——”老三向轿顶继续狂吠。我抬头一看，只见花轿顶上蹲坐着两只毛色枯灰的狐狸，正阴恻恻地看着我。这两只狐狸体态上虽没甚稀奇，但一双眼睛生得极其诡异，眼距极窄，紧贴鼻梁骨。不远处的雪地上趴着一只大死老鼠，双眼流血，四肢僵直，腹腔被掏开，内脏肝肠撒了一地。不过看它的样子应当是先死于惊吓，后被开膛破肚，并非直接死于野兽扑杀。我稍稍回忆一下梦境，死老鼠肝肠流淌的地方正是摩托车倒地的位置。

原来根本没有什么摩托车，我面前并没有一男一女，而是趴在大老鼠身上啃食内脏的两只狐狸。我应该是中了某种迷魂蒙眼的招数，被迷了心智。

“咳咳——”夏忆猛咳两声，捂住鼻子。

“好臭!”

“臭？明明是香味啊?”郎大脑袋嘀咕一句。

“不好!”夏忆惊呼一声，手指一搓，指尖多出一个小鼻烟壶，拨开塞子，迎风一晃，一阵清凉的香气散开，我淤堵的鼻腔瞬间畅通。周边一股刺鼻的骚臭直冲头顶，臭味源头，正是轿子顶上那两只狐狸。

“我记得郭……你爸爸说过，在大兴安岭松林中，生长一种蘑菇，当地人称为臭黄菇，菌盖呈土黄色，表层黏滑，菌肉污白色，质地松脆。人若误食，易致手脚抽搐、经络麻木、神经错乱。故老相传，山中野狐常常啃食臭黄菇，吃了臭黄菇的狐狸，每当从尾巴根部的一处分泌腺中释放刺鼻气体时（狐狸“放屁”并非由肛门排出），就会附带强烈的麻醉和致幻作用。狐狸将其用于捕猎，可以杀死比自己体形大数倍的动物。”

“您这鼻烟壶可真神！”郎大脑袋适时送上一句马屁。

“无非是薄荷、冰片、艾绒、樟脑油，你吞一口芥末下去，也能奏效。”夏忆白他一眼，显然不吃这一套。

“小妈，你可真是谦虚。”

“别叫我小妈！”

“上！”我和孙偃白顾不得夏忆和郎大脑袋之间的拉扯，一声断喝之后，她攻左，我攻右。此前我俩在吴老獭的指挥下，躺在雪地上装死，孙偃白将长剑缠上麻布背在腰后，我也将探海裹在睡袋里，像步枪一样挎在肩后。两只野狐初时不知厉害，蹲在轿顶满眼戏谑地看着我们，直到我俩杀心一起，纷纷从身后摘下家伙，撕开包裹，亮出锋刃，两只狐狸才开始撒腿逃窜。

“唰——”两只狐狸甩动各自蓬松的大尾巴在空中画出弧线，如同两片不带一丝重量的柳絮，飘然落地。在落地的一瞬间，一只向左蹿，一只向右蹿。我瞄准右蹿的那一只，右肩向右转动并开始向后引叉，左肩向叉杆靠近，左臂在胸前向左后猛摆，左腿猛踏伸，落地旋踵，上臂带动前臂向前做爆发式“鞭打”动作，探海迅速向前飞出。在叉杆离手的一刹那，甩腕前指，叉头顺着我手指的方向破风而飞。

“噗——”探海贯穿那只狐狸的脊背，将其钉在地上。

孙偃白的剑，打架搏杀是一把利器，用在打猎上却不能尽如人意，几次挑刺，都被那只狐狸借用灵活的走位避开。

“汪——”老三早已按捺不住，贴地蹿过来，追着狐狸撕咬。适才这两只狐狸站在高高的轿子顶上，态度趾高气扬，极其嚣张。老三是狗不是猫，不善攀爬，心里早就憋着一口气，眼见狐狸落地，顿时红了眼，抽冷子一口咬住狐狸后腿，拼命甩头。狐狸又痛又急，挣扎间又放一个屁。老三早有准备，在狐狸放屁的一瞬间松开嘴，将鼻子插进积雪中，两只前爪前扒，拱起一团雪，将自己的狗头埋得严严实实。适才这一番撕咬，狐狸一条后腿血流不止，剩下三条腿越蹦越慢。

我小跑到探海前，踩着那只死狐狸的尸体，拔出探海，在袖子上抹抹血，正要再投一次。

“仓啷——”一道剑光自下而上挑起。

孙偃白剑无空回，另一只狐狸身首异处。

我将两只狐狸的尸体踢到一处仔细观察，发现这两只狐狸一非赤狐，二非白狐，三非蓝狐，就是最普通的狐狸，只不过年岁大些。从干枯的毛色和磨损严重的牙齿可以看出，这两只狐狸最少也得有二十岁。据我了解，狐狸的寿命因品种不同，约在十岁至十四岁之间，《狩经》有言：“物老成精，狡黠多诈。”祖先诚不欺我。

结果了两只作祟的老狐，我长吐一口气，唤来老三，从背包里掏出一些干肠、腊肉，喂老三吃个八分饱，走到一棵松树下。适才众平猴作鸟兽散，队尾那只平猴背上“穿衣戴帽”的雪人滑落在地，摔成两截。我弯腰揭下雪人脸上的魔鬼王耶鲁里大神面具，放在老三鼻子边上，让它嗅上一嗅。适才吴老獭在这面具上涂涂抹抹，手上沾着不少腥臭鱼血，虽然用雪搓过手，但是残余的气味，仍然足够老三追踪。

"踪!"我一指黑夜深处，让老三去追踪脚底抹油的昊老獭。

郎大脑袋一屁股坐在雪地上，拧开水壶，开始喝水，一边喝一边回味。我伸手抢过他的水壶，也喝了一口：

"不就白开水吗？咂巴什么嘴啊！我还以为茅台呢。"

"你懂个球，可惜了，刚才……是场梦啊。"郎大脑袋意犹未尽地摇了摇头。

"你梦见什么了?"我笑着问。

"夜店、舞池、模特，心动、畅谈……"

"你就放屁吧！畅谈……用得着伸那么长的舌头吗？你知不知道你刚才舌头伸得都快舔到后脚跟了!"

"我懒得理你。"郎大脑袋抢回水壶，继续歪着头回味。

我搓了搓下巴，故作不经意地走到孙偃白身边，小声问道：

"孙会计，你刚才梦到什么了呀?"

"你问这个做什么?"

"这……狐狸多是群居，我担心它们聚众报复，多了解对方的手段，知己知彼嘛。"

孙偃白不疑有诈，不假思索地回答道：

"我梦见的是自己五岁时的情形，我独自在山里练剑，我外婆下山，离开了很久。忽有一日，外婆回到山中，给我带回一个甜甜的点心，那是我第一次吃奶油蛋糕，不舍得一次吃光，每天只舔一口。"

"哦，是蛋糕啊。"我不禁有些失落，无意间喃喃自语。

"你说什么?"

"我……没说什么啊!"

“你说了，我听见了！”孙偃白追问。

“我……我……我是想问，那个……那个夏……”我慌张的目光无处安放，忙乱中看向夏忆。

夏忆的围脖挡住了半张脸，我看不清她的表情，只能听到她发出一声轻微的长叹：“三十年前，夜雨荒山，他……他给我了一块奶糖……”

一颗晶莹的泪珠从夏忆腮边滑落，尽管她迅速扯过头发遮挡，但已经被我看了个真切。这一刻，我心里竟也升起一股异样的情愫，不知是同情，还是感动。

孙偃白一伸手，挽住夏忆的胳膊，轻轻拍拍她的肩膀。我舔了舔嘴唇，刚要说些什么，孙偃白蓦然回头，狠狠瞪我一眼：

“你爸不是好人！”

“你……”我想要争辩两句，却又找不到突破口。

“你什么你，你也不是好人。”

“我怎么不是好人了？”

“你和他……看那种东西……”

“哪种东西？啊呀！怎么又来了！你听我解释……”孙偃白扭头就走，我刚跟了几步，就被她用长剑一横，抵住胸口。

“别跟着我。”

“好！好！”我只得高举双手，悻悻地坐回到郎大脑袋身边。

“闹别扭了？”郎大脑袋一脸坏笑。

“还不都是因为你！”我两手一抓，掐住郎大脑袋的脖子，将他按在身下。正撕扯间，前方传来孙偃白的叫喊：

“你们两个，别闹了！过来！看看这是什么？”

第十一章

探秘辛女真碑刻　胡仙姑秘境洞开

松林内，孙偃白伸手指向一片从五米高的地方如同瀑布一般垂下的干枯藤蔓，藤蔓挂在突起的石檐上，石檐后方的阴影中，依稀有一面高大的石墙。藤蔓落在地上，如流水一般，“倾泻”而出十几米远。

我给了郎大脑袋一个眼神，郎大脑袋蹲在地上，摘下手套，摸了摸藤皮，用刀割下一段藤蔓，凑上去用鼻子一阵猛闻。

工程队的木料一向由郎大脑袋负责采购，这厮眼尖心细，在行业内出名的鸡贼，熟悉的供养商在酒局上不止一次地跟我抱怨：“你这个兄弟，头发丝儿拔下来一根儿都是空心儿的，太难糊弄了。”总之，天南地北，各色木料打郎大脑袋手边一过，是真是假，是优是劣，他分分钟就能辨别。

“脑袋，看出来了吗？”

“这是典型的东北蛇葡萄藤，质地坚硬，韧性强，不易折断。这种藤蔓会吸收和释放空气中的水分，不容易发霉、生虫。在潮湿的南方，特别两广一带喜欢用其制作家具，比如：葡萄藤挂面架子床、红酸枝葡萄藤沙发、黄檀木葡萄藤屏风等。术业有专攻，咱们队以干硬装为主，这些精细的家具木工活儿，属于软装，我认识几个靠谱的木匠，手艺相当不错……”

“好了，你已经很优秀了，再扯就远了。”我适时叫停郎大脑袋。

孙偃白手里接过手电筒，想要走上前照一照藤蔓背后的石墙。就在她拧亮手电筒的一瞬间，我一个箭步冲上去，抱住她的胳膊，用右手心捂住手电筒的光源。

“你干什么?”孙偃白俏脸一红，本想大嘴巴抽我，却发现我一脸严肃。

“怎……怎么?”

我轻轻张开手，手电筒的光从我指缝间透出一缕，照在地上。我摆摆手，示意众人弯腰向下看。

暖黄色的光柱斜着照在洁白的雪地上，无数黑色小球星星点点地铺在雪上，越近藤蔓，黑色小球越多越密。

“这是……老鼠屎吗?”

“呕——”郎大脑袋想起自己刚才还用小刀割下一截葡萄藤猛闻，胃里顿时翻江倒海。

“不是老鼠屎。”我拍拍郎大脑袋的后背。

“那是啥？呕——”

“蝙蝠屎，也叫夜明砂。”

“那不一样嘛，呕——”郎大脑袋一弯腰，吐出一口隔夜饭，

突然，一阵低沉的振翅声在夜空中回荡。我猛地抓起一捧雪，塞进还在大声呕吐的郎大脑袋嘴里，按着他趴在地上。

"我……哎呀……"

"脑袋！别出声！"

不到三秒钟时间，藤蔓后头亮起无数双血红色的眼睛，密密麻麻，晃动不止，原来那石檐底下倒吊着无数蝙蝠。

孙偃白右手横剑胸前，左手从怀里掏出酒壶。我知道，她又想玩儿一次"烈酒洒惊鸿、一剑破百兽"。

"别！"我伸手抓住孙偃白的手腕。

"别什么别？"

"你那招，应对单挑一等一，遇上群殴未必好用。这群蝙蝠少说几百只，你只有一把剑，万一有那么一只抽冷子给你来上一小口……"

"休想骗我，蝙蝠有的有毒，有的没毒。"

"一半对一半的概率，没必要用命去赌！再说此处遍地枯木老藤，万一引发山火，就彻底逃生无望。"

"那怎么办？"

"跑啊！"我左手拎起郎大脑袋，右手扯住孙偃白，爬起来就跑。夏忆听见我的招呼，毫不犹豫，跟在我身后也开始跑。

没跑出几步，藤蔓后"呼啦啦"一阵乱响，一群蝙蝠蜂拥而出，带着刺痛耳膜的"叽叽"乱叫，好似一朵乌云，向我们缓缓压来。

"往哪儿跑啊！"郎大脑袋嘴边还淌着来不及擦的口水，一边跑一边喊。

"花轿！进花轿！快！"我向前一指，回手一拉，拽住队尾的夏忆，让她先钻进花轿。孙偃白左手拎住郎大脑袋后衣领，右手揪住他后腰带，原地一扔，郎大脑袋好似一颗出膛的炮弹，"咚"的一声扎进花轿里。随后，孙偃白将目光投向我。

“不牢您费心。”我赶紧助跑三步，一个猛子扎进花轿里。孙偃白挥剑断后，将一柄惊鸿使得风雨不透。

“天黑视线差，尽量别恋战。”我掀开轿帘大喊。

孙偃白闻声收剑，迅速退入花轿中，她一进来，我便摘下郎大脑袋的背包堵住窗口，他这背包极大，里面装着圆盾玉魁，坚不可摧。随后，我又脱下羽绒服，和郎大脑袋两个人，封住帘子缝儿。

“吱吱——吱——”一只蝙蝠趁乱钻入，被郎大脑袋一脚踩在脚底下。蝙蝠扭头一口，给郎大脑袋的皮靴咬出一个豁口。

“牙口这么厉害吗?”

“唰——”孙偃白一剑挑穿蝙蝠的脑袋，飞溅而出的蝙蝠血溅了郎大脑袋一脸。

“哎哟我的天，没毒吧这个?”

我低头看了一眼，见其体棕、腹白、面褐，脑颅狭长，吻背深凹，随即疾声说道:“这是栖息于黑龙江山林中的白腹管鼻蝠，无毒。”

“那就好。”郎大脑袋松了一口气。

“无毒不代表无菌，蝙蝠的口腔号称‘微生物储藏库’，其口中多种微生物可以感染其他动物和人类，诱发人畜共患疾病。”

“啊!”郎大脑袋飞起一脚，将蝙蝠的尸体踹出轿子，狠狠捶我一拳，“以后说话别大喘气，行不行?”

“你安静一下，行不行?”几百只蝙蝠不断冲击花轿，我没心情和郎大脑袋争辩。

“哗啦——哗哗哗——”几十只蝙蝠趴在细钢丝穿塑料片编织成的

轿帘上，狠命地乱咬。这顶轿子不知是哪个脑残制作的，上面的细钢丝本就不结实，被蝙蝠一咬，很快便开始“跳丝”。轿帘后面就是我的羽绒服，在蝙蝠的利齿面前，羽绒服和一张纸没有什么区别。

“想想办法啊！”郎大脑袋急得直搓手。

“我能有什么办法？”

“你一天就跟我瞎叭叭时能耐，有本事你给蝙蝠叭叭明白了，也算你没白长一张嘴。”

突然，我脑中灵光一闪。

“脑袋，你真是个天才啊，你这一句话，点燃我的灵感啊！”

“啥灵感？”

“咱跟蝙蝠好好唠一唠。”

“你是疯了吗？”

“我没疯。你记得吗，咱们刚创业那阵子，工地食堂闹老鼠，我让你出去买粘鼠板，你嫌价格贵，用旧录音机改了个超声波驱鼠器。”

“那是老鼠，这是蝙蝠，一样吗？”

“原理都是一样的。鼠类的听觉系统感应的声波范围在 200 赫兹到 90000 赫兹，这个范围内的高功率超声波脉冲会对鼠类听觉系统产生干扰和刺激，使其无法忍受，进而导致其恐慌、不安、抽搐，从而实现驱鼠的目的。蝙蝠发出的声音，声波范围通常在 45000 赫兹到 90000 赫兹。只要你能做出一个声波在相同区间的发射器，就能成功驱离蝙蝠。”

“不会伤到我们自己吗？”夏忆问道。

“绝对不会，成年人的听觉范围在 16000 赫兹到 20000 赫兹之间，我们听不到。你去牙科诊所洗牙，超声波洗牙器的声波频率在 28000 赫兹到 32000 赫兹之间，对你造成伤害了吗？你尽管放心就好。”

此言一出，夏忆骤然眼眶一红：“你刚才说什么？”

“我说……你尽管放心就好。”

夏忆突然用力甩了甩头，眼睑低垂，喃喃自语：“巧合罢了，他不是他。”

我虽然没有追问，但心里已猜个八九不离十，想来我爸当年，和她说过同样的话。到底需要对一个人用情至何等地步，才能事隔三十年，仍旧无法忘怀对方的一颦一笑、一言一诺。

“列位，怎么都不说话了？好大一群蝙蝠还在外头等着开饭呢！这不是忧伤的时候。”郎大脑袋带着哭腔的喊叫打破沉默。我赶紧忙活起来，从他包里翻出一个充电宝、一个头戴式耳机，随后将我的手机也扔给他。

“耳机是我的命，爬冰卧雪不听歌，还不给我憋闷死！”

“过了眼前的坎儿，我赔你一个新的。”

“我这是进口货，你是要心疼死我。”

“是耳机坏掉心疼，还是被蝙蝠咬一口肉疼，你选吧！”

“说好赔我，说话算话。”

“当然算话。来吧，展示吧！”

“瞧好吧。”郎大脑袋使劲儿搓一把脸，从兜里掏出随身携带的电工钳、螺丝刀。指挥我举着手电筒给他打光。

郎大脑袋先将扁口螺丝刀插进耳机充电口位置，上下一撬，将耳机听筒“暴力分离”，然后掰开听筒处的塑料卡簧，用螺丝刀分别挑出两块压电陶瓷（一种能够将机械能和电能互相转换的信息功能陶瓷材料，主要成分为钛酸锆铅，广泛用于传声器、耳机、蜂鸣器等），放在手心掂掂分量。

“不够！你们几个把手机都掏出来，快！”

我、夏忆、孙偃白想都没想，就将手机递给郎大脑袋。郎大脑袋双手暴力拆卸，别开听筒处的塑料封装，又取出三块小一些的压电陶瓷，将五片压电陶瓷摞在一起，从上衣兜里掏出一盒口香糖，将糖塞进嘴里，将包糖的锡纸折成纸卷，从上到下固定好压电陶瓷片，将上层拟定为正极、下层拟定为负极，再从耳机里抽出三根电线，用电工钳扒开橡胶外封，伸手在我马甲上揪掉两粒扣子，从饭盒里掏出不锈钢筷子，夹住扣子。

“你这扣子是锡的！”郎大脑袋头也不抬，掏出打火机，用280—500摄氏度的外焰将扣子烧热。不锈钢筷子隔着手套，刚刚感到轻微烫手，锡扣已经融化，郎大脑袋凭着“简易焊枪”，将电线和压电陶瓷片固定妥当。

“呼啦——”轿帘被整个掀开扯碎，我的羽绒服坚持十几秒就被咬穿，鹅毛乱飞之间，孙偃白脱下自己身上的毛呢大衣，堵住轿门。

“腰带给我！”郎大脑袋伸手指向我的腰间。

“布的，不值钱。”

“别废话！”

我二话不说就把裤腰带抽出来。郎大脑袋拆开我腰带上的两个卡系腰带的铁圈，在手里掂了掂。

“钢丝！”郎大脑袋指指地上。孙偃白将惊鸿剑沿着毛呢大衣下方伸出去，扭腕一挑一卷，向后一抽，半面轿帘就被勾了回来。

“吱吱——”两只蝙蝠“见缝插针”，钻进轿帘，被孙偃白一剑一个，迅速刺死。

郎大脑袋从地上抓起一片轿帘，伸手一撸，钢丝上的塑料片应声而掉。郎大脑袋一手握着铁环，一手缠钢丝，在绕线范围内以相等的间隔进行绕线，先后缠绕出两个绕组。一组连接电源，充当初级线圈；另一组感应电压，充当次级线圈。郎大脑袋绕线极快，迅如闪电，令人眼花缭乱。

“厉害啊，脑袋！”

“废话，老子十几岁闯荡电子厂，干流水线的时候，一直都是计件算钱。”

郎大脑袋缠完线圈，又从自己的背包里取出一个保温杯大小的黑色电器。

“这是什么？”

“12 伏转 220 伏车载逆变器，野营专用，和我买的 12 伏户外野营大功率移动储能充电宝刚好适配。”

“来吧，见证奇迹的时刻。”郎大脑袋双手不停，将线圈、充电宝、压电陶瓷片、逆变器用电线连接，辅以锡焊。这一套操作说来繁复，但在郎大脑袋的手中，仅耗时四分半。

“成了！”郎大脑袋一拍手，将这套简易的压电陶瓷超声波发生器整体放在不锈钢饭盒里。

“电量只够支持五分钟。”

“怎么算出来的？”我接过饭盒。

“我现在讲一遍，你能听懂吗?”

“听不懂!”

“那还废什么话!”郎大脑袋伸手按在充电宝的开关上。充电宝输出12伏直流电，经由逆变器转换为220伏交流电，交流电通过钢丝绕铁环制作的简易高频变压器，流通过初级线圈，铁环中产生交流磁通，次级线圈中感应到电压和电流，输出高频交流电，高频交流电作用于压电陶瓷片，产生高频震动信号，即：超声波。

“这就成了?”我问郎大脑袋。

“理论上是成了。”郎大脑袋将信将疑。

“应该是成了。”夏忆突然开口。

“您怎么知道?”郎大脑袋问。

“我身上的虫子越来越躁动。”夏忆的话还没有说完，花轿外面的蝙蝠渐渐停止撞击，逐渐散去。孙偃白用剑刃挑开呢子大衣，向外看去，只见黑云一般的蝙蝠齐整整地聚拢在我们头顶，没有一只向下俯冲。

“这……”孙偃白看呆了。

“别研究了，想一想往哪儿跑吧。”郎大脑袋急得直跺脚。

“一共就五分钟，能跑多远?”

“那怎么办?”

“拼一把，看看那石墙上写的什么?”我一马当先，向“藤蔓瀑布”跑去，刚刚抬腿，孙偃白已抢先跃出，脚踏树干，腾空而起，手中寒光连闪，藤蔓纷纷落地，露出了藤蔓背后的整面石墙。石墙上密密麻麻地刻满文字，虽然许多地方被蝙蝠粪便污染遮挡，但并不妨碍阅读。

“这是……女真文？”孙偃白家传深厚，能辨识古老文字。与她相比，我和郎大脑袋几乎就是个文盲。

眼看孙偃白越看越入神，我们既着急，又不敢打扰。就在充电宝还剩最后一格电的时候，孙偃白突然喊了一声：“墙后另有天地，走！”

言罢，孙偃白一马当先，踩着一层又一层的冷冻蝙蝠屎，跑到石墙下面，夏忆随后跟上，我和郎大脑袋断后。突然，充电宝最后一格电量耗光，头顶的蝙蝠发出一阵令人牙酸的叫声，成群结队俯冲而下，奔着我们哥俩儿头顶飞来。

“跑！”我推了郎大脑袋一把，自己挥舞探海断后，砸落几只蝙蝠后，也开始撒腿狂奔。从花轿到石墙，百十米的距离，几乎耗尽我全身的体力。

石墙前，孙偃白仗剑接应，左手揽住我的腰，向后一搂，右手持剑斜劈，斩落两只追我最紧的蝙蝠，随后伸手一推，将我推向石墙右侧。我脚下踩着蝙蝠屎，滑得站不住脚，向前一扑，正趴在两扇石门上。石门当中露着一条缝儿，郎大脑袋正贼眉鼠眼地向外张望，瞧见我扑来，二话不说，抱住我的脖子，就把我拖进去。

孙偃白见我进了门，飞身后跃，落地一个转身闪入门内，动作行云流水，潇洒至极。

“当心脚下。”夏忆的声音从身后传来。

我原地蹭蹭鞋底，低头看去，只见一条蜿蜒向下的石板路隐没在黑暗中。

“孙会计，外面石墙上写的什么？”

“一段关于萨满古巫的秘辛。”

“可否说来听听。”

“好。”孙偃白取出随身的酒壶，喝了一口酒，开始她的讲述，“据萨满巫师相传：远古之时，天地不分，创世女神阿布卡赫赫诞生于混沌之中。为排遣孤寂，她上身分裂出星辰之神卧勒多赫赫，下身分裂出大地之神巴纳姆赫赫。巴纳姆赫赫喜欢酣睡，阿布卡赫赫又创造出一位名叫敖钦的神祇守候在地神的身边。敖钦生有八臂九头，生性好动，屡次打扰巴纳姆赫赫的睡眠。巴纳姆赫赫大怒，抓起一座山峰砸向敖钦，山峰插入敖钦一颗头颅上，化作一只巨角。敖钦对巴纳姆赫赫心怀怨恨，用利角刺伤巴纳姆赫赫。巴纳姆赫赫受伤的消息传到阿布卡赫赫和卧勒多赫赫的耳中。三位神祇联手，围攻敖钦。敖钦抵挡不过，四处躲藏。阿布卡赫赫掌管江海湖泊，敖钦不敢入水；卧勒多赫赫掌管星辰雷电，敖钦不敢上天；巴纳姆赫赫掌管山川森林，敖钦不敢待在地上。思来想去，敖钦只能遁入地下，并依据自己的相貌，创造出许多奇形怪状的妖魔鬼怪。这些妖魔都尊他为主，敖钦改名换姓，成为了魔鬼王耶鲁里大神。随着势力的急剧膨胀，耶鲁里已不满足屈居于地下。他趁着卧勒多赫赫沉睡之际，耗时三百年，挖掘出一条通道，带领手下的妖魔鬼怪杀到人间，以人为食。人族找到一棵直通苍穹的大树，挑选两名勇士沿着大树向上攀爬，历经艰险，终于见到星辰之神卧勒多赫赫，并将下界的情况一五一十地禀告。阿布卡赫赫连同卧勒多赫赫降下雷电洪水，将耶鲁里驱赶回地下，并给人族传下驱邪降妖的妙法，学习到妙法的人，称作‘萨满’（鄂温克族语 saman），翻译成汉语便是——巫。”

“等等！”我出言打断。

"怎么了?"

"又是这个巫字，你记不记得咱们曾经讨论过，这个巫字中间的一竖，指代传说中的建木。在涂山氏的记载中，也有过建木和巫的记载，只不过从树上走下来的不是天神，而是罪和罚。而在萨满文化中，也出现了这棵直通苍穹的大树，只不过，从树上降下来的是雷电和洪水！我想这二者之间，绝非巧合。"

孙偃白点点头，继续说道:"在历史上，很多无法记录于正史的经济、政治和文化大事，都被改写成宗教传说，怪力乱神，传于后世，而解谜的钥匙，就是准确破译这些传说中每一个关键词的代表含义。"

"对不起，打断你的思路了，孙会计，请继续。"

"好，我接着说。据那石墙记载，上古时，虽然魔鬼王耶鲁里被雷电洪水驱赶回地下，但其在人间肆虐期间，早已秘密发展一批奴仆，传授给他们一些召唤鬼怪的手段，让他们悄悄潜伏在人族中。魔鬼王耶鲁里被击退后，这些奴仆始终没有忘记他们的主人，他们世代传习秘法，不断寻找机会，迎接魔鬼王耶鲁里再次降临人间。而这群人则被称作'鬼奴'。永乐九年(1411)，奴儿干都司塔哈卫(今黑龙江省塔河县)左近频发人口失踪案，不到半年时间，共有一百一十二人失踪。钦差太监亦失哈大怒，亲查此事，多方走访本地风土，差遣多名官兵假扮樵夫、渔夫、采药人，在失踪案发地活动。忽有一日，午夜时分，一个头戴魔鬼王耶鲁里面具的神秘人出现在河边，用咒术迷晕一个扮作渔夫的官兵，召唤出一群怪物。怪物们七手八脚将这名官兵塞进一顶纯金花轿。此时在他们头顶正盘旋着一只猎鹰，驯鹰人正是带着大队官兵埋伏在五里以外的亦失哈。亦失哈在猎鹰的指引下，率领人马钻入深山，发现一处古洞。古洞内有潭水如碧，潭水旁有人正在焚香祭祀。官兵涌入，抽刀乱砍，将主犯答剌挞及其同伙共四十一人当场擒获，并下狱审问，得知这位答剌挞乃是当年鬼奴之后，一心复活家族传说中的魔鬼王耶鲁里，借机割据一方。答剌挞多年来遍查古籍，寻到当年人族攀爬上天的那棵大树，聚集家族中的信徒，在树旁修建一座祭祀魔鬼王耶鲁里的鬼庙，按照家中一幅古图，向下挖掘，进入上古时魔鬼王耶鲁里为降临人间打通的那条通道，并在通道中寻到为魔鬼王耶鲁里看守财宝的使者——阿时那。阿时那性喜食人脑髓，以壮大己身。答剌挞与阿时那达成协议，答剌挞为虚弱的阿时那提供活人为祭，阿时那摆脱虚弱后，助他烧杀抢掠。答剌挞有了人力物力，便可加快挖掘此条通道，帮助魔鬼王耶鲁里重现人间。答剌挞在附近山中，雕刻许多守山胡仙姑石龛，在民间散播消息，称胡仙姑有求必应、甚是灵异。附近乡民被吸引入山供奉，答剌挞伺机掳掠人口，供给阿时那食用。然而，此事刚有进展，就被亦失哈撞破。亦失哈根据答剌挞的口供，在一处松林内发现成堆的白骨，还有一群形貌诡异的野狐，在啃咬舔舐白骨上残存的血肉。亦失哈大怒，将野狐射杀大半，并下令严刑拷打答剌挞，务必要他供出鬼庙所在。奈何答剌挞和一众信徒早已心存死志，任凭百般酷刑加身，直至受刑而死，仍不肯供出鬼庙所在。为安民心，亦失哈只能将答剌挞与其信徒一起斩首示众，并让官兵凿毁附近山中的守山胡仙姑石龛，禁止乡民继续祭拜。”

“原来咱们在路上看到的石龛，是这么个来源。故事这就……结束了？”

“不，还有一段尾声。亦失哈杀了答剌挞，本以为可以结案；但事隔不到半月，塔哈卫又发新案。此番与以往不同，失踪之地即为遇害之地，被害人的天灵盖被活活掀开，脑浆、脑髓、五脏被掏了个一干二净。仵作验尸后声称：死亡原因并非人为，乃是妖怪行凶。至于这妖怪是何种属，无从考证。此地山高林密，哪怕将几千官兵撒进去，也根本起不到什么作用。亦失哈正焦躁间，有一郎姓书生上门自荐，自称通晓个中缘由。亦失哈大喜，引其入内堂叙话。书生称：此妖少见于世，名唤阿时那，乃是上古时为魔鬼王耶鲁里看守财宝的使者。书生此话，与答剌挞所言并无二致。亦失哈心内起疑，书生笑曰：'大人放心，在下若是歹人，怎会自投罗网？'亦失哈思量一番，将答剌挞被捕前后的细节与书生一一分说。书生正色言道：'今日来之前，我已请到一位能够镇压阿时那的仙家，烦请大人带我前往答剌挞被捕之地。'亦失哈大喜，遣人护送书生入山，寻到古洞潭边。书生以仙家临凡、俗子退避为由，让随行官兵撤出山洞，自己孤身一人在洞中做法。一天一夜后，官兵入内查看，发现书生不知所终，潭水由碧转红，又过一日，潭水复碧。此后，塔哈卫再未发生过新案。亦失哈既暗暗称奇，又感念那郎姓书生扶危济困之德，亲自写文记述，着高手匠人，于古洞外石墙上刻字留痕。亦失哈是海西女真族人，故而墙上刻的是女真文字。此后数百年间，朝代更迭、战乱饥荒频发，古洞渐渐沦为蝙蝠巢穴。"

"那书生也姓郎？"郎大脑袋问道。

"不错，结合吴老獭口中鱼皮二爷的故事，基本可以推断，这胭脂沟的秘境一直由你们郎家人世代守护，意在确保魔鬼王耶鲁里永远被困锁于地下，你们郎家与意图复活魔鬼王耶鲁里的鬼奴水火不容。"孙偃白的语气很是笃定。

“原来如此。孙会计辛苦，喝口水吧。”我适时递上水壶，大献殷勤。孙偃白刚想接过去，突然眼一瞪，仿佛想起什么，轻轻一甩手，将我的水壶推到一边，自顾自拧开酒壶，呷了一口酒。

我闹了个大红脸，好不尴尬，硬着头皮说道：

“那个……那什么，我讲两句，我认为……这个……啊，是吧？历史上的事……现在……都已经……对吧？接下来……还得往前看，往前……你们怎么都走了？等等我啊！”

我话还没说完，孙、郎、夏三人头也不回地沿着石阶往下走。我小跑着追上他们，抢到最前面，将探海当作手杖不断敲打石阶探路。走了不到五分钟，前方传来滴水声。我将手电筒的光调亮一个挡位，向声音来处照去，只见山洞到此猛然扩张十倍不止，有足球场大小，正前方有一水潭，潭水碧绿，如同翠玉。

众多故事、传闻、记载中共同指向的胭脂沟秘境到了！

第十二章

迷雾氤氲起洞壑　光影障目映蜃楼

“脑袋，冷焰火准备。”

“走你！”郎大脑袋从背包里抽出数支冷焰火，抛向潭水周遭。

郎大脑袋采购的这批冷焰火，是采用燃点较低的钛金属粉末加工制成的，外形如一根擀面杖，上下一拧，即可混入空气，点燃钛粉，钛粉燃烧，发出冷白色光亮，将碧绿的潭水映射得愈发阴森。

我沿着台阶走到潭水边，举目四望，看向洞顶，只见潭水之上的石壁布满刀劈斧凿的痕迹，将整间洞穴“装修”成圆弧形，配合这潭圆形潭水，像极一只瓷碗下扣着一只荷包蛋。在“瓷碗”内壁，有两条螺旋向上的石阶交叉缠绕。石阶极窄，不足半米宽。石阶靠近石壁处开着无数孔穴，一米高、一米宽。孔穴呈正方形，穴口处均以一扇朱红色的木门掩蔽。那木门做得极其精致，门上不知涂着何种漆料，红得刺眼。

我用探海敲打着石阶，贴着山壁拾级而上，左手提着探海，右手抠着山壁凹陷处，嘴里咬着手电，向一扇朱红色的木门靠近。

我和郎大脑袋在土木行里打滚儿多年，对木器木漆称不上精通，但也略知一二。从远处粗看，这些木门是清一色的火红，走近细看，才能发现门上精密的浮雕。我微微仰起头，让嘴上咬着的手电照得更真切一些，以便能看清整扇木门上的图案。

木门左半扇用的雕刻手法是阳刻，即凸雕；右半扇门用的是阴刻，即凹刻。两幅雕刻图案拼在一起，是一只人立而起、上身棉夹袄、下身大裆裤、两爪揣袖口、脚蹬靰鞡鞋的狐狸。这狐狸双眼眼距极窄，紧贴鼻梁一线，眼珠是用两片啤酒瓶底大小的铜片镶成“斗鸡眼”的模样，滑稽中透着一丝诡异，我将双眼凑到门边，仔细去观察雕工和漆工：

“用刀犀利，藏锋柔和，这雕工真是可以。髹漆肥厚，少说也有一公分，在胎骨上层层髹朱色大漆，到这个成色，少说也得有一百层，再加上这圆润的磨工，这手艺……可惜了，这门拆不下来，单独把漆刮下来，又没法子卖。”

“老郭，嘟囔什么呢？”郎大脑袋在下面乱喊一阵，迈步跟来。

我摇摇头，示意他闭嘴，随后将耳朵贴在门上，屏住呼吸，侧身倾听。门口风声阵阵，像极了抽油烟机的噪声。我基本可以断定，这门口必有一条狭长的通道。我伸手推了推木门，木门纹丝不动。我想向后拉门，却发现门上没有任何拉手和铜环。我伸手敲了敲门板，听了听回音，这木门极其厚重，少说也有四十厘米，上下左右不见一丝缝隙。我沿着台阶向上走，路过十几扇小红门，我东边拍一下，西边踹一脚，均未发生什么异样。

就在我的新鲜劲儿将要过去的时候，某扇小红木门的背后隐隐传来一声犬吠：

“汪——”

我浑身一震，赶紧扭头问郎大脑袋：

“你听到了吗？”

“听到了，好像是……老三！”郎大脑袋显然也听到了这声犬吠。

“看来不是幻觉。”

“你不是让老三去追踪吴老獭吗？它怎么会出现在这小红木门后面？”

“汪——呜呜——汪——”通道内连续传来老三的犬吠，声音中依稀带着呜咽。

我听这犬吠声不太对劲儿，生怕是老三遇到危险，举起探海就去撬门，却在地上发现门板开合扫过地面的痕迹。

这扇门被人打开过，又关上了。可我上上下下找了好几遍，愣是没找到可以抓抠的缝隙和把手，折腾好半天，也未见效果。

“这门是从通道内向外推开的，我现在站的位置，只能双手按住门板将其关上，却无法将其拉开。”我皱着眉头，思索一阵，原路回返，走到石门边上，从门缝儿向外看，只见石墙前面，无数蝙蝠已飞回到原来的位置，继续倒吊在石檐下方。我叫来郎大脑袋，让他站在门后准备，听我口令行事；随后解下郎大脑袋身后的登山背包，将包里的玉魁拽出来护住身前，将背包系在探海的叉头上，组合成一只“抄网”。

我一手持盾牌，一手持“抄网”，郎大脑袋站在门口，抓住门上的石环，用力一拽，石门缓缓打开一条半人宽的缝隙。我踢起一块地上的碎石，碎石飞出，砸在石墙上，“咚”的一声响，石檐下的蝙蝠纷纷睁开双眼，我趁机探出头去，放声大喊：

“妹妹你大胆地往前走啊！往前走！莫回头！”

“叽叽——叽叽——”蝙蝠齐齐振翅，向石门飞来，我觑准时机，高声叫道：

“关门！”

郎大脑袋合身一扑，撞在门上。门缝陡然收紧，迅速关闭，大队蝙蝠被堵在门外，只有两只飞得快的蝙蝠穿过门缝钻了进来，直奔我头脸撕咬。我左手高举玉魁遮挡，右手抡起“抄网”，从左上向右下兜罩。

“唰——”一声风响，两只蝙蝠同时被罩住，我趁机挥舞叉杆，一甩一卷一砸，将叉头上拴着的背包砸向石壁，背包内两只蝙蝠顷刻毙命。

“哎哟，我的包啊！”郎大脑袋心疼得直拍大腿。

我将玉魁递给郎大脑袋，左手拎起背包，将包口处的抽绳拉紧，抡起背包又砸几下，确认里面的蝙蝠已经死透。

“老郭，你这搞什么呢？”

“没事，做个开门的把手。”我冷笑一声，拎着背包跑回潭水边，顺着石壁上的窄台阶，重新回到朱红色小木门；然后拧开随身的水杯，喝一大口水，“噗”的一下喷在门板嵌着的狐狸眼睛上。

此地位处大兴安岭深处，冬季气温始终低于零下 19 度，局部地区可达零下 43 度。这洞中虽然无风，但温度极低。我粗略一估计，大约在零下 35 度左右。在这种气温条线下，我喷出的水刚一接触铜片镶嵌的狐狸眼睛，便瞬间结冰，在狐狸眼睛上形成一层厚厚的白色冰霜。我用手指抹了抹，确认好冰霜的坚固程度，戴着手套，从背包里摸出一只蝙蝠，用瑞士军刀割掉它的脑袋，趁着血液未冷，迅速将创面按在狐狸眼睛上，蝙蝠血与冰霜先相融、后冻结，不到二十秒，便冻成一体。我轻轻松开手，蝙蝠尸体微微一颤，并未落地。我微微一笑，将另一只蝙蝠尸体，如此法炮制，冻在另一只狐狸眼睛上，两只狐狸眼睛分别在两扇门上，冻在眼睛上的两只蝙蝠尸体恰好形成两只门把手。我看着手腕上的表，计时十分钟，待蝙蝠尸体冻硬，双手齐出，分别握住两只蝙蝠，向后慢慢拽。

“呼——”小红木门被拉开，阴冷的风从门后漆黑的通道中吹了出来。我将一支冷焰火扔入通道。冷焰火光照范围足达百米，但仍然无法照出通道的全长。我心里担心老三遇到危险，两手向前一撑，就要往木门后头的通道里钻，郎大脑袋眼疾手快，一把拽住我的腰带：

“老郭，别冲动！”

“老三在里面……”

“你还记得魏小米吗？”

“魏小米？”

“对，丁树生那个老王八蛋会口技，他模仿魏小米的声音，又是拍球又是唱歌，骗咱们哥俩儿下到古雒水河道中的龙穴，和大沧龙玩儿命的事，你都忘了？”

听闻此言，我心中一凛，将刚钻进去的半个身子退了出来。

“你说得有道理。”我正思忖间，通道内的犬吠愈发急切。

郎大脑袋眼珠一转，计上心头，将双手拢在嘴边，向通道内呼喊：

“老三？是你吗？”

“汪——”

“三哥呀，不是咱不仗义，实在是现在社会上坏人太多，我得核实一下你的身份。我问你，你是喜欢抽烟，还是喜欢吃肉，喜欢抽烟叫两声，喜欢吃肉叫三声！”

老三作为一只狗，竟然会迷上抽烟，当真是我平生仅见。此事纵然和别人明说，怕是也没人肯信。

“汪——汪——”

“两声！是老三！”我侧着耳朵，边听边数。

“等会儿，我再问问。”郎大脑袋拉住了我，思考半分钟，再次向通道内呼喊，“三哥呀！我问你，你平时喜欢抽什么牌子的烟，是红塔山，还是黄金叶。红塔山叫两声，黄金叶叫三声。”

“汪——汪汪——”

“三声！是老三，错不了，这事儿谁也不可能知道。”郎大脑袋一拍手，就要往通道里爬。我伸手抱住他后腰，小声说道：

“你干吗？”

“我去找老三啊！”

“你留守，我进去。”

“你一个人，孤掌难鸣，万一有个什么变故，连个打配合的人都没有。”

“有道理！那个……要不你先歇歇，我和孙会计……”我老脸一红，用肘尖顶一下郎大脑袋，若有若无地向潭水边瞥了瞥。

“好家伙，你这里面黑咕隆咚的，你该不会是想……”郎大脑袋双眼放光，搂着我的肩膀不住地坏笑。

“打住，别往下想了！”

“打不住了，我这眼前都有画面儿了。”

“赶紧把你那画面儿掐了！”我揪住郎大脑袋的脖领子狠命摇晃，潭水边的孙偃白瞧见我们在黑影里扭打，以为我们中了什么迷魂的招数，脚尖连点，提着剑杀上来。我们见她来势汹汹，连忙高举双手，贴着门板站得笔直。

“你们在干吗？”孙偃白仔细地打量着我们，试图辨别我们是否神志正常。

我们俩支吾一阵，郎大脑袋吞吞吐吐地说出计划：

“那个……老三在通道里，好像遇到什么麻烦，我们打算进去看看。老郭嫌我身手笨，想自己当一回孤胆英雄。”

“那怎么行，最少进去两个人，相互之间也有个照应。”孙偃白收起宝剑，一脸认真。

郎大脑袋好像一只啄木鸟，连连点头，竖起大拇指赞道：

“还是孙会计想得周到，那就让我小妈跟老郭走上一趟，有道是母子齐心，其利断金……”

“我撕了你的嘴！谁是你小妈！”我怒火上头，上去揪扯郎大脑袋的腮帮子。孙偃白从中一拦，将郎大脑袋护在身后：

“你瞧，这才哪儿到哪儿？你就急了，你和夏忆的关系……太复杂，万一遇到危险，很难保证你们能将后背毫无保留地交托给对方。此地危机四伏，处处透着诡异，决不能和不信任的人一起冒险。要不这样吧，我和你进去找老三，郎大脑袋和夏忆留守，你觉得怎么样？”

“那敢情好。”我一激动，脱口而出。

孙偃白一皱眉头，似乎感觉到哪里不对。郎大脑袋察言观色，赶紧岔开话头儿：

“这洞太矮了，只有一米，二位怕是得爬着进去，你们一个拎着剑，一个提着叉，这么长的家伙在里面肯定施展不开啊。”

郎大脑袋这话成功吸引孙偃白的注意。孙偃白点点头，带头走下石阶，我们一行四人在潭水边召开一个小型会议。孙偃白将惊鸿剑和探海交给郎大脑袋保管，将一捆登山绳斜背在肩膀上。我将玉魁交给孙偃白。孙偃白从怀里抽出一把匕首，交到我手里。夏忆送给孙偃白一个小鼻烟壶，嘱咐道：

“这里面的药粉提神醒脑，可破幻障。”

孙偃白将鼻烟壶贴身收好，和我一前一后，走到被我拉开的那扇小红木门前，张望一下，两手一撑，将上半身钻进去，我从后跟上，刚要向前，孙偃白猛地一停，倒着退出来。我低着脑袋还在向前钻，她一退、我一进，我的脑门子正好撞在孙偃白的屁股上。

一瞬间，空气仿佛静止。

“孙会……”我话刚说出半句，孙偃白的大嘴巴已经抽过来。

“啪——”我半边脸高高肿起，腮帮子火烧火燎地疼。

“我不是故意……我真不知道，你怎么还往回退……”我伸手捂着脸，不敢抬头看孙偃白的眼睛。

“你走前面。”孙偃白揪住我的脖领子，将我按在洞口。

“我？我……我没你能打啊！万一……还是我走你后面吧。”

“废什么话？”孙偃白不由分说，将我塞进通道内。

“为什么呀?”

“你还有脸问……你和郎大脑袋专看那种东西……我不要爬在你前面……”孙偃白飞起一脚踹在我的屁股上，我忍不住痛，手脚并用，赶紧向前爬，孙偃白和我保持一米的间距，从后跟上。

我心中又是气，又是羞，心中打定主意，待我从此地出去，势必痛殴郎大脑袋一顿，否则我早晚憋出病来。

爬行约有四百米，前方通道出现五条岔路。我举着手电筒四周照了照，发现在路口处堆放着无数动物白骨，足有一米多高，密密麻麻、层层叠叠。

“这是什么动物的骨头，能瞧出来吗?”

“有狐狸、狼、獾子，不过主要还是以狐狸为主。”

“前面什么情况?”

“孙会计，前面有五条路。”

“在我身后除了来路，还有两条路。”孙偃白的声音从我身后传来。

“也就是说，这个地方一共有八个选项，咱们爬到了一个八岔路口。”我从怀里摸出一支粉笔，在来路石壁上画一个对号。

“你还买了粉笔?”孙偃白很是诧异。

“当然，野外穿行，必须携带防水标志笔，以备呼救、求援、防走失等使用。咱们……经费不是紧张嘛，我就让郎大脑袋搞些低成本替代品。”

“能替代吗?”

“多买一些，功能差不太多。”

“要是没有钱……我可以……”

“公是公，私是私，工程队上的事，你是股东，该投就投，这趟进山，办的是私事，不好让你总是垫钱。”幸亏通道中漆黑如墨，有效地遮掩住我的窘态。

“你……何必分得这么清楚？”

“咱们毕竟是正规公司。”我尴尬地笑笑，将刚刚画好的对号蹭掉。

“怎么了？”孙偃白问。

“太简单了，不具有辨识度，我得弄个复杂一点儿的。”我将手电筒咬在嘴里，借着光在石壁上画了一个小乌龟。

“这个就很复杂吗？”孙偃白很是不屑。

“你不懂，这个小乌龟图案虽然看似简单，但在线条上是一笔完成的，我从小苦练至今，自信无人可以模仿。”

孙偃白摇摇头，没有接话，我用手肘支起上半身，在八条岔路边依次呼喊：

“老三？老三？”

“汪——”老三在正前方的岔路深处传来回应。

“老三！你不要乱动，原地待着！”

“汪——”老三出声回应。

我埋着头，顺着声音来处爬去，爬了约有两百米，前方陡然出现一面石壁。我用手电照去，发现此处已是尽头，上下左右均再无出口。

“怎么了？”身后的孙偃白问。

“死胡同。”

“老三呢？”

“不在这里。”

“会不会是你听错了，老三其实是在另外的岔路。”

“有可能！咱们退回去。”我一边说话，一边用手里的粉笔在堵路的石壁上写下“大森林土木工程队高管两名到此一游”。

“好。”孙偃白点了点头，倒着向后爬。这通道空间极其狭窄，成年人在其中爬行，只能“倒车”，无法“挑头”。

我们俩谁都没有再说话，漆黑幽长的隧道内只有我们俩的呼吸声，以及衣裤摩擦地面的响动。身边不断有狐狸骨头出现，我的脑子里一遍又一遍地浮现出恐怖的画面——我们像两只老鼠一样被活埋在崩塌的土石中。我越来越焦虑，呼吸开始急促，心跳不断加快，身上一层又一层地冒冷汗。

突然，孙偃白伸出一只手抓住我的脚踝，我被吓得一跳，额头撞在石壁上，疼得一激灵：

“孙会计，你……”

“你怕什么？”

“还不是被你吓的！”

“在我抓你脚踝前，你已经开始害怕了，你是怕黑吗？”

“才没有……”

“我听得到你的呼吸，你的呼吸短促而粗重，显然心怀恐惧。”

“我……就是爬得有点儿累。”我不愿在孙偃白面前露怯，一直在犟嘴。

孙偃白摇摇头，没有揭穿我。我们俩再度陷入沉默，倒退着又爬了两百米左右，重新回到八岔路口。

我整个人趴在地上，喘息一阵，平躺过来，稍稍缓解一下过速的心跳。

“汪汪——”老三的叫声从左前方传来。我看了一眼手表，随即猛地坐起来，额头撞到石壁，痛得我眼前一黑；然而我已顾不上喊疼，举目四望，口中喃喃自语：

“不可能啊！不可能啊！”

“你怎么了？”孙偃白追问。

“我这个人方向感很强的。咱们进入小红木门后，是向前直线爬行。我在来路边上画下一个小乌龟的图案，遇到八岔路口后，根据老三的叫声，继续向正前方爬去。按理来讲，我们原路退回，应该是向后退，老三的叫声怎么会又出现在左前方呢。”我苦思冥想个中缘由，却始终不得正解。

“你怎么知道你面对的是正前方？万一通道不是笔直的，你在漆黑的环境里待久了，对方向的感知不再敏感？”

“就算我有差错，指南针也不会错啊，我一边爬一边校正方向，咱们一路向北爬，路线并未发生丝毫偏折。”我撸起袖子，看着手腕上的手表，我这款手表是郎大脑袋专门采买的正品野营装备，不像是粗制滥造的样子货。

“会不会是周边有矿，影响磁场？”

“指针并未抖动，而且并不是所有的矿都会影响指南针，只有磁铁矿、赤铁矿、褐铁矿、菱铁矿等磁性矿才会影响指南针。来之前我做过功课，胭脂沟左近矿产以金矿为主，金矿是不会影响指南针的，且周边采掘时间长达一百三十多年，不大可能存在尚未发掘的矿脉。”

“汪——汪——”老三的声音再次从通道深处传来。我仔细听了好长一段时间，确定声音来自左手第二个岔路深处。

我攥着粉笔，在八个岔路口依次标识，将画有小乌龟图案的那条通道标注为“甲”，以“甲”字路为起点，顺时针编号“甲、乙、丙、丁、戊、己、庚、辛”。以此类推，我和孙偃白最初自甲字路进入，钻入戊字路，寻找老三无果，退回八岔路口，此时又发现老三的叫声自丁字路传来。

“进不进？”我问孙偃白。

“进！”孙偃白点了点头。

我深呼吸数个来回，一马当先钻进丁字路，肘膝盖并行向前爬。爬不到一百五十米，我手指在地上一扫，碰到一个指甲盖大小的塑料片，我捡起来凑在手电筒前一看，赫然正是一枚衣服扣。

“这……这不可能……”我缓缓抬起右小臂，先看看右袖口，右侧袖口钉着的三枚装饰扣，一颗不少。我咬咬牙，缓缓抬起左小臂，左侧袖口原本该钉着三枚装饰扣，此刻只剩两枚。我将地上捡起的那枚扣子慢慢放在袖口上，无论是款式，还是尺寸，都刚好匹配。

“这就是我的扣子，我……上次爬的就是这条路！不可能！不可能！”我发疯一般匍匐前进，爬出十几米，在左侧发现一堆狐狸骨头，我清晰地记得，我上次进来时，那堆骨头就是堆在此处。我喘着粗气、抹着汗又爬出两百多米，手掌向前一伸，碰到一面石壁。

“又是死胡同？”

我将手电筒缓缓举高，发现石壁上赫然写着“大森林土木工程队高管两名到此一游”的字样，这“狗爬体”的字，我再熟悉不过。

“这是……我写的？我又钻进了老路？不对！不对！退！退！孙会

计，我们退回去。”

孙偃白没有多说什么，拍拍我的脚踝，示意我不要惊慌，随即手脚并用，缓缓向后退去，不到十分钟，我们便又一次退回到八岔路口。

这一次，老三的叫声又从丙字路深处传来。我又累又怕，汗透衣裳，侧躺在地，眼前一阵阵晕眩。孙偃白爬到丙字路的路口，侧耳听一阵，埋头就往里钻，我上前拉住她的鞋跟：

“我来打头。”

“别，你留在外面，看看是不是有什么机关变化。”

“还是你留下，我进去，万一有什么危险……”

“那更得我去，你的身手太差，还是留下来好好思考怎么破解这个迷宫吧。”孙偃白不由分说，抢下我手里的粉笔，拧亮自己携带的手电，钻进丙字路。

我搓把脸，镇定精神，盘坐在地，解下手表，放在膝盖上，将手电筒的光照在石壁上，从兜里又翻出一支粉笔，在石壁上一边想象这洞穴的结构，一边勾勾画画。

十五分钟后，我画了半墙图示，仍未想清楚这洞穴的奥秘；正焦虑间，孙偃白从丙字路倒退着爬出来，我赶紧迎上去问：

“怎么样？里边有什么？”

“死胡同……石壁上写着……大森林土木工程队高管两名到此一游。”

“还是那条路？”

“嗯！”孙偃白一脸凝重。

“这是怎么回事？”我使劲儿挠头，百思不得其解。

“会不会是老三在移动?”孙偃白问。

“不可能，老三的犬吠声中没有跑动导致的气喘音。老三极通人性，让它原地不动，它就绝不会乱跑。就算有问题，也是这个鬼地方的问题，绝不会是老三的问题。”

此时，老三的犬吠声从乙字路传来，我按住孙偃白，让她留守，自己也打算单枪匹马去闯一次。

“要不……咱们先撤出去，带郎大脑袋和夏忆一起进来，在破解迷宫方面，夏忆的蜜蜂也许能帮上忙。”孙偃白沉吟片刻，提出建议。

我平复一下情绪，经过慎重思考后，点了点头，表示赞同。我们身上的手机已被郎大脑袋暴力拆机，改装成超声波发生器，此刻想联络队友，只能靠最原始的方法——面谈。

“行！先撤出去。”我找到画有小乌龟图案的甲字路，此路是我们的来路，顺着这条路出去，便是小红木门。

我拽住孙偃白的胳膊，自己快爬两步，抢到前面，举着手电筒开路。爬出约有三百米，我渐渐觉出不对。

“停!”我一声清喝，举起右手，五指攥拳。

“怎么了?”

“这不是咱们来的那条路，我记得来路途中三百米处右侧有一个形如马头的石块凸起，左侧有一堆狐狸骨头。我还用粉笔在狐狸骨头边上画了一个圈，而这里既没有那块石头，也没有那堆骨头。”

“汪汪——汪——”前方传来老三的吠叫，我既惊喜，又诧异，赶紧加快速度顺着声音来处爬，爬了不到五十米，便在通道正中发现被罩在渔网里的老三。渔网下方有明显的拖行痕迹，自前方延伸至此处。

渔网是聚乙烯的材质，老三牙龈咬得直渗血也没能撕开。厚实的渔网里三层外三层将老三裹缠得严严实实，使其无法行动。我爬过去，解开渔网，抱出老三，借着手电筒的光上下检查一番，仔细确认它是否还有其他伤情。

老三显然对我的验伤手法以及“救驾来迟”非常不满，不停地朝我低吼，用爪子使劲儿扒拉我的腮帮子。

“老三怎么样?”孙偃白问。

“没有大碍。”

“它怎么会出现在这里?”

“对啊！你怎么会出现在这儿，你不是去追吴老獭了吗?”我揉着老三的脊背，向它发问。老三一甩头，飞速跑向黑暗中，我举起手电筒，将功率放到最大，向前照探，发现前方不远处，有一面石壁堵住去路。

“又是死胡同?”

“汪——”老三在石壁下方不停地催促。

“别着急，爬过去看看，好歹留个记号。”孙偃白轻轻拍了拍我的小腿。我长吐一口浊气，爬到石壁前，举起粉笔刚要写字，突然发现头顶处似乎有一线光亮。我迅速关闭手电筒，平躺在地，向上方看去。只见黑暗深处隐隐有一条白色缝隙。我打开手电筒，顺着石壁向上照，赫然发现在石壁离地两米高的地方凿刻着一条石梯。我扶着石壁缓缓站起身，发现通道在此处，骤然升高。我赶紧回头拉起孙偃白，向上一指。孙偃白将玉魁扔给我，自己原地起跳，抓住石阶最下沿，一个引体向上跳上石阶，然后屈身下蹲，伸给我一只手。我向上一抓，捞住她的手腕。孙偃白五指一扣，攥紧我的手腕，向上一拽，我整个人腾空而起，被她拉了上去。

“还不松手?”孙偃白语气里带着不悦。

“哦!”我恋恋不舍地松开孙偃白的手腕，脱下上衣当作绳子，让老三咬住，将它拉上来抱在怀里，跟着孙偃白的脚步向台阶上方走。走了不到十分钟，头顶透光的缝隙越来越大，近前一看，那缝隙在我们头顶五米高处，呈圆弧形，周边无绳、无梯，石壁光滑如镜，根本无法攀爬。缝隙正下方是一大片沙坑，里面堆着厚厚的江沙。

我偷眼看向孙偃白，只见她鬓间的秀发徐徐飘动，说明头顶的缝隙处隐隐透风。我眯着眼向上，发现那缝隙像极了下水井盖没有盖严，其宽足有半米宽，足够一人通行。

“孙会计，这高度确实太高，当真是‘猿猱欲度愁攀缘’啊!”

孙偃白发出一声冷哼，满眼不屑，助跑两步，冲向石壁，左脚一点，身子斜着上跳起一米多；趁着旧力未尽，右脚猛蹬右侧石壁，身子再次上蹿一米多；然而就在孙偃白第三次借力之时，突然脚尖一滑，下坠半米。孙偃白人在半空，吐气开声，右手攥指成拳，“咚”的一声打在石壁上。石壁瞬间开裂，碎石横飞，凹进一处浅坑。孙偃白五指张开，抠住深坑，将身体吊住，脚尖一点，再度跃起，斜向上跃出；又出一拳，在石壁上砸出一块凹坑抓握。如此施为，不出三次，她已来到缝隙下方，一手抠住石壁，一手高举，向上顶托。随着孙偃白缓缓发力，那缝隙越来越大。

“孙会计，加把劲儿!”

孙偃白点点头，单臂较力，向外一掀，向左一带，我们的头顶顿时出现一个大洞，无数灰尘泥土扑簌簌地往下掉，落了我们满身。孙偃白伸手扒住洞口，向上一拉，半个身子伸到洞外，又迅速跳了回来。

“外面是什么？”

“荒山野地，星斗漫天。”

“啊？”

“走！我拉你上去。”孙偃白摘下肩膀上的绳索，扔进洞内，伸手将我拽了出去。我揉了揉眼，举目四望，发现洞口之外赫然是一片荒山，大雪之下盖着无数的老坟野冢。我低头一瞧，刚才孙偃白掀开的重物，不是别的，乃是一座无头石雕。这石雕我是见过的，正是来时郎大脑袋发现的“守山胡仙姑”；只不过座石雕保存得不甚完整，风化极其严重，龛顶破碎、龛柱倾颓，石雕上的花纹几乎蚀尽。

老三绕着石雕转圈，示意吴老獭就是从这跳下去的。我趴在洞口，从上向下看，回想一下老三被网罩住的位置，心里已经有了答案：吴老獭机警狡猾，发现老三在跟踪它，于是先一步跳下密道，在黑暗中张开渔网。老三怕跟丢，也跟着跳下来，正好从上到下落在渔网中。老三凶狠，通道狭窄，吴老獭无暇纠缠，将其弃于密道深处，自己脱身离去。老三被渔网裹缠，无法奔跑，只能向着吴老獭消失的方向不停翻滚向前。此处通道狭窄密闭，形如管道，声音传播距离增长。老三听到我和郎大脑袋在小红木门前说话，狂吠求救，然后我和孙偃白就钻进通道，继而陷入迷宫。

“接下来怎么办？”孙偃白也没了主意。

“那怎么办？再爬回去呗，咱们这伙子人，都在下面呢！”

“爬回去，你能找到回水潭的路吗？”

“里边的迷宫，我虽未想通关窍，但也能大概推断出大小，最远距离不过八百米左右，只要给我一点儿时间，破解起来应该不难。而咱们要是从这里出发，让老三带路，逆着他追踪吴老獭的路线走回到花轿那里，就必须再次面对石檐下的蝙蝠。眼下郎大脑袋制作的超声波发生器已经报废了，你手里又没带惊鸿剑，面对铺天盖地的蝙蝠撕咬，很难保证毫发无伤地重新进入石门后面。而且，老三是跟着吴老獭到这里的；没有吴老獭，咱们自己蹚路，万一遇到其他陷阱……岂不糟心?”

“你说的……不无道理。”孙偃白一向实事求是。

“唉，走吧，继续和迷宫较劲吧。有老三帮忙，也许能嗅到回去的路。”我使劲儿拍打两下自己的脑门，心中向祖先暗暗祷祝：“祖宗啊，多多少少再赐我一点儿智力吧。”

第十三章

天旋地转罗盘阵　石龛守山胡仙姑

我和孙偃白一前一后，下到通道内。我用粉笔在石壁上写下“此处向上为出口”七个大字。我们沿着通道向前爬，不多时便又爬回到八岔路口。

老三蹲坐在地，左嗅嗅、右嗅嗅，飞一般地跑进己字路；不多时，又原路折返，趴在地上疯狂甩头，随后又跑进戊字路；不多时，再度原路折返。老三有些晕头转向，一边吸气狂嗅，一边低着头疯狂追逐自己的尾巴。

“老三，你的意思是说，前面都是死胡同。”

“汪——”老三应了一声。

我走上前抱住老三的脖颈，不停抚摸它的脊背，安慰它的情绪。老三是货真价实的千寻犬，按理说，在这点儿距离范围内，嗅探到小红木门外的郎大脑袋应该不费吹灰之力，那么究竟是什么原因使得老三钻进通道时信心满满，退出通道时垂头丧气呢？我用粉笔继续在石壁上画图。眼下可以确定，这八条岔路通向三处所在，一是小红木门，二是荒山中的守山胡仙姑石龛，三是被我标注了“大森林土木工程队高管两名到此一游”的死胡同。孙偃白抱着肩膀，看着我手拈粉笔，画满半边石壁。

“你这图，我怎么看着这么别扭呀。”孙偃白皱眉问道。

“别扭是正常的，这是我想象中的建筑施工平面图，每张图代表一个透视的视角，需要多张图结合起来看。这些都是半成品，画来画去，目前没有一张图能够解释咱们遇到的这些情况。”

“算了，看也看不懂，一张接一张，看得我眼前天旋地转，你慢慢研究吧，我歇一会儿。”孙偃白将玉魁倚在石壁上当作靠垫，双腿一蜷，坐在地上。

“等等!”我眼前突然一亮。

“怎么了?”

“你刚才说什么?”

“我说我累了，要歇一会儿。”

“不是这句，上一句!”

“上一句……看也看不懂，一张接一张，看得我眼前天旋地转，你慢慢研究吧。”

“就是这句——天旋地转。”我猛然发出一声大笑，手舞足蹈地脱下上衣，在石壁上疯狂擦蹭，将刚刚画好的所有图纸擦得一干二净。

“你干什么？失心疯吗?”孙偃白掐着我的脖子，取出夏忆送的鼻烟壶，使劲儿往我鼻孔里戳。

“孙会计，你轻点儿，我没事儿，你看看这个。”我按下孙偃白举着鼻烟壶的手，用粉笔在墙上画了一个同心圆，随后画出八条穿过圆心的直线，八条直线呈“米”字形，将同心圆等分，将直线与内圆的交点，分别顺时针标注为：甲、乙、丙、丁、戊、己、庚、辛；将直线与外圆的交点，分别顺时针标注为子、丑、寅、卯、辰、巳、午、未。

“你这画的好像个罗盘。”孙偃白若有所思。

“没错，就是罗盘。我们眼前这个八岔路口就是圆心，现在请在脑中想象，内圆不动，外圆逆时针旋转。那首诗怎么说的来着……‘飞花两岸照船红，百里榆堤半日风。卧看满天云不动，不知云与我俱东。’”

“你是说……相对运动？”

“没错！这罗盘中间的米字线，就是我们爬进爬出的通道，我们身处内圆，内圆稳固不动；但是当我们爬入通道内，就会触发机关，外圆在机关作用下旋转，更改了我们的目的地。最初我们从外圆的子位进入、走甲字路到达圆心八岔路口。彼时，老三在正前方的戊字路、辰位。咱们进入戊字路，触发机关，外圆开始逆时针旋转，辰位转到原卯位，巳位转到原辰位。我在巳位的死胡同石壁上写下‘大森林土木工程队高管两名到此一游’。我们随后退出了戊字路。根据的我的观察和推断，自内向外远离圆心会触动机关，自外向内靠近圆心不会触发机关。我们第一次回到八岔路口后，发现老三的叫声来自丁字路，于是我们再度进入丁字路，在通道内触发机关，外圆逆时针旋转，丁字路原本通向的新辰位旋转至新卯位，巳位旋转至新辰位，我们第二次来到巳位，看到上次的留书，产生了迷路的挫败感。”

“然后，咱们再次退回了八岔路口，发现老三的声音自丙字路传来。我一人钻进通道，在通道内再次触发机关，外圆旋转，辰位第三次旋转，落在第二次旋转后的卯位上，巳位接替辰位，成为终点，于是我又看到‘大森林土木工程队高管两名到此一游’的字样。”

“没错！然后咱俩想顺着甲字路回到潭水边搬救兵，在进入甲字路通道内，再次触发机关，甲字路通向第四次旋转、落在第三次旋转后的卯位上的辰位，我们误打误撞，与老三相遇。随后，我们两人一犬从外向内爬向圆心，老三嗅探到小红门外郎大脑袋的气味，方向指向乙字路，老三进入通道，机关转动，老三实际到达的是丑位，老三退出来之后，再度进入戊路，机关发动，老三实际到达的地点还是丑位。”

“等等！你算得不对。”孙偃白出言打断。

“哪里不对？”

“你只计算了从圆心出发，远离圆心时触发机关的，没有计算从圆外出发，靠近圆心的返程次数。”

“据我猜想，机关是单程触发，不是双程触发。现在，咱们只需要做一个验证，就能证明我的猜想。”

“如何验证。”

“进入丁字路，如果能见到郎大脑袋，就证明我的猜想是对的，只有从圆心出发才会触发机关。如果见不到郎大脑袋，就说明我纳入推算的次数是短缺的，需要将从圆外到圆心的路程纳入机关转动次数。”

孙偃白看向漆黑一片的丁字路隧道，轻声说道：

“虽然咱们闯过的几个位置没有陷阱，但不意味着咱们这次也能够延续这份幸运。”

我挠了挠头，用粉笔在墙上先画一条斜向上的直线，随后在直线下方，取直线左顶点、右顶点、中线位置各画上一个三角形，左顶点处三角形偏小、中点处三角形偏大，右顶点处三角形最小，将直线左顶点标注为起点，将直线右顶点标注为终点。

“孙会计你看，这条线就是咱们面前的通道，起点代表八岔路口，我们顺着通道向前爬，在爬过中点位置时，通道会像跷跷板一样微微下沉，通道右侧会下压右侧三角形顶点，这个最右侧的三角形就是触发外圆方位旋转的开关；而我们从外圆爬回圆心，爬过中点位置，通道会在杠杆作用下抬起，抬起的动作不会触发开关。就像我们按遥控器换台一样，手指按下遥控器换台键，电视收到指令换台，但是手指从换台键抬起的动作，不会发射新的指令。”

“说得这么热闹，你有几成把握？”

“这个嘛……三成。”我脸颊通红，犹犹豫豫地伸出三根指头。

“足够了！”孙偃白展颜一笑，转身就要钻进丁字路通道。

我迅速抓住她的手，满脸严肃：

“别！让我走前，这主意是我出的，万一有什么危险，也该是我先顶上！”

“开什么玩笑，论这个，你能比我强？”孙偃白攥紧拳头，“砰”的一声捶在石壁上，击碎一块凸起的石头。

“你是比我能打，但我毕竟是个爷们儿，到我后面去。”我挺了挺胸膛。

孙偃白“扑哧”一笑，伸出一根手指在我胸前轻轻一戳。

“咳咳……咳……”一阵酸痛传来，我忍不住咳出了声。

“别争了，我走前面。”

“可……”

“你不是喜欢看腿吗，跟在后面好好看。”孙偃白嫣然一笑。我浑身骨头酥了一多半，赶紧退开半步，藏在阴影里，试图遮掩红得好似猪肝一样的脸。

孙偃白先一步钻进通道，我使劲儿揉了揉腮帮子，刚要跟进去，黑暗中突然飞出一只脚，将我从通道里踹出来。

“哎哟。”我一个屁股蹲儿坐在地上，尾椎骨震得生疼。

“孙会计？这是怎么茬儿？”我龇牙咧嘴地问道。

“老三居中，你断后。”通道内传来孙偃白的笑声。

老三听见孙偃白叫它，赶紧摇着尾巴钻进通道。我又郁闷又无奈，在地上愣坐一阵，直到听见孙偃白不耐烦的催促，才磨磨蹭蹭地爬进通道，在我前方不远就是老三的狗屁股、狗尾巴和狗腿。老三怕我掉队，时不时用尾巴抡扫我的头面，催我跟紧。我一巴掌扇在老三的狗屁股上，让它滚远些。老三不悦，后腿疯狂蹬踢地面，掀起一片尘土，尽数扬洒在我的头上。我紧闭双眼，双手抱头，用力抓起一把带着冰碴儿的土，向老三扬去。

突然，土中数个黑色小球引起了我的注意。我停止爬行，伸出拇指和食指，将其捻起，凑在眼前，举着手电照看，椭圆形、橄榄状、深黑色、骚臭刺鼻：“这是狐狸的粪便。”

“你在嘟囔什么？”前方的孙偃白听到我自言自语，忍不住发问。

“我想我知道这个迷宫是干什么的了。”

“干什么的？”

“养狐狸，准确地来讲，应该叫守山胡仙姑。”

“你是说附近山里的那些石龛，都通向这里？”

“记得那两只使咱们产生幻觉的老狐狸吗？它们的眼睛都是斗鸡眼，眼距极窄，进入这里的小红木门上也是这种狐狸画像。据我猜测，石龛上被敲掉脑袋的守山胡仙姑石像也是这种形象。这里的迷宫，就是守山胡仙姑的巢穴。”

“一个狐狸巢穴，有必要设计这么精巧的机关吗？”

“这更说明，这狐狸是有人精心饲养，以达到某种装神弄鬼的目的。”

我们一边聊着天一边向前爬，恍惚中我竟然闻到一股烟味儿，又爬了几十米，抬头一看，孙偃白已经从小红木门爬出去，站在门外，和叼着烟卷的郎大脑袋攀谈。老三闻见烟味儿，猛地蹿出去，将郎大脑袋扑倒，一人一狗打闹正欢。

我暗骂一句：“都没一个人管我吗？”

突然，孙偃白伸出手，将我从黑暗的通道中拉出来，掸掸我肩头的尘土。

“孙……”

“你没事吧？”

“没事。”我咧着嘴，不停地傻笑。

“你……脸很红……”孙偃白似笑非笑地看着我。

“是吗？我没注意啊。”

“那个……腿你看过瘾没？”孙偃白捂着嘴，笑弯了腰。

我刚要说话，一旁的郎大脑袋一个熊抱将我按在石壁上，双眼闪着光，龇着大牙，神神秘秘地问道：

“什么腿？看腿？我就知道，这通道里越黑越好办事儿，老郭，跟哥们儿讲讲，快快快！我要急死了！快！”

“滚蛋！”我一脚将他踹下台阶，飞也似的逃离现场，只留孙偃白一人在原地大笑，笑到开心处，还从怀里掏出酒壶，边喝边笑。

“老郭，给哥们儿讲讲怎么了？你等等我……”

我一路小跑，跑到潭水边，用潭水当镜子，照了照自己滚烫的脸颊。郎大脑袋从后追来，揽着我的肩膀不停摇晃：

“呀哈，是不是在小鹿乱撞？”

“别逼我抽你。”我恶狠狠地将他推开。

“你看看你，又掉小脸子。”郎大脑袋嘻嘻哈哈，又来开我的玩笑。

“滚开！”

“分享一下嘛，你从小到大，有啥事是我不知道的，还记得隔壁村的村花阿玉不，那可是你人生中第一次……”

“闭上你的嘴！”我冲上前捂住郎大脑袋的嘴，唯恐他又抖出什么骇人听闻的老皇历。

“哎呀，春梦而已嘛，哪个青少年没做过？有什么不能说的。”郎大脑袋掰着我的手指头，不停唠叨。

“你能不能有点儿正事儿？眼下咱们身处秘境，多处疑难未解，我可没有闲心想别的。”

“说到疑难，在你进入小红木门后，我跑到前边暗处小便，发现一个奇怪的东西，你来看看。”郎大脑袋猛地说起正经事，仓促间我竟反应不及。

“你说……什么?”

“你过来看。”郎大脑袋拉着我的胳膊，将我拽到阴影深处，举着手电向斜下方照射。只见在阴影之中，依稀立着一个石雕小猴，头大身子小，两臂举过头顶，捧着一个八角灯笼。我接过郎大脑袋的手电筒，蹲下身去照石雕的脸。只见那石雕小猴的脸部雕刻得很是夸张，额头以下没有鼻子没有嘴，只有双夸张到极致的大眼睛，两眼眼距极窄，仅有一线，两只眼窝内镶嵌着两颗白骨磨成的眼球，其中一颗右眼边布满划痕，似是被螺丝刀等工具撬动所致。不用多想，定是郎大脑袋所为。

我刚想再凑近些，冷不防一股尿骚味直冲天灵盖。

“脑袋啊脑袋……你这是上了多大的火呀!”

“最近喝水少，前列腺不甚舒适，见笑了，见笑了。”

我懒得和他讨论“前列腺”的问题，一手捂着鼻子，一手举着手电，绕着石雕小猴转了一圈，将目光落在小猴举起的八角灯笼上。这灯笼八面镂空，雕刻鬼头若干，上方扣一山字檐顶。内有一石碗，碗内盛放着半碗黑色膏状物，灯光照映，边缘部位依稀透光，类似某种动物油脂。

“脑袋，这猴子我认识，应该就是给咱们抬轿子的平猴，但这碗里的东西是个啥?”

“我瞅着……像是鞋油。”

“哪有在灯笼里放鞋油的，就算是油，也是灯油。”

“灯油?”

我扶着蹲得发酸的腰，站直身子，边走边思考，轻声说道:

“一般情况下，灯油多为煤油。在非密封条件下，煤油常温保质期为六个月，且其形态非膏状物。”我指着八角灯笼，继续说道，“据我观察，这种膏状物，多半是以动物油脂提炼。在汉字中，油最开始叫‘脂’或‘膏’。《释名》上说：‘戴角曰脂，无角曰膏。’意思就是说，从有角的动物中提取出来的叫脂，从没有角的动物中提取出来的叫膏，且早在春秋战国时期就出现过使用鲸鱼油点灯照明的记录。而现代科学经过实验证实，鲸鱼油确实比普通的燃油耐燃性高，根据计算，一盏普通的油灯在配备一立方米鲸鱼油做燃料的情况下，可以燃烧近五千天，也就是十五年左右。除了鲸鱼油，还有鲛人油，《史记·秦始皇本纪》上说：‘（秦始皇陵）以人鱼膏为烛，度不灭者久之。’不过这些高端油脂，都来自海中。此地位于大兴安岭深处，远离大海，无论是鲸还是鲛，怕是取之不易。而牛羊猪马等所炼油脂，又很难用于照明，我看这油膏极其剔透，思来想去，应当是取自淡水中的大鱼……”

我正在推测那油膏的成分，无意中一低头，忽见地上多出一道黑影，我愣了一下，猛地反应过来，这是我自己的影子，我回头一看，郎大脑袋已经用打火机点燃了八角灯笼里的灯油。

“当心有毒！”我左手捂住口鼻，右手抓住郎大脑袋，将他拖到身后，随即高声示警。

灯笼内油脂燃烧，爆起一蓬火花，火苗蹿起一掌高。在这盏油灯燃起的同时，周遭黑暗之中，每隔五秒钟，绕着潭水顺时针方向便有一盏新的油灯燃起，我暗中清点，足有二十八盏之多。

“脑袋！你怎么这么冒失，万一……”

“我也不是故意的。”

“你就是脑子缺弦儿。”

“你脑子才……”

“别叫了，没有毒。”夏忆的声音从黑暗中冷冷传出。

“你确定?”

“我说没有，就是没有。”

我闻声看去，只见坐在潭边发呆的夏忆扭头看向我:

“零下 40 度，水不结冰，你不觉得很奇怪吗?”

“这……”我猛地反应过来，看着潭水陷入沉思。

“你如果有思路，不妨交流一下。”

“通常来讲，水体冬日不结冰，大概率是因为水下有地热。地热分为蒸气型、热水型、地压型、干热岩型和熔岩型五种。但是这五种地热都需要一定的深度，即便是浅层地热，其热源深度也在五十米以上。眼前这个潭水，无论是目测，还是根据吴老獭的描述，似乎都不满足这个条件。”

“其实除地热之外，还有别的可能。”

“愿闻其详。”

“我三十五岁那年，随科考队去过一次南极，亲眼看见过一座不冻湖，那片湖水在南极大陆年最低气温达到零下 90 摄氏度时依旧不会结冰。据说在 1973 年 11 月，有科学家用钻头钻入湖底岩层，钻取岩心，发现湖底水很暖，但是湖底岩层却很冷，据此彻底推翻了湖底存在地热的可能性。此后，其成因在科学界出现三种主流观点：第一种认为该湖水深度超过五百米，上层冷空气影响深度有限，五百米以下水温高于五百米以上水温，在温差作用下，湖水产生垂直运动，深层的湖水涌上地表，形成不冻湖。”

“眼前潭水深度有限，似乎不符合这个理论。”我摇摇头，否定夏忆的推论。

“第二种理论认为，不冻湖的热源来自阳光，阳光抬升水温，且该湖水名曰湖水，实为海水，其盐度极高，越向湖底盐度越高，湖水因密度不同，形成上下两层，上层盐度小，下层盐度大。盐水能有效积蓄热能，并持续释放，带动淡水层升温，保持不冻。”

“这个理论我本身持怀疑态度，更何况咱们所处位置根本不可能接触到阳光，这种推论我也不赞成。”

“最后一种理论……在南极的冰层下，修建着一个外星人建造的秘密基地，这个冰湖是外星人生产生活的工业废水排放池。”

“这不更是扯淡吗！”我耳听得夏忆越说越离谱，一拄膝盖，站起身来，指着潭水说道，“坐而论道，不如起而行之。到底有什么奥秘，咱们下水一探便知。郎副总、孙会计，把咱的装备摆出来吧！”

“好嘞！”郎大脑袋远远地应了一声，和孙偃白分别解下随身的登山包，从里边掏出五套潜水服铺在地上。

“嘘——”孙偃白双眼一眯，指指脚下。我单手撑地，俯身趴下，将耳朵贴在地上。

地表之下，不足五厘米处，有细小水声“哗啦啦”流动，密集而轻快，这声音我熟悉至极，却想不起来在哪里听过。

郎大脑袋见我闭目沉思，也有样学样趴在地上，刚听了半分钟，便抬起头来：

“老郭，这底下怕不是铺着地暖呢吧！”

郎大脑袋此言，一语惊醒梦中人。我这支工程队早期就是给商品楼铺设地暖起家的。

铺设地暖，看似简单，实则复杂，必须先平整地面，地暖铺设之前原始地面的平整度需要达到两厘米以内落差，确保铺设地暖保温板的时候能够处于同一个平整度，不会凹陷。此地深藏荒山野岭，此洞穴又内嵌于岩层之中，施工难度远非钢筋水泥的现代化建筑楼层可比。况且，地暖施工的核心是地暖管施工，在市场上，主流的地暖管材质多为 PE-X、PB 管及 PPR 管。看这平猴石雕的造像刀法，应是明中后期的技法，且这石雕平猴与地下的水暖明显是一套机关系统，难道明中后期就有中密度聚乙烯，有乙烯和辛烯了？我无论如何也不敢相信。可即便是这种材质，也不可能确保历经二百年仍然能够正常通水工作。

郎大脑袋随我干工程多年，也算半个行家里手，他一看我疑惑的眼神，便知道我在思考什么。他沉吟半晌，眼前一亮。

“脑袋？你想到什么了？”

“会不会是有一伙售后，一直在维护。”

“滚蛋！你脑子想什么呢？从明朝售后服务到现在？”

“老郭，你先别急着骂街，地暖要想发挥效用，离地面不能超过五厘米，咱们打个小洞，一看便知。”郎大脑袋趴在地上，拂开厚厚的沙土，现出一块青石板，我顺着青石板延伸的方向望去，心中暗道：

“偌大一片石洞，全以青石板铺就，当真是大手笔。”

我是伸手去敲了敲石板，发现那石板下全无空鼓之声，显然填充甚满，施工水平极高。郎大脑袋嘿嘿一笑，寻到石板缝隙，用随身携带的螺丝刀抠出一条细沟；又取出不锈钢筷子，立在缝隙中，用防风打火机外焰烧烤；五分钟后，轻轻一折，将筷子折成一个L形；待其冷却后，先顺着缝隙插入，再扭转九十度，使L形下端缓缓插入石板下方。郎大脑袋从八角灯笼里取了些黑色油膏，涂抹整块石板，用打火机点燃，火焰燃烧的热量，将下方冻土缓缓化开。郎大脑袋轻轻转动不锈钢筷子，感到下方土层已慢慢松软。

待到火焰熄灭，郎大脑袋快速转动筷子，掏出些许沙土，在石板下方掏出一个啤酒瓶盖大小的空隙，随后拧开水壶，在石板上浇一泼冷水。石板先热后冷，热胀冷缩，一胀一缩之间陡然裂开数道裂缝。郎大脑袋左手按住我的肩膀，跳起身来，用右脚脚跟儿猛跺石板空鼓处。

“咔嚓——”

石板应声而碎，郎大脑袋弯下腰，一手揉着脚脖子，一手扒开碎石板。我凑上前用手电筒一照，赫然发现在石板下方铺设着两截陶土烧制的水管，足有大腿粗细。郎大脑袋推开我，将脸贴在地上，摸了摸两根水管，抬手就要敲碎。我赶紧拉住他的胳膊，大声喝道：

“你疯了？不怕管道里的水有毒吗？就算没有毒，万一被热水灼伤怎么办?”

“老郭，左面是进水管，右面是出水管，进水管是凉的，出水管是热的，不怕!”

“那也别乱动。”我用手电照向进水管上方至地表的部分，喃喃自语：“地暖铺设主要由六层结构组成，分别是防潮层、保温层、反射层、地暖盘管层、水泥砂浆回填层和找平层。这山洞也不知是何等巧手的匠人，在没有水泥和防水石膏等建筑材料的情况下，硬是修出一个百年保质期的采暖工程。”

我拾起一块碎石砖，用手电的光去照它断裂面残余的砂浆。

“用石灰及软石炭各一半，如无石炭，每十斤石灰，用墨一斤或墨煤一十一两，胶七钱。施工工序规定：‘用泥灰等泥涂之制，先用粗泥搭络不平处，候稍干，次用中泥，趁平；又候稍干，次用细泥为衬，上施石灰泥毕；候水干定，收压五遍，令泥面光泽。’”

“老郭，你叨叨什么呢？ Freestyle（即兴说唱）吗？”

“这叫《营造法式》，你懂个屁。”

我白了郎大脑袋一眼，捡起一块碎土，放在舌尖舔了舔，发觉滋味偏甜。

“糯米水煮江砂……这工程的造价……”

“老郭！别想造价的事了，咱还是想想，怎么把这些管子拆回去吧。”郎大脑袋从我兜里取出粉笔，开始在地下勾勾画画，推测管线排布图，制定破拆方案。

正勾画间，地上又亮起两道火光，直冲郎大脑袋脚底。我伸手将他推开，自己跃到一边。只见那两道火光在地上飞速向前，时而直行时而转弯，迅速画出一道线描图案。

“看这里！这里也有！那里也有！”孙偃白一声惊呼。

我抬眼望去，只见无数火光凝成红色细线，从二十八盏平猴石雕举起的八角灯笼底部“下渗”至平猴石雕之上，勾勒出石雕线条后，再次“下渗”至地面，宛如一道道熔岩流经地表，围绕着碧绿的潭水，勾勒出一幅诡异的图形。

“到高处去！”我一指石壁上的窄石阶，带着众人向上攀爬，至离地数米高处停下脚步。我背靠一扇小红木门，俯视潭水，总览地面上

“红线”勾出的图形。

“怎么回事?”郎大脑袋问。

部分石砖有凹刻，拼凑成一整幅图案，凹刻内填充动物油膏油脂，通道与石雕平猴举着的八角灯笼相连，一但灯笼被点着，火光一路向下，使得整片图案亮起。

“这画的……好像是个人脸。”郎大脑袋歪着头，不断变换看图的角度。

“什么人的脸?”

“这和吴老獭那个龟孙子戴的桦木皮一模一样啊，你看……乱发虬髯秃眉毛，方脸长鼻血盆口，这不就是魔鬼王耶鲁里吗?”

“你还别说，真有七八分神似。”我倒吸一口冷气，不住地点头。

就在此时，孙偃白发现了我们上方的洞顶发生的微妙变化，反手从兜里抽出冷焰火，向上一抛；在冷焰火飞至洞顶之时，甩手扔出匕首。匕首穿过冷焰火的抽绳，将冷焰火钉在石缝之中。随着冷焰火光芒闪动，石洞上方形如“覆盆盖碗”的洞顶上渐渐浮现出一整片鲜艳明翠的彩绘壁画。

“这壁画我们来的时候还没有，此刻为何突然出现?”孙偃白很是惊诧。

我伸手摸摸石壁，原本冰冷刺骨的石头此刻竟缓缓蒙上一层雾气水珠。

“是温度！这洞里的气温在上升。壁画是以热敏颜料彩绘而成，只有在特定温度下才会显现。”

“老郭，你是说下面的管子开始供暖了？这热量上得也太快了吧?

正常冬季取暖，要想把锅炉里的水烧热，循环到这么大的面积内，功率开到最大，少说也得俩小时吧。现在……这才十分钟啊！”

“万一管子里用的不是水呢？”

“不是水？那还能用什么，用导热油吗？”

“怎么不可能？”

“老郭，你还真别蒙我。哥们儿干了这么多年采购，知道导热油分烷基苯型和矿物型两种；依据传导温度高低，又分为B类（280℃—300℃）、C类（310℃—320℃）、D类（330℃以上），绝对称得上高科技三个字。仅石油精制这一步，就涉及多少技术手段，百余年前的古人，怎么可能……”

“脑袋，这你可就露怯了，千万不要用自己的智力，否认古人的水平。在石油精制这条路上，咱们都是站在老祖宗的肩膀上摘苹果。老祖宗最早关于石油的记录《易经》就有了：‘泽中有火，上火下泽。’泽，指湖泊池沼。泽中有火，便是对石油蒸气在湖泊池沼水面上起火现象的描述。汉唐时期，石油已广泛开采使用，《后汉书》上说：‘酒泉郡延寿县（今甘肃玉门东南）县南有山石出泉水……如凝膏，燃之极明；不可食，县人谓之石漆。’宋代时石油已广泛应用于军火，并在水战中用以攻烧浮桥、战船。明代有个大科学家，叫宋应星，他写了一本《天工开物》，书中对历史上长期流传的石油知识进行全面总结和系统叙述，堪称全球石油科技里程碑意义上的著作。区区导热油，料来难不住这些能工巧匠。回头咱们拆开一截管子，灌回去二两热油，找个实验室，分析分析制法，兴许还能申请专利，以后咱再也不干满身泥汗的工地买卖，转行做个科技公司，一年回本，两年上市，三年进军五百强……”

“那敢情好。”郎大脑袋拍着手大喊。

“你们两个，有完没完！眼下众多疑难未解，前路凶险未卜，你们却在这惦记这些‘穿凿垣墙、狸步鼠窃’的龌龊勾当，既不要脸，又没正事儿!”

我和郎大脑袋突遭孙偃白呵斥，闹了个大红脸，赶紧背过身去，举目四望，掩饰尴尬，扬起脖子，装作钻研头顶的壁画。

可没承想，刚看不一会儿，我的全部思绪便陷了进去。只见这壁画用色明艳至极，应该是以某种秘法调制出的矿物质颜料绘制而成。其画风极为大胆写意，色调厚重，浓烈活泼。与传统壁画先勾勒线条，再填涂色彩的画法不同，此处壁画是先涂抹色彩，再以线条勾勒，像极了泼墨画。壁画含五色：朱砂之红、赭石之棕、石青之翠、藤黄之黄、孔雀石之绿。画中人物边缘施以重色，分染至中间渐浅，最亮处则点染贝壳粉。山洞“穹顶正中”浮雕魔鬼王耶鲁里神像，其头顶乱发悉数化为火焰。耶鲁里本人则双目紧闭，若有所思。他右手怀抱一婴儿，那婴儿依偎在耶鲁里怀中，甚是可爱。在婴儿身下有两只动物人立而起，用上肢做托举状：一只是给我们抬轿子的平猴，一只是以幻障害人的狐狸，一猴一狐均是瞳距极窄的“斗鸡眼”。在这幅壁画周边，延伸出无数叙事插图，像极了我们从小看的那种小人书。

“这是明朝鬼奴答剌挞的人物生平。”孙偃白家学渊源，对古画古文字向来极有见地。

“有劳孙会计，给咱讲讲这画里说的是个什么故事。”

“好。”

第十四章

一代奇人答刺挞　腐骨穿肠种菌箱

“洪武十六年（1383），海西（明代时期对居住在松花江大曲折处及今哈尔滨以东阿什河流域女真人的统称）右丞阿鲁灰遣人至辽东，上表明太祖，情愿内附。洪武十七年，答刺挞出生在一个女真贵族家庭，其父在部族的地位中仅次于首领，其母为流亡白山黑水的犯官之后。相传其出生前，天降异象，有黑云如车盖笼罩天空，白昼如夜，野兽尽鸣。其母于梦中得见一神祇，脚踏地，肩顶天，蹙眉怒目，做大吼状，一手上举，一手下按，两臂和胸腹部肌肉高高隆起，奋臂握拳，一击凿穿一座七彩高山。自山腹中抱出一个婴孩儿后，神祇随即将七彩高山按赤、橙、黄、绿、青、蓝、紫的顺序投入一口大油锅中熬炼……”

“等等！孙会计，你这故事我好像在哪里听过。”郎大脑袋一皱眉头。

孙偃白略一思索，沉吟道：“你郎家毕竟是肃慎后人，世代守护秘境，祖上传下掌故密辛，也不足为怪。”

“不不不，不是祖上传下来的，是我从电视里看的。”

“电视里?”

“对，这凿穿七色峰、依次下油锅，讲的不就《葫芦兄弟》第二部《葫芦小金刚》的剧情吗?”

“什么金刚?”孙偃白自幼长于深山，根本没看过动画片，没能理解郎大脑袋的意思。

“你快闭嘴吧。”我伸手捂住郎大脑袋的嘴，示意孙偃白继续往下讲。

孙偃白仰头看着壁画，继续讲道：“话说那神祇在锅中熬炼七色峰，将山峰化为智慧、勇气、慈爱、谦逊、慷慨、勤奋、宽宏七种美德，全部赋予那个婴孩儿，并将婴孩儿递到答剌挞母亲的怀中，答剌挞随即降生。”

“这人好不要脸，自己给自己画连环画，自己往自己脸上贴金。这般胡吹，谁人不会？等回去后，我也给自己画上这么一墙彩图，就说我妈生我的时候，梦见过比尔·盖茨，比尔·盖茨一拳击穿提款机，将里面的现金取出来，全塞到我的怀里……”郎大脑袋不断挣扎，拽开我的手，扯着嗓子胡说。我从兜里掏出半根儿啃剩下的火腿肠，捏着下巴塞进他两排门牙中间，堵住他的嘴。

孙偃白不以为忤，继续讲道：“洪武十八年，海西来降。洪武二十年，纳哈出归附，受封海西侯，明朝正式经略海西。洪武二十三年，六岁的答剌挞对大明文化表现出浓厚的兴趣，答剌挞之父花费许多人力物力，命答剌挞的母亲隐藏身份，迁往山东，改名换姓，以纺织掩人耳目，并为答剌挞取汉名曰‘瞿衡’。瞿衡自幼聪颖，有过目不忘之能，三岁识千字，五岁通诗词，十二岁中秀才，十四岁中举人，此时正值洪武三十一年。”

“洪武三十一年？我看电视剧里讲，洪武是朱元璋最后一个年号，此年六月，朱元璋大病难治，一命呜呼。”我半路插嘴，打断孙偃白的话。

孙偃白意带赞许，向我笑着点了点头，一瞬间，我骨头都轻了二两，整个人宛若身处雾里云中，真是“浩浩乎如冯虚御风，而不知其所止；飘飘乎如遗世独立，羽化而登仙”。

“老郭，你是嗑了耗子药吗？”郎大脑袋使劲儿摇晃我的肩膀。

“你才嗑了耗子药。”我脸色一沉。

“那你淌什么口水啊。”

“什么？口水！哪有？”我下意识一抹下巴，果然有口水。

孙偃白捂着嘴，眉眼含笑。我不敢看她，若有若无地背过身去，装作认真研读壁画。

“好了，我接着说，洪武三十一年，瞿衡中举，授职沛县县丞。”

“这个县丞，是个多大的官？”郎大脑袋再次发问。

我琢磨了一下，简短地解答道：“县丞正八品，知县正七品，按现在的情况，这位瞿衡十四岁就当上了沛县的常务副县长，可以称得上是年轻有为。脑袋，你没文化，就少打岔。孙会计，你接着说。”

“朱元璋病逝后，传位给孙子朱允炆，是为建文。建文即位后，大力削藩。燕王朱棣不服，发动靖难之役。在控制燕京后，燕王的军队收通州，破蓟州，占遵化，破居庸关，败耿炳文，退李景隆，过顺德、广平、大名，诸郡县望风而降。建文四年（1402），燕师过蠡县，至馆陶，陷东阿，克东平，兵指沛县。守将投敌，城墙陷落，知县颜伯伟与县丞瞿衡组织兵勇、百姓与燕师巷战，坚守一昼夜。从壁画上看，这位瞿衡绝非只懂咬文嚼字的寻常书生，他精通机关兵法，制造无数攻守器械，端的厉害，知县颜伯伟被杀后，瞿衡被生擒。朱棣欣赏其才华能力，意欲招揽至麾下，可他自幼苦读儒家经义，以忠君爱国为任，大骂朱棣篡逆，宁死不降。彼时，朱棣为攻徐州，须临之以威，将一路上不愿投降的大小官员，悉数收押，准备在城下斩首示众，恫吓徐州城内守军。瞿衡被关入军中大牢，吃尽苦头，幸得家中老仆星夜兼程前往海西告信，瞿衡老爹听闻独子有性命之忧，亲自赶到徐州附近，用重金收买一名燕师军中将官，用李代桃僵之法，寻一无名死囚将瞿衡替换出来。多亏那时节正逢兵荒马乱，徐州大战，每天数不清的死人，满地人头乱滚，哪个还能留意其中有没有一个叫瞿衡的八品小官？就这样，瞿衡在家人的护送下历经艰辛，回返海西。这瞿衡的老爹将他改名换姓，送到山东读书，原本是想凭着他的聪颖刻苦，学习中原的律令历法、医术针方、桑蚕稻种、冶金水利，以图造福族人，改善海西女真人恶劣的生存环境。可万万没想到，十几年孔孟经史读下来，瞿衡骨子里已彻底变成一个忠君爱国的汉人；虽然人已回到海西，但心里仍不忘建文皇帝；再加上打仗受伤、被俘受辱，心中愈发郁闷。没过多久，朱棣攻占南京，建文举火焚宫，不知去向，大量曾为朱允炆出谋划策及不肯降附的文臣武将人头落地，这其中不乏瞿衡的恩师、故友、同窗。瞿衡远在海西，惊闻此讯，呕血三升，一病不起。瞿衡的老爹心疼儿子，日夜忧愁，茶饭不思，形销骨立，害上急病，眼看时日无多。临终前，瞿衡的老爹将瞿衡叫到床前，给他讲了一个族人的大秘密，原来他们这支海西贵族，祖上曾是魔鬼王耶鲁里在人间选定的鬼仆，世代守在此地，等着迎接魔鬼王耶鲁里重回人间。瞿衡自小学的是儒家经史，自然不信这些怪力乱神，可心里却又好奇得紧。于是结合自己老爹的讲述、族中的记录、古籍中的只言片语，绘制了一张地图。凭借这张地图，他真的寻到传说中当年人族攀爬上天的那棵大树，还在古籍中发现一篇关于魔鬼王耶鲁里的记载。传说：魔鬼王耶鲁里身居九幽之下，酷爱黄金，其所居之地，堆满如山一般的黄金。耶鲁里唯恐有人盗取黄金，用大法力造出一只鬼怪，名曰'阿时那'，责令阿时那为其看守黄金，吃掉所有觊觎者。瞿衡此时，一心全是辅佐建文起兵举事、再造乾坤的梦想。奈何这一切都需要财力支援，于是瞿衡费尽心力，召集族人，在树旁修建了一座祭祀魔鬼王耶鲁里的鬼庙，按照家中一幅古图，向下挖掘，真的进入到上古时魔鬼王耶鲁里为降临人间打通的那条通道，并在通道中寻到为魔鬼王耶鲁里看守财宝的使者——阿时那。阿时那性喜食人脑髓，以壮大己身。瞿衡与阿时那达成协议，他为虚弱的阿时那提供祭品，阿时那则以黄金交换，并承诺助他攻城略地。此后，瞿衡恢复名姓答剌挞，在周边广收信徒，于山中修建土木，开凿石窟，建造此处祭坛，按照族中古法，捕捉驯养平猴、胡仙姑。平猴来去如风，最能负重，在山中司职搬运扛驮；胡仙姑擅长迷人心智，在山中司职看守巡逻。此外，山中还有死士四十余人，专司土木营造、祭祀活人。随着势力的膨胀，瞿衡开始遣人南下，联系建文旧臣，意图将西海之地打造成复辟根据地。当然，瞿衡这点儿小算盘终究是瞒不过朱棣的耳目。"

"后面这段历史，在蝙蝠洞的石壁上已经有过交代，只不过目的背景不同。也就是说，在石壁上撰文纪念的海西女真人、大内宦官亦失哈在永乐九年至宣德八年的二十余年中，屡受朝命，出使奴儿干，其根本目的不在于经略辽东，而是为了打击建文余党。”我试探着抛出自己的想法。

“二者兼而有之吧。你看在这壁画中，瞿衡的画像，自中举后一直便身穿八品朝服，直至画尾也未曾变过，足见其对建文一朝的忠心，始终不忘旧主。”孙偃白一声长叹。

“孙会计，你莫要为这狗贼感叹。要我说，便有千百万个大义凛然的借口，也比不上他用百姓肉身性命饲养鬼怪阿时那的恶毒罪孽。”半天不开腔的郎大脑袋突然开口发言，此话一出，众人顿时陷入沉默。

孙偃白继续向壁画末尾看去，徐徐说道:“后面这一片壁画，颜色虽然鲜艳，但背景处都绘有白云朵朵，料来是瞿衡想象中的画面。他在此处对自己的人生轨迹做了总结和规划。自己是鬼仆后人，受魔鬼王耶鲁里庇佑，少时攻读学问，颇有所成，以死报国，以命守城，偏居北地，不忘旧主，最终凭借魔鬼王耶鲁里赐下的黄金成功复辟，生擒朱棣，因再造社稷之功，成为国之柱石，四世三公，恩泽百代，配享太庙。”

“此人吹牛的本事不在我和老郭之下。”郎大脑袋咂咂嘴，发出一声感叹。

“脑袋，下次发表感慨的时候，请不要带上我。”

“咱俩有什么区别吗?”

“区别大了，差着境界呢。”

“你们俩别拌嘴，往这里看。”孙偃白将手电筒的光落在浮雕深处，魔鬼王耶鲁里右手怀抱婴孩儿，左臂隐在云雾中，掌心托着一只骷髅头。那云朵雕刻得极为浓密，若非孙偃白眼尖，当真不易发现。

“老郭，那骷髅头的眼眶子里插得是什么，好像是一朵玫瑰花儿!”

“玫瑰花儿？不像，我怎么看着像是一把花伞。”

“是蘑菇!”夏忆打断我们俩的话，口气很是笃定。

“蘑菇？难道是……臭黄菇，那种叫胡仙姑的对眼儿狐狸正是吃了这东西，才放出有高致幻作用的臭屁!”我眼前一亮，将心中的诸多线索糅到一起。

此时，我基本可以断定，无论是负重的平猴，还是守山的胡仙姑，都是人工育种的结果。我爸说过，在动物的进化中，人类的育种驯养发挥着极其重要的催化作用。人类为强化动物的某种特性，以强化、引导遗传为突破口，辅以跨物种杂交，改变了多种动物的原本形态和习性。例如：当前在宠物市场上火爆异常的茶杯犬，就是一种“人造狗”。该种小型犬，乃是以贵宾犬为样本，通过近亲繁殖，剔除体形大的，保留体形小的，再让体形小的不断繁殖，强化小体形基因，并注射、喂食抑制生长的药物，保证其体重最多不超过 1.8 千克。茶杯犬大多自带基因缺陷病，患有脊髓空洞症，骨骼脆如纸，寻常跑动即可导致骨折。除改造物种外，人类还创造了许多自然界没有的新物种，例如：驴和斑马杂交出的斑驴、狮子和老虎杂交出的狮虎兽、山羊和绵羊杂交出的山绵羊、豹子和狮子杂交出的豹狮兽、鲸鱼和海豚杂交出的鲸豚等，不胜枚举。这位名叫瞿衡的县丞一身学问，辅以家传手段，在这山中经营多年，培育驯养几只猴子、狐狸料来并非难事。

“老郭你看，耶鲁里、平猴、胡仙姑都是对眼儿。”

“嘿！还真是。”

“这对眼儿有什么讲究吗？”

“按理来说，野生动物生存不易，既要捕猎也要自保，体貌特征多以实用为上，凸显功能作用。对眼儿，是内斜视视线，不利于动物生存。对眼儿动物极少，且多为基因缺陷，概率很低。可此地一路走来，见了不少对眼儿的动物，我觉得，这和魔鬼王耶鲁里的形象关联甚深。”

“耶鲁里就是个传说，至今无人得见，说破大天去，耶鲁里不过是个信仰的图腾，无甚稀奇。”郎大脑袋满脸不屑，显然不相信魔鬼王耶鲁里的存在。

“通常来讲，图腾和现实的关系，好似照镜子，图腾是现实的演绎，现实是图腾的映照，二者相辅相成，绝非凭空虚构。”

正说话间，石洞内的室温又上升一大截。郎大脑袋拉开羽绒服，摘下头顶的棉帽子，坐在地上抹汗，一边抹一边骂：

“咱以前买那个商品楼的供暖，都不如这深山老林里的野洞子。当年我还和供暖公司那个狗 × 的经理干了一架，他娘的收取暖费的时候点头哈腰，轮到他烧锅炉的时候就翻脸不认人，屋子里冷得都不用插冰箱，天天投诉也不见起效。真该给这帮王八蛋弄到这洞里来学习学习，看看人家这锅炉是怎么烧的，服务是怎么做的。”

“不对！”我猛然惊醒。

“哪儿不对啊？”

“温度还在上升，如果只为供暖，没必要升这么高的温度；而且这里供热的源头在哪儿，咱们还没搞清呢。”

“不为供暖，那还能为什么啊？”

“大家四处找找，看看还有没有其他的古怪。”

话音未落，夏忆突然肩膀一晃，两团黑雾自她袖中钻出，赫然是一群指甲盖大小的蚂蚁。

“这什么情况？”郎大脑袋猛地跳起身来，和夏忆拉开距离。

夏忆拉开羽绒服，一甩下摆，将蚂蚁罩住，数十秒后，那些蚂蚁便消失不见。夏忆手掌一张，放出一只黑蜂在洞内盘旋数周。

“跟我来。”夏忆一招手，跟着黑蜂来到一面山壁前。郎大脑袋举着手电一照，只见那山壁上镶嵌着无数石雕狐狸头，每只狐狸头嘴里叼着一只石环。

孙偃白走上前去，想要拉动石环。我伸手将她拦下，从背包里掏出绳索，拴在一只石环上，后退二十多米，将绳子另一端递给孙偃白。

“小心驶得万年船，万一有陷阱，拉开一些距离，也好有时间应对。”

“嗯。”孙偃白点了点头，从我手中接过绳索，两腿开弓步，右手腕一转，将绳索缠在腕上，右手肘上抬，用肘尖下压绳索，转身后坐，腰背发力，胸腔内发出一声闷哼：

“哼——”

绳索瞬间被拉得笔直，石壁上尘土飞扬，一只巨大的石匣子从墙壁上横飞而出，“咣当”一声砸在地上。

郎大脑袋双眼一捂，背过身去，双手合十，仰天长拜。

“脑袋，你这什么毛病？”

“我今年本命年，不能见棺材，会破姻缘。”

“你还缺姻缘？别拜了，那不是棺材。”

“老郭，你莫要因为嫉妒而骗我。”

“真不骗你，棺材都有盖，这个东西没盖。”

“会不会是敞篷棺材？”郎大脑袋五指一张，一双贼兮兮的眼珠子乱转不停。

“对！敞篷的，超跑棺材。”我懒得搭理他，左手将玉魁举在身前，右手反握手电向前照射，弯腰驼背低头，将口鼻隐藏在大臂与小臂夹角内，迈步慢慢走到石匣前。

那石匣两米长、半米宽、0.3米高，里面填满黑土。黑土是世界上最肥沃的土壤，号称“一两土二两油”。我伸手抓一把土，在指缝间揉搓一阵：这是大兴安岭本地的黑土，原本已然冻结，在洞内气温升高的作用下，渐渐化开。水汽晕开，透入腐殖质，使得黑土越发油亮。我抬头看向石壁，简单轻点一下数量，发现石壁上共有石环一百二十处，假设每一只石环后，都有一只石匣盛放黑土，那这里的土壤贮存量便高达21.6立方米。此地地处大兴安岭，遍地是黑土，费尽人力物力摆设这许多石匣，只为另行存放黑土，岂不是脱裤子放屁——多此一举吗？

还没等我想清楚这里面的关窍，郎大脑袋和孙偃白已经开始动手刨土。他们二人你一捧、我一捧，不多时便挖出一个土坑。我唯恐土下藏着陷阱，赶紧走上去用玉魁遮在他们身前；却不料左边遮住他们，右边却没盯住老三。老三嫌这二人刨土速度太慢，纵身一跃，蹿上匣子顶，两条前腿撑住，两条后腿疯狂蹬刨，转眼间刨出一个深坑。

“啊呀！”我站在老三身后猝不及防，被老三刨出的黑土迷了眼。孙偃白听见我喊疼，赶紧停下手，过来查看。我双眼眯成一条缝，泪水直流，蹲在地上不停地吐唾沫。

“老郭！这公共场合，你怎么还随地吐痰呢？”

“去你娘的公共场合，这是民间偏方。”我边说边吐，眯眼的疼痛渐渐好转。（眼睛受异物刺激，本能产生泪水，增加眼球表面张力，使异物向眼睑部位靠拢。吐口水时候会产生向外的爆发力，使异物迅速黏附眼睑、脱离角膜，达到缓解痛感的作用。）

我蹲在地上，缓缓转动眼球，随着不适感消散，我在地上的碎土中隐隐发现一小截白骨。我揉揉眼，隔着手套拨开泥土，将那截白骨捡起。那骨头带着浓厚的药味，呛人鼻腔，我捂住鼻子，另一只手将其举起，放在眼前一瞧。

“这骨头是……一截小拇指！别刨了老三！”

话音未落，老三骤然发出一声惊叫，从石匣上跳下来。郎大脑袋走过去一看，只见石匣中、黑土下埋着两具骷髅白骨。

“脑袋？”

“老郭，土下面全是死人骨头。这……这真是个棺材啊，我的姻缘啊……”

我缓缓直起腰，将手里那截指骨扔回到石匣内，绕着石匣转了一圈，在石匣尾部石板上发现一个细小的雕花。那雕花是个骷髅头，骷髅头内生着一只伞状花朵。这个图案，我们刚刚才在洞顶的壁画上见过，此时竟然再次出现在石匣上。

夏忆眼前一亮，张口说道：“我明白了，胡仙姑吃的臭黄菇，是用死人尸体搅拌黑土在适温下培养出的菌种。这石匣就是培养皿，死尸就是养料，故而这图案中的伞状花朵是从骷髅眼眶中开出来的。”

环顾四周，我将山洞的设计代入“菌菇培养大棚”和“胡仙姑饲养场”的使用要求，瞬间想通许多关窍。

“妙啊！妙妙妙！”我一拍大腿。

“老郭，你可是被闹春的猫妖附体了吗?”

“这事儿和猫无关，却和狐狸脱不开干系。你们看，这山洞上方形如扣盆覆碗，乃是最好的保温结构，下方铺设地暖管道加温，辅以水潭加湿，将尸体涂抹秘药埋入黑土中发酵，播撒菌种，在山中各处修建守山胡仙姑石龛，以血食、肉饵诱捕山中狐狸。狐狸跌入石龛下的深坑，无法爬出，只能困在小红门后的迷宫之中。饲养人定期停止迷宫的转动，狐狸便能通过摸索，穿过可以从通道内部向外开启的小红木门，来到咱们此刻所在的山洞。我和孙会计在迷宫里发现很多狐狸的骨头，那些骨头的眼距都是正常的。据我猜测，饲养人在这里挑选、繁殖、驯养狐狸，结合用尸体混黑土培养出的臭黄菇，强化狐狸的致幻能力，将成功繁育出对眼儿的狐狸留下，把没有繁育成对眼儿的重新扔回小红木门后边，让它们自生自灭。而这些被抛弃的狐狸，大多数找不到出路，困死在八岔路口，也有一些狐狸在通道穿行过程中力竭而亡。”

“老郭，你的意思是说，小红木门后面的迷宫，实际上就是个自动捕兽的陷阱和处理残次品的垃圾站。”

“没错。”

“那……那些成品狐狸去哪儿了?”

“成品狐狸被饲养人带走，散布在森林中，成为真正的守山胡仙姑。”我慢慢闭上眼，在带入亦失哈石壁留书、洞内壁画、迷宫布局设计的同时，回忆推导吴老獭在涸塄套上的一系列“骚操作”。

科学研究表明，动物的工作能力可以通过训练、培养实现，且这种技能会牢牢印刻在基因内，并成为一种本能，伴随动物的种族延续而代代相承。比如：在泰国等地的椰子农场，一直有驯养豚尾猴摘椰子的传统，在农场长大的豚尾猴，会在猴群的带领下，熟悉采摘椰子的技巧，人类只需进行简单的指令配合训练，就可以指挥豚尾猴采摘椰子。一只雄性豚尾猴平均每天可以摘取一千六百个椰子，雌性豚尾猴可摘六百个。再比如：人类为满足放牧需要，训练培养出牧羊犬，在这个过程中，通过强化牧羊犬对移动物体的兴趣，训练其追逐移动物体的能力，选取服从性优秀的犬只，淘汰服从性差的犬只。经过品类择优、多代繁衍，日趋完美的、能够胜任牧羊工作的犬类便会诞生。其优异的专注力、强大的理解力、极度的忠诚性使其成为牧羊人的好帮手。而平猴和守山胡仙姑就是在这种模式下驯养、培育出的佼佼者。

记得在我五岁时，村里出殡还保留着大操大办的习俗，下葬时穿山过岗，吹吹打打。林中许多猴子热闹看得久了，竟然有样学样，趁着村里酒宴，偷走许多脸盆、盘碗、响器，在林中聚成一堆，敲敲打打。附近瓜农不厌其烦，找到我老爸，想请他捉拿这些野猴子，送到城里饭店卖钱。幸亏我爸早已金盆洗手，只是单人进山转悠三天，从猴群手里找回一些小铁锅、不锈钢饭盒、烧水壶等当年“还算值钱”的物件，并使了些不为人知的手段，让那些猴子不再搅扰乡民。长大后，我和郎大脑袋有一次去峨眉山旅游，被山上的猴子疯狂撕扯，连背包都被扯碎，随身的物件、吃食，乃至手机充电器都被一群泼猴洗劫一空。据导游说，这山上的猴子无人教导，老猴子抢劫尝到甜头儿，便教会小猴子，小猴子又教会小小猴子，只要一看到背着背包的游客，便呼朋引伴，上前劫掠。而本地导游久居此地，身穿红马甲，头戴小红帽，手摇小红旗，猴群一见此身装扮，便知他是本地乡民，纵然生了八个胆子，也不敢上前造次。其中奥妙，当真有趣。

彼时，吴老獭穿上萨满跳大神的行头，戴上魔鬼王耶鲁里的桦木面具，在涸塄套敲鼓吟唱。在视觉、嗅觉、听觉上召唤生活在附近的平猴；因为当年驯养、培育出平猴的人就是这副装扮。智力远高于其他动物的平猴仍代代传承着负重背驮的能力，吴老獭的鼓声和吟唱，唤醒其基因深处的习性，懵懵懂懂中抬着花轿出来接人，并将穿着萨满衣、戴着桦木面具的雪人当作驯养人，如百年前一般，将其架在背上，向祭坛山洞方向进发。当年的驯养人让平猴搬运的多半是死尸，所以需要我们一路装死，以免引起平猴的怀疑。按照正常流程，平猴将我们放在祭坛山洞外，自会有驯养人的信众接应；但在半路却出现偏差，我发现吴老獭偷偷吐出含在嘴里的人骨药酒。为防有变，我、孙偃白、郎大脑袋、夏忆纷纷解开身上的限制，不再装死，恢复运动能力。可这也刚好着了吴老獭的道儿。吴老獭本就想利用守山胡仙姑和我们缠斗，伺机甩掉我们。他逃出花轿，我和孙偃白出手追击。他仗着路熟，迅速消失在林子深处，再补一口人骨药装成死人。在祭坛山洞附近生活的守山胡仙姑发现附近有活人出现，随即迅速赶到，并将注意力全部放在我们身上，在轿顶发动偷袭，以“放屁”的手段“致幻”，让我们陷入梦境。若非我反应及时，便会和那只大老鼠一样肠穿肚烂、横尸当场。而吴老獭则趁机脱身，倚仗祖上传下来的密辛，寻得一处守山胡仙姑石龛，跳入洞中，落在沙坑内，凭借所知晓的迷宫原理逃遁，并伺机用随身携带的渔网困住追踪他的老三。此时，我与孙偃白刚好将两只守山胡仙姑斩杀，紧接着又和祭坛山洞荒废后集聚在此的蝙蝠纠缠。

守山胡仙姑石龛通向祭坛山洞。在我们与狐狸、蝙蝠纠缠的时候，吴老獭已先一步到达祭坛，那么，他会藏在哪里呢？

“大家小心，吴老獭在洞内！”我猛然一喝。众人纷纷抄出武器，郎大脑袋举起玉魁，孙偃白抽出惊鸿，我攥紧探海，夏忆双手一张，放出一蓬黑蜂；就连老三也停止搔痒，原地一滚，竖起耳朵，左右嗅探。

夏忆瞧见老三神情，伸手一挥，黑蜂如烟似雾，散入光亮照射不到的黑暗深处。过了半晌，黑蜂尽数飞回，夏忆看向我，摇了摇头，我蹲下身摸摸老三的后背，老三停止嗅探，绕着我转了一圈，示意“此处没有吴老獭”。

“老三，你再试试？”郎大脑袋拍了拍老三的“狗屁”。

“老三号称千寻犬，料来不会嗅错。”

“会不会是吴老獭曾经来过这里，又离开了？”孙偃白问道。

“有可能，咱们和吴老獭接触过，身上也残留着吴老獭的气味，这也会影响着老三的判断。”

“外面就是咬人的蝙蝠，吴老獭不会往外走，我刚才用手电筒照过，除了我们钻进钻出的那扇小红木门外，其他的小红木门均无开启关闭的痕迹。吴老獭要想躲，只有那里……”我伸手指向水潭，冷冷一笑。

“那……怎么办？”

“不入虎穴，焉得虎子，反正早晚都要闯上一闯。郎副总，烦请清点后勤装备，咱们这就下水一探。”

“好嘞。”郎大脑袋应了一声。

本次进山，凶险万分，我反复叮嘱郎大脑袋万万不敢在采购上偷工减料，务必打起十二分的精神。郎大脑袋也是破天荒地没有掉链子，多方走动，买到三身CR抗压海绵深潜防寒加厚五毫米蛙人潜水服，五瓶一升水下氧气瓶配呼吸器，重两公斤，仅一瓶红酒大小。为了能够携带老三下潜，郎大脑袋特地花费一万美金高价从国外订购到一身二手的宠物潜水服。

“郎副总，你留在外面，我和孙会计下水探路。”

“我也同去。”夏忆脱了棉衣、棉裤的棉鞋，抱起潜水服，准备穿戴潜水装具。

“潭水虽未结冰，但也很凉，您这岁数……”郎大脑袋出言提醒。

“中老年人，才是冬泳的主力！”夏忆不理会郎大脑袋，自顾自整理潜水服。

孙偃白朝我点点头，示意我不要阻拦。我长吸一口气，也开始更换潜水服。在我们换穿潜水服的同时，郎大脑袋也给老三戴上防水头罩，穿上潜水马甲，将氧气瓶与呼吸器连接在一起。孙偃白的长剑不适合在水中搏斗，再加上她不会用叉，无法运使探海，为此我们专门在网上淘了两把一战时期的古董刀具——英制指节环匕首。该匕首诞生于1915年，久经战争考验，黄铜刀柄，钢制刀身，小巧紧凑，修长锋利。手柄处焊接指节环，可如同指虎一般套在手指上，避免在打斗中脱手。孙会计在一堆照片中一眼就相中了它们。这两把刀原本是一家钟表店老板的私人藏品，因生意经营不善，不得不忍痛割爱，拿出来变卖周转，换取一些现金。孙偃白掏钱买下匕首后，自己手工二次开锋，其杀伤力更甚往昔。来东北之前，郎大脑袋和孙偃白做过实验，在这把匕首在开锋的状态下，可以刺入手臂粗细的木桩、迅速割断网绳的缠绕。以郎大脑袋的能力，使用这把匕首的手柄尾部捶击砖块，最多可破五行红砖。

孙会计自幼习武，把玩不到一个礼拜，就已掌握这两把匕首的使用窍门，并利用所有休息的时间，对我和郎大脑袋进行特训，教授搏杀技巧。我们俩虽自认进步飞快，但按她的话讲，我和郎大脑袋这种身手，使用探海和玉魁，是对这两件武器最大的侮辱。

十分钟后，我、孙偃白、夏忆、老三，总共三人一犬，在潭水边准备完毕。本次下水，由于要看顾老三，所以我无法携带探海这种长兵器，只能携带一把瑞士军刀下水。我心里不禁有些含糊，但转念想到本次还有孙偃白随行，倒也少了不少担忧。

“老郭，别忘了把这个套上。吴老獭虽然人品不咋地，但手艺真是一等一，这鱼皮衣质量上乘，款式正宗。你下了水，便能知道它的妙处，既轻便保暖，又耐磨防水，寒冬腊月，不会冻硬，也不会蒙冰。”郎大脑袋翻出吴老獭制作的鱼皮衣，会同之前他在拍卖会巧夺丁树生的那件，一共五件，给我们人手分发一件，自己留下一件，亲自示范如何穿系。我们照猫画虎，跟着郎大脑袋的动作，将鱼皮衣套在潜水衣外部，重新整理好下潜装备。

“老郭，你们背后的氧气，只够支持二十分钟。你们注意时间，万一遇到什么麻烦，不要逞能。”

“放心吧。”我拍拍郎大脑袋的肩膀，带头扎进潭水之中。

第十五章

苦草交横藏水怪　白骨堆叠遇钩沉

众所周知，潜水是一项非常专业的技能，需要长时间的学习和训练，特别是想要从事水下打捞、救援、搜索等任务，必须考取专业的资格证书，掌握必备的配合方法。可我们这批人，完全是临时搭建的队伍，绝对的乡村草台班子，在陆地上凭着连喊带吆喝，勉强能够管束，看上去像个团队的样子，可一旦下了水，就没法再说话交流，三人一犬瞬间化作一团散沙。孙偃白想往南，夏忆想要往北，老三第一次潜水，又紧张又兴奋，总是东张西望，时不时就会掉队。我一个人居中调度，首尾难顾，不到五分钟，已累得我心力交瘁。所幸这碧潭水质清澈，能见度高，为我们的下潜助力良多。

突然，潜在最前方的孙偃白止住身形，由头下脚上，调整为头上脚下；同时双手不停打手势，示意前方已见潭底。我估测了一下，这潭水深度约在八米左右。我拽着老三，跟到孙偃白身边，招呼夏忆过来集合。举目四望，潭水中光线极好，甚至强过潭水所在的山洞，这不禁让我感到困惑。通常来讲，潭水中的光多来自日照，可山洞漆黑密闭，伸手不见五指，就算被郎大脑袋点燃许多八角灯笼，也不足以形成如此大规模的光照；而且越接近池底，水域越明亮。据此可以推断，要么是这潭水还有其他能得日照的出口，要么是在潭底另有光源。

我一边瞎琢磨，一边跟着孙偃白游动。不多时，前方骤然出现一片水草。草高近两米，端芽浅黄，绿中略带紫红，草叶边缘生有细锯齿。这是北方最常见的多年生、无茎沉水草本植物——苦草。我们拨开苦草向前游，些许鱼群受惊，带动一股水流迎面冲到身前，又四散逃开。这些鱼都是黑龙江、松花江、乌苏里江流域中常见的鲤鱼、鲫鱼、鲢鱼、白鱼、鳜鱼，品种上虽无稀奇，但每一尾都肥美异常。苦草越生越密，几乎遮蔽我们全部的视线。孙偃白向上一指，示意适度上浮，从水草上方经过。我用力踩水，上浮过程中踢动水草，恍惚间看到有一人影隐藏在草丛深处。

“咕嘟嘟——”我一惊之下，吐出一串气泡。

孙偃白眼角余光瞥见我的惊慌，赶紧掉转方向往回游。我双腿蹬夹水，稳住身形，左手抓住老三，右臂横向张开，拦住身后的夏忆，递给孙偃白一个眼神。孙偃白从腰间抽出两把英制指节环匕首，套在手指上，双手轻轻拨开草丛。水草摇动间，一个身穿鱼皮衣的高个子猛地从下而上急蹿而来，孙偃白双腿一夹，身子上蹿半米有余，一手下捞，夹住对方脑袋，一手探入他的颈下，反向挥动匕首，这是割喉的杀招！

“别！”我下意识想要大喊，却只吐出一串气泡。

说时迟、那时快，孙偃白一刀割喉，对方尸体下坠，人头上升。虽尸首分离，却不见半丝鲜血涌出。孙偃白一脚蹬开尸体，反手一捞，将人头捞在怀里。那人头被孙偃白双手抱住，仍旧震动不止，时而向左、时而向右。我近前一看，那人头外套一层全覆盖式玻璃潜水面罩，面罩异常老旧，玻璃上生着一层厚厚的蓝藻。孙偃白伸手擦抹掉一片蓝藻，向里一看，发现玻璃面罩内包着一颗骷髅头，一尾鲫鱼钻出骷髅头张开的大嘴，在玻璃面罩内乱撞。我举着防水手电向下照，光线扫过沉入水草内的尸体。那尸体身穿鱼皮衣，鱼皮衣内穿着潜水服。潜水服连同皮肉内脏业已腐烂多时，只剩一身破烂的鱼皮衣约束缠裹着整具白骨。时不时便有数尾小鱼从裤腿、衣袖钻进鱼皮衣内乱闯，带动尸身不断“抽搐”。

突然，又一群鱼儿惊散，带动苦草草丛四散分开。我趁机用手电筒照向草根深处，只见潭底横七竖八地分布着无数身着鱼皮衣的白骨骷髅，每具骷髅上都有数量不等的贯穿伤，刺穿鱼皮衣后穿透骨骼。每当有鱼儿从尸骨中穿行游过，便“惊动”尸身，颤抖不止。一些体形稍大的鲢鱼还会带动尸身在水底移动，好多尸骨的头颅在草丛中乱滚，被一些鱼儿当作圆球，来回“戏珠”。适才我还感慨潭中鱼儿肥美，心想着待会儿出去，定要熬煮一锅鲜鱼汤来解馋，按照眼前这场景，这些鱼儿之所以肥美，多半是因为吃人尸体所致。

夏忆虽久历江湖，见了这潭底的“人间地狱”，不禁也有些胆战心惊。孙偃白张开五指，想要挡住夏忆的眼，冷不防夏忆浑身一抖，发疯一样游向乱草深处，孙偃白唯恐水草缠住她脚腕，赶紧从后尾随，挥动匕首，替她断后。

乱草深处，有一具白骨骷髅被倾倒的大石压住左半身，一根青铜鱼竿从白骨骷髅的眼眶穿入、后脑穿出，将骷髅斜着钉在大石之上。

那一根鱼竿我太熟悉了，它是我爸从不离身的家伙，狩家先祖传下的秘宝之一，“探海搜山神臂弩，玉魁钩沉逐日弓”中的钩沉！

夏忆游到大石底下，人已哭成一摊泥，肩膀不断颤抖，浑身提不起一丝力气。若不是孙偃白紧紧抱着她，她早已不知被水流冲向何处。我拼命蹬水，想将那骷髅看得仔细些。

“不可能！不可能是我爸！”我心中不断呐喊。

游到近前，我眼前一阵阵发黑，我深吸一口氧气，瞪大眼睛，拨开骷髅身前的水草，定睛一看，只见这具骷髅四肢纤细，眉弓和缓，下颌骨低弱，下颌角平直。我一手扶住石头，伸头去看盆骨，只见这具骷髅的盆骨入口宽而短，髂骨呈水平状。

“这具骷髅是女的，我爸……是男的！”我心中呐喊不断，在水中疯狂拍手，夏忆见我神情，以为我悲伤过度，强撑着一口气，想要安慰我，却被我拉住手腕，硬拽着去看骷髅的盆骨。一看之下，夏忆喜出望外，愣了一阵，猛地张开双臂，将我抱住。我伸着两手，不知如何是好，略一犹豫，也轻轻收拢手臂，在夏忆肩膀拍了两下。夏忆眼圈虽然依旧通红，但情绪已渐渐稳定住。

我松开夏忆，双手抓住钩沉，想要将其拔出，尝试好几次，使出吃奶的气力，也没能成功。孙偃白满眼鄙夷，将我扒开，五指一攥，捞住钩沉尾部，向上一提，深入大石三寸有余的钩沉被她单手拔出。

孙偃白将钩沉递到我手里，我轻轻抚摸着这支青铜鱼竿，心中暗自惊叹：“也不知祖先是以何等工艺打造出这等利器，在水底浸泡多年，竟能不蚀不锈，光亮如新。”我顺着鱼竿向前一捋，将鱼线抄在掌心处，目光向前一扫，鱼线尽头，果然不见了鱼钩。我正思索中，眼角无意间看到夏忆的眼神，她痴痴地缩在大石边上，满头白发在水中和碧绿的苦草按着同样的节奏摇摆，像极了她风雨飘零的一生。我是我爸的儿子，他纵有万般不是，我也不该对他指摘责难；可若依着世间公理，我爸纵有万般理由，仍旧不能弥补对眼前这个女人的亏欠。她的爱情、人生、岁月全都因我那个负心薄幸的老爸而荒废。孙偃白见我神色不对，轻轻敲了敲我的潜水面罩，打着手势询问情况。我摆了摆手，报个平安，转身游向夏忆，将钩沉递到她的面前。她连连摆手，我一手攥住她的手腕，一手将钩沉塞进她的手中。

钩沉虽是我家传宝物，但我既不会使用，也不打算重拾狩猎祖业，这东西对我一个包工头来说，还不如添置几套冲击钻好用。夏忆为我爸孤苦半生，这鱼竿送她做个纪念，又有何妨？夏忆怔怔地抱住鱼竿，轻轻歪着头，又是哭，又是笑。我向孙偃白打出一串手势，示意她好好看顾夏忆。

半分钟后，我们继续前进，潜水队形改换为我在前方探路，夏忆居中，孙偃白殿后。我估测一下氧气瓶储量，右手举起，向孙偃白比画一个手势“八”。意为：八分钟后，必须上浮。这一路上，我们见到越来越多的白骨。我不断观察之下，竟然发现这些白骨的三大共性：

一是几乎所有的白骨都裹着一身鱼皮衣，款式手艺与我们所穿并无二致；二是大部分白骨的指骨都不完整，断茬处不乏利刃劈砍的痕迹；三是水下的白骨，尽管腐烂程度各不相同，但身边均无半件手表、戒指、项链、潜水包等随身物件。

“鱼类吃人尸体，并不稀奇，但若说鱼类吞食财物，我是说什么也不肯相信的。”

“咕嘟嘟——”孙偃白猛地吐出一串气泡，左手拉起夏忆，右手抓住老三向一旁闪躲。一尾近一米长的大马哈鱼猛冲过来，直奔我的后心。我慌忙向左翻滚，大马哈鱼的尾巴贴着我的肩膀，狠狠抽了我一下，迅速钻入水草中，带动一股水流分开前方幕布一般密实的“草帘”。我举着防水手电一照，只见厚厚的“草帘”后面，乃是一片“开阔地”。一路走来，原本到处都是密集的鱼群，可到了此处，竟然连半条鱼也看不到。我正惊异间，猛地瞧见一棵五十多米粗细、高不见顶的大栗子树悬停在潭水碧波之中，大树头顶“明月”一盏，离地三米处，有一大洞，平地上有碎石垒成的台阶直通洞口。洞口处两扇朱红色大门紧闭，上有一对兽头铜环。门外左右，挂有木刻楹联，上联写的是：天地人鬼，鳏寡孤独病残夭终当有报；下联写的是：阴阳昏晓，喜怒忧思悲恐惊到此轮回。楹联上方乃是门顶的匾额，黑底金字——就等你了。

“踏破铁鞋无觅处，得来全不费工夫。”我们东北一行的目标——胭脂老庙，竟然在此时、此地凭空出现在面前，这让我如何还能冷静？我猛地吸了一口氧气，拨开水草，向栗子树游去，可游了百米有余，也没游到栗子树下，我停住身形，回头看去，那栗子树竟又出现在我的身后。我脑子里骤然想起吴老獭对这潭水下面的讲述：“那庙不在阳世，而在阴间，能看到，却进不去……那洞的深处，是一汪潭水，碧绿碧绿的，就像是……一块翡翠。趴在潭边往下看，有一棵树，很高很大，树上有一个大洞……”

我抬起头，向上看去，眼下我身处之地距离水面八米左右。吴老獭说他趴在山洞的潭边向下看，能看到大栗子树。此处潭水清澈异常，人的视线在水中的穿透距离至少也在五十米左右，吴老獭此言倒也不虚。正思量间，孙偃白从后面已然跟来。她显然也没能接触到水中的栗子树，一脸惊诧，扭头向回游，我故意没有劝阻，以便趁此机会，以第三者的视角观察情况。孙偃白游得极快，不过三两个呼吸便来到大栗子树外围；然而，就在她的身影接触到大栗子树的一瞬间，大栗子树突然微微一暗，孙偃白竟然从大栗子树的正中穿了过去。

“原来如此。这棵大栗子树只是光的投影，真身另在他处!”我心中恍然大悟。

光是沿着直线传播的，以投影为参照物，不难推测出大栗子树的真身所在。我定定地望着大栗子树的光影，脑中疯狂地构思、测绘，将自己放在工程设计师的角度，苦苦思索。如果是我接到这样一单合同，要求呈现出眼前这般光影的效果，我该如何设计规划潭水、大栗子树、光源三者之间的布局。

关于投影，我首先想到的是小孔成像。但是小孔成像有两个显著的特点：一是影像需要投射在实体屏幕上，潭水能否承载影像，尚未可知；二是其所呈影像与参照实物是倒立着的。眼前这棵大栗子树的影像，冠在上、根在下，按照小孔成像的原理反推，其实物便应该是冠在下、根在上，这显然有悖常理。

“如果不是小孔成像，会不会是海市蜃楼呢?”我眯着眼，继续推演。

海市蜃楼，也称蜃景，奥秘全在一个“蜃”字。古人认为，蜃是一种水中的龙种，其吞吐烟霞，形成幻境。现代科学认为，光只有在密度均匀的介质中传播时，才会以直线方向前进。当光在密度不均匀的介质中传播时，其传播方向就会发生偏转。例如：海陆交界处云雾蒸腾，局部空气湿度发生改变，使光在干湿空气交界处发生偏折，从而将“彼处”的亭台楼阁搬运到“此处”。而眼前大栗子树的影像完全浸泡在水中，而非悬浮在水面以上的云雾之中，与通常意义上的海市蜃楼不可相提并论。

就在我搜肠刮肚，就要将我脑中为数不多的知识点“榨干”的时候，一道灵光突然在我眼前闪过：“难道是……枝江口？”

三年前，我和郎大脑袋南下包工，路过湖北枝江市。彼时正逢中秋，我们二人漂泊他乡，半夜里借酒浇愁，烂醉中在街上闲逛。郎大脑袋听闻本地百里洲镇蚂蚁渡老江口夜景甚美，中秋晚上，江边上到处都是美女。这厮按捺不住，连拖带拽，将我带到老江口。他抱着一把吉他，去街边酒吧弹唱搭讪。我自小便没什么才艺，只能四处闲逛，无意中看见奔腾不息的江水在蚂蚁渡老江口一分二：一为长江，二为松滋河。据出租司机介绍，清同治九年（1870）长江干堤在庞家湾、黄家铺等地溃决，是为“庚午之灾”。四处奔涌的洪峰四处漫溢，无定轨可循。官府为勘测水文，治水清淤，在老江口修建高塔一座，层高十米，上有兵丁，配以口粮饭食，令其昼夜巡视，观察水文，指引船舶。中秋时分，有流民到此，眼见塔上灯火熄灭，巡逻兵丁依律休假，相继离开，便起偷盗之心。两名手脚利落的后生爬上高塔，正欲偷盗，忽然听得有人说话交谈。二后生不敢露面，凝神屏气，藏在木梯下方，偷眼向上看去，只见月影之下，左首立一将军，披盔带甲，蛇首人身；右首立一文官，蟒袍玉带，看身形面貌，赫然是个长颈老龟。二人望着远处江水，指指点点。一名后生肚饿，胃肠“咕噜”一响，惊动那长颈老龟。长颈老龟猛一回头，二后生惊得眼前一黑，昏死过去，待到次日转醒，已然月上中天。高塔之上，既不见那长颈老龟，也不见那蛇首将军。二后生站在高塔下望，只见原本数十里宽窄的江水，不知何时已从中分作两半，在两条江水中分别映出倒影。左侧江水斗折清瘦，弯曲如蛇；右侧江水抱弯宽阔，形似老龟。月照塔身，上半夜塔影在“蛇江”，下半夜塔影在“龟江”。撇开出租司机故事中的“文学润色”，结合眼前大栗子树的影像，我脑中瞬间将两处场景重叠。

此地应当有潭水两处，形似数学符号“∞”，虽然地面部分相互断开，但潭水却贯通一体。左半边“O”位于石洞内，右半边“O”位于一处谷地，两处“O”相连处，为一高大山壁，山壁与地面夹角并非九十度，而是略微倾斜。山崖表面覆盖冰雪霜冻，光滑如镜。大栗子树生在“∞”的最右侧处。上半夜，月光斜照大栗子树，将其光影投在地上；下半夜，月光角度偏移，从另一侧斜照大栗子树，将其光影投在断裂山崖上。经过山崖上的冰面二次反射、矫正角度后，光影二次斜射进入潭水，使大栗子树在水中呈现冠上根下的垂直影像。临近正午，日光照射下，山壁积温升高，其热量致使迎面山壁的冰雪霜冻融化，影响反射效果，潭水中不再出现大栗子树的影像，其原理绝类“潜望镜”。这等奇景，便是吴老獭口中所述的:“那庙不在阳世，而在阴间，能看到，却进不去！就算是看，也只能在月上中天后的下半夜看，一旦天明鸡叫，那庙便会瞬间消失，仿佛从未在世间出现。”其实，只要稍作等待，待到晨光初起，气温尚未足以融化山壁冰雪霜冻的时候，潭中应当还会再次出现大栗子树的影像。这一点，要么是吴老獭不知情，要么是他隐瞒不说，据我分析，第二种可能性要更大。

以此推断，我在下半夜从“∞”左侧潭水潜入，在水底见到大栗子树倒影，只需继续向前游，便能钻出“∞”右侧潭水，来到大栗子树的本体面前。我向孙偃白打了个手势，示意她跟我继续向前游，穿过“∞”中心连接点。孙偃白不住地向我摆手，手指氧气瓶示意氧气供应量不足，必须上浮。我们二人正交流间，只见大栗子树的影像内忽然出现一个人影，在树旁鬼头鬼脑地向下张望。此人留络腮胡子，肤色“酱油棕”，眼角低垂，一脸苦相，两腮通红，头戴一顶整皮獭兔帽，赫然正是吴老獭。

“好贼!”我一咬后槽牙，怒从心头起，恶向胆边生，顾不上和孙偃白商量，两臂划水，直奔左前方游去，一心想抓住吴老獭，狠狠抽他一顿。游不出三五米，忽觉身后有人拍我屁股，我心里一哆嗦，暗中思忖:“郎大脑袋不在，孙会计和夏忆，这俩人绝对不可能干这事儿，老三是狗，此刻也被孙会计抄在怀里……难道是吴老獭?这个老变态，还敢送上门?”我一瞪眼，骤然翻身向后看，只见一条长达两米的细长鱼尾自潭底的泥沙中竖起，从我屁股边上挥舞而过。我低头一瞧，潭底一片约十平方米范围的泥沙晃动不止，一只金黄色的鱼头从泥沙中缓缓探出头来。

多年前，我和郎大脑袋曾在市区最大的水产批发市场边租住过。我闲来无事，便去各个水产档口遛弯，见过的奇怪水族，没有一千，也有几百，却从未见过如此怪异的大鱼。

这大鱼形似分布在印度洋至太平洋海域的牛角箱鲀：鱼头方方正正，如同一只木箱，头顶生有竖直向前的两根硬角，圆眼如灯，腮鼓如球，鱼口极小，正面看上去，就像一只蛤蟆在吹口哨。与牛角箱鲀不同的是，该尾大鱼生于淡水，且体形极大，仅一个脑袋就几乎与二十九寸行李箱等大，而牛角箱鲀体长一般为十至二十五厘米，最长也不过五十厘米。我正惊诧间，那大鱼猛然一甩尾巴，从泥沙中跃出。我迅速闪到一边，伺机观望。只见这大鱼尾长如蛇，从头至尾，足有五米，身披大圆鳞，胸鳍腹鳍，异常宽大，形如四翼。鳞片中央有一纵嵴，尾基具三强嵴。第一和第二背鳍间有一鳍棘，第一背鳍前方生有游离鳍棘。

这是鯥，《山海经》中的怪鱼："又东三百里柢山，多水，无草木。有鱼焉，其状如牛，陵居，蛇尾，有翼，其羽在魼下，其音如留牛，其名曰鯥，冬死而复生，食之无肿疾。"我家祖上在《狩经》中绘有图谱，说是唐代一位先祖，自幼体弱，膀胱蕴热，风湿相乘，四肢肤囊浮胀，换句话说，就是尿频尿急尿不尽，导致水肿，遍访名医无果。忽有一日，于古籍中得见"食鯥克肿"四字，于是乎搜山蹈水，捉得鯥鱼一尾，烹而食之，顽疾得消。他将前后经历，补录进《狩经》之中。据那位先祖记述："鯥性狡怯，遇强则避，遇弱则凌，见鱼必食，见人必遁，机敏异常，吾数次下水，均无功而返，后遇高人指点，先捕大鱼一尾，掏空其腹，钻入其中，诱鯥来食，伺机网之。"也就是说，鯥鱼狡猾而胆小，看到强大的动物就逃跑，见到弱小的动物就欺凌，看到水中鱼，就要吃掉它，看到有人靠近，就悄悄地藏起来。我家祖上曾遇高人指点，先捕捉一条大鱼，钻入鱼腹，吸引鯥鱼前来捕食，随即罩上渔网，将其擒获。

"等等！掏空一和大鱼，钻进腹中……这和我们穿上全套的鱼皮衣有什么分别？在鯥的眼里，我们都是一尾鱼！"

突然，我好像想通了什么!

吴老獭在骗我! 所有关于鱼皮衣的传说都是一个骗局，目的就是为了骗我们穿着鱼皮衣下到潭水底下，让胆小狡猾的鯥误以为我们是水中鱼类，从而对我们痛下杀手。

东北之地，将白山黑水中的精怪俗称为“仙儿”郎家先祖那句关于秘境的口诀不是“仙儿不吃鱼”，而应是“仙儿，鯥，吃鱼”! 其中真意被吴老獭篡改字句，使“求生之法”变为“寻死之路”。

我瞪大眼睛，看向水中大栗子树的影像。影像中的吴老獭眉眼带笑，蹲在树旁向下看，他的身上果然没有穿着鱼皮衣。

我们再一次中了吴老獭的圈套!

然而此时，我已顾不得捉拿吴老獭解恨，眼前的鯥鱼已经死死地盯住我，摇头摆尾，抵着头上的两根硬角向我冲来。我猛吸一大口氧气，双脚提起，将膝盖蜷缩至胸口，向上浮起半米，躲过鯥鱼这一撞，飞快向来路游去。前方不远处，孙偃白正带着夏忆跟来。我连连挥手，示意她们掉头。

“轰——咕咕嘟——”我耳后水响连连。孙偃白突然瞪圆了眼，显然她也看到了追在我身后的鯥鱼。

“走!”我疯狂摆手，示意她们退后。

孙偃白两手自腰间一抹一甩，攥紧两把匕首，从我头上游过去，直扑鯥鱼。鯥鱼看见身穿鱼皮衣的孙偃白，以为又有一条大鱼送到嘴边“加餐”，兴奋得厉害，四鳍划动，鱼尾疯摆，越冲越快，直着撞向孙偃白。我伸手抓住孙偃白脚腕，向左一带，孙偃白身形一偏，鯥鱼一头撞空，触角顶在一块五米高的石柱上，石柱半边应声而碎。在孙偃白惊异的目光中，鲑鱼甩了甩头，无数碎石块破水而出。鲑鱼再次调整方向，向孙偃白撞来。孙偃白艺高人胆大，在鲑鱼贴近身前三尺的一瞬间，抢先一步，伸出右手，抓住鲑鱼头顶的一根硬角，提膝缩身，用前脚掌抵住鲑鱼腮部，整个人挂在鲑鱼头上。鲑鱼左右摇摆、上下翻滚，想将孙偃白甩掉。奈何孙偃白握力惊人，两臂更有疯牛惊象之力，一抓之下，绝无脱手之理。鲑鱼急红了眼，再次撞向石柱，想将孙偃白撞掉，孙偃白双脚连点，在石柱上掠过，扭腰一翻，面朝鱼尾，坐在鲑鱼的鱼头上，一手抓住硬角，一手举起匕首，插向鲑鱼脊背。利刃破开鱼鳞，刚插入一指宽，便也无法深入。孙偃白猝然发力，却不小心别断匕首的刀身。

“难道这鲑鱼是钢筋铁骨不成?”我心头巨震，唯恐孙偃白吃亏，将老三塞给夏忆，向孙偃白游去。

孙偃白这一刀虽未致命，但足够将鲑鱼激怒。鲑鱼长尾竖起，向孙偃白抽来。孙偃白贴着鱼身翻转，躲到鲑鱼腹下。鲑鱼这一尾巴，招沉势大，没抽到孙偃白，反而抽到自己的脑门上。只听“砰”的一声巨响，在水下扩散，孙偃白在鲑鱼腹下伺机举刀上刺。鲑鱼胸鳍一挥，挡住灰白色的鱼腹。孙偃白的匕首在胸鳍上划过，只留下一道浅浅的白痕。

孙偃白刚想上前较量，突然低下头看向自己的右小腿。她右小腿上的鱼皮裤连同里面的潜水衣破损好大一片，莹白如玉的小腿肚上赫然出现四道划痕，丝丝鲜血渗出，鲜红中透着一层暗黑。

“不好！孙会计被鲑鱼背上的细小骨刺划伤了！”我急得眼眶通红，抱住孙偃白，转身就向后游，绕过一根石柱，一边游一边脱衣服，脱完自己身上的鱼皮衣，又去脱孙偃白身上的鱼皮衣。孙偃白又是惊诧又是羞怒，用力挣扎了几下，突然眼皮一沉，手脚一松，开始向潭底下沉。我双手托住孙偃白肋下，只能凭两腿蹬水游动，速度骤然下降。就在此时，夏忆已到我身前接应。我将孙偃白塞进她的怀里，示意她也赶快脱掉自己身上的鱼皮衣。

“轰——哗啦——”鲑鱼撞碎石柱，硕大的鱼头从乱石中钻出。我抢过夏忆手里的钩沉，迎了上去。此时，我身上的鱼皮衣已尽数脱去，鲑鱼冲到半路，看到我持着钩沉拦在当中，瞳孔一缩，转身就跑。

“祖上说得果然没错，这家伙果然是见人必遁，想来定是因其药用，千百年来屡遭人类捕杀，使其在遗传基因中深深烙印着对人类的畏惧。”

此时，我顾不上和它纠缠，转身抱起孙偃白，沿原路上浮，在氧气耗尽的最后一刻钻出水面。郎大脑袋在潭边接应，将我们一个接一个拉回到山洞内。

“快！孙会计！”我扔下潜水面罩，将孙偃白平放在地上。此时她嘴唇已经青紫，脸色惨白如纸。我将食指搭在她的手腕上，发现她的脉搏越跳越慢。

“我趴在潭水边，看到那棵大栗子树了，也看到了你们，那是个什么怪物，让孙会计都吃了亏？”

“怪物身上的骨刺有毒。”

“有本事真刀真枪和咱孙会计比画比画！用毒？那算什么好汉！”

“别说这个了，快翻医药箱，消炎的、消毒的、跌打损伤的都掏出来。”我此刻六神无主，胡乱指挥着和我一样手足无措的郎大脑袋。

夏忆瞧见我们哥俩儿这架势，长叹一口气，跑到山洞阴影内，一边窸窸窣窣地换着衣服，一边说道：“慌什么，有得救！”

话音未落，从夏忆换衣服的地方爬来一队通体呈棕紫色的蚂蚁。之所以要用“队”这个字，是因为这些蚂蚁都是严格按照直线排列行进，没有一只出现偏差。老三趴在地上嗅了嗅，随即轻轻吠了两声，迅速闪避到一边，显然对这种蚂蚁极其忌惮。

“想救孙偃白，就给我的蚂蚁让开一条路！”

我和郎大脑袋闻声各退一步，蚂蚁经过我们脚边，“长驱直入”，钻进孙偃白的袖口。

突然，孙偃白猛地一抽搐，睁开双眼，双脚抬起，上身坐起，犹如触电。

“怎么回事？”郎大脑袋想要上前阻止，我伸手拉住他。

夏忆换好衣服，从阴影中走出：

“这叫狮蚁，刺有剧毒，可致心跳加速、血压飙升、全身发热。这些是我培育的减毒品种，每一只都相当于一针低剂量肾上腺素，被咬上一口，不会致命，却可刺激心跳，危难时用于急救。”

说话间，孙偃白已被咬十几口。每咬一口，孙偃白都抽搐一下。我看在眼里，疼在心里，想做些什么，却又不知能做什么。

夏忆蹲到孙偃白受伤的小腿边，从怀里掏出一个小玻璃瓶，瓶子里盛满乳白色的蜂蛹。夏忆拔出玻璃瓶塞，将蜂蛹倒满整个掌心，五指一攥，攥成一团蛹泥，均匀涂抹在孙偃白受伤的小腿上。不过数秒，蛹泥即变为黑色。夏忆用一把小木刀，将漆黑如墨的蛹泥刮掉，又掏出一瓶蜂蛹，攥成蛹泥，再次涂抹，往复三次，孙偃白伤口处的鲜血由黑转红。

“神了啊！”郎大脑袋双眼放光。

“差不多了。”夏忆点点头，收回狮蚁。我将手指压在孙偃白颈动脉处，感觉到她的脉搏愈发有力。不多时，孙偃白幽幽转醒。

“若非她底子扎实，此刻早已见了阎王。虽说毒已经解了，但身体虚得厉害，能耐已不足此前三成，半个月内不能与人动手，以免气血冲破心脉……”

“气血冲破心脉？那会怎么样？”郎大脑袋问。

“肝风内动，肝阳上亢，气血瘀滞，轻则中风偏瘫，重则当场猝死。”

“我听着怎么这么像脑血栓呢？”

“西医确实是这个叫法。”

孙偃白强打精神，睁开双眼，看向潭水，对我摇摇头。我明白她的意思，她是在告诉我，不要轻举妄动，万事等她恢复以后再说。我使劲儿点点头，示意她放心。孙偃白定定地看着我，眉头紧缩，显然对我极不信任。她轻轻抬起双手，左手抓着我的衣领，右手揪住郎大脑袋的衣袖：

“你们……两个作精，不要惹祸……等我恢复……千万不要下水……不要惹祸……”

“孙会计，你放心，你都弄不过的家伙，我们俩捆一起也不是个儿啊！你安心养伤，我们就在这守着，哪儿也不去。”郎大脑袋和我异口同声地说道。

“我最不放心的就是……就是你们俩，一天天满嘴跑火车……你们千万别蒙我……”孙偃白实在是太疲惫了，一句话没说完，人已经昏睡过去。

一只蜒蚰悄无声息地从孙偃白的耳道内爬出，落在地上。夏忆伸手一捞，将其收在袖中：“让她睡一会儿吧，对她的康复大有裨益。”

我看一眼手表，此时正值凌晨五点。郎大脑袋趴在潭水边向下看，水中大栗子树的影像一闪而没，仿佛从未出现。

“老郭，真的没了！难道吴老獭那老小子说的是真的？那古庙在阴间，而不在阳世，鸡叫三声，便会烟消云散！”

“别听那老贼胡扯，此中原理稍后我再给你讲解。脑袋，你给我句痛快话，孙会计被下面那尾怪鱼所伤，这事儿你觉得该怎么了断？”

“那还说什么啊！必须干它！”

“够意思！”

“我这人帮亲不帮理，孙会计跟咱那是什么关系？同过生死，共过患难，再说了，就冲她和你老郭有这么一腿感情，我也得上！”

“什么叫‘一腿感情’，你没有文化，就不要转词儿。”郎大脑袋这一番话，说得我既感动又别扭。

“话糙理不糙嘛！”郎大脑袋站起身，开始穿戴潜水服，将我们用光的氧气管拢到一处，开始手动打气。本次采买的这批氧气瓶，初次使用消耗的是生产线上灌装的氧气，可以在水下支撑二十分钟，二次使用时可以自行手动打气，灌入含氧空气，只不过使用时间会缩短四分之一。捕杀鲑鱼绝对属于剧烈运动，我们至少要携带两组氧气瓶。夏忆坐在不远处，静静地看着我们哥俩儿忙活，脸上神情颇为复杂。

“氧气瓶充妥了，咱们什么时候下去？”

“这水潭说大不大，说小不小，鲑鱼藏身潭底泥沙中，咱们短时间内不好搜寻。”

“那怎么办?”

“鲑鱼活动范围相对固定，上次出现在大栗子树影像附近，这次也应该走不远。”

“这……你还能找到大栗子树影像是在哪个位置吗?”

“潭水之下不辨东西南北，咱们储氧量有限，没时间容错试错，只有等到大栗子树影像再次出现，咱们才好定位。”

“那岂不是要再等上一昼夜?”

“用不了一昼夜，再等三个小时左右，日光升起，与后半夜月亮等高时，大栗子树的影像还会再次出现。趁现在的空当，咱们哥俩儿研究一下战术。”我蹲坐在地，掏出一截粉笔，在地上勾勾画画。郎大脑袋拄着胳膊，在一旁看热闹。我们二人时而出言交流，时而挠头苦思，总计耗时两个半钟头，才将方案敲定。

“吃点儿东西吧。”我从背包里掏出压缩饼干、牛肉干、肉肠，和郎大脑袋就着热水咽下肚子，紧紧腰带，开始做下水前的热身运动。热身完毕后，郎大脑袋开始检查氧气瓶气压，接通氧气面罩。我抄起探海，将玉魁扔给郎大脑袋，再次给他讲述鲑鱼的特点和攻击手段。

“老郭，你都重复六遍了，我耳朵都要起茧子了。咱就按着你的计划来。”

“其实……我那计划也不甚周密。”

“我知道，不但不周密，而且漏洞百出。”

“脑袋……”

“别磨叽了，干就完了。”

“这话提气！”我拎起地上的鱼皮衣穿在身上。我们此行共准备了四件鱼皮衣，加上郎大脑袋在拍卖会夺来的那一件，一共五件。其中四件在我、夏忆、孙偃白和老三上次下水时脱在了水下，眼下只剩郎大脑袋这一件。鲑鱼怕人，我唯恐下去后寻不到它，于是再次穿上鱼皮衣，伪装成一条鱼，引诱它现身。

就在我们二人即将下水的时候，半天不吭声的夏忆走了过来。

“你们等等。”

“这事儿，你别拦我们，你也拦不住。”我话中带刺，不愿和夏忆多做解释。

夏忆张了张嘴，犹豫很久，憋出一句：“你和他一个性子……注意安全……”

“谢了！”我点点头，挤出一个微笑，和郎大脑袋一前一后跃入潭水。探海遇水而兴，镂空的叉刃划开水花，发出嗡嗡震动，叉杆上的“水波不兴”四字铭文在水波中熠熠生辉。

第十六章

投叉探海定风波　建木通天现峥嵘

孙偃白与鲑鱼交手数个回合，不仅断了一柄利刃，还被细小骨刺划伤。郎大脑袋问我，那鲑鱼是否有金刚不坏之能。他幼时曾听村里老人讲过许多精怪秘闻，据说大鲤鱼年老成精，修行有方，五百年后，一身鱼鳞可化作金色，刀斧难伤；再过五百年，化为蛟身，可呼风唤雨；再过五百年，渡过雷劫，便修成龙身，位列仙班。

这故事编造得甚是粗糙，谬误百出，什么呼风唤雨、渡过雷劫，这等传说，我家先祖没听过一千也有八百，最终的结果无外乎这些神乎其神的精怪被我家先祖逐一斩杀，成为《狩经》内的一页页图谱。

《狩经》有云："鱼属不避刀斧，倚仗有二，一曰鳞，二曰甲。鳞坚者有：象鱼（巨骨舌鱼）、金鲷（松毬鱼）、鳞鲀（泰坦鱼）等；甲在鱼皮下，名曰甲，实为骨，具甲者有：潭龙（中华鲟）、棘鱼（条纹虾鱼）、鲱鱼（豹鲂鮄）等。"

碧潭下的鲑鱼皮下被硬骨包裹，与豹鲂鮄一般无二。豹鲂鮄属硬骨鱼纲、辐鳍亚纲、鲉形目。鱼身粗壮平扁，皮下全是骨板，头骨最为坚硬，前鳃盖骨具长棘，胸鳍长大呈翼状，跃出水后可短暂滑行，胸鳍中的鳍条又分离出三对形似蟹爪的小“腿”，可以自由活动，豹鲂鮄可以借助这三根鳍条在水底爬行。只不过与豹鲂鮄相比，鲑鱼有三项本领，需要格外注意：一是身大力不亏，二是头顶的硬角，三是背棘上的毒刺。

第二次下水，我已轻车熟路，不多时便潜到“苦草丛林”之中。郎大脑袋的潜水技术仅能满足和美女在海边沙滩开“比基尼派对”的时候，潜进水里看看姑娘大腿，真要说在水底干活儿，绝对指望不上他。我俩分头在水底寻找尸骨，搜集白骨身上穿着的鱼皮衣。我已经扒下六件，他连一件都没弄下来，我在水里踢了他一脚，让他到一边去警戒。

不多时，我已搜集齐九件鱼皮衣，招呼郎大脑袋继续向前游。我们游到“苦草丛林”的深处，在乱石堆中寻找石柱、石墙、石墩子，将其中八件鱼皮衣裹在石头上。我随后用探海向水中惊起的鱼群中乱戳，扎到三条胖头鱼后，割断苦草当绳子，穿透胖头鱼的鱼鳃，将三条死鱼挂在腰间，继续向前游，直到“苦草丛林”的尽头。我拨开草帘子，指着前面的大栗子树影像向郎大脑袋点点头，郎大脑袋双手抓住两把苦草，遮住自己的身形。我穿着鱼皮衣，提着探海叉，刚刚游到大栗子树影像附近，潭底泥沙便开始震动，鲑鱼从泥沙下方探出头角，我扭头便逃。就在我闪身钻入草帘的一瞬间，鲑鱼裹挟着一股“拔山倒树”的气势，从后追来，撞开草叶，顶角乱戳。我解开腰间的死鱼，使其散落水中。鲑鱼稍一迟疑，追击速度慢了下来，我趁机钻到苦草深处躲藏；然而，三条死鱼显然无法阻止鲑鱼太久，不到一分钟，鲢鱼就用头上的硬角，将三条死鱼戳得稀烂。此刻我才明白，那些尸骨上的贯穿伤是怎么形成的，原来都是被鲢鱼用硬角顶撞所致。难怪过了“苦草丛林”后的水域不见半条鱼，原来都是被鲢鱼给戳死了。《狩经》中记载，鲢鱼趋光，想来是因为草帘外的潭水，于昼夜之间会出现两次大栗子树的影像，引得鲢鱼栖息于下方泥沙之中。

“咕嘟——”我在草丛中故意吐出一个气泡。鲢鱼果真被吸引，扭过鱼头，甩动鱼尾冲了过来。水流带动草叶分开，一件鱼皮衣出现在鲢鱼眼前，鲢鱼使尽全身气力，猛地撞了上去，一块巨石轰然碎裂。

那鱼皮衣正是我先前套在石柱上的那件。鲢鱼这一撞气力甚足，震得自己有些晕眩。它甩甩硕大的鱼头，向四周望去，只见草丛深处又有一件鱼皮衣若隐若现。它再次调整角度，胸鳍拍水，低着鱼头撞上去。

“轰——哗——”不出所料，它这一头又撞上一块大石头。等它抬起头来时，赫然发现四面八方的石柱上挂满鱼皮衣。在它的眼中，这就是一条条活鱼，这如何能忍受得了？鲢鱼摇头摆尾，抖擞精神，一下又一下地撞击在大石头上，想将上面的鱼皮衣顶碎。在鲢鱼的连续冲撞下，无数碎石在水中崩塌搅动，我和郎大脑袋抓紧草秆，双手抱头，团身缩腿，唯恐被激流中的乱石撞伤。过不多时，周边石柱皆已被鲢鱼撞碎，只留左前方一座石墩上还套着一件鱼皮衣。鲢鱼摇摇晃晃，瞪着鱼眼又撞上去。

“轰——咔——”这一次，鲢鱼并未撞碎石墩，反而折断了头上的一只硬角。原来那石墩看着小，实则大半截都埋在潭底的泥沙之下。郎大脑袋在给石墩露出的部分套上鱼皮衣的同时，还把玉魁垫在鱼皮衣内侧胸口。鲑鱼的硬角，虽可开碑碎石，但撞上坚不可摧的玉魁也难免“折戟沉沙”。

鲑鱼头顶一根硬角折断，痛得浑身乱颤，发出一阵近似牛叫的吼声。我脱掉鱼皮衣，攥紧探海，从草中游出，脚踏潭底，举叉上刺。探海不愧是专克水族的利器，九股叉头毫无阻力地破开鱼鳞，穿透鱼腹两寸。我继续用力，叉头被骨板顶住，再难透入分毫。鲑鱼腹部被我偷袭，长尾急甩，从侧面抽向我的肩膀。千钧一发之际，郎大脑袋手持玉魁游到我身边，一把将我拽开，将玉魁举过头顶，回收小臂，使其与大臂形成一个三角，浑身肌肉紧绷，使四肢气力贯通一体。孙偃白这段时间的特训总算没白费，郎大脑袋的身手确实远胜从前。

“当——”鲑鱼一尾巴抽在盾牌上，在水底放出一声爆响，犹如木槌敲钟。我担心郎大脑袋气力不足，赶紧将探海叉杆尾部的锁链缠在手肘上，松开探海，两手相合，抱住郎大脑袋腰腹。我们二人加在一起足有一百六十千克，叠加这一身装备和水中阻力，少说也有二百七十千克，以此等重量硬抗鲑鱼一尾之力，硬是被横着抽出三米多远。我五指一攥，捞住探海锁链，想要拔出叉头；却不料那叉头不但没有破开鱼皮下的骨板，反而卡进骨板之间的缝隙。我用力一拔，叉杆并未应手回收。郎大脑袋见我憋得满脸通红，连忙游过来，抱住了锁链，我们俩一上一下，蹬住露出潭底的半截石墩，拼命后拉。叉头在鲑鱼腹下乱抖，鲑鱼痛不欲生，在水中乱撞，掀起偌大的暗流。我和郎大脑袋角力不过，被拖行在潭底，在水流中左右摇摆，好不凄惨。郎大脑袋朝着我疯狂打眼色，我登时会意，顺着鲑鱼拖拽的方向，将锁链末端的菱形坠儿卡在玉魁盾牌的手柄处，将盾牌向下一按，插入潭底淤泥。

随着鲢鱼的拖拽，玉魁宛如一只船锚，在潭底越陷越深，鲢鱼力大无穷，拖着玉魁乱撞，所到之处，宛若铁牛犁地，潭底泥沙翻滚，水草齐根而断，许多沉积在潭底的白骨、碎石、淤泥被翻出，将清澈的潭水搅得浑浊不堪。我双手抓着锁链向上，边游边攀，钻到鲢鱼腹下。鲢鱼扇动胸鳍向我后颈横削，我猛然缩头，鲢鱼的胸鳍贴着我后脑勺掠过，一蓬水草应声而断。

“好锋利！”我心底一惊，不敢再向上攀，只能不断扯动锁链，想将探海拔出。鲢鱼的双眼看不到腹下情况，为了止疼，只能迅速下沉，用腹部猛蹭潭底，想将探海蹭掉。郎大脑袋见鲢鱼向潭底猛蹭，赶紧拽起玉魁，吐气上浮，他与鲢鱼一个浮一个沉，一个上一个下，仓促之间，竟然看了一个对眼。郎大脑袋此时身上未穿鱼皮衣，鲢鱼见了他，又惊又怕，扭头就跑。郎大脑袋手上提着的玉魁还连着锁链，锁链连着探海，探海插在鲢鱼腹部，鲢鱼这一蹿，瞬间将锁链拉成笔直。郎大脑袋臂力不足，五指一张，玉魁脱手而出，被鲢鱼拽跑。

“我的……咕嘟……咕嘟……”郎大脑袋吐出一串气泡，跟在鲢鱼后面游动，奈何速度太慢，瞬间就被鲢鱼甩开。我缩在鲢鱼腹下，在水中高速前进，无意中在水底一捞，抓起一截白骨腿骨。我看看腿骨，又看看头顶卡在鱼腹中的探海叉头，心中陡生一计。

“呼——”我深吸一口氧，将腿骨当作锤子，猛砸叉头，一边砸一边在心中默数：

“大锤八十，小锤四十！四十！四十！四十！”

连敲十几锤后，那腿骨骤然碎裂，断成两截。我心里骂了一句

“倒霉”，继续抱住探海随着鲑鱼上下浮沉。突然，我在前方草叶根部，又发现一具白骨。

“老兄啊！老兄！老弟我也是被逼无奈，暂借你头颅一用。”我心中默念数遍“好汉英灵莫怪”，伸手一捞，抓住那白骨的下颚，向上一掀，扯动整副骨架。正巧赶上鲑鱼的大尾巴从下方抽来，骨架“咔”的一声被抽得稀碎。我手腕一勾，刚好将骷髅头攥在手中。

“这回好了，小锤换大锤。”我咧嘴一笑，咬紧后槽牙，将骷髅头当作锤子，继续猛砸叉头。

“八十！八十！八十！”

“大锤”不愧为“大锤”，不过三五下，探海的叉头已钉穿骨板，刺入鲑鱼脏腑。鲑鱼再度发出犹如牛叫般的惨嚎，闪动胸鳍向腹部横削。我左手抓住探海的叉杆，右手挥舞着骷髅头，和胸鳍支应。鲑鱼棘刺有毒，我不敢空手相对，但手上攥着一只骷髅头，心态便截然不同。与此同时，丝丝鱼血渗出，沿着叉头上镂空的血槽散入水中，渐渐晕开。探海叉上的铭文被红色晕染，“水波不兴”四个夏篆愈发刺眼。

“咔嚓——”我手中的骷髅头在数十次击打下，破碎半边，我再也不敢硬拼。此时正逢鲑鱼鱼尾抽来，我赶紧攥紧叉杆，借力上捅，借着反作用力将自己的身体向下“按”，借此躲避鱼尾抽打。鲑鱼一尾抽空，没抽到我，却抽在了叉杆上，巨大的力量直接将叉杆抽飞，坚硬无比的叉头在骨板创口处一别，撬碎脸盆大的一块骨板。我抓住锁链，回收叉杆，重新将探海握在手中，发力一投，探海在水中激射而出，正中鲑鱼左眼。鲑鱼扬起鱼头左右甩动，冲向一处石柱。我见锁链仍有空余距离，两腿一夹水，绕着石柱游了半圈，将锁链连同末端系着的玉魁打了一个结，将鲑鱼“拴”在原地。鲑鱼左冲右突，本想将探海拔出，却又忍不住疼，只能绕着石柱转圈。我借助水中浮力攀上石柱，定睛一看，发现郎大脑袋正鬼鬼祟祟地从草秆深处探出头来。他全身藏在水草内，双手高举着一具穿着鱼皮衣的白骨在鲑鱼右眼前乱晃，吸引鲑鱼撞击。

果然，鲑鱼发现了郎大脑袋手里举着的白骨，狠命甩动鱼头，挣脱左眼插着的探海，用仅剩的一只硬角撞了过去。郎大脑袋扔掉手里的白骨，闪身到另一侧。我两脚在石柱上一蹬，钻入草丛，趁着鲑鱼从头顶飞过的当口，再次将探海上刺，沿着骨板破开的创口，轻而易举地捅进鱼腹中，叉杆没入鲑鱼体内三分之二，鲑鱼腹内传来“砰”的一声闷响。我心头一喜，暗道：“这怪物的鱼鳔破掉了。”

所谓鱼鳔，也称鱼泡，是鱼类在水中深浅沉浮的调节器官，通常呈圆囊形，硬骨鱼类鱼鳔多位于体腔前部，脊椎骨以下。鱼类吸气，鱼鳔膨胀，鱼身上浮；鱼类吐气，鱼鳔收缩，鱼身下沉。

此刻，鲑鱼的鱼鳔被探海刺破，无论如何吸气，也浮不上去，硕大的鱼身不断下沉。我用力搅动探海，无数破碎的鱼腑鱼脏混着腥黑的鱼血，染红方圆五米。一片血色之中，鲑鱼发出一声又一声悠长的惨嚎，缓缓沉落潭底，一动不动。我回抽锁链，将探海提在手心，打算游过去补刀，郎大脑袋拍了拍后背的氧气瓶，示意时间紧迫。我四周翻找一阵，在碎石中找到鲑鱼断裂的那只硬角，别在腰后，给了郎大脑袋一个眼神儿，两人同时开始上浮。

“噗——”我们哥俩儿从水潭爬出，吐了一口水，转身躺在地上，大口喘着粗气，眼前感到一阵阵的晕眩。

“你们还有脸回来?”孙偃白的声音从黑暗中冷冷传来，我打了一个激灵，猛地坐起身。

烛火阑珊处，夏忆与孙偃白相对而坐。孙偃白身上披着大衣，端着夏忆的保温杯，一口口地呷着热水，我依稀看到保温杯上被孙偃白的手指掐出的数道凹坑。

“你……醒来多久了?”

“十分钟吧。”

“你……”

“我什么都没看到。”孙偃白转过身去，故意不搭理我。

郎大脑袋使劲儿踹我一脚，疯狂甩头。

“脑袋，你怎么了？抽了?”

“你才抽了呢！去哄啊!”郎大脑袋趴在我耳边连声催促。

“哄？咋哄?”我一时间有些慌神。

“甜言蜜语啊！我给你说，你先……再……最后……”

我耳朵里还有在潭里带上岸的积水没有倒出来，郎大脑袋说了半天，我只记住一个“甜”字。我晃晃悠悠爬起身，抓起郎大脑袋的衣服，翻了翻他的衣兜。他这人低血糖，身上总带着巧克力。我捧着巧克力走到孙偃白面前，弯着腰低着头，小声说道：

“孙会计，我……也是一时冲动，你吃块巧克力，消消气……”

孙偃白还没说话，一旁的夏忆不禁摇摇头，涩声说道：

“你和郭听真是亲父子，骗女人的手段一模一样，专会拿些糖果吃食，欺哄未经世事的小姑娘……”

“我……”

夏忆的话一出口，原本向我手心伸手拿糖的孙偃白猛地将手抽回去，冷声说道：

“夏姨说得对，此前在雒水龙穴，我就是被你用一块巧克力欺哄，上了你的贼船，被你骗光我所有的积蓄，入股你那快要倒闭的施工队，如今不但拿不到分红，还要倒贴经费，跟你走南闯北。此事决不能善了！”

“孙丫头说得对。”夏忆微微一笑，拍手叫好。孙偃白一小口一小口地呷着开水，一言不发。

“你们两个……什么时候……”我彻底慌了神，偷眼去看郎大脑袋，郎大脑袋右手不停地拍打后腰，朝我挤眉弄眼。

我眼中一亮，脱口而出：“分红别担心，我卖腰子也给你赚出来！”

“噗——”孙偃白一口热水喷在我脸上。

“孙会计……”

“哪个稀罕你去卖什么腰子！”

我又羞又恼，转身去掐郎大脑袋的脖子：

“瞧你给我出的馊主意。”

郎大脑袋一边挣扎一边大喊：“哪个让你去卖腰子？是你智力低下，没看懂我的意思。角啊！鯥鱼的角，插在你腰后呢！”

“呀！我怎么把这茬儿忘了。”我反手扇了自己一个嘴巴，松开郎大脑袋。

郎大脑袋喘了一阵粗气，指着我腰间的鯥鱼角，笑着说道：

“我这兄弟虽然没什么恋爱智力，但胸腔里装着的绝对是一颗真心，此番下水，九死一生……”我伸手捂住郎大脑袋的嘴，让他少说些肉麻的话。

“你捂我嘴干吗？我这是在帮你表白啊……”

孙偃白忽而一笑，站起身从我腰间抽出那根鲑鱼角，徐徐说道：

“咱们是正规土木公司，一切缴获要交公，我身为会计，将这根角作价入公账，你们没意见吧？”

“没……没意见。”我愣在当场，彻底蒙了。

“老郭，别愣着了，雨过天晴。”郎大脑袋咧嘴一笑，一脸猥琐。

“晴……哪里晴？”

夏忆叹了口气，拍拍我的肩膀：“说你像你爸，真是抬举你了。你这不解风情的倒霉相，可是半点儿也不像你的父亲。对了，你得赔我一个保温杯，孙丫头在潭边看你们在水中搏杀，手指头都快把我的杯子掐扁了，要不是我拼命拦着，她早就跟你们一起下去了。”

“我……我赔。”我鼻子一酸，看着孙偃白的背影百感交集。

“别愣着了，咱吃点儿什么，我都饿了。”郎大脑袋翻找背包，在夹层里找到一袋真空包装的熟食扒鸡，撕开袋子，就要上嘴啃咬，我一个虎扑，将扒鸡抢到怀里。

“你有点样儿，病号还没吃呢。”

“我也是病号，我也得补一补！”

“你算个屁的病号，你哪有病？”

“前列腺啊！”

“你少胡扯，把鸡给我……给我……”

“玩儿浑的是吧，三哥！三哥！有人抢我吃的！”郎大脑袋冲着老三大喊，老三摇着尾巴冲了过来，将我轻轻扑倒，我们两人一犬在地上滚作一团。

笑闹一阵后，我们吃了些食物，适量饮水，迅速补充好体能，准备第二次下潜。

“孙会计的伤……”

“只要不和人动手，不运转气血，问题不大。”夏忆的话，算是给我们吃下一颗定心丸。

十分钟后，我们再次穿戴好潜水装备，第三次潜入潭中，按照先前探好的线路，穿过“苦草丛林”，经过大栗树影像，从鲑鱼的尸身边掠过。潭水中光线越来越足，水质接近透明。我们四人一犬在水中游动，若将我们比作鱼群，便恰好对应那段课本里的古文：“潭中鱼可百许头，皆若空游无所依，日光下澈，影布石上。佁然不动，俶尔远逝，往来翕忽，似与游者相乐。”

在潭中这片新水域中简单转了转，并未发现有什么危险和陷阱，我提着探海抢先上浮，浮出水面，放眼望去，周遭地势与我设想中完全一致。在我正前方是高耸入云雾的大栗子树，在我正后方是一面倾斜的崖壁。崖壁上方有一不冻泉，水量虽然不大，但散发着一股浓郁的臭鸡蛋味，泉水在崖壁上连滴带淌，铺成薄薄的一层水幕，像极了高端写字楼或商场门前的人造景观滴水墙。夜晚至凌晨温度低，水墙凝成冰霜，便是最好的反光镜，正午阳光猛烈，水墙融化，这面天然镜子便消失不见，配合日月轮转，在“∞”水潭中呈现出裸眼 3D 效果的大栗子树影像。

而那股泉水之所以会有臭鸡蛋味，一定是泉水中含有大量的硫化氢。而这种含硫化氢的泉水，我们通常称其为硫黄泉，很多景区将其开发为温泉药浴，美其名曰“专治皮肤病”。此地有硫黄泉，地下多半有火山；因为硫黄泉正是因火山爆发后，地底存在尚未冷却的岩浆不断散热，烘烤岩层缝隙含水层，地下水受热形成温泉，并渗出地面形成的。这也正解释了我和夏忆在山洞内关于此处潭水为何隆冬不冻的争辩，答案便是——地下存有未冷却的岩浆。

上学时，地理老师曾经讲过我国的火山地震带。我记得课本上有一幅地图，标注着在大兴安岭部哈拉哈河上游及其周边的区域分布着阿尔山火山群，也称哈拉哈火山群。这片火山在第三纪到第四纪期间曾出现强烈的火山活动，并沿大兴安岭西侧形成火山熔岩带。

“老郭，想什么呢？上岸啊！”郎大脑袋使劲儿拍了拍我的肩膀。

我咂咂嘴，摇头叹道：“沧海桑田，在自然造化面前，人的力量是如此渺小。”

“真是屎壳郎戴眼镜，愣充文化人。别装了，据我观察，孙会计不喜欢这个类型。”

“你才是屎壳郎！”我收起思绪，追着郎大脑袋上了岸。

“这里似乎是一处山谷。”孙偃白抬着头，向四周张望。

手表显示，此时已是下午两点整。盆地聚水，山谷藏风。此处谷地云雾缭绕，高大的建木隐入其中，宛若直插青云。此时正逢隆冬，栗子树上挂满积雪，通往离地三米高的树洞石阶上，赫然印着两排脚印，一排从潭水延伸而出，进入庙门。

“老郭，这地方云雾缭绕，也看不见太阳、月亮啊，既然没有光源，如何照射倒影啊？”

“脑袋啊脑袋，你的智力总算是开窍了，已经能掌握一个相对高阶的知识点了。”

“有屁快放，什么知识点？”

“此项知识点，唤作山谷风。白天日照山坡，山坡升温快于谷底，气流上升，形成谷风，风向自谷底吹向山坡，带动温泉蒸腾的丰沛水汽一同上升，形成云雾。夜间山坡降温快于谷底，空气冷却下沉，形成山风，风吹雾散，大栗子树被月光照射，映在潭水中。”

“不对啊！老郭，上午的时候，我还能在水中看到大栗子树的影像，按你的说法，那个时候云雾应该已经遮蔽山谷了呀？”

“非也，光照升温和热气上升需要时间，玉兔西坠，乌金东升，冷热交替，至少需要三个小时，因此在清晨鸡叫三声后的三个小时内，云雾尚未生成，我们仍然可以看到大栗子树的倒影。而眼下这个时段，谷风已成，云雾缠锁，不到日落时分，是不会散去的。”

“这个乌金和玉兔……玉兔我懂，出自‘86版’《西游记》第二十四集《天竺收玉兔》，里面的歌我还记得词儿呢，‘是谁，送你来到我身边’……可这个乌金嘛……”

“滚！”我扒开郎大脑袋向前走，寻一处干爽的地方，组织大家更换潜水服。

换好衣服后，我绕着岸边走出不远，便发现一块大石头。石头上刻着两排大字：万仙滩头休举步，碧海尽处早回身。在吴老獭的讲述中，此石在水底而不在岸边。我望着石头，皱眉深思。郎大脑袋揽着我的肩膀，小声说道：

“别想了，吴老獭不是啥好货，满嘴乱放屁，今天说石头在水底，明天说石头在岸边，没准后头还说石头在自家炕上呢，无非是信口胡扯。你若认真，便就输了。”

“我是思考，这万仙滩和‘碧海’又是什么地方。此处山谷面积不大，除了身后的潭水便再无其他的水域，何来‘碧海’二字？再看这大石背面，明显有斧凿之痕，想来大石背面原本是有字的，只是不知被那个手贱的王八蛋给刮掉了。”

“这你就不懂了吧。我也给你讲个知识点，小学语文课本里讲过，这叫夸张的修辞说法，东北话叫忽悠。”

“那这万仙滩……”

“什么滩？不就潭边这么一块小沙地吗？哪有什么仙家？”

话音刚落，老三抽抽鼻翼，开始狂吠。我看老三眼色不善，八成是有强敌靠近。我们四人迅速站成一个圈，背向内、面向外，不多时，自云雾中发出一阵“沙沙沙沙”的响动，自山谷坡地上黑压压跑来一群走兽：远看像狼，近看像狗，头脸狭长，顶部扁平，身体细长，耳朵短宽，突于毛丛，尾毛长而蓬松，四肢短小，爪具五趾，趾爪尖锐，一身黄毛，油光锃亮，背毛色深，腹毛色浅。

郎大脑袋一拍大腿，高声叫道：

“这不是黄大仙吗？”

“不对！黄鼠狼没有这么大的体格，你看这些走兽，从头到尾都在一米二左右，便是世界上最大的鼬科动物狼獾也没有这么威猛的体格。”

“嘤嘤——嘤——”这群走兽不断呼朋引伴，将我们围在当中。最前排几只甚为大胆，试探几下后，张嘴就来咬我的靴子。我稍稍后退，更引得它们变本加厉，龇着雪白的尖牙，直接来咬我的膝盖。我怒上心头，左脚卖个空子，引它来咬，伺机飞抬起右脚，一脚跟跺在它的前爪上。我这皮靴是货真价实的劳保货，鞋尖和后跟里都垫着钢片，一脚跺下去，能碎一块红砖。

“咔嚓！”那走兽的一只前爪被我一脚跺成粉碎性骨折，疼得脊背上黄毛倒竖，原本高高竖起的大尾巴瞬间缩到两条后腿之间。我踩着它的爪子，就是不抬脚，它用两排尖牙疯狂啃咬我的皮靴。

不远处，一头高出兽群一倍有余的“首领”分开兽群，来到了我身前五步处，冷冷地看着我。我一脚踢开已经断了一爪的“先锋官”，攥紧手里的探海，看向对方“扛把子”。

“老郭？我记得黄鼠狼胆子都很小的呀！眼前这群……怎么有点儿社会大哥的气质呢！”

“我都说了，这不是黄鼠狼。”

“那是啥？”

“这是獾。”我一边说，一边在头脑中飞一般搜索这类动物的信息。哺乳纲、真兽亚纲、食肉目的鼬科下有五个亚科、二十二个属和五十九个种。黄鼠狼（黄鼬）属于鼬亚科，除此之外，还有獾亚科、蜜獾亚科、美洲獾亚科和水獭亚科。虽然这些都是近亲属，面相相似，但性情大不相同。“而且我怀疑这些獾，是罕见的艾克猛獾。”

“是挺猛的！”

“我只见过化石仿品和动物学家凭想象复原的标本。”

“什么时候？”

“好多年前了，咱俩去省城办事，正好赶上自然科学馆免费开放。”

“好啊，在我忙于工作的时候，你竟然偷偷地学习补课，暗中进步！”

“少放屁，你去忙的是什么，要我说出来吗?”

“好好好，原谅你！原谅你！”

“你们俩别胡扯了，你看，它们都站起来了！”夏忆一声惊呼，指向前方。只见在那只“扛把子”的带领下，所有的獾都用两只后腿人立而起，两只前爪交叠在胸口，形似作揖。

“呀哈！这是给咱拜年呢?”

“别想美事儿，这东西祖籍非洲肯尼亚，那地方也不过年啊！动物人立而起，多半是恐惧到极点，想要在体形上拔高自己，壮气势、涨胆量，可等它发现自己纵然站起来，也不能压制对手的时候，它们就会……”

“就会怎么样?”

“图穷匕见！”我话音刚落，獾群里开始躁动不休，十几只体格壮硕的艾克猛獾贴着地皮冲过来，待到逼近我们身前的时候，迅速跃起，要撕咬抓扯我们的小腹。我横扫探海，左右猛戳，逼退三只艾克猛獾。郎大脑袋手持玉魁，护住身体，左右遮挡。夏忆双手一展，放出一蓬黑蜂，向獾群中涌去；却不料群獾在獾王的指挥下，纷纷撅起屁股，释放出腥臭异常的獾屁。郎大脑袋不小心吸了一口，顿时涕泪横流，呕吐不止。夏忆的蚂蚁和蜜蜂，遇到这股高浓“毒气”，纷纷钻回她的衣袖。

“不好！我的虫术不灵了。”夏忆刚说完，两只獾趁乱绕过郎大脑袋的盾牌，直蹿夏忆脚边。郎大脑袋回护不及，高叫一声：

“老三！”

“汪——”老三应和一声，甩开正在纠缠的两只獾，急奔而回，绕过夏忆的小腿，拦在她身前，张开大嘴咬住一只獾的脖颈，将其扑倒，左右乱甩。另一只獾张嘴咬住老三的后腿，一狗两獾滚作一团。孙偃白毒伤刚好，提不起气力，搬起一块大石头，砸了没几下，已然气喘吁吁。郎大脑袋为帮老三，揪住一只獾的尾巴，用盾牌猛敲那獾的脊梁。其他的獾见他空门大开，蜂拥而上。我横移半步，丢出探海叉，刺穿一只獾，将它钉在地上。郎大脑袋左边胳膊被咬得鲜血淋漓。夏忆抄起一只空氧气瓶疯狂抽打，将挂在他身上的两只獾打落在地。众獾嗅到血腥气，越聚越多，越来越亢奋，越咬越凶。

“别原地消耗，再这样打下去，越来越被动！走！”

“往哪儿走？下水吗？”

“下了水，更比画不过它们！进庙！”我一指大栗子树离地三米处的庙门，抢先登上台阶，拉动锁链，探海回手，我飞速舞动叉杆，想要冲开一条路。

“呼——”一道黄影带动风声，从我脸颊旁飞过。我举臂抱头，缩身翻滚，再抬起头的时候，右侧脸颊一阵火辣辣地疼，我伸手摸了摸，五指间已沾上鲜血。

黄影落地，缓缓转身，赫然是獾群中的“扛把子”，獾王出手了！我将手指间的血在胸口衣服上抹了抹，避免抓握叉杆时打滑。

“咱俩这仇，结下了。”我双眼一眯，缓缓站起身来。

獾虽然是群居夜行动物，但一穴不过十只上下。眼前这批獾，少说也有二百只，这只獾王能统领如此规模大的族群，定有非凡手段。

第十七章

二度受创孙偃白　三堂会审吴老獭

“老郭，你快干它啊，愣着干啥，我屁股都快被咬烂了！”郎大脑袋在我身后疯狂叫嚷。我和獾王相对而立，敌不动，我不动。

忽然，一阵风吹过。

“不好！这厮在借地利。”

风卷起地上的积雪，带着冰碴的雪花迷住我的眼睛。就在这一瞬间，獾王动起来了！它后腿蹬，前腿扑，在落地的一瞬间，后腿跟进，向地上一“跺”，再次人立而起。艾克猛獾体形本就比寻常獾类大出两倍不止，这獾王体形比寻常艾克猛獾又大了两倍不止，身长近两米，两只前爪一搭，直接抓向我的左肩。我横着探海挡住咽喉，獾王张开大嘴，一口咬住探海的叉杆，牙齿乱磨，发出令人牙酸的摩擦声。我后撤一步，侧身闪过它前爪的扑抓，旋转叉杆，逼它松口，同时提起膝盖，护住裆部和小腹，伺机后退，和它拉开距离。獾王一击未果，并不停歇，四爪着地，迅如雷霆，前爪连续扫抓我的膝盖，我搅动探海，一招“拨草寻蛇”，逼它后退。獾王越来越恼，不闪不躲，不招不架，一个钻扑，抓住我的脚踝，尖利的指甲瞬间刺穿我的皮肉。此时，我手持探海也扎进它的后脊。奈何獾王不仅皮厚，身上还蹭有一层松树油脂，探海这一扎，虽破开皮肉，却未伤筋动骨；反倒是我，脚踝中招，仰面跌倒，獾王趁乱扑上，将我压在身下乱咬。我举着探海，护住眉心到裤裆这一条线的“要害”，以后背为发力点，用力顶膝蹬腿。獾王体重不输一只马驹，我几次发力，都未将其蹬开。正焦躁间，一抹火光从我头顶一扫而过。炙热的烈焰，将我额头的头发瞬间烧焦，獾王再猛，毕竟是野兽，野兽畏惧火光，乃是天性。

“呼——”獾王飞身后退，带起一蓬积雪。

我抬眼看去，只见孙偃白不知何时已持剑在手，浑身酒气蒸腾，惊鸿剑上燃着刺目的火焰，所到之处威不可当，群獾辟易。郎大脑袋与老三合力，一个用盾牌砸头，一个用利齿咬颈，干翻一只獾后，和孙偃白会合。孙偃白将夏忆护在身后，救下被獾王压着撕咬的我，将队伍收拢在一起，聚在台阶上。燃着大火的惊鸿剑逼退獾群，獾群缓缓退开，绕着我们形成一个距离三步远的包围圈。

“快走！进庙！”孙偃白脸色惨淡如霜，握剑的手不停颤抖。

此时不是矫情的时候，孙偃白毒伤未愈，强行出手拼杀，几近体能极限。郎大脑袋见我脚踝处一片鲜红，一条腿站立，摇摇晃晃，赶紧问道：

“老郭，怎么茬儿？”

“不要紧，我今年已经打过狂犬疫苗。”

“现在咋整？”

“声东击西，咱俩吸引火力，确保孙会计在气力耗尽前，能冲到庙门前。”

“咋吸引?”

“上马!”我一声大吼，郎大脑袋瞬间会意，半蹲下身，腿开马步。我伸手在他肩膀上一搭一撑，跳上他的后背。我们俩自幼便在村内骑马打仗，打遍十里八乡，“纵横沙场”无一败绩。只不过向来都是我当马，郎大脑袋当将，此刻身份转换，他不由得有些迷茫。

“想啥呢？冲啊!”

“啊?”

“你是马！你得跑起来!”

“对对对!”

“杀——”我俩同时发声大喊。郎大脑袋一手夹在肋下，“圈”住我的膝盖窝，另一只手攥紧玉魁的挽绳，护住小腹和裆部。我后背发力，挺起上身，挥舞探海，猝然投出，直插獾王。獾王虽壮硕，但灵巧异常，向左一闪，躲开我的攻击。探海去势不减，扎穿獾王身侧的另一只獾。

“闰土啊！你他娘的扎偏了!”郎大脑袋此刻危机当头，仍不忘出口嘲讽我。

“你也就知道个闰土，五年级以下文化，少说话!”

“嘿嘿！老郭，你才没文化,《少年闰土》是六年级的课文，现眼了吧!”

“闭嘴!”我一声断喝扯住探海尾部的锁链，向后一拽，探海带着刺死的獾迅速向我手中飞来。我抡圆胳膊，将探海甩向孙偃白。

“孙会计，借个火儿!”

孙偃白腾身一跃，劈死两只冲上来的獾，剑锋一撩，火光冲天，将插在探海叉头上的獾点燃。獾一身厚厚的皮毛，滚满松脂，遇火便燃，瞬间化作一只大火球。那只獾虽被探海刺穿，却并未死透，此刻被火烧得“吱吱作响”，发出一阵刺耳的惨叫。我将它当作“火流星”，甩动探海锁链，借助骑马打仗、二人相叠的身高优势，将“火流星”舞得风雨不透。郎大脑袋甩开双腿，向獾王跑去。獾王不敢硬拼，不断后退，催促手下上前阻拦。这些披着毛的獾都是最好的易燃物，哪个敢上前，哪个就跟着一起变火球。

在我们俩的冲撞下，獾群节节后退，獾王一心避火，无暇分身指挥群獾，原本严密的包围圈，顷刻间被我们冲得七零八落。孙偃白强提一口气，带着老三和夏忆冲到庙门前。

“去开门!”孙偃白持剑断后，夏忆跑到庙门前，用力一推，大门纹丝不动。

“门……推不动啊!”

“加把劲儿!”孙偃白实在分不开身，只能将开门的重担全权委托给夏忆。夏忆走南闯北半生，身上虽然有些功夫，但毕竟无法和孙偃白这种自幼习武、传承涂山氏武艺、练得一身怪力的“人形坦克”相比拟。

“啊——”本就单薄瘦弱的夏忆使尽全身气力，庙门依旧纹丝不动。

“老郭，火灭了！火灭了!”郎大脑袋不住地叫嚷。我偷眼一看，探海叉头上插着的獾尸，已烧成一块焦炭，火焰渐渐熄灭，一股近似串店烤鸡架的肉香缓缓飘来。獾王最先恢复镇定，指挥群獾，开始继续合围。

孙偃白听见夏忆声嘶力竭的喊声，瞧见我们哥俩儿这战况不利，一咬牙，从手腕处的袖口夹层内抽出四枚银针，一扎神庭穴，二扎翳风穴，三扎风府穴，四扎当阳穴。

四根银针插入，孙偃白双目瞬间化作赤红，握剑的手越来越稳，她开始长吸气，一口气足足吸了一分半钟，苍白的脸颊渐渐变为火红，额头上开始渗出细密的汗珠，浑身骨节噼啪作响。

“孙会计?”我发现她的异常，出言询问。

“没时间了，叉来!”孙偃白向我招手。我抡动探海叉，荡开围上来的貛群，将探海投向孙偃白。孙偃白抬手一抓，将探海攥在掌中。

“脑袋！抱紧我的腰。”

“好!”

孙偃白后退半步，双手握住叉杆，骤然回拉。一股大力袭来，将紧紧攥着锁链的我，连同抱住我双腿的郎大脑袋扯向半空，迅速向庙门飞去。

我和郎大脑袋人在半空，好似腾云驾雾，在群貛头顶飞过。冷不防半路飞来一道黑影，赫然是那貛王想要“半渡而击”。我二人在空中无处借力，被貛王捕捉到轨迹，抢先跃起，张开大嘴，向我头面扑抓而来。

“盾!”我一手扯住探海锁链，一手向身下探去，郎大脑袋举手一抬，将玉魁递到我的手中。我攥住玉魁的边缘，将玉魁当作砍刀，画着弧劈向貛王，正中其口!

玉魁号称坚不可摧，一盾劈下，貛王两颗犬齿应声折断。貛王满口是血，翻身落地。我和郎大脑袋去势不减，落在庙门之前。孙偃白挥手一剑，劈死一只獾，剑上火焰，随之熄灭。我和郎大脑袋爬起身来，一盾一叉，挡在她的身前。孙偃白倒提剑柄，后退至庙门前，背靠庙门，双臂下坠，五指张开，按在门板上，双腿向后蹬，仰头大喝：

“开——啊——”

“咔嚓——”门后传来某种木质物断裂的脆响，朱红色的大门瞬间洞开。孙偃白猛地喷出一口鲜血，栽进庙门之内。夏忆一手抱住孙偃白，一手拔出她头上的银针，从怀里掏出一把水蛭，掰开孙偃白的牙关就塞了进去，向上一托孙偃白的下巴，捂住孙偃白的嘴，轻声呼道：

“嚼！快！”

“你给孙会计吃的什么！”郎大脑袋眼贼，出声示警。

“水蛭攻窜，能破血通经，逐瘀消症，专治症瘕痞块，中风偏瘫，跌扑损伤。”

“水蛭，呕！”孙偃白闻声作呕，却被夏忆按住口鼻。夏忆以拇指食指，顺着喉咙下刮，在孔偃白胸口处猛地一点，孙偃白猝不及防，将满口水蛭尽数咽下。

我和郎大脑袋边战边退，退到庙门之后，将朱红色的庙门掩住。庙内顿时漆黑一片，无半点儿光源，外面的獾群潮水一般撞击着庙门，我二人渐渐吃力。

“老郭，你说这叫什么猛獾来着，也太猛了。”郎大脑袋大喊。

“艾克猛獾，肯尼亚洛沙冈地区中新世沉积层中发现的巨型鼬科化石……艾克猛獾。”

“肯尼亚？那不是非洲吗？非洲啥温度，大兴安岭啥温度，这可隔着半个地球呢!”

“中新世开始于两千三百万年前，结束于五百三十三万年前。这个时期内，全球进入间歇性冰河时代，平均气温仅有8摄氏度。咱们现在所处的大兴安岭，年平均高温6摄氏度，年平均低温零下10摄氏度，和那个时候的肯尼亚差不太多。”

“不是都灭绝了吗？怎么又出来了?”

“宣布一个物种灭绝有两个依据：一是这个物种在五十年内没有在野外被发现，二是这个物种的最后一个个体死亡。”

“这窟窿也太大了！五十年没发现，不意味着就不存在啊！还有，你怎么知道哪个个体是最后一个啊?”

“所以说，学术上的物种灭绝，并不等于实际上的物种灭绝。”

“这也太坑了……哎哟我去，我快顶不住了！老郭，你使劲儿啊！赶紧找个什么东西，把门顶住啊!”

“我使着劲儿呢!”我用后背靠住门板，伸手在地下乱摸，摸到地上有一门闩，足有大腿粗细，但此时已断成两截，料来孙偃白刚才就是在和这截门栓较劲。

“发什么呆啊！哥们儿要顶不住了!”郎大脑袋连声催促。我掏出手电，左右照了照，在庙门正对处发现一座石雕香炉。我让朗大脑袋先撑住，自己一瘸一拐地跑到香炉边上，忍着脚踝上的疼痛，助跑两步，向前一扑，将香炉撞倒。香炉肚子是正圆形，倒地后顺势向前滚动数米。我捡起断裂的门闩，垫在香炉肚子底下，倒提探海，插入门闩与香炉肚子之间，用肩膀向前猛顶探海的叉杆。借助杠杆效应，撬动香炉继续向前翻滚。夏忆将孙偃白放在地上，也过来帮忙。

“老郭！我顶不……”郎大脑袋一个趔趄，向侧前方扑出半步。庙门被撞开一条缝隙，一只獾抢先钻入半个身子。

“使劲儿啊!”我猛地一顶肩膀，探海叉杆隔着皮肉硌在我的骨头上，锥心地痛。

“轰隆隆隆——”香炉在地上连续翻滚，如同一只保龄球，“当”的一下撞在两扇庙门正中。刚刚被獾群撞开的门缝儿瞬间消失不见，那只刚钻进门缝儿半个身子的獾被夹死，甚至没来得及发出一声惨嚎，便被夹成一张“皮影”。

“哎呀我去。”郎大脑袋手脚一软，趴在地上一动不动地喘着粗气。我连滚带爬来到孙偃白身边，孙偃白双眼只剩一条缝儿，有气无力地看着我，轻声说道：

“别管我了，你们先……”

“先个屁，既然是同来，必定是同归。”我攥着孙偃白的手，眼泪噼里啪啦地往下掉。

夏忆扶着膝盖喘匀了气，摆手说道：

“不知她用了什么古怪法子，瞬间榨干最后的精气神，要不是我这一把药蛭喂得及时，她刚才就‘栓’过去了。这下好了，三五个月动不得武，气血两亏，难免一场大病。”

“你可有法子救她，我……我便是……当牛做……”

“凭我一身虫术，断不会让孙丫头遭病遭痛；只不过，我才不需要你这等蠢笨的牛马，我只要你回答我一个问题，若答案能让我满意，我便治；让我不满意，我便不治。”

“什么问题?”

“你说实话，我和你妈妈，究竟谁更漂亮?”夏忆拢了拢凌乱的头发，眼光灼灼地看向我。

“我……你……”我心里乱成一团麻，不知该如何回答。夏忆最是在乎自己的容貌，若告诉她我妈妈漂亮，她少不得要恼怒生气；万一她使性子坐视不理孙偃白，定会耽误孙偃白的康复治疗。可我若说她更漂亮，岂不是对不起我的妈妈。

见我犹疑不定，夏忆眉毛一拧：“你是打算就这么拖下去吗?”

“我……”

“好，你若不答，也不是没有旁的法子……你这眼睛，不像你的爸爸，必是像你的妈妈，我要你一只眼，解我心头恨。”

“这有何难?”我右手食指竖起，向自己眼窝抠去，就在指尖搭在眼皮上的一瞬间，夏忆伸手抓住了我的手腕。

“怎么？左眼不行，换右眼便是了。”

“傻孩子……”夏忆眼眶一红，热泪夺目而出。

“你……”我愣在当场。

“我不过是跟你开个玩笑，你是他的儿子，我怎么敢……孙丫头，瞧见了吗？这孩子虽不英俊潇洒，也没什么钱财，但看他这舍生忘死、不负情义的性子，赌一次又何妨?”

孙偃白微微一笑，不置可否，夏忆将我的手腕按下，徐徐叹道：

“孩子，你能将钩沉送我，我心里很是欢喜。适才在水下，我心里想着，就算没能寻到他的人，找到了他的鱼竿，我便是死了，也没什么遗憾了。”

“夏……夏姨。”我踌躇半晌，口气一软。

“你叫我什么?”

“夏姨。我爸他……对不起你……”

“没有，他没有对不起我，我心甘情愿。我们上一代人的恩怨，不关你们小辈的事。”

我正要再说些什么，窝在门后的老三突然耳朵一立，两条前腿站起，双眼紧紧盯着我们的头顶。我唯恐打草惊蛇，没有立刻用手电筒去照，而是给了夏忆一个眼神。

夏忆点了点头，将右手手掌平放在地上，一蓬红黑色的蚂蚁自她袖中爬出，沿着地面爬向木柱，沿着木柱爬向横梁。三分钟后，横梁深处的黑暗中陡然传来一声尖叫，一个人影从高空坠落，硬生生地砸在地上。

“啊呀——”人影落地后，又发出一声痛呼。

“是吴老獭!”我们瞬间听出他的声音。未及多想，郎大脑袋抄起玉魁，第一个冲上去。我拄着探海当拐棍，深一脚、浅一脚地向声音来处跑。

“脑袋，别让他跑了。”我腿脚慢，心急如焚。

“跑不了，我按着他呢，哎呀哈，老王八你还敢动刀!”

“当心！当心啊！老三！老三！快去帮忙!”

“汪——汪——”

我连跳带蹦，举着手电筒照过去，只见郎大脑袋用玉魁压着吴老獭的头颈，整个人趴在吴老獭的肩膀上。吴老獭手持一把剖鱼刀，本想捅刺郎大脑袋，却一刀扎在玉魁上，随即手腕就被老三咬住，疯狂撕扯，剖鱼刀掉在地上。郎大脑袋趁乱蹬出一脚，将剖鱼刀踹出老远。吴老獭从高处落下，浑身震得剧痛，气还没喘匀，就被郎大脑袋一百六十多斤的体格骑住上半身，连抽带打。

“有话……好说！有话好说！咳咳咳……咳！”

“外面的獾，为什么不咬你？说！”

“人骨药！人骨药！我喝了人骨药。在猛兽的嗅觉中，我就是一具尸体，这种獾不食腐，昼伏夜出，没嗅到活人气味，它们只会在穴中睡觉。我只要喝了人骨药，在日落前随便溜达，不怕被咬……”

“这些事，为何不跟我们说？”

“我说……说了呀，您八成是贵人多忘事，没记住，我真说了……”

“说你奶奶，老三，咬他裤裆！咬他裤裆！”郎大脑袋伸手打掉吴老獭的帽子，揪住他的头发，另一只手去扇吴老獭的脸。吴老獭双手抱头，两腿乱蹬，不住告饶：

“怎么又咬裤裆……别！别！别！啊——啊——”

老三天天和郎大脑袋混在一起，最听他的话。郎大脑袋两条腿夹住吴老獭左腿，给老三创造机会。吴老獭右腿猛蹬，不让老三靠近。老三原地一跃，跳到郎大脑袋身上，背对吴老獭，从上往下咬，猛扯数口，将吴老獭棉裤的裤裆撕得粉碎，白色的棉花在空中乱飞。老三打了个喷嚏，埋头继续乱咬，吴老獭嗓音都变了调，高声喊道：

“郭经理！郭经理！你是当家人，出来说句话……说句话啊！”

“我说你姥姥！”我在距离吴老獭身前三步远处，一个垫步，跳起身来，用那只没有受伤的脚猛踢吴老獭的屁股。

“别啊！别打！别打了！”

“你也知道疼？你自己说，这一路上，你给我们下过多少套？老三！别停，继续咬！”

“啊——啊——”吴老獭缩在地上，想凭借翻滚躲过我们的痛殴。我脚踝上有伤，踢了没几脚，就疼得站不住。我扑在地上，抱住吴老獭的双腿，脱下他的棉鞋，抽出鞋带，将他双手背在身后，捆了个结结实实。

郎大脑袋体力跟不上，刚厮打一会儿就直喘粗气。

“脑袋，你咋这么虚？”

“还不是被门外那些肯尼亚来的什么猛獾折磨的！”郎大脑袋一屁股坐在地上。

吴老獭面朝下、背朝上，歪着头看向我，小心翼翼地赔着笑：

“郭爷，您大人不计小人过……都是误会！”

“误会？哥们儿我被守山胡仙姑暗算的时候，你怎么不说是误会？哥们儿被困在狐窟迷宫里的时候，你怎么不说是误会？哥们儿在潭水下，和大鲑鱼白刀子进红刀子出的时候，你怎么不说是误会？你个王八蛋，一肚子坏水，还骗我们穿鱼皮衣！”我越说越气，忍着脚疼，又踢他一顿。

郎大脑袋喘匀气，将吴老獭揪起来，拉到石头香炉底下，大声喝道：

“今天咱就来个三堂会审，让这老东西，把肚子里的坏水、干过的坏事，全都一一说个明白；倘若牙缝儿里再敢蹦出半句谎话，就用这大石头香炉给他碾成皮影！”

“别！别！”吴老獭被郎大脑袋彻底吓住，跪在地上不停地打哆嗦。

“行啊，郎副总，你还知道三堂会审?”孙偃白强撑着虚弱的身子，坐起身来，很是欣慰。

“那是自然，孙会计别看你家学渊源，可我郎川枫也是学富五车啊!”郎大脑袋很是得意。

“那你说说三堂，是哪三堂?”

“三堂……不就是包青天、公孙策、展昭三个人吗?电视剧里，他们仨站在上面，衙役站在下面，犯人就跪在中间。包大人一拍桌子，下面的衙役就喊‘威武’。”

“三堂在明清以前指的是刑部、大理寺、御史台。你个不学无术的东西!”孙偃白气得直喘粗气，我赶紧拍拍孙偃白的后背，让她把气喘匀。

“脑袋，你学习历史知识，不能全靠电视剧!得像我一样，多读书。”

“你也好不到哪儿去!”孙偃白拨开我的手。

“快别转文化词儿了，拿捏这吴老獭才是要紧。你们仨坐好，只管扮演青天大老爷，我卖卖力气，扮演个打板子的衙役，这厮便是嫌犯。咱们这就开审，呀呀呀呀——威——武——”

我一挽袖子，坐在地上，右手往膝盖上一拍，大声喝道：

“下跪者何人?”

“回领导的话，此人名唤吴老獭，生活作风有问题，乃是天下第一坏蛋。”

“打!”我一拍大腿，郎大脑袋叫一声“好”，抬手抽了吴老獭四个大嘴巴。吴老獭脸颊高高肿起，哀声呼道：

“你们什么都我没问，怎么就先打上了？电视剧里也不是这么演的啊？！”

“哎呀，还看过电视剧。你很膨胀啊，敢教训本大人，再打！”

“让你看电视剧！让你看电视剧！”郎大脑袋一声怪吼，抬手又是四个大嘴巴。

“这都哪儿跟哪儿啊？！”吴老獭又气又急。

“好了，你说说吧。”

“说……说啥啊？”

“脑袋，给他起个头儿！”

“啪——”郎大脑袋一个嘴巴抽上去，吴老獭一缩脖子，大声喊道：

“知道了！知道了！这就说……”

“你打算从哪儿说起啊？”

“从头说！从头说！”

“你这厮惯会扯谎，若敢骗我，还得挨打。”

“郭爷、郎爷，您二位一看就是走过江湖的，我这点儿道行，如何能骗得了你们呀？”

“别以为不晓得你的伎俩，你这人说话七分真三分假，讲故事时只在关键处将上说成下，左说成右，前说成后。此等手段，就是给你插上十台测谎仪，也找不出破绽。”

郎大脑袋闻言，若有所思，默立半晌，一个大嘴巴抽过去：

“说！你是如何用这法子暗害西毒欧阳锋，让他练错《九阴真经》？”

“这又是什么事儿啊，什么风？又什么经？你凭什么打我？！”

“83射雕你都没看过，还说不该打？让你不看电视剧！让你不看电视剧！”郎大脑袋扇完四个大嘴巴，两手一叉腰，满脸无赖相。

“这……看电视剧也要打？不看电视剧……也要打？”吴老獭欲哭无泪。

“好了好了，脑袋，不要刑讯逼供，更不要屈打成招，让他畅所欲言。”

“我畅……我畅……”吴老獭彻底被郎大脑袋打怕了，竹筒倒豆子一般说出一大段掌故密辛。

第十八章

肃慎秘境连环套　内外勾连无间道

明永乐年间，瞿衡回返女真部族，与建文旧党勾连，密谋反攻朱棣，为方便活动，恢复本名答剌挞。朱棣得到密报，龙颜大怒，任命亦失哈为钦差太监，让他以巡视奴儿干都司所辖卫所的名义调查此事。彼时，答剌挞借助祖上传下来的一本《天书》，进入胭脂沟秘境，打通上古时大魔王耶鲁里闯入人间的通道，直达九幽之下，见到大魔王耶鲁里。耶鲁里没有想到自己在人间还有鬼奴没有遗忘自己，高兴之余，传给答剌挞诸多邪术，并指定为自己看守财宝的使者阿时那相助答剌挞。答剌挞凭借耶鲁里所传邪术，广收信徒，驯养平猴驮重，在山中开凿秘境，在石洞中修建祭坛，驯养守山胡仙姑，在山中四处修建石龛，引诱百姓祭拜，伺机迷幻活人，送予阿时那食用。阿时那帮助答剌挞烧杀抢掠、聚敛财富。周边部族，稍有异议，便会迎来灭顶之灾。

答剌挞的动静越闹越大，亦失哈高度警觉，开始着人跟踪调查。派去跟踪的好手，数次在涸塄套走失。亦失哈另辟蹊径，开始驯养鹰神海东青，破解涸塄套的难题，带着大军直接杀到碧潭古洞外。平猴、守山胡仙姑虽然怪异，但也不过是些血肉之躯的走兽，和千余名披盔戴甲、手持强弓硬弩的百战官兵根本无法抗衡，不过半个时辰的光景，就被杀得四散奔逃。亦失哈派遣五百精兵搜山，用点燃的艾草熏烤守山胡仙姑石龛下的洞穴，投下浸泡毒药的鸡、鸭、鹅、兔，大肆捕杀这些“人造精怪”，剩下的人马全力攻打山洞。洞内只有答剌挞和几十个信众，没到盏茶的光景，就被亦失哈一网打尽。更令亦失哈意外的是，在这几十号人里，还藏着一位名叫刘观泰的大人物。此人乃是建文皇帝的亲信，官居二品。朱棣攻破南京后，此人便下落不明。亦失哈马不停蹄，将这些人拉到狱中拷打。奈何这些人都是硬骨头，抵死不说，亦失哈无计可施之际，周边又发生百姓失踪案。有一郎姓书生自告奋勇，面见亦失哈。亦失哈虽绝口不提建文旧党之事，却将如何借用神鹰海东青穿过涸塄套、如何捕杀平猴、守山胡仙姑等情况一一告知，并将从答剌挞身上搜出的一本满是怪异文字的书，交给郎姓书生。郎姓书生大喜道：“我只知晓前人布局，并不知晓今人新设的陷阱，大人此言，解我许多迷惑。”言罢，郎姓书生带着两口用油纸密封的棺材，带兵进入胭脂沟山洞。据官兵相传，那棺材上画满符箓，内中还有指甲抓挠的刺耳声。抵达山洞后，郎姓书生遣人将棺材抬入洞中，将官兵请到洞外驻守。随行官兵一路上早觉得那两口棺材阴气森森，巴不得离得越远越好。郎姓书生独自一人在山洞中稍事休息，自己偷偷潜入潭水，将两口棺材一一从水底拖到大栗子树下，并发现了答剌挞在树洞内建造的这间诡庙。

郎姓书生背靠两口棺材，坐在石阶之前，用剑在一块大石正面刻上“万仙滩头休举步，碧波尽处早回身”；在石头背面刻下两排小字：

“吾本布衣，散尽家财，于海外求得异种，今携之入山，任为守山精怪。日月盈仄，光阴如梭，后世百余年，必当繁育千万，永镇此地。吾虽血洒于此，亦无憾。”

日落后，有一只毛茸茸的爪子推开庙门。郎姓书生双目陡睁，反手掀开两具棺材的盖子，放出四只巨獾。四只巨獾闪电一般冲入庙内。

大约过了半个时辰，庙内厮打声、嚎叫声渐渐归入沉静。郎姓书生冲进庙去，将两只伤而未死的巨獾拖出来，自己点起一支火把，抽出随身佩剑，再次冲进庙内，反手关上大门。

此后百余年，这两扇朱红色的大门再也没有开启过。

直到清末民初，一乞丐名曰李蒜头，自幼在胭脂沟左近的县乡乞讨为生。在他十六岁那年冬天，大雪连下十几天，街上一个行人都没有。李蒜头冻饿难忍，在城中乞不到食，便想着去城外河沟里凿冰钓鱼，在路过一片老林的时候饿昏过去，被城外渔民郎氏兄弟所救，收留他在家中帮工打鱼。李蒜头虽是个乞丐，但模样俊俏，能说会道，没过多久，便勾上郎家老大的闺女，郎家老大见闺女铁了心要嫁他，万般无奈，只得应允，将李蒜头招成上门女婿。数年后，周边兵灾、匪灾甚重，十室九空。而这郎家兄弟正是永乐年间郎姓书生的后人，奉祖命在此看守秘境。郎家兄弟经过商议，决定由郎家老二带独子南下，郎家老大带女儿和李蒜头留守祖地。忽有一日，有绺子下山，沿途劫掠。为躲避匪患，郎家老大带女儿女婿进入胭脂沟内的秘境。郎家老大将李蒜头当作亲生儿子，告诉他可以用海东青在天上指路，走出涸塄套，并利用已经空置的守山胡仙姑洞穴摸进藏有水潭的山洞，游过山洞的潭水可以到达古庙。潭水中虽有古时便居于此地的鲢鱼，但此鱼胆小，欺鱼怕人，无须惊恐，游过潭水后，在上岸前，喝下祖传药方人骨酒，便不会惊扰那些巨獾，平平安安到达庙内。

有道是“财帛红人眼，美酒动人心”。李蒜头跟着郎家老大进入古庙，发现庙中一应烛台、碗碟、桌椅均是黄金所铸，早就起了歹意。这些年，郎家老大上了年纪，进城采买、换粮的活儿都交给李蒜头。李蒜头没进几趟城，就先后染上赌博、嫖娼、抽大烟的毛病。他平日里凭着偷鸡摸狗、坑蒙拐骗、借高利贷，勉强能换一口烟抽；可这一阵子往山里一蹲，烟瘾上来实在控制不住，李蒜头便动了歪心思，想要将古庙里的金件儿偷些出去换烟土，却不料被郎家老大抓个正着。厮打间，李蒜头将老丈人和媳妇全送去了阴曹地府。李蒜头卷走一个金烛台，带着老丈人家里养的海东青，跑出胭脂沟，来到城里当铺，将烛台换成银圆，买烟土吞云吐雾，日日饮酒买醉。这段时间他噩梦连连，一直不敢回到胭脂沟，生怕见到老丈人和媳妇的尸身；可没过半个月，身上的银圆就被他挥霍一空。他受不了累，干不了活儿，挨不了冻，忍不了饿，万般无奈下，只得皱着眉头，重新回到胭脂沟内的古洞，将老丈人和媳妇的已经冻硬的尸身掩埋，又拿走几件金器，回到城里潇洒。就这样，李蒜头过了大半年披绸穿缎、衣来伸手、饭来张口的神仙日子，吃、喝、嫖、赌、抽无一不沾。虽说古庙里金器不少，但也架不住李蒜头这般挥霍，很快便剩不下几件值钱的东西。李蒜头在庙内开始一轮又一轮地“地毯式搜寻”，只寻到几件金盘金碗金汤匙，还有一本厚厚的手抄书，上面既有汉字，也写着许多不认识的古怪文字。他知道，再这么消耗下去，自己明年就得沦落街头要饭了！

“总得干些什么买卖，好进些活钱儿!”李蒜头思量想去，自己一无手艺，二无体力，三无学问，四无亲朋，文不成武不就，手不能提，肩不能扛，寻常买卖绝对做不来，唯有那些不辛苦又高利润的买卖，才能合乎心意。

“罢了！我去当绺子吧!”李蒜头一拍大腿，做出了决定。

李蒜头这些年在街面上厮混，三教九流、牛鬼蛇神识得不少，对这里面的道道儿颇有研究。他先是找一卖黑枪的小厮，置办下两把手枪，从单枪匹马的独行劫匪做起，在胭脂沟附近钻山越岭，专抢落单的行人，为竖立旗号，他每次抢劫，都身穿一身鱼皮衣，自号“鱼皮二爷”。周边其他绺子多次想要捉拿他，可他一进胭脂沟，就不见踪影，宛若人间蒸发。渐渐地，鱼皮二爷“邪乎”的名头越传越响，再加上他手段狠，家伙硬，银圆多，很快便纠集一帮人马。就这样，开山立柜以来，鱼皮二爷用五年的时间，凭着胭脂沟秘境内的金盘金碗金汤匙落草“创业”，旗号“鱼绺子”，割据胭脂沟至额木尔河周边地界，手下两员大将，一是大炮头（带兵先锋）六指吴，二是总粮台（后勤账房）小花鞋，连同三四十号精干人马，渐成气候。

“创业”三年后，鱼皮二爷精简“业务项目”，方圆五百里独一份，专干“挖点儿”的营生。所谓“挖点儿”，便是敲诈。先给乡绅地主下帖子，写上金额条件，交纳日期，如若逾期不纳，便杀人灭门，等等。彼时，干这门营生的绺子众多，唯有鱼皮二爷拔得头筹；究其原因，并非是他有什么怪异法术，而是因为他手中长枪短炮着实够硬。在周边土匪还用鸟枪、土铳、老套筒、大片刀、红缨枪的时候，鱼皮二爷已经用金灿灿的大黄鱼给手下人置办下清一色的俄式装备。四十几人的绺子共有毛瑟 M1898 步枪二十支、1895 型转轮手枪三十支，甚至还有一门产自俄国普梯洛夫兵工厂的 M1902 轻型野战炮。别看鱼皮二爷人马少，但个个都是狠角色，配上这些枪炮，便是遇上坐拥几百人马的大绺子，也毫不胆怯。再厚实的地主院墙，也架不住野战炮的一颗炮弹。鱼皮二爷凭此纵横额木尔河马头咀一带，无一败绩。

俗话说得好："人无千日好，花无百日红。"鱼皮二爷夜路走得多，难免要"撞鬼"。这一回，他如平常一样，给后山屯的财主刘满仓下帖子，索要钱财、闺女。刘满仓发狠，悬赏张榜，雇佣炮手护院，想要和鱼皮二爷"碰一碰"。一个自称来自龙虎山的小道士揭了榜，带着家丁护院，设下埋伏，围剿鱼皮二爷的人马，并将鱼皮二爷捅死。这小道士正是郎家兄弟中郎家老二的儿子，算起来，鱼皮二爷还是他的堂姐夫嘞!

鱼皮二爷身死，手下的绺子死的死、逃的逃。手下两员干将六指吴和小花鞋唯恐周边的绺子和官兵"趁他们的病，要他们的命"，只好改换装扮，潜藏身份，先一同返回绺子寨，把绺子头鱼皮二爷多年攒下的金银、财宝、字画、瓷器、古董也二一添作五，各自卷走，随后分头逃亡。

此后，小花鞋不知去向，六指吴扮作渔民，在古莲河镇捕鱼为生。凭着早年和鱼皮二爷学下的冬捕之法，日子过得倒也红火，四十多岁的时候，还娶上媳妇，生了娃娃。六指吴虽想隐瞒过去，过老婆孩子热炕头的美好生活；但天不遂人愿，他这儿子自小便是个招灾惹祸的行家，与人殴斗，惹上人命官司。六指吴散尽家财，上下疏通，才保住他一条性命。这一趟折腾，劳心伤财，不但当初从鱼皮二爷那里卷来的金银已所剩无几，还因为露了富贵，被附近一伙盗贼盯上，绑了他媳妇的肉票。六指吴怀揣两把转轮手枪，背着一袋金条，上山赎人去，却不想他媳妇在麻袋里闷了一夜，发喘症（哮喘病）无人得知，六指吴解开麻袋的时候，都已经凉透了。六指吴心如刀绞、肝胆俱裂，掏出手枪，就要和人玩儿命。然而时光荏苒，岁月如梭，三十年光阴转眼流逝，他已年过六旬，早已不是当年鱼皮二爷手下的急先锋、大炮头。他眼又花、耳又聋，刚掏出枪，就被对方打成筛子。此后，吴家一蹶不振，全靠变卖家产度日。等卖到吴老獭这一辈儿，家里除承重墙外，已经什么都不剩了。

又是一年除夕，过了午夜十二点，吴老獭就三十岁了。都说三十而立，可吴老獭至今连个对象都没有。他痛饮一场闷酒，再次想起祖上腰缠万贯的传说，忍不住好奇，拎着一把铁锹回到家徒四壁的老宅，把每一块地砖都刨开，想要找找有没有哪块金疙瘩成了“漏网之鱼”。只可惜，吴老獭刨了半宿，连个金疙瘩的影子都没瞧见，只在一个虫蛀鼠咬的烂木匣子底找到一本破书，打开一闻，书页内还带着一股刺鼻的臭味。

“难怪没有虫子咬，这也太臭了！这么大的匣子，里边只有这么本破书吗？这……是个首饰盒子啊！祖宗啊祖宗，您好歹给我留个镯子啊！”吴老獭瘫倒在地，泪流满面。

“有总比没有强，我看看这书能不能卖！”吴老獭痛哭一场，过完正月，揣着书出门，连找十几家典当行、古玩店。可这些地方没一家给他好脸子，都说他这书连书名都没有，既不是典藏古籍，也不是什么古董，上面歪歪扭扭扒着一堆怪字和数字，好似幼儿乱涂，又好似流水账本，跟名家书画半点儿边儿也沾不上，卖五十块钱都没人要。吴老獭心灰意冷，回到家里，断了“祖荫”的念想。他四处打工，攒下一些钱，经营起一家鱼馆，但生意一直不好。忽有一日，店内来了一男一女，男的是个光头和尚，女的烫着一头大波浪。两人到店内连吃带喝，结账的时候却不掏钱，只从随身的皮包里，抽出一双绣花鞋，拍在桌子上。吴老獭揪住和尚的脖领子，抄起菜刀就要剁他的手，却不料那和尚突然问道：“六指吴，你可认识?”

吴老獭一愣，那和尚随后说道：“我家祖上与你家祖上，乃是一个头磕在地上的生死兄弟，我此番回到胭脂沟，就是为寻找老兄你啊!”

言罢，和尚从包里掏出一只信封，里面装着满满一沓子钞票，又从随身的布包里掏出两瓶好酒。吴老獭这店内本来就没别的客人，看在好酒和钞票的面子上，吴老獭放下菜刀，端起酒杯，与和尚打开了话匣子。

酒过三巡，眼花耳热，俩人相互“盘道”也“盘”得差不多了。原来这和尚，正是当年鱼皮二爷麾下的总粮台小花鞋的后人。小花鞋当年与六指吴平分鱼皮二爷的财宝，远走他乡，没过几年，又走上江湖路，沉沉浮浮，刀光剑影，最终被仇家追杀，偌大的家业一夜间被尽数夺走，自己也身中数刀，命不久矣。小花鞋临死前对儿孙传下掌故：自己早年自胭脂沟发迹，那地界有一奇人，名唤鱼皮二爷，曾于一次酒醉后，向他说起一桩密辛，称在胭脂沟内有一秘境，秘境中有一古庙，庙内黄金遍地，鱼皮二爷正是倚仗庙中黄金起家。鱼皮二爷在说起那秘境时，还给他讲了一处“双生潭水”，水下一种名叫鯥鱼的怪物，说此物神妙，寿长三百，欺鱼不欺人，力大而性蠢。小花鞋频频敬酒，鱼皮二爷越喝越多，在半醉半醒间，自言自语，先说一句“鹰神可破涸塄套”，又说有一种守庙精怪，昼伏夜出，自己老丈人的祖上曾传下躲避山中精怪之奥妙，随即念了一首诗。与旁的贼匪不同，小花鞋早年也是念过书的，记忆力奇佳，号称过耳不忘。他只听一遍，便记住那首一共只有八句的诗:“川柏天冬釜下土，坟中三年人腿骨。药二水三烈酒五，暂闭阳息关肺腑。酒选勿吉口嚼酒，釜为经年黑土陶。隆冬破冰佐鸡血，专钩冰下巨鱼属。”彼时，小花鞋在鱼皮二爷手下效命，此等秘密断然不敢宣扬，唯恐被鱼皮二爷灭口。幸好鱼皮二爷酒量浅，醒酒后已完全不记得酒醉时说过什么。不久后，鱼皮二爷丧命后山屯，六指吴和小花鞋卷钱分赃，小花鞋远走他乡，此事便就此搁置。小花鞋交代完这桩隐秘，当晚便撒手人寰。小花鞋的后人，一直致力于寻找胭脂沟秘境与六指吴，经过三代人的努力，终于找到吴老獭。

“吴老哥，我叫和尚，这是我妹妹，绰号大波浪。”

“你们俩……特征……很明显。”吴老獭热酒上头，脸颊微红，满眼困惑。

“非是我们兄妹藏头缩尾，不肯透漏名姓，实则是另有苦衷，俺俩十几岁就在江湖上打混儿，按规矩，雁尾子（诈骗团伙）留号不留名，您多担待。”

“什么尾?”吴老獭一皱眉。

“就是……”和尚东张西望，确认四下再无旁人，将脸凑到吴老獭耳边小声说道。

“原来你……”

“嘘——”

“你不怕……”

“吴老哥，兄弟我可是把全部底细都托出来了，你莫要害我。”

“兄弟放心，吴某也是个义气汉子。”

两人举酒，又干一杯。和尚见气氛已经热得差不多了，一边示意大波浪继续给吴老獭倒酒，一边试探着问道：

“吴老哥，您家祖上，可还留下什么物什？”

“承重墙算吗？”

“哈哈哈哈，吴老哥真幽默！”和尚尴尬地赔着笑。

“和尚老弟，不怕你笑，我家祖上都是败家子，要不你老哥我早就吃香的、喝辣的了，哪至于在这里烟熏火燎地当厨子？你闻闻！你闻闻！我这一身的鱼腥味！洗都洗不掉！”吴老獭提起伤心事，端起酒杯，一杯又一杯。和尚怕他喝断片儿，赶紧拉住他东拉西扯，趁他将晕未晕之际，再次说道：

“我们兄妹到此，就是想和吴老哥干一番大事业！”

“什么……事业？”

“凭着你我祖上留下的线索，找出鱼皮二爷所说的那座古庙，平分里面的黄金。”

“主意是不错……可我家祖上真没留下什么线索……”

“也许这线索并不是很明显，甚至是……意想不到的东西……您再想想……”

“真没什么……哦！对了！有一本破书，上面都是些涂涂抹抹的怪字，有些汉字，但都连不成句，我找好些人都看过，说是没什么价值……”

“啊呀！”和尚一拍大腿。

“你鬼叫什么？吓得我酒都洒了！”

“就是这东西！线索一定就在书里，吴老哥，这书……能否借我一观啊。”

“观可以，万一……”吴老獭眼中精光四射，已无半点儿醉意。

“我懂！我懂！您放心，事成之后，你六我四。”

吴老獭暗自思忖：“这书我已经快翻烂了，也没找到什么玄机，借他一看，又能怎样？万一有寻宝的机会，我也能发上一笔横财，何乐而不为？”

“吴老哥？那书……”

“尽管看！”吴老獭转身走进卧房，从炕头的枕头下取出一个布包，走到酒桌前，拍在桌上。

“那老弟我就不客气了，我这便带回去仔细研究。”和尚双手在衣服上抹了抹，伸手去拿那书，吴老獭突然半路伸手，按住和尚的手。

“吴老哥？您这是……”

“大雪封山，前不着村后不着店，老弟第一次到老哥家来，岂有让你们去别处投宿的道理啊？我这炕烧得火热，最是解乏！”吴老獭一边说着话，一边若有若无地去看桌上的菜刀。

彼时，吴老獭正当壮年，一身腱子肉见棱见角，反观和尚与大波浪，一个瘦弱单薄，一个是女流之辈，吴老獭真发起疯，这二人捆在一起也不是对手。

和尚眼珠一转，笑着说道：“正该如此，咱们是什么关系？咱是世交！咱是异姓兄弟！不住大哥家里，难道去外人家投宿吗？！”

言罢，和尚拎起公文包，大踏步走进卧房。当晚，吴老獭在火炕中间架起一根细绳，绳上搭着一面破布单。大波浪睡在单子左面，吴老獭、和尚肩并肩，睡在单子右边。卧房的灯，一夜未关。吴老獭闭眼假寐，右手插在枕下，攥着一柄尖刀，故意发出鼾声。和尚趴在被窝里，将那本旧书摆在枕头上，两手拄着腮帮子，研究一整夜。

第二天一早，大波浪神清气爽，吴老獭与和尚精疲力竭，二人互相望着对方的黑眼圈与眼球里的血丝，欲语还休。

“老弟，你这是……”吴老獭抢先问道。

“自幼爱读书，手不释卷嘛。老哥，你这是……”

“光棍苦，光棍累，独守空房没法睡，半夜醒来没人陪，抱着枕头流眼泪，唉！”

“难为老哥了。”

“还不是一个穷字闹的。”

“实不相瞒，老弟我研究一夜，这书中的奥妙，已经有了眉目。”

“当真？”吴老獭眼前一亮。

“这书不是书，故而前半部分的怪字无人能识，后半部分的汉字连不成句。据我猜测，这东西乃是一本字典，后半部分的汉字，是前面怪字的索引。从书脊处的痕迹来看，应该是有人将三本书装订在了一起。”

“哪三部分？”

“第一部分，只有两页纸，黑底白字，乃是从石头上拓写下来的；第二部分有二百页纸，上面全是和第一部分相同的怪字；第三部分是数字夹杂汉字，和第二部分的字迹，看笔法出自一人之手，与第一部分截然不同。”

“真看不出，老弟你还有这么一手才艺!”

“吴老哥说笑了，实不相瞒，兄弟我这些年全靠造假书画、做局诈人讨生活。”

“兄弟既然捧着金饭碗，何必到这穷山沟里……”

“唉!”和尚一声长叹，伸出右手，挽起袖子，让吴老獭去看他手腕上的两条形如蜈蚣的伤疤。

“这是……”

“漏了海（骗局被识破），被人挑断手筋，虽然就医及时，勉强接上，吃喝拉撒勉强够用，可再也做不得写字画画的精细活儿。这都是小事儿，咱先不聊，先说这本书才是要紧。”

“好好好，你继续。”

“昨晚，我先将第一部分的文字在第二部分中一一圈出、标注，再将第二部分的文字，按照页、列、行的关系，排列组合，勾选出一组数字，比如这个字，在第二部分位于第五页、第三列、第六行，组合起来便是五、三、六，在第三部分找到五、三、六组数字，对应的汉字就是这个字——诺!”

“兄弟，你可真有文化。”吴老獭由衷地赞道。

“按照这个规律，我将第一部分这两页拓片破译出七七八八，从文本意义角度讲，第一页是一份合同。合同的甲方叫幽，乙方叫地。合同的内容是：甲方助乙方夺回人口、领土，乙方助甲方重见天日。为表诚意，甲方传授乙方三项驾驭精怪的秘术，分别是：猴、狐、祟。

秘术很复杂，字少意深，足有半页纸。第二页是编书人自己重新设计秘境，在古洞内建造一系列新工程的示意图。编这书的人当真是奇才，也不知他用了多久的时间，研究这门文字，竟然能将如此晦涩、毫无规律的文字实现汉字直译。这位写书的大文化人，还给这本书起了个名字，唤作《天书》。"

"这个大文化人，说没说自己叫啥？"

"瞿衡，应该就是这两个字。"

"瞿衡？没听说过，不过这些都是扯淡，关键是如何找到那座古庙。"

"吴老哥，您能将这书拿出来，足见诚意。兄弟我也就不藏着掖着了，我家祖上口口相传，留下关于秘境的三条线索：鲑鱼习性、鹰神可破涸塄套、可躲避巨貛的人骨药配方。"

听到和尚将话说到这个分儿上，吴老獭一拍大腿，接口说道：

"实不相瞒，当年我祖上六指吴被绑票的劫匪乱枪打死，尸身无处可寻，家中子孙只能给他立个衣冠冢，在他平日里最喜欢的一顶獭兔皮帽里发现了一张手绢。"吴老獭翻开炕上的衣柜，从衣柜最底下取出一个包袱，打开包袱，露出一顶獭兔皮帽。

"大兴安岭山高林密，最不缺的就是皮货。这獭兔皮本就不值什么钱，但我那太爷爷六指吴，虽腰缠万贯，穿金戴银，却始终戴着这顶皮帽子，唯有在去和绑匪会面前，才将这帽子留在家中，并嘱咐子孙，日后家里无论受多大的苦难，都不可弄丢这顶皮帽，有这帽子在，吴家翻身的转机就在。只可惜，我爸和我爷爷琢磨半辈子，也没搞清楚其中的奥妙。"吴老獭一边说着话，一边将那帽子拆开夹层，取出一张巴掌大小的白布手绢，手绢正面写着数行小字：“余少时曾于山中落草，奉‘鱼皮二爷’为首领。其人心狠手辣，富贵多金，出身极为机密。二爷擅制鱼皮衣。因甚倚仗余，故将其艺倾囊相授。二爷于清明时必独行至深山中，一日夜乃返。余自幼好探人之秘，尝潜随其至胭脂沟，见一大雪原，茫茫无际，其间无潜身之处。余唯恐其察觉，未得尾随深入。后二爷于后山屯刘姓乡绅院中中伏。其间曾与一神秘道人语，提及古庙、黄金、雪原、涸塄套等处。余潜身近处，略得上述片语，后拼死逃生，个中机密，子孙若得参详，我吴氏一门尚有兴旺之机。”

在那手绢背面，绘有一幅地图，地图的终点赫然标记着“涸塄套”三个字。

“实不相瞒，这涸塄套我去过无数次，但那里大雪茫茫无际，我唯恐迷路，根本不敢深入。”吴老獭指着地图上，向和尚解释。

“吴老哥，这么一看，咱们的信息这就对上了。要进那古庙，先要找到涸塄套，去涸塄套的地图是您家先祖六指吴跟踪鱼皮二爷绘制的，现在咱们已经掌握了。我家祖上传下了驯养神鹰海东青指路、穿过涸塄套的秘法。过了涸塄套，有一古洞，洞内有潭水，潭水下有怪鱼，鱼不伤人，潜过潭水，喝下人骨药，便可躲避山中精怪。”

“事不宜迟，咱们明日便出发！”吴老獭再也按捺不住，与和尚当即决定，明日趁着天晴，进山寻宝。

“吴老哥，你别忘了，咱们还缺一只鹰。”

“这驯鹰可不是一时半晌就能搞定的事，更何况咱们要驯的还是鹰中之神海东青。”吴老獭犯了难。

“心急吃不了热豆腐，若能得到那庙中黄金，便是再等上一年两年，又能如何？”

“还是老弟你有格局，老哥我气量窄了。”吴老獭点点头。

此后，和尚与大波浪便在吴老獭的鱼馆住下，白天开门营业，晚上钻研捕鹰、驯鹰，破译《天书》；一年过后，不但驯成神鹰海东青，吴老獭和大波浪更日久生情，喜结连理，和尚成了吴老獭的大舅哥。两家人至此彻底“兵合一处、将打一家”，一心破解胭脂沟古庙之秘。

三年后，万事俱备，吴老獭、和尚、大波浪入山寻庙。他们倚仗海东青穿过涸塄套，进入古洞，潜入潭水，来到大栗子树下，喝人骨药，遮蔽生气，进入庙门之内。

然而，庙内的一切，险些让三人崩溃。这庙里但凡能卖的东西，早就鱼皮二爷卖光了，就连梁柱上的金粉，都被鱼皮二爷刮走了。

三年的努力，无数个日夜的煎熬，换来一场空。

吴老獭“悲从中来，不可断绝”，和媳妇、大舅子抱头痛哭一场，三人失魂落魄地回到家中。此时，大波浪突然呕吐不止，送去医院一瞧才发现，已经怀上身孕。吴老獭与和尚既高兴又失落：高兴的是家中即将喜迎新生命；悲的是这几年一心寻宝，无心打工，一直在吃老本，没有活钱进账，连进医院检查、开药、买补品的钱都是和尚卖掉自己最宝贝的那身西装换来的。

这两个中年男人坐在医院门前的马路牙子上，一根接一根地抽烟，满脑子都是“去哪搞点儿钱”的念头，就在吴老獭抽剩最后一截烟屁股的时候，和尚突然来了灵感。

“好妹夫！要不咱……黑吃黑吧！”

“怎么个吃法？”

“你想想，咱们这几年被寻宝折腾得都要疯了，是为什么?”

“还能因为什么，因为被那庙里有黄金的传闻勾了魂呗!”吴老獭啐了一口唾沫。

“对呀！这事儿不光勾咱，谁听了谁不得被勾啊!”和尚双眼贼兮兮地乱转。

“大舅子，你这……话里有话啊？我脑子不好，你别绕弯子，你直着说。”

“咱把这胭脂沟里古庙藏金的消息放出去，引那些贪心人来寻宝，然后……”

“然后什么?”

“咔——”和尚五指并拢，在自己颈下轻轻一划。

“你我哪有那个本事，你有糖尿病，我有关节炎，手里没枪，身上没功夫，万一碰上硬点子……”

“不用咱们动手，咱们捡现成的就好。”

“咱们不动手？谁来动手。”

“涸埸套，迷魂道。人骨药，死鱼鳔。平猴哭，仙姑笑。”和尚突然说出一串莫名其妙的口诀。

“这都是什么乱码七糟的……”

“《天书》！我一直在破译那本《天书》！前两页里，‘幽’给‘地’三道秘术，能够驱使猴、狐、祟。祟的内容太过艰深，我研究不透，但猴、狐两篇我已基本掌握。按《天书》所述，胭脂沟左近原本就有先人驯养好的猴、狐遗种，咱们只须按着方法捕捉、驯养，不出五年，便能重新培养出平猴和守山胡仙姑两种精怪，让他们按着《天书》中的安排，在山中驮重、掳人、致幻，将前来寻宝的人一一干掉，咱们再出来搜尸首、捡财物。”

“仅凭猴、狐便行吗？今时不同往日，古时候可没有这个！”吴老獭伸出拇指和食指，比画一个“手枪”的造型。

“单凭狐、猴肯定是不行，别忘了那水潭下还有鲑鱼。编写《天书》的那个大文化人瞿衡详细记载过鲑鱼的特性，其中提到他早年修建古庙时，正值隆冬腊月，许多工匠畏寒，下水时习惯身穿鱼皮衣，结果被那鲑鱼认作大鱼，尽数咬死。此后，瞿衡下令，所有工匠不得穿鱼皮衣渡水。所以说，咱们只要骗那些来胭脂沟寻宝的人穿上鱼皮衣进入潭水，便可借鲑鱼之手，将他们尽数杀死。鲑鱼食量有限，结队前来探险之徒，少有独身，队伍少则三五人，多则十数人，鲑鱼虽然食鲜不食腐，但是喜欢攻击活物，就算吃不下了，也会将他们弄死。囫囵吞进鱼腹的，咱们就不惦记了，但是没被吞下却被弄死的那些倒霉蛋，尸体沉在水底腐烂。咱们只需稍费周章，便能将其随身财物取走。就算他们能闯过鲑鱼这关，上了岸，还有守山精怪等着他们，他们没有人骨药，百分百得命丧当场。等他们死透，咱们趁着白天，守庙精怪酣睡之时，还是一样地搜尸首、捡财物。”

“此计甚妙！除去这些精怪，我在此地冬捕多年，还知道在距此不远的冰湖下，生有巨型七星蛇头。如果对方打眼一瞧便是穷鬼，咱们便无须进山吃辛苦，我直接借制作鱼皮衣需要冬捕为由，将对方引至冰面，洒下掺有鸡血的人骨药，聚集水下巨鱼，诱发冰面碎裂，将对方直接送到湖底，使其尽数化为鱼粪。”吴老獭双目炯炯。

“如此甚好。”

从医院回到家后，吴老獭、和尚、大波浪三人围在餐桌前，开始编造一个关于东北土匪、白山黑水、黄金秘宝的故事。和尚和大波浪是雁尾子出身，讲故事、编瞎话乃是“安身立命”的本事。

半个月后，全套剧本终于编写完毕。在三个人的加工下，鱼皮二爷被演绎成一个富有神秘色彩的绿林枭雄，大波浪还亲自为鱼皮二爷编写了一段“官府险恶夺皮货，老狐报恩授法术”的桥段，为鱼皮二爷搭建起一个“逼上梁山”的悲剧背景。和尚借来一只相机，到大栗子树底下拍摄一张照片，将郎姓书生写在背面关于守庙精怪的记述刮去，只留下“万仙滩头休举步，碧海尽处早回身”这两句模棱两可的话。吴老獭重拾祖上传下来的技艺，制作一件鱼皮衣，将这张照片塞进鱼皮衣的夹层中，由和尚带着鱼皮衣南下，再入古董行，在收藏界传播故事，并说这鱼皮衣乃是鱼皮二爷当年所穿，背后藏着胭脂沟黄金秘藏，既炒起鱼皮衣的身价，又吸引寻宝人到胭脂沟寻访。吴老獭有制造鱼皮衣的手艺，骗来第一拨寻宝人后杀人越货，届时和尚只需随便拿一件鱼皮衣再次出山，继续讲故事，设法骗来下一拨寻宝人，如此循环往复，财源生生不息。

吴老獭与大波浪守株待兔，专等寻宝人到此。那鱼皮衣出自吴老獭之手，只要有人寻访鱼皮衣，必定找上吴老獭。吴老獭趁机扯谎，或说之前也有人来过，找自己当向导，对方为独吞秘宝，深入山林不知去向；或说自己知道这鱼皮衣与山中的狐仙、黄仙有关；或者说自己在胭脂沟内见过鱼皮衣夹层内照片上的那棵大栗子树。总之，千言万语只为引诱寻宝人进山，直奔涸塄套，吴老獭择机抛出“涸塄套，迷魂道，人骨药，死鱼鳔，平猴哭，仙姑笑”的口诀，自导自演，召唤出自己依照《天书》记载，耗时五年捕捉、驯养、繁殖的平猴。平猴为山中精怪，稍加训练，便会依照指令驮重。

此前，吴老獭与和尚认真研究过瞿衡本人对胭脂沟古洞的新增设计，“置石匣百二十具，以尸腐土，下铺陶罐，灌热油于其内，烧膏燃脂，借温育菌。凿狐窟、设机关，狐服腐菌，幻力倍增。一千五百仙姑，守山镇岭，八百六十平猴，抬黄金轿，轿中活人，悉为祭品。”经过一番“成本评估”，二人一致认为，按照书中所载的规模，重新“激活”瞿衡的布置，少说也得四百万资金。他俩就是去卖肾卖血也不可能凑到这么多钱。无奈之下，二人只能压缩投入、局部复刻，重现一个“丐版”秘境。由于这二人在山中奔走多年，始终没见到传说中的阿时那，只能重点培养平猴和守山胡仙姑。就这样，二人节衣缩食，刨野坟、睡野地，历经艰辛，仅仅培育出二十几只平猴和八只守山胡仙姑。按照《天书》所载，上古时，平猴专门在涸塄套至古洞沿线，充当“摆渡车”，守山胡仙姑围绕古洞四周活动，巡逻警戒。

而涸塄套的核心作用，就是甩开跟踪。涸塄套四野茫茫，无遮无挡，如果有人跟踪，一眼便可发现。早年间瞿衡从事的活动，犯的可是抄家灭族的大罪，万一被朝廷的探子跟上，混入秘境中，成百上千颗头颅都要落地。

吴老獭为高度还原这一“景点”，亲自操刀，用角铁、钢管、铁皮、废木料，制作一台“钢铁花轿”。吴老獭通过在涸塄套敲皮鼓、唱神调召唤平猴，平猴抬着花轿出现，接上“祭品”，走出涸塄套。吴老獭扮演向导，混在寻宝人队伍中，在行至古洞洞口骗人吐出人骨药，使看守古洞的胡仙姑发现活人，主动“放屁”迷魂，吴老獭再含下人骨药，或是暂闭气息装作“死人”，避开只迷活人的守山胡仙姑，或是在守山胡仙姑动手前逃离。守山胡仙姑体内臭腺的分泌能力有限，一昼夜只能使用一次“幻术”，待到守山胡仙姑将寻宝人迷晕，吴老獭再出来“捡现成”，将寻宝人身上的手表、钱包、首饰、手机、银行卡、信用卡、身份证等搜刮一空，能变现的变现，无法变现的身份证、设有密码的银行卡，定期打个包卖到黑市，卖给专干洗钱生意的那伙人。就算寻宝人过了守山胡仙姑这关，前面还有狐窟迷宫、潭下鲑鱼、庙前巨獾等一系列关卡，总有一关会将人送往阴曹地府。有本事入山寻宝的探险队，大多腰缠万贯。吴老獭这买卖干了没几年，就赚得盆满钵满。

只可惜，凡事都有例外，二十五年前，吴老獭的鱼馆来了两个人，二人互相称呼对方为“郭子”“东哥”。郭子身上有一只传呼机大小的蝉，叫起来好像汽车喇叭一样响。东哥带着一身鱼皮衣，上门询问吴老獭是否认识能制衣的手艺人、是否听说过鱼皮二爷的故事。吴老獭一见对方携带的鱼皮衣，便知道又有买卖上门了！于是乎，驾轻就熟地将改编后的鱼皮二爷的故事娓娓道来，并了无痕迹地将“仙家、鲑、吃鱼”胡诌成“仙家不吃鱼”。对方果然上当，掏出一万块钱，请吴老獭带路，并称回来之后，再给吴老獭一万块。二十五年前的两万块，足够买一辆夏利小轿车了。吴老獭还没来得及谋财害命，先入账一万块，顿时心花怒放，将郭子和东哥请到自家鱼馆，连吃带住。

看面貌，郭子不过三十出头，生得唇红齿白、星目剑眉，就连大波浪这等年轻时见惯“大世面”的人，都忍不住偷眼多瞧。大雪数日不停，无法上山，吴老獭赶制新的鱼皮衣也需要时间，郭子和东哥住在鱼馆里，日日叹息。

这一日，大波浪去郭子和东哥房间送饭，发现二人不在屋内。她趁机翻看床头桌上的日记本和地图册，在一张《大兴安岭山林地貌图》底下，发现了那张和尚拍摄的大栗子树照片，照片背面被人写着一首诗："太祖帐中千寻犬，胭脂沟上万仙滩。老庙洞府十八拐，涂山请雷下尘凡。"当前"胭脂沟黄金寻宝、谋财害命自助游"的剧本，是由和尚、吴老獭、大波浪三人联合编写的，剧本里的每一处细节，三人全都滚瓜烂熟。

"我记得……剧本里没有这些啊。"大波浪皱起眉头，百思不得其解。

正当时，郭子和东哥从门外回来，将大波浪堵在房内。大波浪回头时，郭子已经眯着笑眼，站在她的身后。

"哟！郭……你走路怎么没有声音啊？"

"是吗？肯定是老板娘太专心，没有听到。"郭子斜眼看向床头桌。

"我……想着给你们收拾收拾，两个大男人的屋子，乱死了，臭死了……"大波浪扭动腰肢，掩住口鼻，言笑晏晏。

"怎么？喜欢翻照片？"

"没有……我随便看看……"

"我兄弟家里都是诗人，那四句写得还入眼吗？"

"我哪懂诗啊？我还是收拾收拾屋子吧。"

"我二人单身多年，向来邋遢，让老板娘见笑。"

"呀！郭先生这么俊俏的人才，也没有对象吗？"大波浪一脸惊讶。

"老板娘若有合适的姑娘，不妨帮我介绍一下？"

“那我可得好好帮你挑挑。”大波浪嫣然一笑。

“对了，还没请教，您到我房间这是……”

“送中饭，鱼汤配饼。”大波浪指了指放在窗台上的餐盘。

“有劳有劳!”

“你们吃着，我走了。”

“老板娘，留步。”郭子从怀里掏出一张百元大钞，塞进大波浪的手心。

“呀！郭先生，您这是……”

“介绍费，你帮我找对象，不能让您白费劲儿。”

大波浪喜笑颜开：“若是每位客人，都像您这般好，我这生意可就好做多了。”

郭子笑而不语，握着大波浪的手，使其五指攥拳，低下头轻轻吹了一口气：“呼——”大波浪俏脸一红，嗔骂道：“你这是做什么……”

“你打开手掌瞧瞧。”

大波浪一头雾水，打开掌心，发现刚才还在手心内的百元大钞消失不见了，赫然放着一枝用巧克力金箔纸折成的玫瑰花。

“这……”

“再看你左边口袋!”

大波浪下意识将手伸进左边口袋，轻轻一摸，掏出一张百元大钞，正是刚才郭子塞给她的那一张。

“这也太神奇了，你怎么做到的？你是在什么时候动的手脚？”大波浪双眼放光，定定地看向郭子。

“一点儿小把戏，见笑。”郭子微微一笑，大波浪心里没由来地一阵猛跳。

“啊——咳咳……”一直站在门边的东哥猛咳不止。大波浪恨他破坏气氛，狠狠地瞪他一眼，转身出门。

大波浪踩着高跟鞋，一路小跑，来到卫生间内，反手关上门，双手捧在胸前，长吸了一口气：“小冤家，恁地会撩人，要不是老娘已经生过孩子，免不得要跟你动了私奔的念头。”

次日清晨，吴老獭带着郭子和东哥向胭脂沟进发。出发前，大波浪仔细地给吴老獭准备好人骨药、兽皮鼓、萨满面具等一系列行头。

“孩子他爸，今年是你本命年，我这几天心脏跳得厉害，怕不是有什么灾劫？”

“心跳得厉害？可是看上那姓郭的小白脸子吗？”

“让你胡说！”大波浪轻轻扇了吴老獭一个大嘴巴，给他套上一件棉坎肩。

“别胡思乱想了，哪有什么灾劫？这分明就是财运！这两只肥羊，手上戴着金表，怀里揣着现金，出手阔绰，弄死他俩，一单顶三单。”

“你可千万小心，咱的钱攒得已经差不多，过几年等长山大了，咱们就进城给长山买房、买车、娶媳妇、开大酒楼，再也不干这刀头舔血的营生。到时候，让孩子他大舅也回来，他为散播胭脂沟藏宝的风声，在外面漂泊这么多年，也该享享清福。”

“那是自然，到时候咱再给他娶个媳妇，给长山当舅妈。”

“我哥哥是和尚。”

“他算个屁的和尚！抽烟、喝酒、吃肉样样落不下，你以为我不知道吗？他有一次喝醉，已经告诉我了，他十几岁就脱发，他那锃光瓦亮的头型，根本不是皈依佛门剃度剃出来的，是掉头发的结果。要我说，他不该叫和尚，应该叫秃子……”

“有你这么说自己亲大舅哥的嘛！”大波浪使劲儿捶了吴老獭一拳，百般嘱咐，送他出门。

鱼馆门外，站得标枪一般笔直的郭子和东哥，已经等待多时。

“吴老板，早！”

“二位先生，早！”吴老獭笑了笑，用毛线围脖遮住脸，招呼郭子和东哥坐上爬犁，扬起马鞭抽打蒙古马，放飞胳膊上的海东青。爬犁在雪地上延伸出两条印痕，徐徐指向胭脂沟深处。

吴老獭走后，大波浪收拾房间，在郭子和东哥床边的垃圾桶里发现一张发票。原来那一日郭子和东哥不在房间，是去镇上的五金商店，采买绳索、破冰铲、酒精膏等。发票抬头是个人，姓郎，名绪东。

“原来，那个东哥，本名唤作郎绪东。等等！郎绪东，郎！他姓郎！”大波浪全程参与编写“剧本”，对胭脂沟秘境知之甚深。自明永乐年起，每一次事关秘境的转折点，都离不开“郎姓”之人；无论是瞿衡的覆灭，还是鱼皮二爷的生死，以至于许多进洞的秘辛和手段，都是和郎家人有着千丝万缕的联系。

“不好！”大波浪隐隐中感应到吴老獭此行“有血光之灾”，连忙收拾行装，将年幼的儿子吴长山送往相熟的邻居家中，自己掀开卧室的床板，取出一把苏联产 SPP-1 水下手枪。这是五年前，他们在一伙被守山胡仙姑迷幻的探险队员手中“缴获”所得。吴老獭不会用枪，每次出门“办事”，都揣着一把鱼刀傍身。大波浪年轻时用过枪，但这些年一直在家中带孩子，极少进山。

“呼——”大波浪深呼吸，平举手臂，持枪虚瞄两下，将手枪插在腰间，推开房门，跨上一辆黄河川崎250摩托车，顶着北风，向山中冲去。

大波浪来到山中，召唤家中驯养的海东青，连吹了一个小时的鹰哨，海东青才从林中飞出，且羽毛凌乱、鹰爪带伤。大波浪心都提到嗓子眼儿，她简单给海东青喂些生牛肉，让它带路寻找吴老獭。海东青引着大波浪在山中穿行，一路上见到许多平猴、守山胡仙姑的尸体，大波浪越看心里越凉。

“一、二、三……八、九、十一。死了六只胡仙姑、十一只平猴。”

大波浪一边对天祷祝，一边快速奔向距此最近的守山胡仙姑石龛。她踹倒半截石像，钻入洞中，穿过迷宫，爬入潭水所在的古洞，潭水边上，散落着吴老獭的棉衣、棉手套，以及带血的毛围脖。

“长山他爹！”大波浪手脚酸软，险些昏死过去。

正当时，潭水内波光荡漾，大波浪趴在水边一看，身穿鱼皮衣的郭子正与鲑鱼厮杀正酣。郭子看似瘦削，实则精壮，运转一根鱼竿，当作标枪戳刺，竟在水中和鲑鱼战成平手；不多时，竟然渐渐占据上风。

大波浪见郭子如此凶猛，心中越发坚定吴老獭已被郭子所杀的猜想。她扎好头发，脱去身上的棉衣，一个猛子扎到水里，向潭底潜去，摸出腰间的手枪，拨开水草，举枪射击。却不料郭子虽在与鲑鱼缠斗，但眼观六路，耳听八方，眼角早就瞥见水草深处有人鬼鬼祟祟。大波浪举枪射击的一瞬间，郭子脚蹬鲑鱼头，借力上浮，右手抠住一块大石缝隙，闪在大石之后。大波浪一心为夫报仇，仗着手中有枪，竟然追了过来，她两腿蹬夹水，右手持枪，游到大石之侧，举枪绕向石头后面，却发现石头后面竟然空无一人。

“不好！”大波浪刚要回头，郭子的身影已从大石头顶端出现，手持鱼竿向下猛刺，鱼竿从大波浪的眼眶穿入、后脑穿出，力贯大石，大波浪命丧当场。郭子此时才有机会细看来人相貌，发现此人正是鱼馆老板娘大波浪。郭子既唏嘘又感叹，还未来得及拔出鱼竿，鲑鱼便再次杀到，尾巴一甩，将大石头抽倒，将大波浪的尸体压在石头底下。郭子不敢托大，弃了鱼竿，掰开大波浪的手，取过那把苏联产SPP-1水下手枪，瞄准鲑鱼射击，鲑鱼头板极硬，子弹打上去，仅形成一个白印儿。鲑鱼穿梭于水草之中，郭子射击视线被遮挡，无法精细瞄准，只能向鲑鱼头部乱打。子弹虽然无法射穿鲑鱼头板，但巨大的冲击力，却震得鲑鱼头晕目眩。郭子趁机脱身，边游边打，待到弹夹内的子弹打空，他已破水而出，站到大栗子树下。

第十九章

老庙洞府十八拐　山河地理定龙门

“然后呢！”

“然后的事我就不知道了。”

“啪——”郎大脑袋一个嘴巴抽过去，掐住吴老獭的脖子，大声吼道：

“我爸爸呢！我爸爸呢！”

“不知道，我真的不知道。我从涸塄套开始设局，想下手……害那二人的性命，可这二位当真神勇。叫郭子的那位，手里一根鱼竿，神挡杀神，佛挡杀佛，将我驯养的平猴、胡仙姑尽数杀散，仅剩的几只若非跑得快，也已成了刀下鬼。那个……郭子，眼光毒辣得紧，年纪不大，江湖经验异常老道，他在路上就对我起了疑心。在潭水边，我骗他们穿上鱼皮衣下水，他让东哥在水边支援，非要和我一人一件鱼皮衣去水下探路。我说我就送到这里，前面的路不再走了，他“呵呵”一笑，直接把我给绑了，裹上鱼皮衣，就要将我扔下去。多亏我在袖子里藏了刀片，趁他们不备，割断绳索，摸着黑往石壁上跑，用流着血的手掌按在小红木门以铜片镶嵌的狐狸眼睛上，热血与低温冷冻的铜片瞬间冻在一起，我拉开小红木门，猛地一拽，掌心皮肉都被扯掉一层。这时，郭子的声音从我背后响起，高声喝道：‘东哥，七点钟方向，离地三米。’我回头一看，那位东哥拉开身上的棉大衣，露出斜挂在肩头的镖囊。东哥瞄也不瞄，举手一甩，手指掠过镖囊，一把飞刀破空而出，扎在我的后背上。我顾不上喊疼，弯腰爬进小红门。只听郭子继续喊道：‘穷寇莫追，大事要紧。’东哥却说：‘斩草不除根，后患无穷，你先下水，我随后跟上。’我后背血流不止，染透棉衣。在八岔路口处，我拔下飞刀，脱掉身上的棉衣、棉手套、毛围脖，将其扔在左前方路口，自己则向反方向路口钻去。狐窟迷宫内漆黑一片，路线纵横交织。我仗着早年间看过我大舅哥破译的《天书》内文，知晓瞿衡设下的机关奥秘，抢先一步逃出去，本想跑回家中，却见驯养的海东青在我头顶盘旋。我跟着海东青在山中狂奔，在一个大雪窝子里，发现家里的黄河川崎 250 摩托车。我知道，一定是我老婆不放心，跟了过来。我简单裹伤后，原路返回，寻到另一个守山胡仙姑石龛，钻了进去，穿过狐窟迷宫，到达潭水所在的古洞。我轻轻推开小红木门，向下看，那位东哥不在洞中，潭水中光影闪动，我正好看到……那个叫郭子的在水下杀了我老婆……他杀了我老婆……我跳到潭水里和他拼命，他却在我跳入潭水的同时，跃出大栗子树下的水面。我含下贴身携带的人骨药，追踪到这里，进入庙门四处搜寻，却不见郭子的半点儿踪影。进出此地只有一条路，我一直死死盯着他，他要是走回头路，必定会跟我狭路相逢。他……就好像人间蒸发一般，只在香炉上挂着一件随身穿着的棉夹克，棉夹克的兜里什么都没有，只有那张背后写着诗的照片。我怕他怀恨在心去害我的儿子，拼命往家赶，到家后……我到处找……到处找，也没找到我儿子。我想着，想必长山已被那二人所杀。我一阵一阵喘不上气，我恨，我悔，我恼，我万念俱灰，我将腰带挂在客厅的吊扇上，想去找他们娘俩儿团聚。就在我快要窒息时，对门开小超市的王姐敲门，问有没有人在家。我本不想去开门，却在恍恍惚惚中听见我儿子长山的哭闹。我将套在脖子上的腰带摘下，将信将疑地拉开门，我真的看见了长山、我儿子长山！他拖着两行青鼻涕，一边哭一边喊‘爸爸’。我送走王姐，将长山抱在怀里，放声大哭。我喊，我叫，我捶胸顿足，我将头埋在长山的怀里，我哑着嗓子告诉他：‘长山！长山！你没有妈妈了！你没有妈妈了！’”

世上万事，冥冥中自有因果定数，善恶到头终有报，机关算尽也难逃。吴老獭团伙“人造景区谋财害命、胡编乱造杀人越货”的买卖一直做得红红火火、日进斗金，但在遇到郭听、郎绪东二人后，命运就发生了转折，不但大波浪丢了性命，团伙成员们的身体情况也开始走下坡路。

和尚的糖尿病一发不可收拾，下肢开始水肿，手脚开始麻木，合并心脏小血管病变，冠心病、心绞痛频发，一把一把地吃药，血糖无论如何也控制不住，先做冠状动脉搭桥，再做瓣膜置换，两场手术再加上常年需服用高价降糖药，沉重的药费迅速消耗他的积蓄。

吴老獭常年爬冰卧雪，髋关节肿胀僵硬变形，关节有积液、软骨磨损严重。为了继续保持行走的能力，吴老獭做了髋关节置换，但又落下了下肢静脉循环障碍的后遗症，长期服用抗凝药物，严重损伤肾脏功能，治疗慢性肾病等诸多天价药将吴老獭的存款几乎掏空。

当年的一幕幕在他眼前走马灯一般上演，吴老獭猛地站起身来，如癫似狂。郎大脑袋按着他的脖子，将他压在地上，吴老獭“啊啊”大叫，挣扎不休。夏忆从怀里掏出一个纸包，拆开一角，拈出一只烘干的蝉蜕，轻轻碾成粉末，对着吴老獭口鼻一吹，吴老獭眼神一愣，渐渐恢复清明。

“因果循环，报应不爽，这碧潭之下白骨层层叠叠，你们在这荒山野岭中，多年来害了多少人命？你有没有想过，那些白骨也有儿女，也有妈妈？”半晌未开口的孙偃白一声长叹。

“我不管，他们丧命，是因为贪心，他们不贪胭脂沟内的黄金，便不会死。”吴老獭满脸狰狞。

“你这人，真是双标，只许你杀人，不许人杀你，这是什么道理？”夏忆皱着眉头，极为不悦。

吴老獭转头看向郎大脑袋，徐徐说道：“我儿子还活着，我便不能轻生，我收拾家中财物，发现那张发票，知道那位东哥姓郎名绪东。我给我的大舅哥打电话，他让我赶紧跑路到深圳。我马不停蹄，按着大舅哥的安排一路南下，途中我给对门超市的王姐打电话，询问最近有没有人来找过我。王姐说，有一个男人多次出现在我的鱼馆附近，逢人便问鱼馆为何还不开张，王姐简单形容那人相貌，我一听便知那人就是郎绪东。我就知道，狐窟迷宫困不住他。后来，我又从深圳去到马来西亚，客居他乡，漂泊海外，直到长山少不更事，在马来西亚的赌场惹上麻烦，我和他大舅实在填不上这个窟窿，只能带着他再次跑路，从马来西亚又跑回东北。这一趟折腾下来，前半辈子攒下的钱，又成了一场空。长山他大舅建议再次利用胭脂沟里的秘境，重操“老本行”，我本不同意，却又没别的法子……我们两个土埋半截的老汉，钻山越岭，按着《天书》秘法，驯养两只胡仙姑、十几只平猴，也曾多次下水，想将长山他妈妈的尸身捞出来，入土为安，可就凭我们两个糟老头子，没有重型机械，无论如何，也抬不动那石头，拔不出那根贯通我媳妇头骨的鱼竿。我在那鱼竿上发现一只黄金鱼钩。我知道这东西不是凡物，说不定可以凭此找到那位神秘的郭子。他舅安排好山里的一切，带着鱼皮衣再次离家，四处散播胭脂沟鱼皮二爷藏宝的故事；只不过这一次，我们心里存着复仇的想法，我们将郭子在背面写着诗的那张照片也放在鱼皮衣里，试图吸引到一些和他有关联的人，伺机打探他的下落。然而，多年过去，这山沟沟里来了好几拨寻宝人，但都与那位郭子无关。我也找过许多江湖人给金鱼钩掌掌眼，可惜一直无人能识。直到前不久，长山的大舅在拍卖会上遇到了一个姓丁的买家，出了个几十年没遇到过的离谱价格，用一千七百万买下鱼皮衣。我们本想拿着这笔钱远走高飞、金盆洗手，但又按捺不住好奇，想要看看到底是什么样的买主如此阔绰，如果能顺手再宰上一笔，我们这两个病篓子下半辈子颐养天年，还有长山这个败家子娶妻生子的保证也能更牢靠些。然而，人算不如天算，出现在我眼前的人不是那个姓丁的，而是你们几个，而且手里拿着阴差阳错从长山手里流出去的金鱼钩。你姓郭，你姓郎，天助我也！这一幕和多年前一般无二！你们和当年的郭、郎二人定有逃不开的干系，我要杀了你们，祭我媳妇的在天之灵。只可惜我上了年岁，这身子骨……不成了，只能倚仗这山河中的精怪，借刀杀人！”

“老东西，真是不要脸。没本事就没本事，休要胡扯什么上了年岁，身子骨糟了之类的鬼话。纵然十个年轻时的你捆在一起，在我们孙会计剑下也走不过一个回合。”郎大脑袋话里带着“凉水”，专挑吴老獭的心窝子“扎刀”。

我回想起这一路走来的“坎坷”，不禁苦笑道：“原来你一开始就动了杀心，故作胆小，包藏祸心。湖中乌鳢、林中人罴、山中胡仙姑、潭底鯥鱼、树下巨獾，你是一步一下套儿，不杀我们誓不罢休。”

“事已至此，我已无意多说什么，你们要杀要剐尽管来。”

“好家伙，你还扮上英雄好汉了。”郎大脑袋最不吃这一套。

“我早已心存死志，刀砍斧劈或是虫子咬，还请快点儿招呼，我好早早去见长山的妈妈。”吴老獭洒脱一笑，伸长脖子，斜眼看着郎大脑袋。

“你就不怕我们出去后，找你儿子的麻烦吗？”

“胭脂沟里的事，我从不让长山插手，这里边的所有秘密，我和他大舅一个字都没告诉他。那林中人罴是我早年带他上山采榛子时发现的。此前，他引你入林中，只是为了替我出气报仇。这几番折腾下来，长山心里也起了疑惑，他一直缠着我，为什么你们非要让我当这个进山的向导，胭脂沟里到底有什么秘密。我咬紧牙关，一个字都没有透露。咱们进山之前，我已将他支开，让他去火车站接他大舅。我和他大舅通过电话，商量好了我的身后事。此时此刻，他大舅应该已经取到了埋在涸捞套中的现金，带着我此前给长山积攒下的娶媳妇钱，迅速离开东北，去到一个谁也找不到的地方，让长山能娶上媳妇，生个孩子……”

“说来说去，敢情这鬼地方就是一场骗局，咱们九死一生闯到这儿，全都白玩儿了。”郎大脑袋蹲在地上，双手捂着脸，不停地叫骂。

“不对！”我缓缓摇头。

“哪儿不对？”孙偃白看向我。

“漏洞！这里边有漏洞！”

“哪里有漏洞？”

“漏洞有三。其一，《天书》中的诺，甲方叫‘幽’，乙方叫‘地’。‘幽’是谁？‘地’是谁？”

“纵观各条线索，可以推断，‘幽’是身居九幽之下的魔鬼王耶鲁里，‘地’是本地部族的少主、鬼奴的后代瞿衡。”

“其二，如果诺是真的，瞿衡又确有其人，那么可不可以认定，魔鬼王耶鲁里也是真实存在的！”

“这……”孙偃白一时语塞。

“其三，吴老獭说我爸消失在这间庙内，我适才观察，这庙只有被香炉堵住的一处出口，可以说是一个密室。我爸是人，不会飞天遁地，在密闭的空间凭空消失，这不科学。”

“你的意思是……这庙内另有玄机？”夏忆眼前一亮。

“记得我爸在照片背后写下的四句诗吗？”

“太祖帐中千寻犬，胭脂沟上万仙滩。老庙洞府十八拐，涂山请雷下尘凡。”

“为找千寻犬，咱们遇上了老三，胭脂沟咱们也闯了过来，万仙滩的獾群现在就在门外，咱们此刻身处的就是老庙洞府。这些只言片语的信息，虽然看似荒诞离奇，但经过验证，都是确切存在的。据此推算，后文的十八拐、请雷也不会是凭空虚构。而且，就算我脑力有限、阅历不够，没法参透各种关窍，可我爸郭听闯荡江湖几十年，智力和身手远远在我之上，以他的能耐，绝不至于被一个骗局戏耍。”

“原来那位郭子，大名唤作郭听。二十五年了，能在死前得知仇人的名姓，我也不枉。”吴老獭咬牙长叹，似是感慨，又似不甘。

我一声冷哼，走到吴老獭身前，将他从地上拽起，看着他的眼睛，徐徐说道：

“父债子偿，天经地义。你尽管将你老婆的事算在我的头上。”

“老郭，先办正事要紧。待咱们解开谜题、离开此地后，只需在手机上开一场直播，将他谋财害命的勾当一一分说，到时候，找这老小子报仇的人马能从哈尔滨排到三亚。”

吴老獭面对郎大脑袋的恫吓，丝毫不为所动，只是冷着脸嘲讽：“解谜？就凭你们？这胭脂沟的秘境，我几十年来，转了无数个来回，这里的一砖一瓦、一草一木，我熟悉得好像自家菜地。你们发现的那些所谓漏洞，我们早就研究过，一致认定是历史传闻有误。世上自以为是的人多如过江之鲫，哪个来寻宝的不是自负才智高绝？可惜啊可惜。”

“那你又如何解释，郭听当年在这庙中神秘消失之谜？”夏忆出言反问。

“这……”吴老獭难以作答。

“哼！你算什么东西，也敢和郭听比才智？真是笑话。”夏忆抱着胳膊，走到一旁，不再理会他。。

我甩甩手电筒，让闪跳不止的灯头恢复稳定，然后举起手电筒，向四周照看：这间庙宇的面积很小，不过二十平方；举架高度三米五，和城里的小区底商差不多；地上立石柱四根，石柱上架石梁四根，石梁上方扣着“半成品”的飞檐骨架。一看这庙中情况，便知当年还有多处地方没来得及施工。

“要么就是资金链断了，要么就是……”郎大脑袋说了一半，突然看向我。

“要么便是盖庙的人出了意外。”我接下他的话茬儿，将手电筒的光依次照向四根石柱，四根石柱上刻着许多图画。

孙偃白趴在夏忆的背上，依次阅看石柱。我唯恐她耗神，赶紧说道：

“孙会计，甭费心，我都瞧过了，修庙的人就是瞿衡，也叫答剌挞。他亲爸爸是附近一个部族的大领导，有钱有势，这小子绝对算是个富二代。第一根柱子上画的都是他出生、求学、做官的经历，和咱们此前掌握的基本一致；第二根柱子是怀念他的亲人、老师、媳妇的，不看也罢；第三根柱子画的是他对建文皇帝有多忠心，建文皇帝失踪后，他又是绝食，又是抄经，又是祈福，还不近女色，衣带渐宽，病容憔悴。如此肉麻，不看也罢。倒是这第四根柱子，颇有讲究。这柱子上的雕画，只完成一半，讲的是他遍览古籍，披发入山，历尽艰辛，终于见到大魔王耶鲁里。耶鲁里与瞿衡签订合同，答应帮助他在北方举旗起势，南下讨伐朱棣。瞿衡要兵，耶鲁里便给兵；瞿衡要钱，耶鲁里便给钱。但是，耶鲁里提出一个条件，他要建文皇帝赐给他一片土地，允许他九幽之下的子民来到地上繁衍生息。”

“后面呢？”

“后面的内容还没来得及雕刻。不过既然有所谓的《天书》传世，加上这座庙宇，外面的守山胡仙姑和平猴，我想这瞿衡多半是答应了，或者他禀告了他的领导，他的领导替他答应了，抑或建文皇帝亲自授意。总之，协议达成。”我将手电筒的光从石柱上移开，照向古寺内一座“顶天立地”的石像。这座石像高约三米，面对大门，后背与墙壁融为一体，衣袍向后鼓荡，宛若整座石像顶着风，自墙后钻出前半面身子，后半面还留在墙内。石像形貌并非传统寺庙中供奉的佛陀、菩萨、罗汉、金刚等，而是一位身穿僧袍、披袈裟的和尚，白脸无须，鼻若悬胆，面如苦瓜，满目愁容，左手持禅杖，右手持金钵，腰悬白玉，脚踩麻鞋，眼神定定望向远方。金钵上方的“天花板”有一道裂隙，被日光晒化的冰水从裂隙滴下，刚好落在金钵内，在金钵内积少成多，聚成满满一钵。我看一眼手腕上的指南针，这石像面对的正是南方。

“这人……该不会就是……”我指着石像看向孙偃白。

“和古籍中的画像极其相似，应该就是建文皇帝。历史传闻，朱允炆改换僧装，于城破时举火焚烧宫殿，逃出南京，不知所终。”

“他这是看什么呢?”郎大脑袋凑过来，站到石像身前，向着石像瞭望的方向乱比画。

“还能是看什么?看江山呗。从这向南，无数城关土地都落入他人之手，这事儿搁谁身上，谁能不上火。”

“老郭，你看，这石像身上的袈裟上画着画呢!”郎大脑袋猛地跳起来，指着石像大喊。

吴老獭一声嗤笑：“那袈裟上画的是天下山河地理图，建文皇帝虽然被他四叔赶下了皇位，但毕竟也是做过皇帝的人。瞿衡为建文立像，不敢雕刻他身穿龙袍的样子，以免过于惹眼，招来灾祸。他想了个折中的主意，立他的僧人像，但在袈裟之上刻画山河地理图，暗示他九五之尊的身份。古人性格大多如此，我大舅哥说了，这叫‘似是而非打机锋，犹抱琵琶半遮面’。”

“你们……很有研究啊。”我不仅对吴老獭生起一丝叹服之感。

“那是，琢磨几十年了，虽未收获成功，但也下了苦工。”

我看着石像定定出神，郎大脑袋带着老三四处敲敲打打，想要找找是否存在什么机关。夏忆放出蚂蚁、蜜蜂在庙内四处飞舞，寻找是否另有出口。孙偃白举着手电，去找石柱上的浮雕，检查是否有漏掉的线索。

“这庙里的摆设，比狗舔得还干净，多余的东西一样都没有。”郎大脑袋坐在地上，不住地咒骂。

“好了，脑袋，不要抱怨，要是真有什么好东西，早被吴老獭顺走卖了，还轮得上你？！”

郎大脑袋听了我这话，猛地从地上站起来，掐着吴老獭的脖子问道：“说！你昧下了多少好东西？”

“我不骗你，我第一次来这儿什么样，现在还是什么样，若是真有什么宝贝，怕是早被我祖上卷走了。若真能给我剩下一件儿半件儿，我早去当大老板了，犯得上和你们玩儿命吗？”

“唉，先下手为强，后下手遭殃，没赶上宝贝明晃晃摆在眼前的好光景，郎爷我终究是吃了生不逢时的亏。”郎大脑袋一声长叹。

“等等！”我脑子里“嗡”地一响。

“咋了老郭？”

“你刚才说什么?”

“我说我生不逢时。”

“上一句!”

“上一句……没赶上宝贝明晃晃摆在眼前的好光景。”

“对！线索一定是明晃晃摆在眼前的。按着吴老獭所说，当年他尾随我爸进入古庙时，我爸便不见了踪影。这其中间隔的时间，根本来不及我爸像咱们现在这样推敲翻找。所以……只有两种可能，一是我爸早就知道关窍所在，二是……”

“线索明晃晃摆在眼前！吴老獭刚才说……第一次来这儿什么样，现在还是什么样；也就是说，那线索还在此地，原模原样地保存着。”郎大脑袋抢答道。

“别白费心思了，全都是胡思乱想。”吴老獭不断给我们泼冷水。

“老郭，你甭搭理他，你接着说。”

“我记得，吴老獭说过，他追到这里的时候，我爸消失不见了，只有一件我爸随身穿着的棉夹克挂在香炉上，棉夹克的兜里什么都没有，只有那张背后写着诗的照片。隆冬三九，我爸为什么要把棉服脱掉挂在香炉上呢?”

“会不会是咱家老爷子……上火了?”

“滚蛋!”

“除了上火……三九天脱衣服……我想到了！老郭我想到了！指路！你爸在给我爸指路！我爸不是去追杀吴老獭了吗，结果被吴老獭用狐窟迷宫给甩掉了。你爸先一步进入古庙，他一定是发现了什么，既着急先去探秘，又担心我爸跟上来后找不到他。于是把衣服挂在这里，做个标记。”

“有道理！”我和郎大脑袋跳起身来击掌，激动地抱在一起。

“可是……这衣服代表什么呢？就算郎绪东看到衣服，又能得到什么信息呢？”夏忆的问题，难住了我和郎大脑袋。我们俩松开手，各自坐回原位，继续苦思冥想。这一想，就过去半个小时。

“衣服……衣服……对！是袈裟！袈裟！我爸是想让郎叔去看石像的袈裟！”我跳起身来，站在香炉原来的位置，将郎大脑袋推到庙门前，我将身上的羽绒服脱下来斜披在肩上，向郎大脑袋问道：

“我是香炉，你是你爸，假设你现在从门外跑进来，你的视线第一时间看到的是什么？”

“我……我现在从外面跑进来，我一抬头，我看到……你的羽绒服和石像身上的袈裟都在我视线延伸出的直线内，前后重叠！老郭，你是说，线索在袈裟上！”

“对，山河地理图！”我一指石像，做出结论。

“扶我起来。”孙偃白向我和郎大脑袋招手，我二人赶紧跑过去，一个架左胳膊，一个架右胳膊，将她扶起，走到石像下面。

“脑袋，上去照个亮，让孙会计好好看看。”

“好嘞。”郎大脑袋接过手电筒，去照石像的袈裟。

孙偃白是我们这一群人中对古籍古文字最有研究的，她先简单看了一遍全图，随后开始一寸寸细看。

“这袈裟上的山河地理图，以黄河为界，分为南北两部分。黄河以南是阴刻，黄河以北是阳刻，黄河以北，仅标注山川河流，未标注省、府、州、县。黄河以南，既标注山川河流，也标注省、府、州、县。

通常来讲，省、府、州、县是行政区划，建文皇帝作为一国之君，不可能不在山河地理图上标注。唯一的解释就是……”

“割地！”我斩钉截铁地说出两个字。

“虽然不能确定，但却是目前最大概率的答案。”

“这也太夸张了，这……难道就是《天书》中说的那块土地？”

“按现在的话讲，《天书》内的是文本，这块袈裟是附件图纸。魔鬼王耶鲁里和瞿衡谈好条件，耶鲁里助建文反攻朱棣、重登大宝，建文将黄河以北的土地割让给耶鲁里，允许他从九幽之下重归地上。”

“这不是说梦话吗？黄河以北，那是多大一片土地啊……就这么割让了？”郎大脑袋瞪圆了眼，不可置信。

“这有什么，空头支票罢了。别忘了，此时的建文只是一个和尚，他就算将长江以北都割给耶鲁里也没什么，反正也不用真割，无非是上下牙一碰，瞎说呗。”我哈哈一笑，解答郎大脑袋的疑惑。

“可万一这耶鲁里真帮建文皇帝把朱棣干趴下了……”郎大脑袋还不死心，继续追问。

“怎么可能？朱棣多能打，你自己回去翻翻书。就算退一万步讲，建文真干翻了朱棣，那也没什么。自古以来，帝王大多冷血，卸磨杀驴、翻脸不认人的主儿多如过江之鲫。届时随便找个什么理由，把耶鲁里和知道这事的人，全部……咔嚓！天下太平！”

“还能这么玩儿？这也太王八蛋了。”郎大脑袋不可置信，破口大骂。

就在我俩痛骂封建社会的当口上，孙偃白发现了异常，她扶着我的肩膀踮起脚，去看石像的肋下：

“你们看，这个地方的袈裟有没有哪里不对劲?”

“这块画的是黄河九曲……”

“没错！只不过这河流的走向，好像有点儿别扭。会不会是明代的黄河河道和现如今的黄河河道存在差异?”

“差异肯定会有，但不会在这么小的缩略图上体现出来。如果在这么小的缩略图上出现差异，放在现实中，足可以称得上是天翻地覆。”孙偃白一抬手，否定我的猜测。

“那……是哪里不对?”

“咱们从源头一点儿点儿捋。三皇五帝时期，黄河泛滥，鲧、禹父子二人受命于尧、舜二帝，先后治理黄河。黄河在禹的治理下，形成三门九曲十八弯之形，有些地方民谚，也称为九曲十八拐。三门是宜川的孟门、乡宁的石门、韩城的龙门；九曲的来源有二,一说是因黄河流经九省而得名，二说是因黄河自河源到河口共有九道大角度迂回而得名，而十八之数，乃是虚词，黄河绵延万里，何止十八弯。这其中最重要的关窍，在这里——龙门，上古时，此地群山原本相连成片，洛、伊受阻，无法东去，自此堰塞，形成汪洋大泽。大禹为通伊水，凿开龙门山，使得伊、洛相汇，注入黄河。此地两山夹峙，形成天堑，壁立千仞，直插入水，乃是大禹治黄河最重要的工程之一。建文皇帝乃是一国之君，对此处地理图示断无错记、漏记之理；而这袈裟上刻画的地理图中，龙门所在位置，向东偏离了一寸。”

“等等，你刚才说……十八弯，也称十八拐，我爸在照片背后写的诗中有一句‘老庙洞府十八拐’，难道指代的就是这袈裟上的黄河河道图?”

“应该就是如此。”

我双手撑住石像，弯腰弓背，让孙偃白骑在我的背上，以便她能更加仔细地观察袈裟上的图。

“撑得住吗?”孙偃白拍了拍我的后脑勺。

“撑得住。”

“再高点儿。”

“好嘞。”我缓缓直起身。

“停!”孙偃白一声轻喝，我赶紧停住身形。

“怎么了?”

“就是这里，如果我没记错，龙门的位置就在这里。”孙偃白伸手指了指袈裟上的一块空白处。

“当当当——”孙偃白轻轻敲了敲石像。

“没用的，这石像我从头到脚不知道摸了多少回；若有机关，早就发现了，岂能轮得到你们。”吴老獭再次出言讥讽。

孙偃白没有搭理吴老獭，轻轻伸出两根手指，拂去袈裟上的陈年积灰:“我幼时学武，曾习针灸点穴之术。这个位置位于侧胸部，腋中线上，第七肋间隙下三寸处，名曰‘九曲中府’。以艾灸之，主治恶风邪气，内有瘀血。”

“艾灸?给石像艾灸?”我整个人都蒙了。

“扑哧——”吴老獭憋不住，笑出声来。

“孙会计……”

“虽然这很荒诞，但可以试试。”孙偃白俏脸通红，显然对这个主意没什么自信。

“荒山野岭的，我去哪儿给你弄艾叶艾绒啊?”

“艾灸的功效主要来自两方面，一是热量，二是药力。我在想，如果这里真是机关所在，二十五年前你爸爸也不可能随身带着艾叶艾绒吧。”

“你的意思是……”

“你爸抽烟吗?”

“抽。”

“你身上有烟吗?”

“有。”我一拍裤兜，摸出半包用防水塑封袋装着的红塔山。

孙偃白低下头，看了看我手里的烟，踌躇半晌：

“要不……算了吧？咱再想想，是不是还有别的线索?”

“一根烟的事，先灸上再说。”我拆开用保鲜膜缠着的打火机，点燃一根烟，递给孙偃白。

“真是可笑……”吴老獭再次出言嘲讽。

“闭嘴!”郎大脑袋一个嘴巴抽过去，吴老獭不再言语。

孙偃白接过香烟，将信将疑地将烟头按在石像的九曲中府上。

“呲——”烟头烫在石像上，石像内突然发出一阵窸窸窣窣响动，好似有千百只虫子在石像内乱爬。三分钟后，石像内竟然传来水声，水声越来越大，“咕嘟咕嘟”地响，好似茶壶烧开水。

“汪——”老三抽动一下鼻翼。

又过十几秒，我也闻到一股异味，似是硫黄混合白磷燃烧的烟气。

“咔嗒——咔嗒——”石像头部缓缓旋转，和尚面容转入墙中，一张魔鬼面容从墙内转出。

“我懂了！是白磷！这石像是中空的，九曲中府位置处内藏白磷药包，药包垂直叠放，每一个白磷药包连接一组油膏包。白磷极易自燃，燃点只有40℃。烟头烫在石像上，热量传递穿透石像表层，达到白磷燃点，白磷起火燃烧，引燃内部油膏包，油膏包燃烧，将石像内的存水烧开，生成蒸汽，蒸汽在密封容器中沿通道上升，推动机关运转。下层油膏包、白磷包燃烧完毕，叠在上层的油膏包、白磷包顺势下落，为下次开启机关做好准备。奇思妙想！真是奇思妙想！谁能想到，在明代会有温控开关这种东西！”我拍手叫绝，弯腰蹲下，让孙偃白站到地上，随后自己爬上去，去看那魔鬼头面。

吴老獭目瞪口呆，既是惊讶，又是不甘。郎大脑袋不忘在他伤口上撒盐，趴在他耳朵边笑道：“笨蛋！真是大笨蛋！守着石像几十年，竟然不如我们孙会计几分钟的思考！还有脸嘲笑我们，哎呀呀呀，这都是命！你这老小子，命里无财，空守宝山，也是枉然。”

我聚精会神，打量这颗“鬼头”，乱发虬髯秃眉毛，方脸长鼻血盆口，一双圆眼眼距极窄，活似斗鸡，和那魔鬼王耶鲁里的萨满面具一般无二。我一手举着手电筒，另一手缓缓伸进“鬼头”张开的大嘴中，摸索一阵后，抓住一只铜环。

“都小心了。”我出声示警，随后用力拽动铜环。

“咔咔——哗——”庙中地面陡然下沉，左右分开，露出一个斜向下的洞口，我跳下石像，趴在洞边，用手电筒照了照。

洞中伸手不见五指，洞口处冷风扑面。

“诸位，怎么办？”

“不入虎穴焉得虎子。咱们都闯到这里，没理由不进去看看。”孙偃白站起身，就要抢先下洞。

“孙会计，你身上有伤，还是我来吧。”我拦住孙偃白，想要走第一个，却被郎大脑袋拽住：

“有这老小子在，你们装什么大尾巴狼，让他打头。”

“这……不合适吧。”我有些犹疑。

“有什么不合适的啊？这叫垃圾再利用，符合环保理念。”郎大脑袋不由分说，将双手被反绑的吴老獭第一个推进洞中。我叹了口气，让郎大脑袋将他盯紧，随后让夏忆和孙偃白依次进洞，我和老三留在队尾断后。

第二十章

守门骷髅郎氏祖　九幽之主氏人族

进入洞中，寒意透骨，众人纷纷裹紧棉衣。走在前面的郎大脑袋低声说道：

“老郭，这地方好像个下水井，上面不知多高，下面不知多深，咱们位于中间。按理来说，咱们现在是在大栗子树的内部，你说……这空心树，还能活吗?”

“活肯定是活不了，但死也死不了。”

“啥意思?”

“跟传说中的胡杨差不多，生而不死一千年，死而不倒一千年，倒而不休一千年。”

“真这么狠吗?”

“虽然有一定文学渲染的成分，但几百年还是没问题的，这棵大栗子树，号称建木，定有非常之处。”

“那咱们是向上走，还是向下走?”

“既然是探求耶鲁里的秘密，自然是向下，直奔九幽!”

我微微用力，踩踩脚下的台阶，这洞内的台阶乃是以山石凿成“山”字，楔入木质树干，形成类似水塔外置消防梯一般的攀爬路线，总宽不足半米，仅容一人通行。此时脚下漆黑一片，不知多深，众人只能背靠树干，逐级而下。

孙偃白性子倔强，纵然重伤在身，也不许别人帮她背剑，自己咬着牙攀爬，累得气喘吁吁。郎大脑袋后背紧紧贴着墙壁，一手揪着吴老獭的后脖领子，一手持玉魁护住前胸，没走几步，就停下来拍拍胸口。

“脑袋，你快一点儿，不要磨磨蹭蹭。”

“别催了，我恐高。”郎大脑袋声音都哆嗦了。

我听他语气，不似玩笑，故而不再出言催促。整支队伍安静无比，除去彼此的呼吸声和洞内的风声再也听不到其他的声音。我们沿着台阶走了大概五分钟，我伸手一摸，发现背靠的树干不知何时已经变成石壁，又走半个小时，洞内的温度渐渐升高，我摘下羽绒服的帽子，抹了抹头上的汗，向前方喊道：

“孙会计，你还好吧？”

“我没事。”

“脑袋，前面什么情况？”

“前面……有个洞，开在正前方，洞口有两扇门。门高五米多，门板上没把手，没锁眼儿，连一根儿毛刺都没有，门上还刻着字。”

“什么字？古文字吗？”

“什么古文字，标准的现代汉语。”

“写的什么？”

“沿途恶斗，遗失金蝉，欲取祟肝，无有臂助，暂且罢手，容后再来。”

我微微侧身，贴着夏忆、孙偃白在台阶上踩着边沿，小心翼翼地绕到郎大脑袋身后，探头看去：

“这是……我爸的笔迹。”

“谁？郭听？”夏忆闻声，也挤了过来。

“从字面上看，我爸当年是要进去取一样东西，但是没有金蝉在手，他取不到，就转身离开了。”

“容后……容后再来。他还会回来，我就在这儿等他。”

“别价啊！小妈，您知道他是今年回来，还是明年回来？”

“不管哪年，我都等。”夏忆眼圈发红，轻轻抚摸着门上的字。

“我爸到这里是寻洞中祟肝，如果我拿到祟肝，给我爸留言，他再来的时候，看到字，会不会就能来找我们呢？”我沉思半晌，突然有了主意。

言罢，我掏出瑞士军刀，在我爸的字边上刻上一行小字。

“郭冕已取祟肝，联系地址：洛阳市西工区棉麻东路22号大森林土木工程队，联系电话：183××××8271。”

“老郭，啥是祟肝？你都不知道，就敢说已取，你这不是骗你爸爸吗？”

“什么叫骗？管它是什么，反正在洞里，咱们又有千寻犬，又有碧眼金蝉，进去直接取了便是。”我伸出探海在门板上使劲一推，那门缓缓打开，门板内外光滑得好似镜面一般，既无拉手，也无门环。我掰着门框，观察门板的开合。

"这扇门，和狐窟迷宫的小红木门刚好相反。那扇门在外面只能从里面推开，在外面没有可以拉的把手，为的是方便狐窟内的守山胡仙姑进入潭水古洞中啃食菌菇；而这扇门，只能从外面推，无法从里面拉，这又是什么意思？"

我不断加力，让门开得再大些。透过一掌宽的门缝儿，我看到门后坐着一具骷髅，衣服都烂没了。骷髅膝盖上横着一把剑，即将锈断。

我用探海将骷髅身上的剑扒到身前，发现剑上有字，好像是个"郎"！

"脑袋，这位恐怕就是明代的郎姓书生，他是你的祖宗啊！"

"啥？祖宗啊——祖宗——"郎大脑袋一声大喊，推开门，扑到门后，"扑通"一声跪在地上，涕泪横流，"祖宗啊，你是不知道我过得多难啊，咱们老郎家到我这辈就剩下我一个，我是单传啊，我要是娶不上媳妇，咱们老郎家就绝后了啊！为了您的优良基因能够在这个世界上延续……让我看看您给我留了什么值钱的东西。"

"脑袋！别！"我猛地抓住他在骷髅上乱摸的双手。

"老郭！你干吗？我找找我祖宗有没有留给我压岁钱，你若是想要，去找你自己的祖宗。"

"我没拦着你要压岁钱，我是想提醒你，当心机关陷阱。"

郎大脑袋这人最是胆小，一听"机关陷阱"四个字，赶紧把手缩回来。我蹲下身，用手电照了照那具骷髅，用探海轻轻一拨，将骷髅缓缓放倒，回头去看洞上的木门。那门板黄中透红，触手生温。

"脑袋，别摆弄你祖宗那把锈剑了，当心破伤风。"

"什么叫破剑，你就是吃不到葡萄说葡萄酸。"郎大脑袋脱下羽绒服，将白骨和锈剑裹成一个包裹，背在背上，双手合十，笑着说道：

“祖宗啊祖宗，您放心，卖剑的钱我不独吞，你六我四，您那份我给您置办一处上等的风水宝地，再给您烧几房小妾。您在天之灵，千万保佑我，我不贪心，能赚一个小目标，就够了。”

“脑袋，你那剑真不值钱。值钱的货在这儿呢！你掌掌眼，这是什么木料？”我轻轻敲敲门板。

郎大脑袋闻言，凑过来一瞧，顿时美得合不拢嘴：

“好家伙！这是松明子！这么大一块，这得多大的松树才能凝出这么大的松明子啊？”

松明子，别称明子、明子木、松香，乃是因松树的油脂渗透于枯死、老化、腐蚀后的木质中，经水汽的侵蚀，其油脂聚合部分与木绺丝相互交融，形成浑然一体的“油木结晶”，色泽黄红、亮如琥珀，松香浓郁。寻常一串稍具品相的松明手串，价值便已过千，如此尺寸的两扇门板，最少也能卖出千万高价；更别提这两扇门的工艺堪比机床精雕，合在一起，浑然一体，中间不见一丝缝隙。

“老郭，事不宜迟，咱们开始卸门吧。”郎大脑袋开始从包里翻找工具。

“先别急，这扇门上有字，应该是你祖宗用剑刻下的。”

“什么字？”

“繁体字，写的是‘郎氏后人锁祟于此’。”

“锁祟？祟肝？啥是祟？”

“这个……还得问孙会计。”我扭头看向孙偃白，孙偃白思索一阵，徐徐说道：

“古人认为：祟者，神自出之以警人。”

“啥意思?”我和郎大脑袋异口同声地问。

“就是说，祟是神明降下的、警醒惩罚人类过错的一种灾殃。在很多古籍中，将祟的形象表达为一种夜行精怪。民间传说，每逢除夕夜，旧年将近，新年未至，祟会趁机现身，贴着窗根儿，爬到小孩子的床前，等孩子睡熟后，用爪子抚摸孩子的头。被祟摸过的孩子，便会厄运缠身，再聪明伶俐的孩子都会变得疯癫痴傻。因而在许多古书中，将除夕熬夜不睡的守岁习俗，写作‘守祟’，缘由便来于此，即守护孩子不被祟侵扰。汉代有祟畏铜的传闻，父母须于除夕夜，在小儿床边摆放铜钱，名曰‘压祟钱’。其后，随着时间推移，渐渐演变成为压岁钱。”

“然后呢?这祟肝又是个啥?美食吗?是酸是甜?是苦是辣?”郎大脑袋追问。

“祟，至今无人得见真容，尚被归为鬼神之属，谁又能知道它的肝是个什么味道?”孙偃白瞟了郎大脑袋一眼，实在懒得搭理他；却不料这厮话密如雨，唠叨不停：

“老郭啊，要我说，你爸爸是真馋啊，为了个什么……什么肝，把我爸拉到这荒山野岭里爬冰卧雪，二十几年没个消息。”

“好了，你快闭嘴吧！你摸摸这两扇门。门板上光滑如镜，关上之后，中间几乎没有门缝，这手艺都快赶上精雕车床了！这个设计……应当是为了锁住门后的什么活物，所以只能从外侧推开，在里边绝对无法拉开。”

“那不对啊！门外只能开，不能关，我把活物锁进去后，我在外面怎么关门啊？”

“如果，我在门内关门呢？”我倒吸一口冷气，看向郎大脑袋。

“同归于尽啊！有这个必要吗？”

“你把你祖宗先放下，看看他的白骨上有没有伤痕？”

“有道理。”郎大脑袋放下身后的包裹，拎出一截腿骨，定睛一瞧，惊声叫道，“这……怎么有裂缝啊？”

“别看了，包起来吧。情况基本和我的猜想一致，这门后关着的东西，不简单！”

“那你爸爸会不会……”

“闭上你的臭嘴！”我提起探海，一马当先，向洞内深处走去。

行不出二里路，前方开始出现岔路，且越岔越多，形如蛛网。我站在一处路口，不敢乱动，掏出粉笔在墙上绘制一路走来的路线图。正费力思考间，郎大脑袋突然大叫：

“这儿有个石碑！”

我循声看去，只见在前方不远处，立着一截四方形石碑，碑上刻着许多古怪文字。吴老獭瞧见那文字，眉头一皱。孙偃白瞬间捕捉到吴老獭的神情，出言询问：

“你见过这石碑上的字？”

“没有。”

“没有？那《天书》前面的拓片，应该就是源自于此吧？”

“怎……怎么会？”吴老獭目光微微躲闪，孙偃白已得到答案。

“看来咱们距离魔鬼王耶鲁里的秘密不远了。”孙偃白走到石碑前，伸手抚摸碑上的怪字，试图破解其中的含义。

“咦?”吴老獭发出一声惊呼。

“你在鬼叫什么？没看见我们孙会计在思考吗?”郎大脑袋出声喝骂。

“这碑上的怪字，和《天书》上的拓片有两处不一致。”

“哪两处？指给我看。”孙偃白侧侧身，示意吴老獭站过来。吴老獭一边皱眉沉思，一边绕着石碑踱步。

突然，吴老獭眼底闪过一丝狡黠。

“有诈!”我一声大吼，刚要出手阻拦，吴老獭突然两手一挣，在背后捆住他手腕的绳索突然下落。吴老獭右手一张，将绳索抓在掌中，扬手一甩缠住距离他两步远的孙偃白；随即迅速上步，回拉绳索，勒住孙偃白脖颈；左手抓住绳索另一端，飞速在孙偃白脖颈上缠绕一周，猝然加力。孙偃白呼吸受阻，双手上托吴老獭肘尖，奈何她重伤未愈，气力亏耗，这一推竟然没能奈何吴老獭。吴老獭手指缝内寒光闪动，一枚刀片已抵在孙偃白的喉咙上。

“都别动!”

“好！我们不动。”我定睛一看，吴老獭棉服的袖口处有一道破损，隐隐露着棉花。他那刀片定是缝在棉服袖口的内衬中，难怪我们事先搜身，未曾发觉。

“你先放了孙会计，钱的事，好商量。”

“商量？我跟你商量个屁！手里的家伙，全都放下！放下!”吴老獭声色俱厉，一发狠将孙偃白锁骨底下割出一道细细的刀口。

“吴老獭——”

“放下!”

“放！放！”我扔了探海，郎大脑袋扔了玉魁。

吴老獭看向夏忆，夏忆举起双手，示意手中没有武器。

“别耍花招，我就不信你的虫子，会比我的刀快，手放脑后，全都跪下！”

我给了郎大脑袋一个眼神，示意他按着吴老獭说的做。郎大脑袋和我一起双手抱头，缓缓蹲下。吴老獭缓缓后退，身形渐渐隐没到黑暗之中。突然，老三开始狂吠，吴老獭吓了一跳，指着老三大喊：

“别让它过来，不然我杀了她，快，管好你的狗！”

我伸出右臂，揽过老三，试图让它安静下来，可老三好像发疯一样，不断向吴老獭狂吠。

“吱吱——吱吱——”夏忆身上陡然发出一阵刺耳的蝉鸣。

之前我们为潜入此地，夏忆已经让她身上的碧眼金蝉进入休眠。可此时，蝉儿突然醒来，吵闹不休，声音一浪高过一浪，好似用金属片擦刮玻璃，尖利急促。我看向夏忆，夏忆也是满脸不解：

“我养蝉多年，从未见它如此鸣叫。”

“汪汪——汪——”老三焦躁难安，一边吠叫，一边原地转圈。

千寻犬嗅探无双，碧眼金蝉趋吉避凶。

此时，犬蝉俱惊，唯一的可能就是——有危险的东西正在靠近。

我和夏忆突然站起身，大声喊道：“吴老獭，快过来！过来！”

“过去？是你们疯了，还是我疯了？跪回去！跪回去！”吴老獭勒住孙偃白的脖子，不断叫嚷。

“别再走了，快过来！危险！危险！”

“你才吃了几年干饭，也敢来诈老子？”

“诈你我是王八蛋……”我话还未说完，吴老獭肩膀忽然一沉，好像有什么东西轻轻搭在吴老獭的肩膀上。正在叫嚷的吴老獭蓦地沉默，他咽了一口唾沫，开始不停地发抖。

“呼呼——呼——”吴老獭的呼吸越来越沉重，瞳孔越缩越小。

“啊——”吴老獭发出一声尖叫，松开孙偃白，拔腿就要跑。

“咔嗒——”吴老獭猛地仰头，颈椎向后弯折成九十度，随即栽倒在地，被飞速拖入黑暗中。我拾起探海，展臂掷出，叉头贴着孙偃白的耳后钻入黑暗中。

“脑袋!”我一声大喝，郎大脑袋一个前滚翻抓住玉魁，蹬地前扑，抱住孙偃白，左手将她向后拉，右手握紧盾牌架在前方。我投出的探海，一击不中，我迅速回拉锁链，将其收回掌中，斜跨一步，站在郎大脑袋侧后方。

这是孙偃白给我们设计的组合战法，取自古战场的枪、盾兵。

“那……是什么东西?”

“不知道。”

“老郭，怎么办?”

“啊——啊——”吴老獭发出一阵瘆人的尖叫后，突然没了动静。

“先下手为强，后下手遭殃，弄它!”我咬了咬后槽牙。

“能行吗?”

“大沧龙咱都弄了，还怕什么?”

“可孙会计现在……”

“越是这个时候，越不能𠈌。”我抢先一步钻入漆黑的岔路，郎大脑袋随后跟上。夏忆的虫术见效太慢，与这种猛兽精怪搏杀没有优势，被我安排在队伍末端照顾孙偃白。

“老郭，吴老獭!”郎大脑袋脚下踢到一个软塌塌的东西。他用手电一照，发现那东西正是还没凉透的吴老獭。他的天灵盖被一股大力掀开，脑浆洒了一地，脑子却不翼而飞。

“老郭……吴老獭的脑花……被掏走了……”

“那叫脑组织，不叫脑花。”我强自镇定精神，企图用抬杠转移自己的注意力。

“老郭，你也害怕了吧?”

“我才没有。把手电筒都给我，我走最前面。”

“汪汪——汪——”前方三条岔路，老三开始向中间那一条的方向吠叫。

“老三，锁定它的气味，追!”

“汪——”老三“噌”的一下蹿出去。我一掂探海，跟着老三狂奔。跑了不到一百米，我猛地收住脚步，跟在我后面的郎大脑袋“刹车”不及，“咚”的一下撞在我的后背上。

“老郭，你能不能别一惊一乍的！怎么了?”

“光呢?”

“什么光？两支手电筒都在你手里，你把开关打开，不就来光了吗?”

我没有答话，将手电筒倒过来，照向自己的脸。

“这不亮着呢吗?”

随后，我又将手电筒缓缓照向前方。就在这一瞬间，手电的光仿佛被吞噬一般，消失无踪，四周漆黑一片，伸手不见五指，光只能照出我们自己，却照不出周围的场景。

“光……光呢？”

“此地不宜久留，先退！”

“汪——汪——”老三突然开始狂吠，夏忆怀中的碧眼金蝉也开始吱吱鸣叫。

“老三，那东西是在靠近对吗？”此刻，我们什么都看不到，只能依赖老三的嗅觉感知周边的情况。

“汪——”老三向左前方扑出，我担心老三受伤，抢先一步举起探海向左前方刺去。

“当啷——”探海刺在石头上，发出一声脆响。

“呼——”一阵凉风自我肋下掠过，我只觉后背一凉，伸手一摸，鲜血已渗入羽绒服。

“老郭！你怎么样？”

“别乱动！背靠背！”我一声大喊，回身拉住夏忆，将她护在身后。郎大脑袋举起玉魁，和我背靠背。孙偃白抽出惊鸿剑，硬撑着和我俩站成一个三角形。老三缩回孙偃白两腿之间，不停地抽动鼻翼，时而向左看，时而向右看。夏忆怀中的金蝉鸣叫不休，衬得周边愈发沉静。

“这就是祟吗？来无影去无踪，难道真是鬼神？”孙偃白自言自语。

“狗屁的鬼神，老三和碧眼金蝉都能感知到它，证明它是真实存在的。难怪我爸当年首选千寻犬，次选碧眼金蝉。狗有追踪之能，蝉只能示警。”

说话间，老三乱晃的脖子突然停住，定定地望向右前方。

“大家小心，它又要扑上来了。”

话音未落，一道劲风逼来，孙偃白耳朵一抖，高声喝道：

“郎，左上三步，举盾！”

孙偃白前段时间没少操练我们哥俩儿，许多基础动作，我们下意识就能做出。

“哈——”郎大脑袋吐气开声，双手持盾牌，开弓步一顶。

“仓——”某种硬物划过玉魁，发出一声脆响。

“投！”伴随孙偃白又一声喊，我已将手中探海再次掷出，贴着玉魁的边缘扎过去。

“当啷——”探海再次扎空，我还没来得及回拉锁链，郎大脑袋突然仰面栽倒，双腿疯狂踢蹬。

“啊——啊——”郎大脑袋扯着脖子喊叫。我顿时乱了方寸，将锁链缠在拳头上，一个箭步冲过去，一手圈住郎大脑袋的腰，一手疯狂砸向黑暗之中。

“咚——咚——”前两拳的反馈，软中带硬，似乎捶到某种牛皮包裹的木桩子，第三拳砸了个空。郎大脑袋双脚一松，那东西已不再拉扯他。

“汪汪——”老三猛地挡在孙偃白前面，作势欲冲。

“不好！它是声东击西！”我伸手抢下郎大脑袋的手里的玉魁，抛飞而出，“哆”的一声钉在老三前方的石缝内。一阵冷风从玉魁前掠过，再次闪入黑暗之中。我扶起郎大脑袋，跑到孙偃白身边。

“这东西狡猾得很，它在试探我们的实力。这种捕猎的手法，和来去无声的手段，像极了猫科动物。”我将手电筒递给郎大脑袋，郎大脑袋照了照自己的腿，刚才不过十几秒的扑抓，那东西已经撕烂郎大脑袋的登山裤、棉裤、毛裤和保暖裤，左大腿前侧，三道抓痕，皮肉翻卷，狰狞可怖。

“脑袋，还行吗？”

“疼！”

“忍一忍！”

“你后背咋样？”

“凉飕飕的，估计是羽绒服被扯开了。”我偷偷摸了摸自己的后背，不着痕迹地在袖子上抹抹指头上的血。站在我身后的夏忆想说些什么，却被我用眼神制止。

此刻大敌当前，万万不可乱了军心、弱了士气。

“大家做好准备，攥紧手里的家伙，不要落单。”

“老郭？我这盾牌怎么缺了一块啊？”

“你说什么？”我微微侧身，看向郎大脑袋手中的玉魁，只见玉魁8点钟方向竟然缺了一角。

“不可能啊，玉魁号称坚不可摧，怎么会缺角呢？”我伸手摸向玉魁，在缺角处一抹，手指间蹭掉些许泥污，泛着莹莹铜色的玉魁再度完好无损。

“老郭，你的手指头！”郎大脑袋瞪圆眼睛，盯着我的手指头大喊。

我低头一看，只见我的右手的食指和中指前两指节“消失不见”，我下意识用拇指捻了捻那两根指头。

指头还在！

我好像明白了什么，用右手的食指和中指，在拇指上蹭了蹭，拇指也隐没在了黑暗中，即使被手电筒照射，也看不到拇指。

“刚才我投掷玉魁，使其卡在石缝之中，定是在那个时候，沾染到什么东西。”我将手指头放在鼻子下面，轻轻嗅了嗅，又递到郎大脑袋鼻子底下，让他也闻闻。

“老郭……淡淡的生漆味！”

“是吸光涂料！”

“水性丙烯酸？游乐场里鬼屋装修用的那种涂料？”

“似乎比水性丙烯酸的吸光率还要高，而且从气味上判断，这种涂料的制法更加传统，比现在市面上的化工涂料更环保。”我和郎大脑袋干了多年工程，和涂料供货商打了无数交道，虽不算专家，也算是个内行。

“老郭，现在不是讨论环保的时候，你想点儿有用的。”

“这就是有用的，这东西……姑且暂将其称作祟。祟来无影去无踪，与鬼神无关，奥妙全在这种涂料上，此地石壁上布满此种吸光涂料，形成一层沉降覆膜。覆膜含无数细微孔，光线射入之后无法从表面反射，从而达成极高的吸光效果。祟生于此地，皮毛与石洞摩擦滚蹭，将覆膜浸润到皮毛上，以此实现隐身。”

“蹭？它为啥要蹭？”

“很多动物，如野猪、黑熊、蟒蛇等，都有蹭泥、蹭树、蹭石头的习惯，以此帮助自己杀虫、止痒、蜕皮等。先不说这个了，祟一身的本事全在这层涂料上，咱得想个什么办法，让它露出真身。”

郎大脑袋眼睛一转，斜眼看向夏忆：“小妈，这得跟您讨一样东西？”

“什么东西？”

“荧光彩妆。”

“我……一把年纪，哪有那种东西。”

“您瞒得了别人，瞒得了我吗？您唇膏用的是 Lipstick in 140 Cream 暖橘色液体丰唇膏，眼影用的是 Perfect Diary（完美日记）。先在整个上眼部和下眼部的一半位置打上淡紫色闪粉，再用金属色的眼线笔画下眼睑后半部，达到在视觉上提拉眼角的效果，您腮红用的是 FORENCOS 花园系列樱花粉荧光款，提亮肤色又美白，您粉底用的是……”

“别再说了！”夏忆一拉头发，盖住脸颊，从随身的挎包里掏出两只小玻璃瓶塞在郎大脑袋手里。

“汪——汪——”老三又开始吠叫，一声高过一声，郎大脑袋下意识想要后退。孙偃白伸手抓住郎大脑袋，将手电筒递到他的左手。

“玉魁铜光荧荧，夜战时可反射月光。此地没有月亮，暂用手电筒，将就将就吧。”

我伸手一捞将老三抱起来，将它架在郎大脑袋肩膀上。老三时而向左叫，时而向右叫。郎大脑袋架着盾牌根据老三吠叫的方向，左右调整。

“呼——”一道冷风刮来，老三猛地从郎大脑袋肩头跃下，扑向地面，在半空中突然横向斜飞，被祟扇开。郎大脑袋举着盾牌，向老三脊背下方抡过去。

“当——”盾牌没有撞空，砸到了祟。

“啊——”郎大脑袋右小腿突然飙血。我握着探海，贴着他的小腿扎过去，却还是晚了一步。探海扎空，我右侧空门大开，一阵劲风袭来，我的右肩膀又开三道血口。老三在地上打一个滚儿，蹿上来，时进时退，和祟撕咬游斗。郎大脑袋抡起圆盾，遮住头脸躯干，一个大跳跃起，向老三身前砸落。

“咚——”郎大脑袋整个人砸在地上，发出一声闷响。郎大脑袋倒在地上，迅速翻身，将盾牌架在胸口。

“老郭！它压住我了！”郎大脑袋将头脸缩在盾牌底下，盾牌被祟抓咬撞击，发出“咚咚”的震响。

“汪——”老三原地跃起，向郎大脑袋上方扑咬，后腿突然流出鲜血，显然是被祟咬住了后腿，在空中甩动。

“夏姨、孙会计，抹掉墙壁上的涂料！快！”我扔掉探海，双手各持一瓶荧光彩妆，助跑两步，飞身跃起，跳到老三头顶，双手一合，左手的粉底与右手的腮红相撞，瓶子应声而碎，荧光闪闪的粉末在空中飘飞，我头发、双手、双臂、前胸全部沾满樱花味儿的香粉。到处乱飞的香氛下落，洒在老三身上，继续下落，落在一只两米多长、四爪着地的黑影身上，那黑影就是祟！

我借着跃起下坠的劲儿，扑在祟的身上，两手疯狂乱抓，将满手的荧光腮红，尽数抹在祟的身上，混乱中竟揪住祟的后颈。祟松开老三，疯狂抖动，想将我甩掉，郎大脑袋趁机伸出腿，猛蹬祟的腹部。

孙偃白和夏忆脱掉棉服当抹布，在周边石壁上疯狂擦蹭，随着吸光涂料的覆盖面积不断缩小，周围的光线越来越好，手电筒的光照范围越来越广。

“咔——咔——”祟用力抓挠玉魁，想一鼓作气，掀开郎大脑袋的“乌龟壳子”，郎大脑袋慌乱中猛然想起孙偃白的话“玉魁铜光荧荧，夜战时可反射月光”。

“老郭！闭眼啊——”

我想都不想，就闭上双眼，随着“咔嗒”一声开关推动的脆响，郎大脑袋在盾牌边缘探出手，将光柱对准玉魁盾面。一道绿色的光柱瞬间射出，堪比汽车远光灯。

“哎呀!”我就算闭着眼，也被晃得脑子一晕。趴在郎大脑袋身上的祟被晃了个正着，“噌”的一下蹿进阴影深处。我伸手拉起郎大脑袋，郎大脑袋抱起老三，检查一下它的伤口，随后向我点了点头。我重新拾起探海，和郎大脑袋并肩而立，看向阴影深处闪着粉红色荧光的祟。

祟头似豹、尾似虎，鼻骨短宽，颧弓粗大，鼓室扁低，副枕修长，下颌宽厚，下缘平直，口内两颗尖牙，长达一百二十毫米，前肢长、后肢短，前足五趾，后足四，枯瘦异常，皮毛蓬松。

“老郭，这东西长得好像动画片里的剑齿虎。”

“这不是剑齿虎，这是恐猫，生活在八百万年前的中新世末期，它最喜欢捕猎的食物是灵长类动物，比如：我们人类的远祖——南方古猿。目前出土的许多南方古猿头盖骨上，都有它的齿痕。瞧见它那颗尖牙了吗？它张开嘴刚好能覆盖人类的天灵盖，下齿卡住眉骨，两根尖牙刚好卡住枕骨，一咬一撬，瞬间掀开天灵盖，带着尖刺的舌头一卷，正好吃掉你的脑子。”

“真的假的?”

“不信你去问吴老獭。”我指了指一旁已经凉透的吴老獭，郎大脑袋打了一个激灵，向后退了半步。

“如果所料不差，这东西就是传说中的阿时那。”

“咱要不撤吧？打狗还得看主人呢，万一耶鲁里来了……”郎大脑袋有点儿心虚。

“狭路相逢勇者胜，咱可是孙会计的徒弟，别丢人!”

“我……”郎大脑袋抽了抽鼻子，又往前迈了一步。

“呼——”祟跑了个折角，在墙壁上一蹬后腿，再次向我们扑来。此刻它的“隐身术”已破，能耐大打折扣。我扒开郎大脑袋，提着探海叉冲了上去。

老话说得好:“尺箠当猛虎，奋呼而操击；徒手遇蜥蜴，变色而却步，人之情也。”手里有利器，便是大沧龙我也敢碰一碰，何况一只祟?

“唰——”距离祟七步远，我抢先投出探海。祟的身法极其灵动，身在半空，后脚下坠，落地又一蹬，跳向左前方。我一叉刺空，并不停留，两腿急奔，追着探海继续冲，与祟擦肩而过。祟转身迅疾如电，脊背一拱，尾不动，身回头，张嘴来咬。郎大脑袋及时掷出玉魁，“咚”的一声打在祟的下颌上。祟一缩脖子的工夫，我一收锁链，持叉在手，回身一扫，击中半空中的玉魁。玉魁回旋，落入郎大脑袋掌中。

我二人一前一后，将祟夹在当中。

“好!”孙偃白眼中精光闪烁，叫了一声好。

为练这合击的法子，我们俩不知道挨了孙偃白多少毒打，此刻终于派上用场。

祟向左瞧瞧郎大脑袋，向右瞧瞧我，抽动一下鼻翼，似乎在判断哪一方更加薄弱。交手数个回合，我们已摸清祟的性子，这东西狡诈多疑，攻击时先多番试探，没有完全把握绝不轻易出手。

它不出手，不意味着我们不出手。

“唰——”我再次掷出探海，刺它的鼻子。祟一扭头，身子跟着头转过来，面对我直扑，在贴近我身边的一瞬间，向右横跳，抡左前爪抓我咽喉。

“当——”郎大脑袋的玉魁准确无误地遮住我的头面，祟一爪抓在盾上，无功而返。我趁机甩动锁链，横扫祟的后腿。探海以锁链为半径画弧，击中祟的后腿后斜向后飞，在惯性的拉扯下，祟翻身倒地，探海重回我手。我趁机跃起下扎，祟再次翻身，刚要起扑，郎大脑袋左手手电筒一推开关，将光映在盾牌上，绿色光柱爆闪，直冲祟眼，祟久居阴暗地，最怕强光，它只得再次退身。

它一退，我们一进。

它再退，我们再进。

它还想退，可惜身后已是石壁。

“嘶嘶——”祟前爪轻抓石壁，不断向我们龇牙吐气。

“脑袋，瞧见没？这就是困兽之斗！”我虚晃一叉，作势下扎。祟身子一缩，跃起扑抓我头面；然而我这一扎乃是虚招，待到祟扑到身前，郎大脑袋一手抱住我的后腰，一手撑起玉魁，我们哥俩一起发力，向祟撞去。祟在半空虽无法借力，但身沉势大，“咚”的一下撞在盾上，我们二人瞬间倒飞而出。祟趁势追击，两只爪子抓住玉魁的边角，猛然发力，将玉魁掀开。祟大喜，赶来撕咬，却不料盾下只有我一个，并不见郎大脑袋。祟本着咬死一个是一个的态度，张开血盆大口，向我咬来。我趁它靠近，将手插在怀里，突然向外一挥，一蓬石灰丝毫不差，全扬在它的脸上。

祟双目剧痛，举爪乱抓。站在一边的郎大脑袋一拉锁链，扯动探海，而探海就在我手中，我借力后退，躲开扑抓，飞起一叉，正中祟的后脊。叉头刺入筋骨，祟发出一声惨嚎。探海的叉刃开着血槽，祟的鲜血汩汩下流，顺着皮毛滴在地上。

孙偃白又气又恼，跺脚骂道：“丢人现眼的东西，谁允许你们带那个东西的?”

“孙会计……你听我解释……”

“卑鄙!”孙偃白扭过身去，不愿看我。

“孙会计，是他老郭不讲道义，我郎某人还是很社会的。”

“你有骨气，不像……某人。”

郎大脑袋得到孙偃白的夸奖，士气大振，捡回玉魁，抡圆胳膊，抛飞盾牌，“当”的一下“削”在祟的后腿上。玉魁边缘，锋利如刀，瞬间在祟的后腿上开出一道深可见骨的口子。祟自知不敌，扭头就跑，钻入一条岔路。

“老郭，怎么弄?”

“趁它病，要它命！老三，踪!”

老三虽然伤了后腿，但听见我的口令，仍旧忍着疼痛，前腿爬，后腿蹦，嗅着气味向前追去。我和郎大脑袋紧随其后，郎大脑袋一边跑，一边敲击玉魁，用响声刺激祟的神经。

“脑袋，就这么敲，它越跑失血越多。”

“好嘞!”

“汪——”老三突然收住脚步，左右嗅探，原地转圈。

“怎么？追丢了吗?”郎大脑袋问。

“别小看老三的能耐，丢是不会丢，八成是这东西躲起来了，想杀咱们一个回马枪。”

郎大脑袋听闻此言，摘下围脖，一手举着盾牌护身，一手去擦墙壁上的吸光涂料。

“啪嗒——”一滴温热的东西滴在我的脑门上。我原地没动，若有若无地摸了摸额头。

是祟的血，它藏在我们上边。头顶上一片漆黑，情况不明，万万不敢打草惊蛇。正前方，郎大脑袋还在卖力地擦石壁，我若高喊，祟必会扑下。

“脑袋，问你个事儿?”我故意放松口气，一边闲聊，一边装模作样地左右张望。

“干吗？忙着呢。”

“你兜里还有秘密武器吗?”

“有啊，满满一兜呢。”

“准备好，它在上面。”

“啥?”

“别乱动，别乱喊，我一会儿将后背卖给它，你做好准备。”

“小心!”

“嗯。”我故作不经意，转过身，背对前方，向石壁靠去。

“汪汪——”老三急吼，身后凉风鼓荡。

祟扑下来了!

“扑通——”我瞬间跪倒，双手持探海向后扎。祟在半空，刚张开嘴，郎大脑袋已从侧面飞身而起，隔着玉魁将祟撞开。祟刚落地，一大蓬白灰扑面而来。

祟二次中招，好不容易睁开的眼，又被灼烧。我趁机举叉一捅，正中祟的心窝。

“啊——”郎大脑袋顶着盾牌，将已经失血过多、精疲力尽的祟抵在石壁上。我抬起一只膝盖，帮助郎大脑袋顶盾牌，双手持探海，在祟下半身乱扎。

不到十分钟，祟便停止挣扎，靠着石壁，躺倒在地。

我二人气喘吁吁，弯着腰咳喘不休。

正当时，孙偃白也追到这里，一低头便瞧见地上的石灰。

“你……这又是谁的？”

我和郎大脑袋同时起身，举手互指，孙偃白恨铁不成钢，咬牙骂道：

“都不是什么好东西！”

郎大脑袋脸皮厚如城墙，浑不在意，掏出随身水壶，猛灌两口水，凑到祟的尸体边上，观察一阵，咂嘴念道：

“皮都快捅烂了，没法卖了，要不然弄个大衣或围脖，还是很威风的……这是什么？”郎大脑袋指了指石壁上的一抹金色，适才此处的涂料被郎大脑袋擦掉大部分，祟被顶在墙上，乱拱乱动的时候，又蹭掉一部分。

我走上前，用手电一照，只见那石壁并未经雕琢，还保留着最初开挖时的岩层剖面，穹隆状的岩层破碎分布，板岩、片岩中密密麻麻地分布着许多金色的斑点粒状物。

“这是……金脉？”我手一抖，探海“当啷”一声落在地下，我脱了身上的棉服，发疯一般去擦抹石壁上的吸光涂料，露出越来越多的“金色斑点”。

第二十一章

探金脉剖祟取肝　解秘题寻路出山

“脑袋！发了！发了！咱们兄弟翻身的日子来了！”

“祖宗保佑！”郎大脑袋将身后背着的白骨摆在地上，两腿一跪，边哭边磕头，磕了一会儿，他猛地止住哭声：

“老郭，你整准了，我这情绪上来，很难收回去！”

“准！准！此地有火山，在很久很久以前喷发过，岩浆浸润岩石，在高温高压的环境下富集形成金矿，随着岩浆岩分化侵蚀后沉积……脑袋啊脑袋，难怪传说里讲阿时那是看守耶鲁里财宝的奴仆，原来财宝指的就是这座地下金矿啊！这才是胭脂沟的庐山真面目。难怪瞿衡敢惦记着反攻朱棣，原来是早就发现这偌大的财富。这座金矿一旦挖开，便如同财神爷的聚宝盆，招兵买马一百万根本不在话下，十个朱棣捆在一起，也弄不过财神爷啊！”

“好了，不用说了，这不重要！祖宗啊！发财了！”郎大脑袋的眼泪鼻涕扑簌簌地往外掉。我脱下毛坎肩，用手指蘸着祟的血勾画地图，一心等着出去后，开着机器来挖金。

孙偃白走到我身边，拍拍我的肩膀。

“孙会计，您放心，你那份儿给你留着呢。”

“我不是这个意思，身怀巨宝，未必是好事，搞不好反取灾祸。”孙偃白皱着眉，忧心忡忡。

“灾祸？灾什么祸？比尔盖茨有灾祸吗？巴菲特有灾祸吗？等咱有了钱，啥灾祸都得绕着咱。孙会计，你就等着享福吧。对了，夏姨，这里头你也有一份。”

“我？找不到他，我要这些金子做什么？”夏忆一声长叹。

“小妈，你糊涂啊，有这么多金子，还愁找不到人吗？你只要拿出小小一部分，半个地球的人都恨不得替你卖命。老郭他爸就算躲到南极，也能被人揪出来，绑到你的面前。”郎大脑袋抹着眼泪，走到夏忆身边说起悄悄话。

“你爸才被揪出来！”我飞起一脚，踹向郎大脑袋。

郎大脑袋扭胯躲开，苦着脸说道：“金子到手后，我便雇人，去把我爸揪出来，你爸和我爸从来是，‘焦不离孟，孟不离焦’，到时候顺道带着你爸一起，可好？”

我俩正笑闹间，孙偃白突然伸手去抹石壁，我眼疾手快，拾起郎大脑袋扔在地上的围脖去帮忙。

“孙会计，你歇着，这粗活儿交给我们哥俩就好。”

“我不是要看金子，是看这个。”孙偃白指了指石壁上刻着的一个小人，那小人画得极其抽象：上半身是人身，下半身是鱼身，且鱼尾分开，形似两足。这古拙的线条、魔性的画风我很熟悉。我在雒水河道中曾不止一次地看到过这种图案。

“这是岩画?”

“对！还有夏篆。”孙偃白指了指画中几个零星的“符号”。

“你认识?”

“识得不多。”孙偃白一边说着话，一边已经擦出好大一片石壁，石壁上的岩画越来越多，从右到左形成一道巨大的“画卷”。

“这是……耶鲁里的由来。”孙偃白看了半晌，身子一晃，险些昏倒。

“耶鲁里？他的地盘上，怎么会出现夏篆?”我略一思索，便想到不对劲儿的地方。

“这就不得不提起，孔甲对涂山氏的放逐……”

夏朝第十四任君主信奉鬼神，将屡次出言劝诫的大司祭涂山氏放逐于“神州之北”。镇家背离涂山氏，选择孔甲；狩家死生相随，与涂山氏一路向北。

彼时，生活在今大兴安岭一带的族群，名曰“肃慎”。肃慎在极寒之地的白山黑水中与野兽、天灾、瘟疫抗争，生活得无比艰辛。肃慎族人向往大禹治水、涂山氏狩猎，开辟人族生存土地的壮举，奈何自己缺乏知识和技能，虽然多次派人到黄河中下游，寻找禹的部落进贡、学习，但路途遥远、艰险丛生。派出的人要么迷了路、要么死于野兽病痛，能到达黄河流域的人少之又少，能从黄河流域回来的人更是万中无一，再加上言语不通，想学到知识，简直是痴心妄想。

尽管如此，肃慎族人仍旧没有放弃，大量的年轻人前仆后继，踏上南下的旅途。

终于，皇天不负有心人，一个南下五年才回返部落的勇士，带回一个惊天喜讯——孔甲北逐涂山。

孔甲不拿涂山氏当宝贝，肃慎却南下出迎五百里，苦苦等候三年，终于等到北逐而来的涂山氏。举族人民敲锣打鼓将涂山氏恭恭敬敬地请回部落，将其奉为神明。

此后，涂山氏和狩家，将狩猎、医药、建筑、音乐、历法等知识陆续传授予肃慎族人。肃慎族人的生活渐渐得到改善，部族开始迅速壮大。但是，横亘在肃慎族人眼前的最大危机，却并非气候、疾病与猛兽，而是另一个强大的族群，生活在地底洞穴的——氐人。

《山海经》中云："氐人国在建木西，其为人面而鱼身，无足。"从科学角度来讲，人面鱼身，就是个伪命题，在生物学上无法成立。那么《山海经》中所述，是否为主观臆想呢？

是，也不是。

在此地岩画上，这个问题得到了完美的解答。

所谓"人面而鱼身"，乃是因为氐人在夏朝以前，便以鱼皮制衣。人穿鱼皮衣裙，放眼看去，便是"人面鱼身。"氐人穴居地下，双眼眼距极窄，身高偏矮，不足一米，但其在漫长的繁衍生息中，发展出极其先进的生产力，在冶金、驯兽、占卜等领域遥遥领先于生活于地上的肃慎人，甚至可以驾驭精怪。天长日久，两族摩擦不断，终于爆发战争。氐人胜，肃慎败，胜者成为土地的主人，败者成为奴隶。氐人在地底开采黄金冶炼，制作器皿、武器。肃慎族人被当作挖矿苦力，稍有反抗，便会有来无影去无踪的精怪趁夜夺人性命，掀开肃慎族人的天灵盖，挖食人脑。肃慎人将这精怪，看作氐人看守财宝的奴仆，称其为"阿时那"。在后世的汉字典籍中，称其为"祟"。在那个年代，奴隶与牛马无异，每逢大祭，氐人必活祭肃慎族的男女，在氐人的强迫劳动和屠戮虐杀下，肃慎人的日子过得苦不堪言。

涂山氏到肃慎后，肃慎族迅速壮大。狩家开始组织青壮，训练兵勇，打造武器，涂山氏勘验周边地形水文，花费三年时间，制定好了反攻的计划。

涂山氏到达肃慎后的第三年秋，天降大雨，三月不绝。周边河水暴涨，狩家组织兵勇起势，在事先谋划好的几处关隘攻击氐人部族，最终在氐人族的祭祀之地——建木之下，两族展开决战。

决战当天，狩家护卫着涂山氏发起强攻，血战三日，拿下战场的制高点——建木。涂山氏登建木，以夔牛腿骨，敲击夔牛皮所制大鼓，声如雷霆，远震百里之外。

百里之外的肃慎族兵听见鼓声，拆开事先在各条河道堵塞的石块、木排，大水沿河道迅速下冲，所到之处摧枯拉朽，汹涌澎湃的洪峰后浪赶前浪，一层叠一层，如万马奔腾，势不可当。氐人大军猝不及防，被大水所淹，祖居之地成为一片“碧海”。涂山氏带领肃慎族人登上建木，历数氐人暴虐之罪，并罚以灭族之刑。

大洪水填满氐人祖居的各处洞穴。这场大水，历时三年寒暑，方才退却。

从此后，再无氐人现世。

涂山氏开凿山崖，将建木周边打造成为“世外秘境”，在出口的潭水中放置会主动攻击身穿鱼皮衣之人的鯥鱼，并从肃慎族中挑选一名勇士，命他世代看守此处“碧海”，决不允许氐人重现人间。有道是“百足之虫死而不僵”，氐人余族随着时间推移，渐渐需要摆脱穴居的生活，来到地面求生，但是他们的势力已然衰微到极限，已经失去了跟生活在地面的人“碰一碰”的实力。

孙偃白说到此处，许多信息在我脑中一一串联。

原来建木上的罪与罚，就是涂山氏的审判和布置的洪水。

那名被涂山氏选定的肃慎勇士，就是郎大脑袋的先祖。此后，随着时间推移，肃慎演化为挹娄、靺鞨、女真、满族、赫哲族、鄂温克族等。历史上，每次氐人想要“冲出”地面，都会被郎家人“碰回去”。但是，氐人在自己势力最庞大的时候，在地面上也培养了很多“鬼仆”，这些鬼仆无时无刻不希望故主回归，带自己走向“人生巅峰”。由于氐人之事必须严格保密，故而在一代又一代鬼仆的演绎、改编、遮盖下，氐人成为萨满文化中的一个传说——大魔王耶鲁里。所谓的耶鲁里降世，便是隐喻氐人和肃慎的大战，两名勇士沿着大树向上攀爬，历经艰险，终于见到星辰之神卧勒多赫赫，并将下界的情况一五一十地禀告，阿布卡赫赫连同卧勒多赫赫降下雷电洪水，将耶鲁里驱赶回地下，隐喻的是肃慎迎来涂山氏和狩家，在建木下发起总攻，涂山氏擂鼓为号，用洪水淹没氐人的洞穴。这也正对应着郎大脑袋家里传下的那句“涂山请雷下尘凡”。

但是肃慎人也并不尽为良善之辈。在壁画上，有个藏在阴影中的人，在涂山氏背后出刀，刺中涂山氏后心。在壁画的末尾，涂山氏躺在地上，一个胸口挂着箭头吊坠的人捧着一个盘子，跪在涂山氏身前。盘子里有一颗眼珠大小的黑色小球，涂山氏一手捂住自己的眼睛，一手将盘子推开。

这幅画究竟做何解？孙偃白也没有答案，涂山氏、肃慎、氐人之间的恩怨就此收尾，胭脂沟秘境在历史上陷入长期的尘封。

此后的事，我们已尽数知悉。明永乐年间，鬼仆后人瞿衡，为帮助建文反攻朱棣，历经艰辛，遍寻古籍，找到建木，顺着当年被洪水淹过的巷道，下到地底，见到氐人余族。氐人以赞助黄金帮助建文复国为条件，讨要黄河以北的土地。建文旧臣跟不谙世事、人傻金多的氐人签订空头支票——诺。彼时，已是明朝，战争已经演变成重甲、火器、骑兵、大炮的斗争，氐人依靠装神弄鬼的作战能力早已与时代脱节。瞿衡虽然只是个女真部族的富二代，但势力已远超氐人余族。氐人暴露在瞿衡面前，无异于鱼肉上了砧板，瞿衡早已忘却祖上身为鬼仆对“耶鲁里”的忠心，他的忠心只属于建文皇帝。他迅速修建古庙，封锁可以通往氐人所在的隐秘洞口以及松明子大门，以防氐人的秘密暴露在世人面前。他将诺的附件地图，刻在建文的和尚石像上，欺骗氐人为他在地下挖金，并借助从氐人那里得来的秘术，驯养守山胡仙姑和平猴，驾驭阿时那装神弄鬼。但是这个附件已经被瞿衡动了手脚，氐人穴居地下太久、不熟山河地理，一直未能识破。而建文旧臣早就做好了卸磨杀驴的打算；哪怕日后氐人拿着约上门讨要土地，也能以地图有误为名，轻而易举地避开“毁诺”的骂名。

只可惜，瞿衡等人被亦失哈一网成擒，氐人的希望再度落空。郎姓书生追到此处，破解庙中机关，舍生取义，关闭松明子洞门，将氐人及阿时那尽数“封印”在门口。其随身携带的巨獾，在迎战阿时那后，在庙外繁衍，成为阻拦阿时那外逃的另一道屏障。

此后，虽有鱼皮二爷寻到古庙，但再未有进展，因为没有找到石像背面的洞穴。我爸虽然进入此地，却因遗失金蝉，没能进入松明子大门之后。所以说，自涂山氏水淹氏人族以来的数千年中，到此处的只有我们一行人。

我用瑞士军刀剖开祟的腹部，举着手电，分辨五脏，将其中的肝完好无损地取出，装在一只野营保鲜袋内。

“老郭，这东西怎么弄？”

“拿出去后，先冻着吧。”

“也行。”

我们处理一下身上的伤，稍事休息。

“老郭，接下来怎么办？咱这接着往深处走，探探金矿的底儿，还是先撤回去，带上人马再来。”

“先探探吧，简单转一转，等准备好人马和设备，再细探。”我站起身，向金脉岩层延伸的方向走去。前行不出五百米，出现岔路，我正要向岔路口迈步，孙偃白猛地抓住我的手腕。

“吱吱吱——”夏忆怀中蝉鸣大作。

“汪汪——”老三猛地竖起耳朵，向黑暗中狂吠。

我低头看向孙偃白的手，手电灯光映下，她手背上细小的汗毛根根倒竖。

孙偃白说过，习武有成的人，能预感杀气。

“怎么回事？”我吓了一跳，收住脚步。

“前面不太对。”孙偃白伸手摸向剑柄，眼睛眯成一条缝，显然是做好硬挺着重伤去拼命的打算。

我看了看石壁上的金脉，又看了看紧张到一触即发的孙偃白，心里蓦然一痛：

“若是她出了什么事，我纵然成了亿万富翁，此生怕是也不会快乐。”

“脑袋，咱们先撤吧。”

“啊？”

“咱没有冒险的必要，有这地图，还愁找不回来吗？”

“也对，咱带齐人马，开着钩机、铲车，谁也不怕。”郎大脑袋点了点头，和我一起缓缓后退。随着我们越退越远，老三渐渐停止狂吠，碧眼金蝉也不再鸣叫。

不多时，我们回到松明子大门前，一群人全都犯了难。

这大门该怎么从外面关上呢？难道真的要留一个人在洞内吗？抛弃队友的事，我们绝对做不出来。

“你们先出去吧。”夏忆向我们摆了摆手。

“你说什么呢？我们怎么能把你自己留下？”我抓着夏忆的手腕，将她向门外拖。

“谁说我要留下？”夏忆挣开我的手，嘴角挂着一抹微笑。

“那你……”

“我有这个！”夏忆张开手，自袖口内爬出两只灰底白斑的蜘蛛。

“这是什么？”

“达尔文吠蛛，它分泌蛛丝的黏性和韧度，比人造合成材料碳纤维高出二到五倍。我让它在内侧门板结网吐丝，我们走到门外，拽动蛛丝，两扇大门缓缓合并，在夹断蛛丝的同时，两扇大门便已合拢。”

“还有这种办法？”我喜上眉梢，险些跳起来。

“其实郎家这位先祖也并非没有全身而退的方法，而是因为身受重伤，无力再想他法，只能拼尽最后一丝气力，从门内将大门关上。”夏忆一边说着话，一边已经开始驱使达尔文吠蛛结网吐丝，我们赶紧退到门外等候夏忆。

十五分钟后，夏忆左右手各抓住一缕数十根蛛丝拧成的“绳子”，退到门外，缓缓拉动蛛丝后，两扇大门合在一起。

我们长出一口气，沿着原路返回，不多时便爬到不知何时已经关闭的洞口。我在内壁上摸索一阵，又寻到一枚铜环，用力一拉，洞口重新打开，我们一行人从古庙的石像下方爬出来，我坠在队尾，最后一个爬出洞口。在爬出洞口的一瞬间，背后一缕凉风吹来，我猛然回头。

“怎么了老郭？”

“没什么，我总担心那扇门没有关严，祟不会只有一只，否则如何繁衍？会不会有其他的祟跑出来？”

“不要疑神疑鬼，跑出来又怎么样？时代变了，现在冲锋枪、迫击炮、导弹、原子弹、核潜艇什么没有？人类上太空都不是新鲜事了，一个祟，算个球？就算真跑出来了，不是进博物馆，就是送动物园，到时候你想看，还得买票嘞。”

“虽然一听就知道你在胡扯，但是……你说服我了！”我哈哈一笑，爬出洞口，攀上石像，将手伸进耶鲁里的血盆大口中，又拉了一下其口中的铜环。

“咔嗒——轰——”不到一根烟的工夫，地面上的洞口自动闭合，除些许尘埃外，再无痕迹。

我掏出三根烟，点着了插在香炉里，拜了两拜，在心中默默言道：

“吴老獭啊吴老獭，愿你下辈子平安喜乐、富贵一生，咱们就此别过。”

“老郭，干吗呢？走啊！”此时，庙外日光正盛。郎大脑袋从庙门缝隙向外看，外面一个巨獾也没有。夏忆唤出毛腿蜘蛛，给我们一人咬上一口，将我们的心跳和呼吸抑制到最低状态。我走出庙门，看着头顶刺眼的阳光，回头看向庙门两侧的楹联，结合瞿衡的生平，突然豁然开朗。

上联：天地人鬼，鳏寡孤独病残夭终当有报。讲的是，朱棣篡逆，大肆诛杀建文旧臣，制造无数灭门惨案，此事桩桩件件，难逃报应。

下联：阴阳昏晓，喜怒忧思悲恐惊到此轮回。讲的却是，瞿横年轻时的事：十二岁中秀才，十四岁中举人的青年才俊，本该大有作为，却一夕之间，沦为朝廷钦犯，险些丧命，直到找到这棵建木，才找到翻身“轮回”的希望。

门顶的匾额，四个黑底金字——就等你了。分明是给前来“共商大事”的人看的，意思是：我要反攻朱棣，做大事业，你还不快来！

这庙中的字字句句，一砖一瓦，都是瞿衡心血所注。奈何人算不如天算，纵然一身能耐、学富五车、智计百出，但最后却落得个身首异处的下场，他的事业、他的故事，甚至都没有在历史上留下只言片语。

“老郭？想什么呢？”

“我看看这门。”

“门是窄点儿，进出机器不方便，回头咱把这俩水潭的水，用水泵抽干，让钩机开进来，把这俩门扒了，不然太耽误干活儿。”

“听你的。”我拍拍郎大脑袋的肩膀，走到潭水边，找到丢弃在此处的潜水装备，收拾、穿戴妥当后，依次下水，回到古洞，摸回到我和孙偃白探过的狐窟迷宫，爬进小红门，按着机关规律，推演出口，不多时便从一处守山胡仙姑的石龛钻出来。

“那吴老獭当真可恶，有这等近路不走，偏把咱们引到什么涸塄套去，早知道便提前给他上一顿大刑，让他把实底交代出来，免去咱们好些波折。”

“这洞窟最早设计出来根本不是走人的，按着《天书》所述，瞿衡势力全盛之时，山中有一千五百仙姑，守山镇岭，八百六十平猴，抬黄金轿，狐狸跑着都拥挤，怎么可能走人呢？脑袋，换作你是谋财害命的吴老獭，也得带人走涸塄套，不然怎么确定目标人马身后是否另有尾巴呢？万一咱们兵分两路，另一路人马在身后尾随，吴老獭就算动手干掉咱们第一拨人，第二拨人也能将他就地正法。要我说，他们这个剧本编写得完美无缺，若非存在信息盲点，他们的局当真无解。”

“有解无解，咱们也解开了，还想这些做什么！为今之计，早日出山才是第一要务。”

“此处有山有树，头顶就是日头，东西南北尽在掌握。此处山势走向为东北—西南，此刻登高下望，可以看出东南方向树木呈现原生林、次生林、疏林、人工林的排布，按这个方向走，一定可以走出这片老林子。”

“走着！”郎大脑袋一马当先，抱起老三，连吼带叫冲下雪坡。此时，我们已离开凶险之地，返程之路就在脚下，心头压力顿轻，就连孙偃白的脸颊上都浮现起一抹红晕。

在老林子里走了六个小时，我们在一个小山包上，见到炊烟，又走了一个小时，终于见到一处村落。我们宛若饿鬼一般冲进村中，找到一家小卖部，推开大门，鱼贯而入。

“老板！香肠可乐方便面，牛奶辣条大面包，捡贵的挑。”郎大脑袋抽出五百块钱，拍在桌子上。正在嗑瓜子的老板整个人呆住，上下打量我们好久，才起身去货架上拿东西。

十五分钟后，我们坐在小卖部内，靠着暖气片，狼吞虎咽。

“老板，你别怕，我们是进山摄影的游客，车掉沟里了，刚爬出雪沟。”

“你们刚进来那模样，真他娘的吓到我了，我还以为是哪个监狱的犯人越狱了呢，后来我一瞧你们这几个，有男有女，有老有少，还有条狗，吃东西还掏钱，我才放下心。吃吧，吃吧，我再去给你们弄条鱼。”

“谢谢老板！脑袋，快表示。”我递给郎大脑袋一个眼神，郎大脑袋掏出钱包，开始点现金。

“别！不要钱，要啥钱，外道了不是。”

孙偃白被老板的热情感染，展颜一笑，不经意间瞥到货架上的白酒。

“老板，你那白酒多少度?”

“53 度，劲儿可大。”

“我要四个（瓶）。”孙偃白伸出四根手指。我赶紧放下饭碗，按下孙偃白的手：

“你身上有伤。”

“我知道，所以我只喝四个（瓶）。”孙偃白不耐烦地推开我。

小卖部老板被孙偃白的气势镇住，将信将疑地问：

“小姑娘，平时也好喝两口？”

“嗯。”孙偃白点点头。

“真是人不可貌相啊。”老板从货架上取下白酒，走到孙偃白身边，孙偃白伸手一拉，拽过一只塑料板凳，用胳膊擦擦凳面：

“坐！一起喝点儿？”

“那……那喝点儿？我酒量可大，你不用跟我，你小口，我大口。”小卖部老板嘿嘿一笑，显然也是“酒”中好手。

“好！”孙偃白拧开白酒瓶，倒满一茶杯，仰起头，一口喝干。

老板愣住了，咽下一口唾沫，咬咬牙，也陪了一杯。

“小姑娘，这酒后劲儿可大，你慢点儿喝。”

“好。”孙偃白迫不及待，又倒上一杯。

我和郎大脑袋对视一眼，一起用怜悯的目光看向小卖部老板。

两个小时过去，小卖部老板醉趴在地，人事不醒。我和郎大脑袋将他架到床上，盖好被子。我们几个将身上的现金凑凑，一共三千六百块。郎大脑袋将现金叠放整齐压在酒瓶子底下，从老板腰上解下钥匙串，拆下一把摩托钥匙，我在墙上撕下一张挂历，留言道：“门口的三蹦子，我们买了，感谢老哥的热情招待。”

所谓三蹦子，乃是一种汽油三轮摩托车，前面是座，后面是斗，可载人可载货。小卖部门外，郎大脑袋将老板的三蹦子推到院里，检查一下油表，跨上座子，拧拧油门。

“上车！”

我、孙偃白、夏忆、老三先后爬上三蹦子的后斗。

“走喽！”郎大脑袋一声大笑，发动三蹦子，向不远处的乡道驶去。

一周的时间，转眼过去。我们在古莲河镇卫生所，处理好身上的伤，就地找一家旅馆，一边休养，一边寻访吴长山。吴长山宛若人间蒸发，吴老獭的鱼馆落着锁，人去屋空。郎大脑袋询问很多吴长山的债主、赌友、女朋友，可这些人都没有吴长山的消息。看来吴老獭说的没错，吴长山那个诨号和尚的舅舅，已经将他带离此地。在胭脂沟取到的祟肝，被我们用真空的塑胶膜包好，放在室外速冻成了“冰鲜”。夏忆离开两天，回到自家民宿，贴上出兑的广告。她那民宿的位置好，生意也不错，肯接手的人很多。不到三五天的时间，她已经将民宿兑出去。周日晚上，孙偃白通知我们，夏忆正式入股大森林土木工程队，现在的职务是：总经理助理。于公，孙偃白是公司第一大股东，我没法拒绝；于私，夏忆在大兴安岭与我们同生共死，让她一个人继续飘零江湖，我实属于心不忍。

思量一晚，我终于下定决心，同意夏忆入职，只不过这个总经理助理的职务，要调整一下，我有手有脚，能够自理，不需要助理。第二天早饭的时候，我刚想宣布自己的意见，奈何郎大脑袋和孙偃白已经找好镇上的打字复印社，将夏忆的名片都印出来了。我尴尬之下，连喝三大碗豆腐脑。

“老郭这是怎么了？这豆腐脑这么好喝吗？”郎大脑袋小声问孙偃白。

“不知道，反正怪怪的。”孙偃白瞪了我一眼。

上午九点，郎大脑袋送到修理厂的皮卡车维修完毕。郎大脑袋把车开到旅馆下面，我们收拾行装，将随身的衣物、装备、背包全都放在车上。正值午饭，我们决定在本地选择一家评价最好的饭店，好好尝一尝久负盛名的“东北大炖鱼”。饭店人多，异常火爆，停车位已满，郎大脑袋将我们放在饭店门口，自顾自找个僻静地方，将车停好，再赶过来和我们会合。

不出所料，鱼一上桌，孙偃白又开始喝白酒，郎大脑袋给老三点了三斤大骨棒，老三吃得肚子圆圆鼓鼓，迷迷糊糊地打盹儿。

晚上六点，我们醉醺醺地推开饭店门，走到车边。

“这他娘的是哪个兔崽子干的啊！”郎大脑袋指着破碎的车玻璃，站在路边破口大骂。我四周望了望，郎大脑袋停车这地方位于镇里拆迁片的路旁，连路灯都没有，更别提监控了。

“赶紧看看，丢没丢东西。”我急出一头汗，钻进车里，清点财物。

“老郭？咋样！”孙偃白喝得俏脸通红，拍着车门大喊。

“钱、武器、装备都没丢。”

“那就好，兴许是哪个醉汉……”

“但是……”

“但是啥？”

“我画着金脉地图的那件马甲不见了！”

“啥！”郎大脑袋原地一个大跳，蹿进车里，疯狂翻找。

“真没了？”

“真没了！”

“你那马甲穿好几年了，都磨飞边子了，卖破烂的都不要，谁偷这玩意儿？”

“记录仪！行车记录仪，咱有行车记录仪！”

“对对对！”郎大脑袋爬上驾驶室，摘下挂在风挡玻璃上的行车记录仪，向前翻找视频。

行车记录仪显示，下午五点，天刚擦黑，一个披头散发、身穿鱼皮衣鱼皮裙、身高不足一米的矮人从树影里探出头来。他的五官生得好似“紧急集合”一般，双眼眼距极窄，圆溜溜的眼珠泛着贼光。他走到车边，拉了好几下车门，见车门不开，他就从地上捡起了半块砖头，砸碎车窗，爬进车内。

五分钟后，他抱着我那件绘有地图的马甲，消失在了黑夜深处。

“这是……氐人？”我满头大汗，猛然回头，看向漆黑的夜色，突然想起我们在建木之下，想要再向金脉深处探索时，孙偃白、老三和碧眼金蝉的异状。会不会在距离我们不远的黑暗中，有成千上百的氐人已经设好埋伏，就等我们进入伏击圈。

我最担心的事情发生了，那扇门终究是没有关严，氐人重新现世！

孙偃白看出我的担忧，她一边轻拍我的后心，一边说道：

“你已经尽力了。氐人也许早就已经从地下出来了，你想想，数千年前氐人就已形成先进的冶金、医药、占卜等文明成果。这样的高智慧族群，怎么会被困在地下千年之久呢？”

“你的意思是……”

“关于地底族群的研究由来已久，哈尼族、高山族等，都有祖先自地下来的传说。著名数学家欧拉和因发现哈雷彗星而名声大噪的哈雷都曾公开提出地球空心论学说，主张地球是由三个壳组成的结构。壳体之间被大气层阻隔，里面分布着无数可供生物生活繁衍的地底空间。”

“好了，你不要安慰我了，事已至此，后悔自责也没有用，兵来将挡水来土掩便是。”

“你有这般志气，我很是欣慰。”孙偃白满身酒气，张开双臂，给了我一个拥抱。

我呆呆地愣在原地，直到孙偃白走远，才开始心花怒放，旺盛的荷尔蒙与多巴胺不停地冲击我的脑神经，氐人的事早被我抛到九霄云外。

皮卡车碎了一块挡风玻璃，送去维修，又耽搁三天。这三天里，孙偃白日日拉着我们喝大酒，我没有一天是在清醒中度过的。我依稀记得，昨晚我们吃的是杀猪菜，觥筹交错间，饭店墙上播报着本地新闻，说胭脂沟附近发生雪崩，道路断绝，大量积雪涌入山沟，本地旅游部门已封锁相关进山道路，提醒游客和本地村民绕行。专家表示：今冬降雪量较常年偏高，本地春季气温回升快，融雪型洪水、混合型洪水的频率和强度将明显强于常年，需高度重视春汛、山洪等地质灾害，尤其要关注山洪对地形地貌的改变作用。

“脑袋，我觉得这场雪崩不是偶然，咱们怕是再也找不回去胭脂沟古洞的路了。”

“啊？你说啥？啥万宝路？我不抽那个牌子的烟，太冲！我现在就抽这个，黄金叶！”我见他喝得已经神志不清，便不再搭理他。

第二天，我早上醒了酒，带着老三沿着下山的路往回摸，绕过封锁的路障，在山里转悠一整天才回到旅馆。

“老郭，咋样啊?”郎大脑袋抢先迎上来。

“所有的守山胡仙姑石龛，全部消失，一个都找不到，就仿佛从未出现过一样，连老三都蒙了。雪崩将咱们进山和出山的路线全埋了，根本分不清东南西北。”

“我的金子——”郎大脑袋扯着脖子惨嚎，在房间对着他祖宗的骨头，痛哭一天一夜。

幸好，郎大脑袋天生大度，在镇上的酒吧沉浸式“放松”几个晚上后，已不再郁闷。修车厂打来电话，说是车玻璃安装完毕，让我们去提车。在一个天朗气清的午后，我们正式踏上离开大兴安岭的路。

真个是：

大雪茫茫尽处，寒风凛凛如怒。
乌鳢人罴阻路，碧潭层叠白骨。
老庙狐窟建木，地穴碑刻天书。
拨开千载迷雾，纵横南北江湖。